CRÔNICAS INÉDITAS

CRÔNICAS INÉDITAS

VINICIUS DE MORAES

ORGANIZAÇÃO,
E APRESENTAÇÃO
EUCANAÃ FERRAZ
EDUARDO COELHO

COLEÇÃO
VINICIUS DE MORAES

COMPANHIA DAS LETRAS

Copyright © 2022 by V. M. Empreendimentos Artísticos e Culturais Ltda.
www.viniciusdemoraes.com.br

Grafia atualizada segundo o Acordo Ortográfico da Língua Portuguesa de 1990,
que entrou em vigor no Brasil em 2009.

Capa
Claudia Warrak
Fotos de capa
Acima: Arquivo/ O Globo/ Editora Globo
Abaixo: Bruce Davidson/ Magnum Photos/ Fotoarena
Foto de miolo
DR/ Acervo VM Cultural
Preparação
Cristina Yamazaki
Pesquisa
Érico Melo
Daniele da Conceição
Natália Klussmann
Pedro Bahia
Rodrigo Jorge Ribeiro Neves
Victor Silva Rosa
Revisão
Carmen T. S. Costa
Clara Diament

Dados Internacionais de Catalogação na Publicação (CIP)
(Câmara Brasileira do Livro, SP, Brasil)

Moraes, Vinicius de, 1913-1980
  Crônicas inéditas / Vinicius de Moraes ; organização e
apresentação Eucanaã Ferraz e Eduardo Coelho. — 1ª ed. — São
Paulo : Companhia das Letras, 2022.

  ISBN 978-65-5921-146-3

  1. Crônicas brasileiras I. Ferraz, Eucanaã. II. Coelho, Eduardo.
III. Título.

22-124816   CDD-B869.8

Índice para catálogo sistemático:
1. Crônicas : Literatura brasileira   B869.8

Cibele Maria Dias — Bibliotecária — CRB-8/9427

[2022]
Todos os direitos desta edição reservados à
EDITORA SCHWARCZ S.A.
Rua Bandeira Paulista, 702, cj. 32
04532-002 — São Paulo — SP
Telefone: (11) 3707-3500
www.companhiadasletras.com.br
www.blogdacompanhia.com.br
facebook.com/companhiadasletras
instagram.com/companhiadasletras
twitter.com/cialetras

SUMÁRIO

Mil cronistas em um, por Eucanaã Ferraz e Eduardo Coelho 11

CRÔNICAS INÉDITAS

Os tempos de Lillian Gish e Norma Shearer, coisas velhas
da cena muda: ontem e hoje 31

Ouro do céu — James Stewart metido em complicações
pelos amores de Paulette Goddard 33

Carta aos ingleses 34

Poesia e música em Verlaine 37

Guaches 40

Pileque em Piccadilly 43

Poços de Caldas 47

João Alphonsus 50

Carta ao subúrbio 52

O eterno retorno 54

Homenagem a Segall 56

A Bahia em branco e preto 58

Bruno Giorgi 60

A mulher e a sombra 62

"Do not say good-bye" 64

Suvorof, de Pudovkin 68

Luta de classe? 70

Passageiros e choferes 72

De quem é a culpa 74

De maneira que… 75

O cheiro do Leblon 76

Ainda Leblon 78

A cidade… ela mesma 79

Centros e comitês 81

No Tabuleiro da Baiana 83

De como viajar em ônibus (I) 85

Restaurantes populares 87

É proibido se... matar 89

Carta a um motorista 91

Reservas do Exército Motorizado (I) 92

Reservas do Exército Motorizado (II) 93

Ipanema e Leblon: a postos! 95

Os gráficos 97

O Vermelhinho 99

Viagem de bonde 101

A grande convenção 103

Ao cronista anônimo da cidade 105

Tempo de amar 107

Honra ao mérito! 109

A morte do Etelvino 111

O senhor calvo e os cabeleireiros 113

A voz de Prestes 115

Menores abandonados (I) 117

Menores abandonados (II) 119

Miserê e os mercadinhos 120

Neruda 122

Formiga progressista 124

Discurso 126

S.O.S. 129

Osório, o Gigante 131

Pelas vítimas do *Bahia*! 133

Neruda e a Bahia 134

Disso e daquilo 136

Ressurreição de François Villon 138

A bomba atômica 140

A FEB no Recife 142

Prestes 144

Gert Malmgren 145

De crianças e de lixo 147

Piedade para o amor 149

Um abraço a Graciliano 151

Com a FEB na Itália 153

O Regimento Sampaio 155

Carta a um católico 157

Miséria das árvores e dos animais 159

A Semana Antituberculose 162

Da solidariedade humana 164

A greve 166

Da cidade para o cinema 168

Quando desceram as trevas, de Fritz Lang 170

O arco-íris, de Mark Donskoi 172

A primeira exibição de filmes franceses 174

O arco-íris 176

Café para dois 178

Ainda *Café para dois* 180

Cinema e romance 181

Jean Delannoy 182

Czarina 183

Um punhado de bravos (I) 185

Um punhado de bravos (II) 187

Um punhado de bravos (III) 189

Um punhado de bravos (IV) 191

O que matou por amor 193

Goupi Mains Rouges 194

Máscara oriental 196

Esposa de dois maridos 197

Cinema e teatro 198

A ferro e fogo 200

A morte de uma ilusão 202

Cinema de varanda 204

As aventuras de Mark Twain 205

Jacques Feyder, no Pathé 206

O túmulo vazio 208

Feira de bairro 210

Turbilhão de melodias 212

O teatro e a juventude 214

Vestiu uma camisa listada e saiu por aí... 216

Ménilmontant 221

Zé Carioca 227

A coisa marcha 230

Bilhete a Danton Jobim 232

A ave-do-paraíso 234

O terceiro homem (i) 236

O terceiro homem (ii) 238

O terceiro homem (iii) 240

Chegou o verão 241

Reapresentações 242

A poltrona 47 244

Cinema italiano 246

Três segredos 247

Orgulho e ódio 249

Um conde em sinuca 250

Essa mamata precisa acabar, senhores congressistas! (i) 251

Essa mamata precisa acabar, senhores congressistas! (ii) 253

Sensualidade 255

Calúnia 257

Os amores de Carolina 259

Trio 260

Deus necessita dos homens 262

É um abacaxi, mas... 264

Zero à esquerda 265

Estrada 301 267

Samba e mulher bonita sobrando em Punta del Este 269

Cuidado com *Cuidado com o amor!* 272

O pirata da Jamaica 273

"Eu sou o pirata da perna de pau... pau... pau..." 274

Uma vez por semana 276

Como se faz um filme (i) 277

Como se faz um filme (ii) 281

Como se faz um filme (vi) 284

Crônica de Minas: a procissão de Sexta-Feira Santa em Ouro Preto 288

Uma menininha com um olho verde, outro azul 292

O *Areião* brasileiro maior foi o maior "abacaxi" do festival 295

A bênção, Velho 298

Contorcionismos 300

O elefante de patins 302

Dora Vasconcelos 305

As três sombras 307

Os livros vão, é claro, pelo barco 309

IP, conselho ou instituto? 312

Com Unesco ou sem Unesco — é… é… é… é… eu brinco! 314

Miséria orgânica 318

O lado humano 320

Carta a Aracy de Almeida 322

Foram-se todas as pombas despertadas 324

O abecedário da morte 327

O saco e o chique (I) 329

O saco e o chique (II) 331

O saco e o chique (III e último) 333

Carta aos senhores congressistas sobre o Festival
de Cinema de 1954 (I) 335

Carta aos senhores congressistas sobre o Festival
de Cinema de 1954 (II e último) 338

Ugh e Igh 340

Merry Christmas 342

Diz-que-discos 344

Retrato de Jayme Ovalle 346

O impossível acontece com Jayme Ovalle 349

Eram terríveis os concursos de beleza 357

Diz Portinari: o pintor deve pintar o que sente…
mas precisa saber o que sente 367

Coisa que pouca gente sabe 374

A garota Doris 375

Na Continental 376

Figura de Bené 377

Olhos dos artistas 378

Apresentação de Georges Sadoul 381

Alô, vizinho! 383

Scliar na Relevo, 385

Motin a bordo 387

Dica de mulher, retrato de Gesse 390

Denner 391

Carlos Leão 393

Clementino Fraga Filho, o profeta do fígado 396

Comunicación? Estoy harto! I want to be alone 400

Filho de Robin Hood 402

Bahia para principiantes 405

cronologia 407

índice alfabético por veículo de publicação 411

MIL CRONISTAS EM UM

EUCANAÃ FERRAZ E EDUARDO COELHO

I

Não custa lembrar, num livro como este, que a tradição da crônica se fez com escritores como Machado de Assis, Lima Barreto e João do Rio, seguidos por Rubem Braga, Nelson Rodrigues, Otto Lara Resende, Paulo Mendes Campos, Sérgio Porto, Carlos Heitor Cony, Antônio Maria, Fernando Sabino, Luis Fernando Verissimo, Maria Lucia Dahl — e não seria difícil citar outros nomes também expressivos. Todos, cada um a seu modo, deram forma a um gênero com pouco tempo de existência, mas que hoje, pode-se dizer, é já um modo de escrita duradouro na literatura brasileira e que tem exibido grande capacidade para se mover e se renovar nos quadros culturais em que se insere.

Nomes importantes da prosa — ligados ao conto e ao romance — atuaram como cronistas, como Rachel de Queiroz e Clarice Lispector; e, outra vez, mais nomes poderiam se somar a esses grandes poetas brasileiros que escreveram crônicas por períodos tão longos e com tão tamanho êxito que, sem risco de equívoco, podem ser chamados cronistas; basta lembrar de Manuel Bandeira, Mário de Andrade, Carlos Drummond de Andrade e Cecília Meireles.

Vinicius de Moraes insere-se em tal tradição. Porém, vale voltar atrás no tempo para observar que em seu primeiro livro de poemas, *O caminho para a distância*, de 1933, o distanciamento a que o título alude diz respeito sobretudo às experiências do dia a dia, à linguagem coloquial, e a tudo o que, enfim, parece rente ao chão. Basta uma única imagem para entendermos como o sujeito lírico se situa em relação ao que poderíamos chamar de "as coisas do mundo": "No olhar aberto que eu ponho nas coisas do alto". É para essa distância elevada, mística, cristalizada em linguagem altissonante, aristocrática e incerta, que se volta a poesia do jovem Vinicius de Moraes. Nada mais distante, portanto, de sua poesia madura e, principalmente, do espírito que animaria não apenas a sua crônica, mas toda a crônica — sempre voltada, digamos, para "as coisas do chão".

No meio disso tudo, o fascínio pela canção popular, que levaria Vinicius a se afirmar como um dos personagens mais importantes e mais largamente conhecidos da cultura brasileira no século xx. Quanto ao peso que os muitos Vinicius tiveram na formação dessa unidade formidável e múltipla, quase mítica, chamado Vinicius de Moraes, recorro a Otto Lara Resende, que assim declarou: "Depois do Vinicius musical, foi o Vinicius cronista quem mais depressa chegou ao coração do grande público".*

Quanto ao contexto que fez surgir o cronista, é também Otto quem esclarece:

> Como seu mestre Manuel Bandeira e seu amigo Carlos Drummond de Andrade, como tantos poetas, Vinicius escreveu crônica para sobreviver, ou quando muito para juntar um dinheirinho aos seus vencimentos de diplomata. Foi a força das circunstâncias, ou a sobrevivência, que o levou à colaboração periódica nos jornais e nas revistas.**

E acrescenta:

> Seria o caso de dizer bendita sobrevivência, ou bem-vindas circunstâncias. Porque foi o cronista quem melhor deixou notícia do universo do poeta Vinicius de Moraes. De todas as dimensões desse universo, do afetivo ao literário, do musical ao familiar, falou o cronista com o sabor e o à vontade que caracterizam esse gênero de prosa.***

Observação perfeita: o cronista deixou "notícia do universo do poeta". E pode-se acrescentar que o cronista deixou notícia de seus contemporâneos, de sua cidade, do país, de seu tempo. Depois de o jovem poeta lançar seus olhos para as coisas do alto, seus olhos voltaram-se definitivamente para as coisas do mundo terreno — tantas vezes altas, sim, ainda que terrenas, e toda a obra de Vinicius se alimenta dessa dinâmica existencial — com uma curiosidade, um interesse genuíno e um envolvimento pungente. Pois apenas a necessidade de escrever para sobreviver ou para "juntar um dinheirinho" não faria de Vinicius, nem de nenhum outro escritor, o cronista — de verdade — que ele é. Ou seja, havia uma profunda inclinação do escritor para a compreensão do andamento miúdo da vida, do factual, ou, ainda, uma vocação para o acolhimento generoso dos dramas e das alegrias do homem comum. Foi essa disposição existencial, intelectual e artística que engendrou a escrita de Vinicius de Moraes nos versos e na prosa.

A entrada no mundo do jornalismo aconteceu em 1941, quando começa

---

* "Aqui está o Vinicius mais acessível", texto escrito para a reedição de *Para viver um grande amor*, em 1991, pela Companhia das Letras, reeditado em 2010, p. 209.
** Ibid.
*** Ibid.

a atuar como crítico cinematográfico no "Suplemento Literário" do jornal carioca *A Manhã*. Publicara já, em 1938, *Novos poemas*, um livro atento à vida comum, à linguagem cotidiana, mas, sobretudo, passara por uma série de mudanças em sua vida: depois de estudar na Inglaterra, em Oxford, casara-se, em 1939, com Tati e, no mesmo ano, assistiria, em Paris, à eclosão da Segunda Guerra Mundial; um ano depois, nasce sua primeira filha, Susana. É apenas uma sequência de fatos, decerto, mas o conjunto, num período tão breve, sugere um grande impacto, e a escrita do poeta permite observar o alcance de tantas mudanças. É aí, então, que surge o prosador.

A vizinhança entre a crônica — que Vinicius escreveria ao longo de toda a sua vida — e o verso chegaria mesmo à total intimidade no livro *Para viver um grande amor*, de 1962, que traz, alternados, poemas e crônicas. Estas guardam as marcas típicas do gênero, como a observação aguda do dia a dia e a linguagem despojada. Além disso, é o próprio autor quem pondera: "há, para o leitor que se der ao trabalho de percorrê-las em sua integridade, uma unidade evidente que as enfeixa: a do grande amor".* Quanto aos poemas, encontram-se ali exemplares de grande força expressiva, como o impactante "Carta aos 'Puros'", mas não raro tomam para si a tarefa da crônica; e, desse modo, surgem experiências como o sarcástico "Olhe aqui, Mr. Buster" e o terrível "Blues para Emmett Louis Till".

Em 1966, chegaria a vez de um volume composto integralmente da prosa: *Para uma menina com uma flor*. Nas crônicas reunidas ali — publicadas entre 1941 e 1953 em diversos jornais e revistas —, naturalidade e simplicidade trazem a marca de um forte sentimento social, às quais se juntaram o lirismo, a fantasia e o erotismo que animavam também as canções de Vinicius, mas também o seu teatro, cujo exemplo mais acabado é *Orfeu da Conceição*, de 1956.

O parceiro de Tom Jobim exercitou, na crônica, sua excepcional capacidade de entregar-se à vida urbana, de compreender a aliança indissolúvel entre paisagens e indivíduos, de descrever as inumeráveis e complexas trocas sociais, de revelar a impregnação da arte na vida emocional de todos nós, e assim por diante.

2

Vinicius começou a carreira de cronista no diário carioca *A Manhã* ainda no ano de fundação do jornal, 1941. Propriedade da Empresa A Noite — confis-

---

* "Advertência". Ibid., p. 207.

cada pelo governo federal no ano anterior e administrada pelas Empresas Incorporadas ao Patrimônio da União —, o matutino funcionava como porta--voz oficioso da ditadura do Estado Novo, e até 1945 foi dirigido por Cassiano Ricardo. Em paralelo à sua faceta política, o jornal lançou dois suplementos culturais em formato tabloide: o primeiro, importantíssimo, voltado à literatura brasileira, foi "Autores e Livros", dirigido por Múcio Leão, no qual escreviam regularmente, entre outros, Cecília Meireles, Manuel Bandeira e José Lins do Rego; o segundo suplemento, dirigido por Ribeiro Couto, foi "Pensamento da América", que difundia aspectos culturais e informava sobre a política e a vida social do continente americano. Vinicius escrevia no caderno literário e atuava como crítico de cinema nas páginas regulares de A Manhã.

Segundo a historiadora Marieta de Morais Ferreira, havia embates frequentes entre alguns dos intelectuais que colaboravam com o jornal e a superintendência das Incorporadas, pois o órgão julgava-se no direito de regular os artigos apresentados. Diz ela:

> Um exemplo desse tipo de problema foi o episódio que envolveu Vinicius de Moraes. Em sua seção de crítica de cinema, este último muitas vezes atacava certos filmes, desagradando a algumas empresas e anunciantes, as quais por sua vez pressionavam o coronel Costa Neto. Em virtude desses incidentes, Vinicius acabou sendo afastado do jornal. Outros problemas ocorreram quando elementos do governo tentaram interferir na publicação de matérias, esbarrando na oposição do próprio Cassiano Ricardo.*

Vinicius começou sua colaboração nas páginas de A Manhã tomando posição nos debates pró e contra o cinema falado, ajuizando a favor do filme silencioso. Cinco anos depois, recém-diplomata, mudou-se para a capital mundial do cinema, Los Angeles, tornando-se amigo de diretores, atrizes e atores. Foi companheiro constante de Orson Welles, que conhecera anos antes no Rio de Janeiro, e Carmen Miranda. Em 1947, lançou com Alex Viany — crítico, historiador e um dos mais atuantes intelectuais do cinema brasileiro — a revista Film. Em 1951, passou a assinar a crítica de cinema do jornal Última Hora, e colaborou esporadicamente em outros jornais e revistas, o período mais intenso e criativo de sua carreira de crítico cinematográfico, que duraria até 1953. Mas Vinicius também fotografou, filmou, trabalhou no roteiro de Orfeu Negro (ganhador, em 1959, da Palma de Ouro do Festival de Cannes e

---

* Marieta de Morais Ferreira, "A Manhã". In: Alzira Alves Abreu (Coord.), Dicionário histórico-biográfico brasileiro pós-1930. Rio de Janeiro: Ed. FGV; CPDoc, 2001. v. III, p. 3534.

do Oscar de melhor filme estrangeiro), compôs trilhas sonoras, conheceu de perto os mais importantes festivais internacionais, participou como jurado em alguns deles; debateu, pesquisou, ensinou, interveio de modo direto na profissionalização do cinema brasileiro. Uma boa parte dessa atividade constante e apaixonada pode ser acompanhada nas páginas que seguem.*

O Vinicius crítico de cinema era sobretudo um cronista — que tanto sugeria aos leitores que fossem ver ou não os filmes em exibição, quanto escrevia livremente sobre o que assistira sem evitar o devaneio e a reflexão sutil. Num e noutro caso, o tom ia do lirismo à ironia, da concisão à perífrase, da pedagogia ao deboche, e, quase sempre, com um *humour* desassombrado. Deve-se o sabor de crônica ao fácil e fluido da escrita, mas também à conversão da banalidade em tema digno de atenção. Tal prosa crítico-crônica mostra-se vária no tom, repercutindo a experiência do espectador culto e apaixonado, algo que se mantém constante, ainda que nem sempre flagrante à primeira vista: a combatividade. A crônica era o instrumento ideal para o crítico engajado, que, com ela, espicaçava o espírito mercantil das produções ou a apatia e o gosto convencional do público. Com tiradas retóricas, irreverentes, mas também com declarações de admiração, Vinicius escreveu sobre filmes, diretores, atores, atrizes, produtores, roteiristas, fotógrafos, escritores de modo livre, lírico, irônico, indignado, ágil, e não por acaso foi desligado de *A Manhã* no começo de 1944, depois que suas críticas desagradaram a distribuidoras e a anunciantes.

Mas Vinicius logo reassumiu sua função de crítico-cronista de cinema em *Última Hora,* vespertino carioca fundado e dirigido pelo jornalista Samuel Wainer. O jornal começou a circular em 12 de junho de 1951. Alinhado ao governo democrático de Vargas, eleito em outubro de 1950, a tendência trabalhista de *Última Hora* contrapunha-se ao antivarguismo predominante na grande imprensa. Wainer era amigo e colaborador de Getúlio, cuja candidatura ajudara a articular. Com diagramação moderna e textos ágeis, o jornal fazia amplo emprego de fotografia e ilustrações, tornando-se um fenômeno popular e chegando a abrir sucursais em São Paulo, Recife e Porto Alegre, ameaçando a posição hegemônica dos veículos tradicionais. Vinicius atuou com frequência no jornal em seus primeiros anos e deu continuidade ao seu modo de escrever em *A Manhã*, que fazia dele um crítico engajado, movido pelo que se poderia chamar de vontade pedagógica: "sua ambição era educar o público para o cinema, contrapondo a crítica e o conhecimento à ingenuidade, à displicência, à desinformação. Não era pouco, e equivalia a uma reforma de

---

* Ver também *O cinema de meus olhos* (Org. Carlos Augusto Calil), Companhia das Letras, 2015, volume que reúne grande parte da crítica da produção de Vinicius como crítico de cinema.

mentalidade, a uma educação dos sentidos, a uma ampliação de perspectivas estéticas, éticas, ideológicas e existenciais".*

A maior parte da produção do Vinicius cronista concentrou-se nas décadas de 1940 e 1950. Foi na primeira que publicou em *Diretrizes*, jornal semanal dirigido também pelo célebre Samuel Wainer.** De Jorge Amado a Carlos Lacerda, de Carlos Drummond de Andrade a Joel Silveira, *Diretrizes* reunia uma constelação de colaboradores célebres. Tinha orientação esquerdista, próxima do Partido Comunista do Brasil (PCB). Diversos números foram apreendidos pela censura do Estado Novo, que fechou a revista em 1944. No ano seguinte, com a volta de Wainer do exílio, *Diretrizes* retornou como jornal vespertino, mas durou poucos meses. A colaboração de Vinicius concentrou-se em 1945, quando assinou a seção "Crônica da Cidade", escrevendo ali sobre a vida cotidiana carioca e os problemas urbanos.

Bastante longe de tal ativismo político estava a revista bimestral *Sombra*, voltada para as artes, cultura, literatura e colunismo social, editada no Rio de Janeiro. Apareceu em dezembro de 1940 e circulou até 1960, criada pelo jornalista Walther Quadros. Voltava-se para "o lado elegante e civilizado do Brasil", conforme escreve Augusto Frederico Schmidt no texto de abertura que marca a estreia da revista (número especial), em seu número de dezembro de 1940/ janeiro de 1941. De refinada apresentação gráfica, a revista empregava artistas como Guignard, Santa Rosa e Di Cavalcanti, e nomes internacionais, como Saul Steinberg. Grandes nomes escreveram para a revista: Carolina Nabuco, Stefan Zweig, Mário de Andrade, Rubem Braga, Adalgisa Nery, Elsie Lessa, Paulo Mendes Campos e outros. Vinicius publicou já no primeiro número de *Sombra*, que estampou os versos de "Sinos de Oxford", com que colaborou até 1952, escrevendo poemas e crônicas.

Outra revista na qual Vinicius colaborou foi *Leitura*, veículo mensal dedicado à divulgação da literatura brasileira e à popularização da leitura. Com notícias de lançamentos literários, críticas, resenhas e textos inéditos de autores nacionais e estrangeiros, punha lado a lado autores consagrados e estreantes, e também veiculava textos sobre música e cinema. Vinicius publicou crônicas em 1943, e só bem mais adiante, em 1960.***

---

* Eucanaã Ferraz, "Vinicius, cinemático", introdução a Vinicius de Moraes, *Cinema*. Lisboa: O Independente, 2004. p. 10.

** *Diretrizes* foi lançada inicialmente em formato de revista, com circulação mensal, em abril de 1938, no Rio de Janeiro. De orientação político e social liberal-democrática, foi dirigida inicialmente por Azevedo Amaral e Samuel Wainer, e, depois, por este e Maurício Goulart. Ao longo dos anos, teve formatos e periodicidades diferentes.

*** Nesse ínterim, Vinicius publicou o poema "O amor dos homens", na edição de janeiro de 1958.

Ainda nos anos 1940, Vinicius colaborou com O *Jornal*, que ao longo dos anos 1920 e 1930 se transformara no principal veículo do conglomerado Diários Associados, de Assis Chateaubriand. Com presença nacional e elevadas tiragens, alinhava-se aos interesses das elites conservadoras, com forte viés anticomunista, apoiando a ditadura de Getúlio Vargas — embora estivesse na oposição democrática antes do golpe do Estado Novo. Rubem Braga, Otto Lara Resende e Moacir Werneck de Castro foram redatores do jornal. Não possuía o mesmo prestígio cultural de outros diários do Rio, mas também publicava escritores consagrados.

A primeira colaboração de Vinicius de Moraes no *Diário Carioca* aconteceu no dia 15 de dezembro de 1946, quando — dividindo a página com Rubem Braga, Antonio Bento, Sergio Milliet, Paulo Mendes Campos e Pedro Dantas — publicou ali o poema "O camelô do amor". No finalzinho desse mesmo ano, porém, inaugurou uma seção chamada "Cavaquinho e Saxofone", com a crônica "Meu Deus, não seja já".* Mas o cronista só retornaria com sua seção no dia 6 de abril do ano seguinte, com "Vestiu uma camisa listada e saiu por aí". Voltaria a colaborar apenas em 18 de junho de 1950, agora com um poema, "Bilhete a Baudelaire", e nunca mais retornou com "Cavaquinho e Saxofone". Fundado em 17 de julho de 1928, o matutino carioca, propriedade do jornalista e empresário José Eduardo de Macedo Soares, era dirigido — nos anos em que Vinicius foi seu colaborador — por Horácio de Carvalho Júnior, com Danton Jobim na chefia da redação. De linha liberal, o veículo apoiava a presidência de Eurico Gaspar Dutra. Antes do Estado Novo, período em que foi obrigado a se ajustar à censura estatal, fora um ferrenho opositor de Getúlio Vargas. A prestigiosa 2ª Seção publicava crônicas, críticas, resenhas e textos literários da melhor intelectualidade carioca e nacional.

É ainda na década de 1950 — especificamente em 1953 — que colaborou com *Flan: O Jornal da Semana*, tabloide dominical de notícias e variedades editado pela empresa de *Última Hora*, no Rio de Janeiro. Lançado em 12 de abril de 1953 com o mesmo viés governista do *UH*, competia com *Manchete*, de Adolfo Bloch, e *O Cruzeiro*, de Assis Chateaubriand, arquirrivais de Samuel Wainer. Teve como diretores Joel Silveira, Francisco de Assis Barbosa e Marques Rebelo, entre outros jornalistas consagrados. Em meados de 1953, depois de um escândalo político, Wainer foi obrigado a deixar a presidência do grupo

---

* A crônica seria incluída depois no livro *Para uma menina com uma flor* (1966).

UH. O último número de *Flan* data de 8 de setembro de 1954, duas semanas depois da morte de Getúlio Vargas.

Cabe observar o quanto Vinicius se integrara a um quadro no qual a colaboração de escritores na imprensa carioca forjava um ambiente de colaboração mútua, rede de informações, de camaradagem, uma série de trocas que tinha como centro a literatura, cabendo à crônica um especial relevo pela sua presença constante na vida social e cultural da cidade, e pelo seu poder de intervenção e de diálogo. Vale a pena citar uma espécie de balanço publicado no *Diário Carioca*, em 9 de novembro de 1952:

> Os jornais diários do Rio, depois de uma longa fase de relativa indiferença pela colaboração cotidiana dos escritores, voltaram a abrir suas colunas para crônica de sabor literário. Os escritores atenderam em massa ao apelo. Quase todo grande jornal do Rio tem hoje um ou mais nomes conhecidos das letras assinando crônicas diárias.
>
> Sem falar em Rubem Braga, solitário durante muito tempo e mestre no ofício, no qual dita o tom e o estilo, e sem falar noutro veterano, José Lins do Rego, que tem duas colunas, uma de manhã (*O Jornal*) e outra à tarde (*O Globo*), lemos desde algum tempo Marques Rebelo e mais recentemente Vinicius de Moraes na *Última Hora*, jornal onde Nelson Rodrigues faz drama, farsa e comédia e Otto Lara Resende faz crônica sobre filmes. No *Correio da Manhã*, além do velho Braga, dos esporádicos "telefonemas" de Oswald de Andrade, existe agora uma coluna literária diária, com crônica assinada por José Condé. No *O Jornal*, Fernando Sabino, que inaugurou uma nova espécie de crônica, faz as "entrelinhas" e Waldemar Cavalcante registra o que "eles" dizem, fazem e pensam. Na *A Noite*, Lúcio Cardoso romanceia os fatos diversos. Na *Tribuna de Imprensa*, Odilo Costa Filho escreve de tudo. E aqui, na sexta página do *Diário Carioca*, Paulo Mendes Campos, que todo mundo lê, e agora, o poeta Thiago de Mello começa também a cronicar com o maior entusiasmo.

Na década de 1960, Vinicius permaneceu *cronicando*, conforme se vê pela sua colaboração na revista *Fatos e Fotos*, importante tabloide semanal de notícias e variedades da Bloch Editores, no Rio de Janeiro, editado em Brasília. Começou a circular em 28 de janeiro de 1961, sob direção de Justino Martins. Publicava reportagens fartamente ilustradas, com foco em política e sociedade, atuando como veículo auxiliar de *Manchete*, revista semanal da Bloch. Embora sua linha editorial apoiasse com reservas o governo João Goulart, em 1964 aderiu ao golpe civil-militar, mas também publicou autores e reportagens críticos à ditadura, no mesmo período das colaborações de Vinicius.

Bem mais afim com a personalidade e as posições políticas de Vinicius era o não menos célebre *O Pasquim*, independente, e irreverente, semanário carioca lançado em 26 de junho de 1969 por um grupo de jornalistas e artistas gráficos egressos da grande imprensa, como Jaguar, Tarso de Castro e Sérgio Cabral. Ao grupo fundador d'*O Pasquim* se reuniram Millôr Fernandes, Paulo Francis, Ivan Lessa, Henfil, Claudius e Ziraldo, entre outras estrelas do jornalismo, da crítica e da literatura. Dirigido por Tarso de Castro até 1971, quando Millôr Fernandes assumiu o cargo, tornou-se o expoente máximo da chamada "imprensa nanica". Tinha viés de esquerda, com críticas bem-humoradas à ditadura, que proibiu diversas edições do jornal. Em novembro de 1970, o DOI-Codi prendeu boa parte da redação. Entre os textos e cartuns humorísticos, também publicava peças "sérias", como ensaios e críticas, além de entrevistas antológicas com personalidades culturais. Vinicius teve uma coluna fixa entre 1970 e 1971.

Vale registrar, por fim, a presença de Vinicius na revista *Claudia*, publicada mensalmente pela Editora Abril desde outubro de 1961, em São Paulo. Voltada para o público feminino, foi pioneira do gênero no Brasil, com matérias sobre comportamento, moda, beleza, saúde, relacionamentos e educação dos filhos. Dirigida por Thomaz Souto Corrêa a partir de 1965, também abria espaço para crônicas, poemas e ficções de autores consagrados, como Vinicius, que colaborou esparsamente na revista entre as décadas de 1960 e 1970.

3
Segundo Beatriz Resende, Vinicius de Moraes foi "um cronista que imprimiu a tudo que criou uma emoção incontrolada, uma franqueza quase desmedida, um destemor de se dar a conhecer sem qualquer medo do que jornais ou outros veículos faziam circular pela esfera pública de opinião".[*] Tais características podem ser observadas até mesmo nas suas críticas-crônicas sobre cinema, em que as apreciações dos filmes não se guiavam pela neutralidade crítica e frequentemente viam-se misturadas às memórias do espectador apaixonado.

No texto de abertura do presente volume, "Os tempos de Lillian Gish e Norma Shearer, coisas velhas da cena muda: ontem e hoje", Vinicius de Moraes

---

[*] Ver "O lado B das paixões", posfácio de *Para uma menina com uma flor*. São Paulo: Companhia das Letras, 2009. p 176.

escreveu, em tom lírico e nostálgico: "Houve um tempo no cinema americano em que Lillian Gish, esse lírio partido da juventude de nós todos, era a nossa mais doce namorada. Amava-se Lillian Gish, como se ama um passarinho morto". Em seguida, afirmou: "Eu amava as minhas atrizes ao som de 'Judex'. Era um amor sem conta". Ao se referir a Joan Crawford no filme *Garotas modernas*, Vinicius a definiu como "aquela grande delícia". Nesses trechos, em que tratou de atrizes do cinema mudo, a "emoção incontrolada" e o "destemor de se dar a conhecer" pareciam consistir numa estratégia de combate ao "exibicionismo tolo" estimulado com fins mercadológicos pela indústria cinematográfica.

Na crônica em que criticou *Ouro do céu*, a "fraqueza quase desmedida" que Beatriz Resende apontou se torna evidente desde a primeira frase: "As comédias musicadas são, noventa por cento das vezes, intoleráveis". A mesma franqueza pode ser reconhecida na última frase desse texto: "Nada disso é cinema, naturalmente. O Cinema (não contem para ninguém) está dormindo há muito tempo". Em *"A morte de uma ilusão"*, Vinicius de Moraes garantiu, convictamente: "voltando à *Morte de uma ilusão*, que é como se chama o filme: que joça, que falta de critério, que desaforo se fazer uma coisa assim!". Em *"O terceiro homem — (I)"*, ele explicou: "Nesta coluna eu sou um crítico de cinema, sempre que houver 'cinema' para criticar — não porcarias como as que correm, a que só se pode ou dar um gozo, ou passar por cima". Também nesse jornal, em "Cuidado com *Cuidado com o amor!*", Vinicius escreveu: "A produção média de Hollywood é mesmo muito ruim, justiça lhe seja feita". Portanto, sua franqueza era um traço singular da sua produção crítica em torno do cinema, que foi sendo afiada a cada nova coluna.

Por meio da crônica "Da cidade para o cinema", Vinicius justificou a mudança de assunto de sua colaboração periódica em *Diretrizes*, no qual publicava antes a coluna "Crônica da Cidade". A partir dessa data, a nova coluna, "Cinema", ia ser destinada à crítica de filmes, recuperando uma vocação apaixonada que mostrou inicialmente aos leitores através do jornal *A Manhã*. Sua justificativa para tal mudança de foco revela um motivo íntimo, do espectador apaixonado: "É que o cinema é assim como que uma cachaça para mim". Em outra passagem, confessa novamente sua paixão pela arte cinematográfica: "Conheço cinema bem demais para poder me enganar a não ser por paixão, porque confesso que não sou isento de paixão com relação a essa arte apaixonante".

Era seu grande entusiasmo que transformava a crítica em exercício de ampla aproximação entre o público e a arte cinematográfica:

Minha maior vontade sempre foi a de criar um ambiente de compreensão cada vez maior no público para com a arte da imagem em movimento, porque, sinceramente, gostaria que todos tirassem dela o prazer, o conhecimento, o descanso, a poesia e liberdade de imaginação que eu tiro. Pois nunca nenhuma arte teve maior possibilidade de ser a grande arte deste século, a arte por excelência das massas e para as massas, a arte em que o povo pode melhor transmitir e receber, que o cinema.*

O crítico via no cinema uma capacidade inquestionável de educar, e educar por meio de uma "rapidez" característica dos meios de comunicação, tornando-se "o mais emocionante transmissor de notícias de que há notícia", como afirmou adiante, nessa mesma crítica-crônica, completando que no cinema as notícias eram disponibilizadas "visualmente dentro de uma noção exata do que acontece, oferecendo ainda uma participação que nenhum outro meio, a não ser a própria presença, pode oferecer".

No entanto, nem tudo era motivo de celebração. A crônica "Da cidade para o cinema" destaca que a arte cinematográfica era uma "arma de dois gumes", porque se por um lado havia seu alto potencial de comunicação e educação, por outro lado servia "a um dos piores tipos de exploração capitalista do nosso tempo", guiado pelo lucro fácil, valendo-se de fórmulas de baixa qualidade. Por esse motivo a crítica de cinema de Vinicius também consistiu, no jornal *A Manhã*, numa "reação contra o comercialismo vergonhoso que vinha sendo imposto à arte, tirando consequentemente as condições de o público "ver" os ensinamentos que o cinema era capaz de apresentar à massa. Contudo, essa reação não lhe parecia mais necessária — ao menos na medida em que fora — diante de um novo contexto:

Hoje, felizmente, o ambiente já é outro, e não há necessidade de ser tão "técnico". A maioria das pessoas sabem que o cinema é uma arte, possui uma linguagem própria, e como toda arte parte de uma estética que lhe dita os caminhos da boa expressão. De modo que qualquer crítica pode ser agora mais popular, no sentido da acessibilidade desde que não confunda o popular com o escrachado. Ao reiniciar, pois, minhas atividades como cronista de cinema, reafirmando a independência e liberdade com que sempre fiz e sempre a farei, congratulo-me inicialmente do esforço que venho sentindo no cinema americano, no sentido de uma melhora do padrão geral do filme, e no esforço do povo

* Ibid.

para compreender e sentir a arte da imagem, que é no fundo, a verdadeira causa desse aprimoramento.*

Embora tenha declarado que não havia mais necessidade de ser tão "técnico", as críticas-crônicas de Vinicius publicadas em *Diretrizes* funcionam, em diversos trechos, como uma introdução ao cinema ou aos modos de "ler" o cinema. Nesse sentido, seus textos manifestam inclusive uma perspectiva histórica, listando aspectos do "velho cinema" e/ou dos filmes que estavam sendo exibidos nas salas de projeção. Havia nessas passagens uma finalidade didática, de quem pretendia instruir os espectadores, o que pode ser constatado nesta frase de "*Quando desceram as trevas* — Fritz Lang": "Explico-me, para não parecer complicada aos leitores ainda não familiarizados com a linguagem da crítica cinematográfica". Já em "*O terceiro homem* — (I)", o filme de Carol Reed foi tratado como um paradigma "em que o público em geral pode aprender a ver cinema".

Além dos textos sobre filmes então exibidos, que ocupam a maior parte da coluna "Cinema", Vinicius também estava atento a problemas referentes à qualidade técnica das projeções, evidente em "A primeira exibição de filmes franceses": "Sei que muitos desses defeitos serão oportunamente corrigidos, mas cumpre urgir certas providências, para não tornar um tão generoso esforço senão um improfícuo, pelo menos inábil para o nosso jeito brasileiro de ser".

Outro aspecto relevante, ainda que pouco frequente, dizia respeito à falta de autonomia da crítica de cinema, geralmente atada a noções relacionadas à literatura, conforme trecho de "Cinema e teatro", quando tratou de um concurso promovido pelo jornal *A Noite* com a finalidade de escolher os "melhores diretores, artistas e celuloides nacionais e estrangeiros" do ano anterior. As obras selecionadas lhe despertaram "uma velha ideia" que tinha a respeito da crítica cinematográfica no Brasil: "o conceito usual de cinema encontra-se ainda profundamente penetrado de noção literária de enredo e da peste da ação teatral". Por fim, destaca-se sua preocupação com o monopólio norte--americano, como pode ser observado num trecho de "*O arco-íris*, de Mark Donskoy": "É esta uma obra de mérito, porque, no pé em que se encontra a distribuição, o mercado é quase que exclusivamente americano, tirando algumas honrosas exceções". Vinicius estava atento aos filmes que furavam o monopólio hollywoodiano, "de qualidade inferior", segundo suas palavras, quando comparado ao cinema europeu.

* Ibid.

Outro eixo temático das crônicas reunidas neste volume diz respeito ao Rio de Janeiro, que se torna a grande personagem das "Crônicas da Cidade". Foi por meio dessa coluna que Vinicius de Moraes iniciou sua colaboração com *Diretrizes*, apresentando um posicionamento crítico regular acerca das carências da Cidade Maravilhosa.

Acostumados à imagem idílica do Rio de Janeiro presente nas canções bossa-novistas, nas quais a Zona Sul é sinônimo de beleza e prazer, os leitores podem se surpreender com os problemas referentes ao cenário urbano carioca tratado em "Crônicas da Cidade". Em "A cidade... ela mesma", a beleza do Rio de Janeiro desponta como um obstáculo aos seus moradores: "Não lhe peçais outra coisa senão beleza, é o que de melhor ela vos pode dar. É uma cidade bela, de uma beleza tão contínua que o que de mais útil há a fazer, se se quiser viver nela, é esquecê-la o mais rapidamente possível, do contrário não faz nada".

Em "Luta de classes?", "Passageiros e choferes", "De quem é a culpa" e "De maneira que...", Vinicius de Moraes se ocupou dos obstáculos que cariocas enfrentavam em relação ao transporte público, como já fica evidente na frase de abertura de "Luta de classes?": "Um dos mais desagradáveis problemas com que se defronta atualmente o carioca é a má-criação dos choferes de ônibus, dos trocadores sobretudo". Tratava-se da consequência dos "maus ordenados" e das "difíceis condições de trabalho", que provocavam um estado de "revolta nos choferes e trocadores de ônibus", como esclareceu em "Passageiros e choferes". Em "De quem é a culpa", o cronista trata da relação entre passageiros, trocadores e choferes, e, a certa altura, dá seu veredito quanto à tensão no ambiente daquele meio de transporte:

> O grande culpado é, em primeiro lugar, o regime de grosseiro capitalismo em que vivemos e em segundo, a ineficácia da administração. Mas constatá-lo apenas não resolve o problema. É preciso dar duro nas companhias que são no caso os intermediários entre a administração e o povo.

Como se vê, o cronista não se limita a observar e descrever, fazendo questão de dar suas opiniões políticas. Em vez de cantar os encantos da Cidade Maravilhosa, Vinicius se ocupa dos problemas que afligem o dia a dia dos cariocas e atenta para as iniciativas de organização da população para a melhoria de suas vidas. Na crônica seguinte, "De maneira que...", exige providências das "autoridades competentes". Assim, as primeiras crônicas inéditas em livro dessa coluna apresentam um aspecto que se tornaria a ênfase de "Crônicas da Cidade", onde seus textos alcançaram uma função político-social, de contestação e reivindicação permanentes, às vezes fazendo uso do *humour* como estratégia de crítica e deboche, como em "Ainda Leblon", que trata do "despejo de fezes" na praia: "É simplesmente incrível. Contado ninguém acredita, dizem que é alga? Se aquilo é alga, nesse caso meu filho, o Pedrinho, sujava muito as fraldas de alga quando tinha um mês. Ora... alga!".

Sua coluna de *Diretrizes* sofreria uma modificação notável em meados de 1945, que dizia respeito ao foco dedicado à cidade do Rio de Janeiro e, por conseguinte, às estratégias de escrita. A mudança nascia de uma autocrítica, conforme se lê em "Ao cronista anônimo da cidade":

> Outro dia eu estive pensando uma coisa: que esta crônica muito mais que ser minha, é da Cidade. Senti-me então meio raso, e pela primeira vez tive a noção exata da responsabilidade em que ela implica. Puxa, afinal de contas é ligeiramente abafante ser escolhido como o intérprete da cidade múltipla, o anotador vigilante das suas grandezas e misérias, o poeta do seu lirismo, o criptógrafo das suas mensagens de um instante.

Por ter que se dedicar a uma "cidade múltipla", Vinicius ponderou a necessidade de suas crônicas apresentarem múltiplas vozes. Tratava-se de uma conclusão a que chegara graças a um sobrevoo pela cidade do Rio de Janeiro, quando viu os bairros de Cascadura e Méier, Encantado, São Cristóvão e Rio Comprido, entre outros, e sentiu "a poesia de tudo antes de ver a massa humana se agitando, lutando, se alegrando, penando, dentro das casas acesas e nas ruas noturnas". O olhar lançava-se em direção a escalas diversas da vida urbana (ao público e ao privado, ao visível mas também ao invisível — a poesia —), como se coubesse ao sujeito reconhecer os ritmos mais secretos, mais vitais, o fluido da própria vida para além do que se pode constatar na uniformidade das paisagens.

Curiosamente, é a partir dessa experiência amplificadora que Vinicius levará em consideração a mais conhecida dificuldade de todo cronista: a falta de assunto (já tratada no texto de abertura de *Para viver um grande amor*, intitulado "O exercício da crônica"). O modo viniciano de resolver o problema foi anunciado em "Ao cronista anônimo da cidade":

> Foi por isso que eu pensei uma coisa: o cronista não deve ser apenas o que cria a crônica: ele deve ser também, pois que a crônica é da cidade, o que faz, eventualmente, a crônica que outro não fez, ou porque não saber fazê-la, ou por não ser

cronista, ou por não querer, simplesmente. De modo que eu queria pedir uma coisa à cidade: quem tiver a sua crônica, que me diga.

A partir de então, Vinicius escreveria suas crônicas recorrendo a cartas de leitores como quem se vale de um substrato. Consequentemente, a cidade do Rio de Janeiro contemplada através de sua coluna se tornaria não apenas mais "múltipla", mas revelaria, ainda, uma diversidade de vozes e problemas: em crônicas como "O senhor calvo e os cabeleireiros", o humor volta à cena cronística, ao atender ao pedido de um leitor, nomeado como "Próspero Calvo", que apontava "a necessidade de ser adotada uma linguagem com que o freguês se faça entender pelos barbeiros"; já em "S.O.S.", um leitor de "indisfarçável vocação lírica" lançava a atenção de Vinicius sobre a Segunda Grande Guerra.

Entre uma crônica e outra escrita com seus colaboradores, que definiam os problemas a serem discutidos, havia textos criados por vontade própria, em que se destacavam acontecimentos trágicos, como a situação lastimável dos "Menores abandonados (i e ii)"; o naufrágio do navio *Bahia*, em "Pelas vítimas do *Bahia!*"; "A bomba atômica", entre outras.

Há motivos os mais diversos nessa coluna de *Diretrizes*, como a visita de Pablo Neruda ao Brasil, a volta dos pracinhas da FEB que participaram da Segunda Guerra Mundial, a 1ª Semana Antituberculose etc. Havia, portanto, uma oscilação entre os motivos dos textos dessa coluna, que ora adotava a perspectiva do próprio cronista, ora aproveitava vozes anônimas.

Além do cinema e da cidade, um terceiro grande eixo temático pode ser identificado: perfis. Publicados em *O Jornal, Flan, Leitura, Diário Carioca, Última Hora, Rio-Magazine* e *O Pasquim*, Vinicius recorreu, nesse tipo de texto, a fatos ligados à vida e à obra de velhos e novos amigos, como Bruno Giorgi, Jayme Ovalle, Candido Portinari, Rosina Pagã, Graciliano Ramos, Aracy de Almeida, Doris Monteiro, Bené Nunes e Carlos Leão. Nota-se então uma tentativa bem-sucedida de analisar características notáveis de suas produções artísticas, num viés crítico, mas examinadas mediante uma linguagem fluida, de conversa amistosa, como quem narra conquistas técnicas a partir de fatos biográficos estruturantes de uma personalidade ou de uma "voz" criativa. Em algumas dessas crônicas, Vinicius ora destacou mais técnicas e estilos, ora se voltou sobretudo a fatos relacionados aos percursos biográficos, quase sempre associados, porém, a características notáveis das obras. O entrelaçamento entre vida, personalidade e realizações artísticas parece constituir a melhor dinâmica dessas crônicas.

Exemplo notável desses textos-retratos é "A garota Doris", no qual o autor destaca de imediato: "A grande matéria-prima de Doris Monteiro é a espontaneidade". Ao analisar a rápida ascensão da atriz e cantora, Vinicius faz considerações sobre os perigos dessa subida, com que artistas podem se deixar "empolgar além dos limites pelo sucesso". Para ele, contudo, era um risco que Doris Monteiro não corria, e justifica liricamente sua avaliação por meio da personalidade da retratada: "pois ela tem, para temperar essa ponta de vaidade, que é uma coisa muito humana naqueles que sobem depressa, essa reserva de pureza, esse cantinho de sol dentro dela, que lhe ilumina o olhar de uma luz mais natural".

Em "Figura de Bené", onde Vinicius de Moraes trata do estilo musical do Bené Nunes, o título da crônica já revela, indiretamente, como sua música estava relacionada à "figura" do pianista: "Por vezes eu o olho e o imagino um personagem de um século mais propício aos lazeres do amor e da arte do que o nosso: a era de Elisabeth, por exemplo, o tempo de Médicis ou o reinado de Luís XIV", esclarece o cronista. Na composição desse e de outros perfis, torna--se claro que Vinicius mobilizava sua sensibilidade e seu imaginário com a intenção de construir a imagem de um artista e do seu tempo:

> Figura de Bené Nunes é figura de menestrel, ou pelo menos figura de moço de casa de Botafogo romantizado, desde a infância, com tradições domésticas, saraus suaves, cantares antigos, melancolias de sala de visitas de pé-direito alto com vovôs e tias velhas crepitando a última cera de existências sem sobressaltos.

"Carlos Leão" trata da arquitetura e dos desenhos de Carlos Leão, mas também de hábitos, conhecidos graças a uma convivência íntima: "Moramos juntos várias vezes, em nossa amizade e contraparentesco, e juro que já o vi atravessar noite inúmeras a desenhar como um possesso, numa espécie de fúria criativa que o levava até a madrugada. Desenhando e jogando na cesta". Na maior parte desses perfis, Vinicius de Moraes adotou uma abordagem marcada pela intimidade com as obras e com seus criadores.

Outros textos, no entanto, exploram técnicas da reportagem, quando o autor recorre a entrevistas que se fazem como conversa entre amigos. Nessas crônicas, revela-se a capacidade de Vinicius fugir das perguntas costumeiras, lançando aos seus compadres questões complexas e inusitadas. Em "O impossível acontece com Jayme Ovalle", surgem perguntas desta natureza: "O sacrifício de Cristo vale para todo o Cosmos, caso sejam outros planetas habitados?"; "O que é um chato?" e "Que é o dinheiro?". Já no texto "Diz Portinari: o pintor deve pintar o que sente… mas precisa saber o que sente", Vinicius faz perguntas mais ligadas ao campo de atuação do artista, buscando explorar uma série de questões referentes à arte moderna. Assim, é possível observar que suas perguntas eram organizadas conforme as características da personalidade do entrevistado. Não à toa, para Jayme Ovalle as perguntas exploravam o pitoresco, enquanto a Candido Portinari ele destinou interrogações sérias em torno de questões técnicas ou ligadas à história da arte. Como escreveu na crônica "Olhos dos artistas", em Portinari ele percebia olhos "rijos sobre os problemas de sua arte".

4

A pesquisa realizada para a organização deste livro partiu da consulta a documentos datiloscritos de Vinicius de Moraes depositados em seu arquivo pessoal do Arquivo-Museu de Literatura Brasileira da Fundação Casa de Rui Barbosa. Após identificar crônicas inéditas em livro, elas foram digitadas para dar início a uma segunda etapa da pesquisa, em jornais e revistas onde Vinicius atuou como colaborador. Estes foram consultados na Seção de Periódicos da Fundação Biblioteca Nacional, bem como na Hemeroteca Digital. Os textos foram então localizados e serviram ao cotejamento dessas crônicas, assim estabelecendo o texto por meio de suas versões finais. Alguns exemplares não foram localizados, e nesses casos aproveitou-se a versão datiloscrita depositada em seu arquivo pessoal no Arquivo-Museu de Literatura Brasileira. Em seguida, as crônicas sofreram atualização da grafia conforme as orientações do Acordo Ortográfico da Língua Portuguesa de 1990, que entrou em vigor em 2009.

Na terceira etapa da organização, as crônicas foram anotadas. Para evitar excessos, buscou-se anotá-las apenas quando se tornavam imprescindíveis, de modo a também não descaracterizar a dinâmica de leitura típica desse gênero textual, geralmente associado à fluidez e ao que o próprio Vinicius de Moraes definiu como "prosa fiada", conforme "O exercício da crônica", que abre o volume *Para viver um grande amor*. Algumas notas manifestam a intenção de informar os leitores mais jovens, que podem desconhecer certos índices conhecidos pelas gerações mais velhas de leitores. Outro fator que motivou a anotação das crônicas diz respeito a uma certa centralidade de motivos ligados ao Rio de Janeiro: leitores que não vivem nessa cidade podem desconhecer certas obviedades para quem mora nela. As expressões estrangeiras também foram um motivo de anotação, de modo que não se torne necessário consultar os dicionários, evitando, assim, interrupções mais duradouras no fluxo de leitura.

CRÔNICAS INÉDITAS

OS TEMPOS DE LILLIAN GISH E NORMA SHEARER, COISAS VELHAS DA CENA MUDA: ONTEM E HOJE

Houve um tempo no cinema americano em que Lillian Gish, esse lírio partido da juventude de nós todos, era a nossa mais doce namorada. Amava-se Lillian Gish, como se ama um passarinho morto.[1]

Tinha-se Mary Pickford em grande ternura, mas o beijo no retrato era para Lillian Gish. Podia-se enciumá-la um pouco com Norma Talmadge ou Alice Terry, esquecê-la um segundo por Gloria Swanson ou Dorothy Dalton, podia-se mesmo enganá-la com Barbara La Marr ou Betty Compson. O coração, no entanto, pertencia à suave heroína de *Letra escarlate*.

Quanto tempo não faz isso! Por essa época ocupávamos, na imaginação das nossas primeiras namoradas de verdade, o lugar que de direito pertencia a Charles Ray, Wallace Reid, Thomas Meighan. Depois [Rudolph] Valentino desceu como o Leviatã. Açambarcou tudo para ele. Pola Negri, Nita Naldi, *n* nos nomes, de cabelos e olhos negros, que beijavam de costas para se ver o sheik cravar-lhes nas espáduas a manopla possessiva. Nessa época a gente também se divertia com as melhores comédias de Mack Sennett e suas banhistas, com Harold Lloyd e Bebe Daniels brigando às taponas, com o esplêndido Buster Keaton, com as séries de Pearl White e Ruth Nolland. Chaplin e Douglas [Fairbanks] ainda não eram para nós os inovadores que consideraríamos mais tarde. A feiura de William Farnum e William "Souza" Hart[2] era-lhes um padrão de glória. Feios, dizia-se, mas fortes. William Hart colhia o lenço de sua dama sem se mover da sela. Quando se encolerizava, apertava os olhos, trazia os revólveres à altura do rosto e não perdia bala. [Richard] Bartlemess era o David caçula do cinema.[3] E Theodore Roberts; e Mary Carr — ô velhinha pau! — e Ernest Torrence, o terrível Ernest Torrence, sem dúvida o maior bandido da tela!, antes de ser São Pedro.[4] Aparecia gente nova, mas o Cinema era sempre Cinema. Rod La Rocque, Charles Farrell, Ramón Novarro, Lon Cha-

---

1 Curiosamente, essa imagem reaparecerá no poema "Minha grande ternura", de Manuel Bandeira, publicado em *Estrela da tarde* (1960): "Minha grande ternura/ pelos passarinhos mortos".

2 Pilhéria com o nome de William S. Hart, que usava abreviado o primeiro sobrenome, Surrey.

3 Referência ao filme *Tol'able David* (1921), dirigido por Henry King e cujo título foi traduzido no Brasil por *Davi, o caçula*.

4 Referência ao filme *The King of Kings* (1927), *O rei dos reis*, dirigido por Cecil B. deMille, no qual Torrence interpreta o papel do apóstolo Pedro.

ney, Ronald Colman, Mae Murray, Norma Shearer, Greta Garbo e tantos. Faziam-se grandes filmes com uma grande simplicidade. Havia uma ternura, uma modéstia no silencioso claro-escuro das cenas, uma singeleza nos diálogos acidentais, uma saudade nas valsas do pianista do bairro, que nunca mais os poderemos esquecer. Uma chamava-se "Judex".[5] Eu amava as minhas atrizes ao som de "Judex". Era um amor sem conta.

Que diferença para agora! Vejam o que fizeram da pobre Joan Crawford, que foi aquela grande delícia de *Garotas modernas*. Hoje a gente não pode amar uma mulher assim: se compromete. Quem é que pode mais gostar de Norma Shearer, com aqueles penteados e aqueles vestidos! E no entanto, Norma Shearer foi a heroína inesquecível do *Príncipe estudante*!

Não eram atores: eram tipos humanos simples, movendo-se com naturalidade diante das câmeras, sem Adrian[6] para vesti-los, nem agentes de publicidade escandalosos para endeusá-los. Perderam-se irremediavelmente para as nossas afeições íntimas. Venderam-se à facilidade de um exibicionismo tolo, de uma notícia vulgar. Entregaram-se ao luxo, ao grã-finismo cênico, ao regime da piada fluente, ao *show-off*, *babbittizaram-se*,[7] *noelcowardizaram-se*,[8] destruíram toda a beleza do silencioso, do lírico, do rítmico; fizeram do Cinema o espetáculo degradante que ele hoje nos apresenta, justamente a nós, que acreditamos nele, que não queremos deixar de acreditar nele.

A Manhã, Rio de Janeiro, 17 de agosto de 1941

5   É provável que se trate da valsa "Judex", de P. Nimac, pseudônimo de Pedro Ângelo Camin, músico e compositor popular.

6   Nome pelo qual era conhecido Adrian Adolph Greenburg, figurinista norte-americano.

7   Neologismo criado a partir do título *Babbitt* (1922), o mais notável romance do escritor norte-americano Sinclair Lewis. Sugere, pelas características de *Babbitt*, interesse exclusivo na obtenção de lucros.

8   Neologismo criado com base no nome do ator, dramaturgo e compositor inglês Nöel Pierce Coward (1899-1973). Pelas características de seu trabalho no cinema, o neologismo parece aludir ao humor popularesco e à baixa qualidade das comédias musicais. Na crônica seguinte, "Ouro do céu", Vinicius de Moraes criticará justamente esse tipo de obra. Além disso, o neologismo também sugere uma aproximação com a palavra "covardia".

OURO DO CÉU – JAMES STEWART METIDO EM COMPLICAÇÕES PELOS AMORES DE PAULETTE GODDARD

As comédias musicadas são, noventa por cento das vezes, intoleráveis.

O enredo é invariável: o rapaz, um gênio para a música (a palavra *gênio* em Hollywood é moeda corrente), a menina-inspiração, que canta bem, uma orquestra que se forma, e no fim o bando é contratado, canta-se muito, dança-se a valer, e faz-se uma pequena apoteose para o pano cair.

Para quem gosta de música americana, como é o meu caso, um filme assim, com um mínimo de enredo e um máximo de música, torna-se um espetáculo reprovável. Eu acho um bom fox uma coisa esplêndida. Mas precisa haver um bom fox. O geral, nessas comédias, é não haver nada. Desde o saudoso *Broadway Melody*, poucos têm sido os filmes no gênero que prestem. O primeiro, *Ondas musicais*, foi excelente. Depois caíram na mais completa escrachação.

Esse filme *Ouro do céu*, com James Stuart e Paulette Goddard à frente, é bem pobrezinho. Quer fugir à regra mas não consegue. Tem uma complicação inútil de farinha que só serve para atrapalhar a gente, que vai lá para ouvir música nova e pega, fica desagradado com aquele mal-entendido todo, querendo que o tio rico faça logo as pazes com a família da moça pobre, para os dois se casarem de uma vez e cantarem à vontade.

Paulette Goddard canta bem, mas dança como a cara dela, ou melhor, antes dançasse. Que falta de jeito, meu Deus! James Stuart sempre bobo, cheio de braços e pernas, muito simplezinho, ótimo rapaz!… INTOLERÁVEL!

James Stuart é um caso patológico do cinema de Hollywood. É o herói "bocó", a última maravilha de Hollywood. É homem do cotidiano, o *average--man*, que sonha e luta ao mesmo tempo, uma espécie de Quixote jovem, com prendas artísticas e domésticas.

Enfim, o filme é isso: James Stuart metido em complicações pelo amor de Paulette Goddard.

Não há grande música. Os foxes são apenas passáveis. A cena da prisão, bem boa como achado rítmico.

Nada disso é cinema, naturalmente. O Cinema (não contem para ninguém) está dormindo há muito tempo.

A Manhã, Rio de Janeiro, 20 de agosto de 1941

CARTA AOS INGLESES[1]

Bernanos foi um dos primeiros romancistas franceses que li, da geração da Grande Guerra, nessa fase da vida em que se descobre Proust e Gide e se começa a insultar a Academia Francesa. Descobri-o com grande emoção, através de um de seus romances que, para mim, mais há de apontá-lo no julgamento da posteridade, *Sob o sol de Satã*, obra que frequentemente se areja dos ventos mais altos e poderosos da criação romanesca. Daí, foi atravessar de um só fôlego todos os seus livros. *A alegria* e *A impostura* deixaram-me, em sua monumental trajetória, uma das maiores impressões literárias que já tive. Hoje em dia sinto em Bernanos — exceção feita de Proust, que se situa num regime à parte — o maior romancista que a França deu ao mundo, desde Balzac e Flaubert.

No intervalo de tempo que separa tais homens surgem, não há que negar, realizações que poderão satisfazer, individualmente, mais que qualquer dos romances já citados, de um ângulo puramente estético: tomem-se por exemplo, *Os moedeiros falsos*, de Gide; *O baile do conde d'Orgel*, de Radiguet; *O nó de víboras*, de Mauriac. Aparecem romancistas excelentes fazendo excelentes romances, como aquele *Isabelle*, que Jacques Rivière tão modestamente escondeu em meio à sua obra de crítico; sem falar no primoroso *O bosque das ilusões perdidas*, de Alain Fournier; nunca esquecendo a obra primitiva de Julien Green e sobretudo o nome desse luminoso Robert Francis, uma envergadura de romancista como poucas vezes verá a França. Haveria ainda volumes a citar na obra desigual de Romain Rolland, como os livros da infância e adolescência de Jean Cristophe; de Roger Martin du Gard; de Schlumberger; de Daniel Rops; de Giraudoux; de Chardonne. No entanto, em muitos destes já estaríamos vivendo uma literatura de decadência, um intrincado mundo de subinfluências e compromissos literários que se transformariam, com a guerra, em compromissos políticos. Muito disso foi o cupim da França. Mais que nesse ou naquele, o parasita se escondia nos alicerces mesmo do edifício que se levantava de um labor artístico sem outra finalidade que o brio, eu diria melhor, o brilho literário. Nenhum contato com o povo, nem com a terra.

---

1   O texto é um comentário crítico à publicação de *Lettre Aux Anglais*, de George Bernanos, em sua segunda edição (a primeira é de 1942), pela Atlântica Editora, do Rio de Janeiro, cujo editor era Charles Ofaire.

Tal não se veria em Georges Bernanos. Como em Péguy, sua natureza mais funda, de bom *paysan* francês, reagiria pari passu a esse espírito reacionário que se vinha formando na França contra a vida mais que contra qualquer outra. Nele, nenhum paradoxo à Valery, nenhuma metáfora à Claudel, nenhuma disponibilidade à Gide. Sua linguagem fez-se substanciosa e clara, carnal e direta em sua ligação andrógina com a terra, ao mesmo tempo que em seu espírito se esclarecia na observação dos tempos e dos ventos mais propícios ao plantio e à colheita. É bem essa a imagem que dele me faço, de velho camponês sadio, plantado no seu campo como uma grande árvore, os cabelos cheios de aragem, o coração cheio de amor, o bastão pronto para enxotar o vizinho, inveoso ou derrotista, de junto de sua seara. Um homem simples, com todas as qualidades e defeitos dos homens simples, eis o que é fundamentalmente Bernanos, ausente de toda a glória, vaidade ou privilégio. Seu instinto mais íntimo, como cristão e como francês, é o de bem servir, na medida das suas posses. Ele próprio diz, às primeiras páginas de sua dolorosa carta aos ingleses: "'Il n'y a pas de privilèges, il n'y a que des services'. Tel était le principe fondamental de La Monarchie populaire française à laquelle je reste attaché".[2]

Muitos o chamaram *pleurnicheur*.[3] Muitos o atacaram por querer, ausente, justificar a França da derrota e da humilhação sofridas, derrota e humilhação que precipitaram, logo no princípio da guerra, a queda de países mais fracos e desprotegidos, e que lutaram no entanto com outra galhardia. Só quem não conhece a sinceridade da obra bernanosiana pode levantar suspeita de qualquer conivência sua com os acontecimentos ou com a atitude do seu governo em face da invasão. Na verdade, a velha França nada teve a ver com isso, nem seu povo. A grande culpa coube às elites bem-pensantes, que vinham, desde o princípio do século, alimentadas mais de inteligência que de instinto, vivendo numa sedutora aventura de decadência. Eu tive a infelicidade de assistir à eclosão desse apodrecimento, espetáculo a que melhor fora não tivesse assistido, tão triste e desagradável me pareceu. Quis a sorte que me achasse em Paris, nos quinze dias imediatamente anteriores à declaração da guerra. Uma tarde, lembro-me bem, vinha descendo o boulevard des Italiens — numa maravilhosa tarde parisiense, as ruas apinhadas — quando os jornaleiros puseram-se subitamente a gritar a notícia do pacto russo-alemão. Imediatamente as ruas se esvaziaram e passou logo a reinar a maior consternação. Nessa

---

2   Em francês, "Não existem privilégios, existem apenas serviços.' Esse era o princípio fundamental da Monarquia do povo francês, à qual continuo ligado".

3   A expressão pode ser traduzida por "bebê chorão".

mesma noite saí e encontrei Paris deserta. Pela manhã seguinte fui ao Louvre: já estava fechado. A progressão do fenômeno era tão grande, o pânico e o desencanto de todos tão irremediáveis que não sei contá-lo. Pobres franceses, vítimas inconscientes de uma politicagem de meia dúzia de calhordas cujo único pensamento era o exercício do poder, a vaidade do posto, encapados num pretenso patriotismo a que encorajava uma imprensa relapsa! Como poder esquecer a conversa que tive, três dias antes da guerra, com aquele velho combatente de 1914, à porta do humilde Hotel Saint-Thomas-d'Aquin, em meio ao blecaute do Quartier Latin? Aquele velho que vi chorar como Bernanos choraria, certo como ele de que a vida *"vaut bien qu'on la pleure..."*.[4]

Não sei se o livro de Bernanos é para ser entendido já, em meio ao rugir dos canhões que silenciam todas as vozes do mundo. Mas que se não negue o sofrimento com que foi escrito, e a dignidade com que se dirigiu ao aliado ainda íntegro. Bernanos é a voz de uma França que não morre, a França de São Luís, de Joana d'Arc, de Bayard, de Cambronne, dos heróis, santos e soldados simples e malcriados, a França que legou ao mundo a canção de Rolland, a lírica de Villon, e a obra monumental de Balzac. A essa França Bernanos pertence, como o pão e o vinho, e é do fundo dela que se levanta sua voz, sua voz que merece o maior respeito dos homens, assim embargada de emoção.

Leitura, abril de 1943

4 Em francês, "vale a pena chorar por ela".

POESIA E MÚSICA EM VERLAINE[1]

Verlaine criou uma poesia que é só dele, uma poesia de uma inspiração a um tempo singela e sutil, toda em meias-tintas, evocadora das mais delicadas vibrações nervosas, dos mais fugitivos ecos do coração, uma poesia natural, no entanto, jorrada de fonte, às vezes mesmo quase popular; uma poesia onde os ritmos, livres e partidos, guardam uma harmonia deliciosa, onde as estrofes volteiam e cantam como um brinquedo infantil de roda, onde os versos que se conservam verso — e entre os mais raros — já têm de música. E nessa poesia inimitável, ele nos disse todos os seus ardores, todos os seus erros, todos os seus remorsos, todas as suas ternuras, todos os seus sonhos, e nos mostrou sua alma tão perturbada mas tão ingênua. É com essas palavras que François Coppé define, em seu prefácio a Verlaine, a poesia deste que foi o mais sórdido de todos os poetas, e como ser o mais sórdido, o mais santo. Curiosa, essa página simples e humilde num acadêmico precioso como Coppé, e que mostra bem a boa qualidade da influência de Verlaine em quem quer que o leia e trate com amor a sua poesia. Porque nenhum poeta exerceu influência mais profundamente sedativa e benéfica nos seus contemporâneos e pósteros, e até certo ponto inconsciente, pois o repúdio a Verlaine é uma doença inelutável em quem o ama.

Em geral a leitura de sua poesia é feita ao mesmo tempo que a de seus grandes pares, como Baudelaire, Rimbaud e Mallarmé, e o que geralmente acontece é se acabar com uma certa náusea pela aparente humildade, é falta de virilidade de seus temas. Verlaine sofre do mesmo mal que Chopin, a quem invencivelmente o ligo, tanto pelo sentido melódico da frase como pelo drama da paixão, comum aos dois. Chopin exerceu uma influência sem medida na música que se seguiu a ele, e nesse sentido poucos músicos serão tão modernos. Essa náusea, vezo de prodigalidade, só mais tarde se vem a perceber como é cruel, tanto em relação ao poeta quanto ao músico, quando se chega a sentir que gigantes foram em sua passividade: quando vemos filtrar-se na natureza genial de Rimbaud, esse anjo de egoísmo, a mais sublime luz verlainiana, após o primeiro instante de maravilhamento: quando sentimos apontar a todo instante na linha hermética de Debussy ou no impressionismo dos músicos espa-

---

[1] Comentário crítico quando da publicação de *Choix de poésies*, de Paul Verlaine, prefácio de François Coppé, Rio de Janeiro, Americ-Edit, 1943.

nhóis o melhor da invenção de Chopin. A importância dessa influência precisa ser frisada, pois poucos a sentem em sua real extensão, enganados pelos maus intérpretes e maus críticos, os Brilovsks de ambos.

É um engano pensar que há falta de dignidade na poesia de Verlaine como na música de Chopin. Nada mais puro que os "Prelúdios" e nada mais digno que as "Mazurcas" nas mãos de um Cortot, por exemplo. Nem o "pobre Verlaine" das ignóbeis explorações críticas do caso Rimbaud é o macho do verso de "Parallèlement". Hoje em dia poucas coisas me irritam tanto como esse ar falsamente piedoso com que se diz bem de Verlaine pensando melhor ainda de Rimbaud, que, no escândalo a que se liga seus nomes, leva sempre a melhor. Esse escândalo em si seria uma coisa bem pouco importante, não fossem os acontecimentos literários que o situam na vida dos dois poetas. Vale o que vale, em termos é claro, o caso George Sand na vida de Chopin. Puro tema para as procrastinações usuais dos literatos sem arte.

Há grande perfeição em Verlaine, e eu creio que uma releitura cuidadosa do poeta seria em extremo saudável a todos os nossos jovens estreantes, estejam de que lado estiverem, do de Mallarmé ou do de Baudelaire; do de Shelley ou do de Coleridge; do da poesia dos instantes ou do da poesia das palavras, mas sobretudo para os que, emaranhados de estrelas, flutuam na estratosfera da poesia. Veria que Verlaine está em Rimbaud, em Mallarmé e em Manuel Bandeira. Aprenderiam o que há de antibarroco, de antimetafórico na poesia desse amoroso irremediável. Conheceriam sobretudo o que há de irônico, de ácido e por vezes de selvagem na sua ternura. Imagens, colorações e mesmo rimas do "Le Bateau ivre" seriam captadas ao sabor da leitura: poder inconsciente da música no verso verlainiano. Cito de cor, em Rimbaud:

Comme je desçandais les Fleuves impassibles
Je ne me sentis plus guidé par les haleurs:
Des Peaux-Rouges criards le avaient pris pour cibles[2]

No poema "Çavitri", de Verlaine, temos:

Ou que l'Envie aux traits amers nous ait pour cibles.
Ainsi que Çavitri faisons-nous impassibles,[3]

2   Em francês, "Quando eu atravessava os Rios impassíveis,/ Senti-me libertar dos meus rebocadores./ Cruéis peles-vermelhas com uivos terríveis". Tradução de Augusto de Campos.

3   Em francês, "Ou aquela Inveja com feições amargas nos tenha como alvos./ Assim como Cavitri nos torna impassíveis,", tradução livre. Publicado no livro *Poèmes saturniens* (1866).

Essa coisa para mim não tem a menor importância. Nada mais pródigo que essa influência da música de um poeta na de outro, que por sua vez dará da sua própria, adiante. Eu pessoalmente acho Rimbaud um poeta bem maior que Verlaine, porquanto aquele possa ser uma criatura por vezes odiosa. Mas é preciso saber situar Verlaine num plano à parte na poesia moderna. É um puro auditivo, um extraordinário captador de harmonias. Suas canções, uma vez ouvidas, não se esquecem mais. E sempre dão filho.

A escolha de poemas que a Americ-Edit publicou em sua coleção, uma excelente escolha, vem, em boa hora, dar a todos, e especialmente aos nossos poetas, uma grande oportunidade para cada um pôr em dia o seu próprio Verlaine.

Leitura, junho de 1943

GUACHES

Augusto Rodrigues, além de ter talento, dançar frevo e fazer discursos geniais, é uma das mais maravilhosas organizações de moleque que eu conheço. A gente com ele tem sempre a impressão de que voltou à infância. Não me espantaria nada se, ao lhe pedir um cigarro, ouvisse, por exemplo, sacar do bolso: canivete, pião, bodoque, pedra de carvão, lápis de cor e um poder de chapinha de cerveja. E como todo bom moleque, Augusto Rodrigues é naturalmente uma grande pinta de moralista. Não pode ver muro de cal à feição: faz logo meia dúzia de rabiscos extraordinários, põe embaixo um comentário divertido e ainda sai lascado, ver se chega a tempo para a briga de *trinca* nova da escola com a turma do *deixa estar*: uma velha diferença que anda para ser tirada.

Sombra, que a tudo acompanha, colheu de passagem três desses riscos forrados de cor, em que Augusto Rodrigues grava à socapa, e de supetão, o que há de mais rápido e curvilíneo nas coisas e nas criaturas. E mandou me perguntar se eu gostaria de comentá-los ao meu bom prazer. Fui espiar de que se tratava: e mal pus os olhos nas figuras de Augusto Rodrigues, elas começaram a se movimentar com tanta naturalidade que era ver um desenho animado. Lógico que eu gostaria de comentá-los, quem não gostaria? Eram três amigos meus, três anjos: Guignard, Portinari e Santa Rosa, ou melhor, *o* Santa, como o chamamos, o que não quer dizer pouco. Três anjos: um dantas, um kerniano e um pará. Mas eu não vos direi who's who. Se quiserdes saber, tereis de ir às *Crônicas da província do Brasil*, no capítulo "A nova gnomonia", onde Manuel Bandeira dá uma esplêndida aula sobre a já famosa caracterologia de Jayme Ovalle, e que como método de conhecimento ultrapassa em profundidade qualquer das tentativas dos psicólogos austríacos ou alemães: café pequeno.

Três anjos. Se eu lhes tivesse de pôr asas, as poria brancas em Guignard; uma azul e uma rosa em Portinari; e... não sei se as daria ao Santa não, porque ele imediatamente deitaria a voar tanto, em sua busca boêmia de novas sensações plásticas, que no fim não sobrava nada para ninguém. Candinho (para mim Portinari é Candinho) entraria logo a explicar qualquer problema pictórico, os olhos azuis cravados em ângulo agudo na atenção do freguês, que *esse negócio é tudo uma besteira, rapaz, é um pessoal gozado! Vê uma laranja e fica pensando que pode pintar a laranja, mas invés começam é comer a laranja e a jogar fora as laranjas, sem saber que a casca é que presta, feito esses poetas, que querem fazer uma poesia num pedaço de papel de jornal e sem lápis: num pode! é besteira!*

Guignard estaria rígido como o produto mineral de uma faísca elétrica, só trabalhando com os olhos e as mãos habilíssimas, esse translúcido Guignard. Guignard é a única pessoa que eu conheço capaz de representar um quadro com os olhos e as mãos. Um dia contou-me sobre uma regata que queria pintar: e só me faltou sair remando, naquele esquematismo absoluto do movimento de uma boa guarnição — sem falar nas bandeirolas coloridas, no contentamento da baía. Grande Guignard!

Mas tão mau negociante! Ora, dá-se que eu quis, de uma feita, comprar-lhe uma aquarela e um desenho sobre Itatiaia, montanha da minha paixão. Guignard passou lá onde eu trabalho com uma pasta cheia de macieiras e marombas. Suspirei cobiçoso, e vagamente aflito perguntei-lhe por quanto mais ou menos saíam as duas, dizendo-lhe com toda a franqueza que, além de um certo limite, nada feito. Guignard levou a cabeça para trás num jeito de ponderação, e me disse: tanto! Eu me senti desfalecer.

— Mas você está doido, Guignard! Eu não posso de modo algum pagar o que você quer. É um absurdo.

E paguei o dobro do que ele queria. A coisa valia o triplo, naturalmente, se é que se pode fazer preço para tanta perfeição técnica aliada a tanta sensibilidade de traço.

O arquiteto Carlos Leão, que é também um desenhista formidável, perguntou um dia a Guignard como era que ele conseguia aqueles matinhos fabulosos que há de haver tanto em seus desenhos de paisagem. Guignard contou:

— Fazendo 8, 8, 8, 8, 8, 8…

E sua mão astuta riscava no ar, com lápis invisível, a fabulosa dízima vegetal que iria encastoar o cabeço de um morrinho faceiro.

Já Santa Rosa é coisa mais especificamente brasileira. Mistura de frevo com samba, de bairro do Recife com o Triângulo da Lapa. Esse pernambucano é um dos maiores cariocas que eu já vi. Vem como quem vai balizando o rancho, inteligente, paleta em punho (e caiba-me aqui usar da palavra com a presença latente do *h* consonantal que insinua o chapéu de palha do malandro), nessa ginga matreira de pintor que situa a própria pintura no espaço. Aliás, que balé brasileiro não daria o aproveitamento coreográfico desses movimentos do pintor nativo que dança enquanto pinta *en avant, en arrière,*[1]

---

1 Em francês, "para a frente, para trás".

dois para lá, dois para cá, espia daqui, espia dali, dá uma volta, olha de súbito e balança a cabeça: que samba!

Dos três, Portinari é o único monumental. Espantoso o mundo ciclópico que vive no pequeno arcabouço louro desse caipirinha paulista com o pé em Florença, mas invencivelmente autóctone, parada dura para uma conversa em inglês com algum americano interessado, se Maria — mulher e anjo da guarda do pintor — não estiver por perto desenvolvendo as bolas. Candinho é o operário mais braçal da sua arte de que se teve notícia. Galileu não trabalhou tanto em sua física, nem Tolstói em sua obra literária, nem Beethoven tanto em sua música. Candinho pensa de tal forma, vive com tamanha intensidade o seu comorama pictórico, experimenta tão alucinatoriamente todas as aventuras plásticas, que não admira andar de vez em quando soberbo, neurástico, azedo ou perplexo, agoniado e mesmo humilde. Mas é impossível deixar de amá-lo. Eu, por exemplo, gosto dele irremediavelmente, não tem jeito.

Mas em Guignard há uma qualidade de pureza, dir-se-ia melhor, de inocência, inencontrável não apenas nesses pintores aqui, mas em não importa que outro artista brasileiro. Guignard é uma criança, um pássaro contente, um marinheiro ancorado junto a uma amurada de sol olhando o mar. Não conheço episódio mais bonito que o daquele louco, cliente e amigo do psiquiatra Francisco de Sá Pires — o nosso Chico Pires (porque o dr. Sá Pires tem em cada louco um fã e em cada fã um louco) — entrando na exposição de Guignard, onde havia um retrato a óleo do médico patrício, e esparzindo-o de pétalas de rosas. Só da relação de três criaturas como Guignard, Sá Pires e um louco poderia nascer tanta inocente beleza.

Portinari, Santa Rosa, Guignard: dá até vontade de fazer um versinho ou inventar brinquedos onomásticos estranhos. Chamar um Portignard, ou de Santa-nari, outro de D'Artagnosa. E não haverá em cada um deles por acaso os três mosqueteiros? E não serão por acaso eles os três mosqueteiros da pintura brasileira? Parece até que estou ouvindo Santa Rosa dizer ao ler esta página terna:

— Esse Moraes...

Sombra, n. 20, julho de 1943

PILEQUE EM PICCADILLY

A amiga vestida de verde, olhando da janela do apartamento a tarde imóvel de Chelsea, demonstrou de repente a vontade de tomarmos o nosso primeiro pileque juntos. Cheguei-me até ela e ficamos recolhendo o lilás que se dissolvia, ela fluorescente como que banhada em linda luz. Um pileque juntos... que sonho! Não mais a separação inevitável, cidra para ela, cerveja para mim. Era de me ver sair quase todos os dias do pub da esquina sobraçando essas duas irmãs inimigas, uma de cada lado, vagamente constrangido com a incômoda paternidade da primeira. Ninguém sabe o que é uma cidra. Não é champanhe, mas lembra; não é guaraná, mas lembra. E lembra, sobretudo, champanhe de abacaxi, a nojenta beberagem que eu preparava nos meus tempos de menino, com muitas cascas da fruta numa grande terrina cheia d'água, cuja fermentação podre, o mofo boiando em cima, coava uma semana depois, através de um funil, para pôr dentro de várias garrafas, que ia e enterrava num buraco no fundo do quintal, uma verdadeira porcaria. Pois agora a amiga vestida de verde simplesmente abdicava da cidra pelo nutritivo centeio. Desci as escadas a quatro e quatro, entrei como um rojão pelo pub adentro e disse num fôlego só: "Uma garrafa de Black & White, duas de sherry e três de cerveja, depressa, PLEASE!", ao passo que acrescentava comigo mesmo: "... enquanto ela não muda de opinião". E quando voltei ao apartamento, encontrei a amiga vestida de verde, sentada na cama e os copos já arrumados... visão!

Lá fora a guerra se preparava. Gigantescas máquinas dentadas se aproximavam, montadas sobre rodas de borracha, silenciosas máquinas de ódio que a decomposição da luz me deixava entrever. A Grande Morte marcava com uma cruz negra milhares de jovens que de nada sabiam ainda, um que estava no banho, um que estava vendo um show, um que estava experimentando uma roupa nova... Mas a tarde nada deixava ver. Agora era quase uma noite, uma noite extremamente mansa, com uma vitrola no fundo tocando *"vous qui passez sans me voir"*.[1] Minha carne fez-se imaterial ao servir eu o primeiro cálice de sherry, e como brindasse à saúde da amiga, quis o amor que nos aproximássemos e nos beijássemos num longo beijo cheio de renúncia física.

O sherry é uma bebida indigna, porque doce, mas extremamente plástica,

---

1 *"Vous qui passez sans me voir"*, sucesso do cantor Jean Sablon.

assumindo com perfeição a forma do interior da boca de quem a toma deixando uma agradável sensação de bem-estar no estômago. É preciso não bebê-lo em excesso, é claro; e isso é claro, aliás, para qualquer bebida, como tão bem sabe explicar a minha, a tua, a nossa mãe. A amiga, no entanto, a bebeu em excesso e quando eu dei pela coisa a amiga vestida de verde tinha duas rosas nas faces e uma no coração, e me olhava com um carinho tão moleque que eu tive vontade, palavra, de dar duas cabriolas, três pantanas e quatro saltos-mortais, acabando por me atirar de cabeça do meu quarto andar, atrás de mim um tremendo fragor de claraboias partidas. E não é que a amiga se põe a me perseguir vilanosamente por dentro do quarto, a dizer que eu era muito engraçadinho, chegando mesmo a me chegar o pé num lugar que não se diz, coisa que me ofendeu ligeiramente os brios... Mas como resistir à graça da amiga vestida de verde no pilequinho? Para não ficar com o pior, ingeri rapidamente as duas garrafas de cerveja de um litro, entrando a seguir firme no uísque com uma velocidade que a amiga não pôde, é lógico, acompanhar, se se considerar, além do mais, a sua completa falta de treino. Com cerca de meia hora desse regímen, de repente a cúpula do Museu Victoria and Albert, visível da janela, desdobrou-se em duas ou três, violentamente agitadas pela distensão das minhas células. Aí, peguei a amiga e saí com ela para a rua.

Londres estava cheia de movimento noturno, com seu verão primaveril, e os grandes ônibus vermelhos de dois andares passeavam trepidando em luzes. Nenhuma bomba caía ainda, mas no céu muitas estrelas bombardeavam docemente a cidade com seus brancos raios, talvez cósmicos. Raios cósmicos... Meu amigo brasileiro, de Cambridge, tinha me ensinado isso justamente no dia anterior a Munique, no porão onde morávamos juntos, com Londres às escuras e os aviões roncando em cima, a patrulhar a zona urbana, ele esquecido, falando absorto em suas divagações de físico. Num instante, enquanto a amiga zonza fazia sinal para um ônibus, eu tinha descoberto a maneira de captá-los, em caixinhas de alumínio, cada uma com capacidade suficiente para fornecer energia elétrica a Londres durante um milhão de anos.

Isso depois da recepção que me era oferecida na Academia de Ciências pela descoberta da cura do câncer, grandes homenagens...

Piccadilly! Vamos saltar, amiga vestida de verde, vamos saltar em Piccadilly! Piccadilly é um luminoso centro, tem o Café Royal, onde eu dei aquele famoso espeto um dia, lembras-te? Lembras-te que chegamos lá, e depois da nossa costumeira sopa de cebola, procurei eu nos bolsos e... que é das libras? Gostei da tua coragem, amiga vestida de verde, quando este brasileiro aqui te pediu para saíres um instante enquanto ele resolvia aquela parada com o garçom mal-encarado. Afirmaste, amiga vestida de verde, que eras homem para o que desse e viesse. Mas o homenzinho foi camarada. Falou no esperanto dos garçons bem-educados: "Não faz mal. O senhor paga amanhã". Brasileiro correto pegou e pagou mesmo, a Europa sempre se curvando...

Ah, amiga vestida de verde, que ideia a tua de querer andar de underground! Podia ter me custado muito caro... Mas underground em Piccadilly é uma beleza, cheio de povo nas escadas que sobem e descem, uma ao lado da outra, e aquela verdadeira rampa no meio, separando as duas e se perdendo em enormes tubos de profundezas da terra. Quando viste a escada vir chegando, com uma porção de gente parada nos degraus, alguns até descendo mesmo, como a ajudar o movimento, cismaste que não era capaz de subi-la na contra-corrente. Para quê, amiga vestida de verde... Quando dei por mim, lá ia eu galgando a enorme lagarta mecânica, ganhando um degrau e perdendo dois, quase sem sair do lugar. Não fosse o espírito esportivo do povo inglês, e teu amigo nunca teria atingido a extremidade de cima, aparentemente inatingível. Mas houve vários. *"Come on, old fellow!"*; *"That's good, ô boy!"*[2]; grandes torcidas populares — e a luta do homem com o underground transformou-se em justa pré-histórica, o bicho humano a subir pelo pescoço que em vão tentava trazê-lo até a boca para devorá-lo em seguida. O coração chegava a doer no esforço. Mas chegando em cima, entre vivas apoteóticos, vi-te a ti, amiga vestida de verde, aos pulos de contentamento, junto à goela aberta da fera vencida, enquanto reboavam nas entranhas de Piccadilly as palmas de um povo que não admite a derrota.

Antes tivesse sido derrotado, amiga vestida de verde... Porque ao ver-te assim, lá embaixo, no fundo do poço oblíquo, tão contente e tão longe, veio-me a ânsia de te abraçar e dizer como te amava. Foi quando pensei na deliciosa tábua lisa, tão bem envernizada, que se alongava separando as escadas movediças, a rampa que descia mais rápida que o meu pensamento para a vertigem de teus braços. Sem que soubesse como, vi-me sobre ela, sentado, escorregando, a princípio suavemente; depois mais rápido, com susto; depois a cem quilômetros por hora para a morte a teus pés. O pileque se dissipou, e o calor da subida antes refrescou-se ao vento da velocidade. E ficou tão bom e sereno... nem deu tempo para pensar em nada ruim.

Pois quando a chegada se aproximou e a entrada da estação se abriu como um túnel para a minha passagem, eu não estava deslizando na tábua, mas no próprio ar distendido que me trouxe devagar até os ladrilhos do piso onde eu

---

2   Em inglês, "Vamos, meu amigo!", "Continue assim, parceiro!".

resvalei um bom pedaço para afinal parar, meio aos trambolhões, ainda mal refeito da aventura.

Correste para me levantar. Em volta, pessoas aplaudiam, riam, vinham me ver. Havia uma grande solidariedade em torno do novo torpedo humano. Possivelmente algum estrategista inglês ali tivesse colhido a ideia para alguma nova arma secreta que tornasse mais forte a Inglaterra em perigo.

Mas a Inglaterra ainda estava feliz, longe da guerra.

A verdadeira guerra foi quando, fora, começou uma briga entre nós dois, tu a me acusares de imprudente e maluco, passada a primeira impressão da glória. Discutimos, batemos boca. E não encontrando outra vingança, foste te trancar numa cabine de telefone público onde passaste meia hora, eu a querer entrar, a bater; a jurar que nunca mais me casava de novo contigo, amiga vestida de verde... Lembro-me até que, perto de mim, um jornaleiro contemplava a cena trazendo, à maneira de avental, o cartaz da notícia mais importante do dia anterior, a invasão da Tchecoslováquia.

Sombra, março de 1944

POÇOS DE CALDAS

Existe uma Poços de Caldas que não é apenas a estação de águas dos grã-finos a quem o uísque falsificado dos cassinos vem deteriorando lentamente o fígado; nem das infatigáveis senhoras que ficam sentadas em frente à víspora para arriscar seu fácil "milho"[1] e ostentar suas joias frequentemente de péssimo gosto.[2] Existe uma Poços de Caldas que não é apenas a cidade dos milionários sírios e das duchas sulfurosas, uma que não vive apenas embalada pelo farfalhar constante das fichas de jogo que as mãos mágicas dos croupiers tediosos manipulam. Essa Caldas, fechada entre colinas, vive dos seus grandes céus matutinos, das suas incomparáveis tardes e das suas frias noites transparentes. É uma cidade pura e humana, que estira o cotidiano em afazeres domésticos e agrários, e cuja simplicidade se traduz na expressão daqueles que a fizeram assim, e por nada no mundo a abandonariam pela metrópole.

Essa boa gente, que faz de Caldas uma comunidade autêntica e profundamente arraigada às tradições minerais, aproveita das mesmas ruas, das mesmas lindas praças, dos mesmos agradáveis passeios de charrete, e até dos mesmos *grill-rooms*[3] daquela outra gente, a que deliciosamente se caceteia nas confortáveis poltronas dos hotéis e deixa correr, entre bocejos elegantes, rios de dinheiro no pano verde.

Essa gente boa, vós as encontrareis perambulando à tarde na fonte dos Amores, o belo parque florestal, que nem a mão ingênua de um verdadeiro possesso de art nouveau conseguiu estragar, com aquele fabuloso par em mármore, *Le Baiser*,[4] beijo cujo ardor a cascata maliciosa periodicamente refresca. Eles sabem, se distinguem dos seus esnobes congêneres, quando na direção mais esperta dos seus pangarés de tração, nesses formidáveis passeios de charrete para ir chupar uvas na chácara do Mansur [Frayha]. São feitos da

---

1   Os grãos de milho eram bastante usados para marcar as posições na cartela do jogo de víspora, também conhecido como loto ou bingo.

2   A crônica tem, como pano de fundo, a presença expressiva dos cassinos (proibidos em todo o país em 1946) e as águas termais em Poços de Caldas (MG).

3   Na década de 1940, uma reforma no edifício do Palace Casino transformou seu cineteatro em um *grill-room* (restaurante onde se servem, principalmente, carnes).

4   Referência a uma escultura em mármore de autoria do italiano Giulio Starace. A obra fica na fonte dos Amores, inaugurado em 1929.

mesma matéria que os outros, e vestem-se quase da mesma maneira, somente que em vez de usarem casimira e lãs da Inglaterra mandam-nas tecer às fiandeiras de Pocinhos do Rio Claro:[5] e vos garanto que em nada perdem na troca. Essas artesãs habilíssimas produzem o melhor pano, e com um gosto rústico cujo requintado não há bem como celebrar. Ganhei de presente uma linda peça para um paletó de inverno, e só não pude exibi-la ainda, para inveja dos meus colegas do Itamaraty, porque há um ano que venho passando de largo do meu alfaiate.

Entre as melhores coisas de Caldas, tenho a lembrança dessa tradicional família Pio Dias, que durante a minha única estada na cidade tanto me cativou com a sua amizade e atenção. No amplo casarão de pé-direito alto, com seu avarandado no primeiro andar, de onde se descortina uma boa vista das cercanias, vivi algumas horas da mais amável recordação. Entre os numerosos filhos varões da casa, fiz boa liga com o jovem Moacir, que às qualidades de um namorador irresistível une as de um fotógrafo sobre quem quero chamar a vossa atenção. Com um sentido visual raro num rapaz de apenas vinte anos, uma compreensão dos efeitos da luz na fotografia de fazer inveja aos melhores profissionais, Xixo — pois assim o chamamos — vem, há algum tempo, descortinando um pouco dos maravilhosos céus de Poços, em imagens que estou certo qualquer grande cineasta não se pesaria em aproveitar.

Céus de Poços… impossível nos descrever o seu cristal, a limpidez do seu azul, a leveza do seu ar frio, a luminosidade de suas nuvens. Céus amanhecentes, crepusculares e noturnos de Poços de Caldas, que sensação perfeita de infância me deixastes, recortados entre preguiçosos outeiros, céus puros que vos carregais de tormentas passageiras para logo vos abrirdes com mais frescura, mais graça, mais anil! Contra a vossa luz vi se eternizarem símbolos efêmeros e se dissiparem em sombra realidades perpétuas da natureza. Inesquecíveis céus de Poços…

Só me caberia acrescentar, depois disso, que os céus de Poços deverão estar orgulhosos de Xixo. E mais que os céus de Poços, o chefe desse bom clã, Lindolfo Pio Dias, em companhia de quem percorri mais de uma vez as ruas da parte arriba da cidade, admirando os restos do velho casario que a cidade moderna poupou, a ouvir explicações sempre cheias de interesse desse caldense genuíno. Foi com ele que uma tarde saí em visita à sra. condessa do Pinhal, no desejo de conhecer uma venerável anciã cujo centenário viera de ser celebrado e cuja prole se estende, como uma árvore generosa, por sobre três estados do Brasil,

---

5 Erro de Vinicius ou da revista *Sombra*: o nome correto do município é Pocinhos do Rio Verde.

Minas, São Paulo e estado do Rio, através de quatro gerações — um verdadeiro arquipélago de famílias de renome. Na vila do Pinhal, um vetusto chalé recuado de um delicioso jardim meio em abandono,[6] entramos, ele um senhor de mais de sessenta anos, eu um homem de quase trinta, com o respeito de duas vidas que, juntas, não alcançavam o prodigioso horizonte daquela vida de cem anos. Não posso me esquecer da emoção com que olhei aquele rosto perfeitamente belo na sua extrema decrepitude, aqueles olhos já semiapagados mas ainda suaves, aquele corpo vestido com punhos brancos de onde brotavam as mais delicadas mãos que já me foi dado ver.

Essas mãos tomaram as minhas, as afagaram numa carícia imemorial. Com uma curiosidade quase jovem, a condessa do Pinhal me perguntou sobre minha vida com uma voz que parecia vir de um sonho. Ao nos despedirmos, colheu ela com um gesto trêmulo uma rosa que tinha no regaço, e a estendeu para mim.

Saímos silenciosos, como que regressados de uma contemplação perfeita e sem medida no tempo. De uma das ruas altas da cidade, paramos para olhar o panorama que se nos oferecia. Lembro-me que os céus de Poços estavam contentes e azuis, contentes e azuis como a alma de uma criancinha.

Sombra, maio de 1944

6   O chalé já não existe, foi demolido.

JOÃO ALPHONSUS

Os que vão, vão depressa.
Augusto Frederico Schmidt

A morte levou João Alphonsus do convívio dos seus amigos, fixando-o na memória alheia como um dos melhores contistas da moderna literatura brasileira. Não houve penicilina que lhe valesse. A Morte bebeu a penicilina, depois bebeu o sangue de João Alphonsus: e instalou-se profundamente no seu corpo esgotado pela tortura lenta da moléstia.

Foi pois de seu próprio fim que João Alphonsus findou, como pedia Rilke, esse místico enamorado da Morte. Pedro Nava, outro grande poeta da Morte, de volta recente de Belo Horizonte me manifestara, certa vez, o seu receio médico, um receio prudente mas que não me enganou. Mas tarde, Alphonsus de Guimaraens Filho, num encontro casual aqui no Rio, me deixara ler nos seus olhos um temor sereno, muito mineiro, da morte do irmão.

Parecia fatal que João Alphonsus morresse. Octávio Machado, o amigo inesquecível que, a esse, a morte levou inesperadamente, poucas semanas atrás, também ele, a vez derradeira em que estivemos juntos, em casa de Aníbal Machado, me segredou a sua doença com relação à cura de João Alphonsus, naquela voz feita discreta por força de muita ternura. Lembro-me que, falando, descansava a mão sobre o meu braço, afetuosamente, numa pressão suave que a Morte eternizou para mim, pois frequentemente volto a senti-la, em seu calor amigo.

Na época de tudo isso, ficava sempre uma esperança: esse descrédito que a Morte tem, para nós homens que a temos, preferimos não nos lembrar que ela existe. Uma esperança na imagem física, facilmente reconstituível pela imaginação, que se impunha quando, pesando Vida e Morte em João Alphonsus, nos deparávamos sempre com seu rosto vivo e nunca com seu rosto morto, que não conhecíamos nele. Uma esperança na penicilina, a palavra mágica ante a qual a Morte tem tantas vezes recuado.

Mas a Morte lutou pela posse de João Alphonsus e ganhou a sua partida. A notícia chegou-me uma noite, aqui na redação, dada por Carlos Lacerda. Nos olhamos com esse ar de incredulidade risonha que as pessoas têm quando sabem de uma catástrofe que não as desequilibra fundamentalmente, mas que lhes tira o sentido do instante e as fazem sofrer, reagir, buscando de saída o esquecimento. Doeu, naturalmente, nessa nossa triste carne de homens.

Lembrei-me então da "Galinha cega", o primeiro conto seu que li, na época da minha iniciação literária. Que revelação para mim essa história pungente, fria em sua imensa piedade, um pouco irônica, surda mas disposta a revelar todo o horror nela contido! João Alphonsus — do mesmo modo que Murilo Mendes o seria para a Poesia — foi o primeiro prosador brasileiro em quem descobri o moderno, essa coisa tão difícil para o rapaz que se inicia à base de leituras acadêmicas. Devo-lhe o meu eureca com relação às formas novas. É curioso... João Alphonsus e Murilo Mendes: dois amigos mineiros, ambos homens de rara dignidade humana.

Depois lembrei-me que fiquei te devendo Cr$ 20, João Alphonsus, pela *Pesca da baleia*. Esse pensamento resultou extraordinariamente afetuoso. De fato, no limite de nossas cidades, na distância entre nossas casas, ficou muita coisa de ternura e de amizade que não se chegou a dar. Esses Cr$ 20 suspensos de minha mão para a eternidade ficam como um elo bom com que te sentir mais presente. Hei de pensar sempre, e com grande lembrança, que fiquei te devendo Cr$ 20, meu caro João Alphonsus. O Comodoro Machado, lá em cima, deve estar achando bem boa esta minha conversa. Aliás, se consolo há para a morte de vocês dois, é esse de imaginar que vocês possam estar juntos, no espaço reservado a Minas Gerais no amor de Deus, vocês conversando, passeando de braços dados, olhando as coisas com aquela sabedoria que vocês dois, melhor do que ninguém, sabiam ter.

O abraço que deixo aqui, João Alphonsus, é aquele que não te pude dar, quando da minha estada, o ano passado, aí em Belo Horizonte, em meio a tanta coisa a fazer. Dos Cr$ 20, guardarei no bolso do lado do coração a nota simbólica. Os verdadeiros, darei em teu nome a um pobre mais pobre do que eu. Sei que eras amigo dos pobres, meu pobre amigo.

Domingo, *O Jornal*, 4 de junho de 1944

CARTA AO SUBÚRBIO

A propósito da criação da "Página da Província" neste suplemento, que, tão cedo comece a chegar o material, entrará em vigor, recebi de um leitor do subúrbio a carta que aqui vai — e me perdoe ele a indiscrição:

Achei muito boa a ideia de organizar uma página da província na "Revista" do *O Jornal* (devo honestamente confessar que a ideia não é minha, mas da casa). Escrevo para aplaudi-lo e ao mesmo tempo fazer um pequeno reparo: o sr. esqueceu os subúrbios do Rio; talvez, como o sr. mesmo escreveu, pela dificuldade de definir o que seja propriamente província. A meu ver, repito, os subúrbios e zona rural do Distrito Federal são tudo quanto há de mais província.

O autor dessas linhas mora no Méier, capital dos subúrbios, disputando esse título com Madureira. O Méier já teve até imprensa própria. Tem vida material e intelectual independentes e mais distantes de Copacabana que a de Santos, por exemplo, está do Rio. Nos subúrbios há poetas e prosadores inteiramente ignorados. Eu trabalho e moro no Méier e já passei fins de semana em Copacabana, nunca vi gente tão diferente do pessoal da minha zona, fazendo na rua e nos veículos um barulho de Carnaval, e entrando na água do mar em silêncio, quando tudo convidava a dar gritos e pulos e gozar a natureza.

De volta aos subúrbios contei histórias do mar e ondas boas nas quais fui envolvido. Contei essas histórias num café enquanto esperava uma vaga no *snooker*,[1] foi quase uma história de calçadas. Eu mesmo cheguei a esquecer que onda em Copacabana funciona como ponteiro pequeno de relógio. Aí é que me veio a noção de que os subúrbios eram província. Província boa e pacata, sincera e vibrante onde as ideias têm eco e a virtude, significação.

Sem mais, subscrevo-me patrício e cada vez mais seu admirador sincero, (a.) Joaquim Antunes.

Na falta de endereço, deixo aqui mesmo a Joaquim Antunes, com os agradecimentos pela sugestão, a minha resposta:

Tem razão, meu caro amigo. Foi mesmo uma falta imperdoável da minha parte ter

---

1 Em inglês, "sinuca".

esquecido o subúrbio carioca, quando conclamei a Província do Brasil! Sinto pelo subúrbio uma profunda ternura, que tem qualquer coisa de lírica. Nos meus tempos de soldado ali passei e namorei, ali sofri, à noite, da incompreensão de Carminda, que ficava me olhando com seus olhos de Encantada, e se recusava terminantemente a me deixar pegar-lhe o braço. Frequentei os footing[2] do Méier, passei três dias no Engenho de Dentro, acampei em Maria da Graça, fui a muito cinema em Cascadura. Confesso que me dói o coração de Inocente do Leblon[3] ver — quando saio do trabalho e pego o meu Estrada de Ferro-Ipanema, ali junto à Central — os meus irmãos do subúrbio indo marretados para casa, nos bondes, parei! — nem a cabine dos Irmãos Marx em *Uma noite na ópera* tinha tanta gente.

Sempre sofro um pouco pelo subúrbio. Também não é nada de muito sério não, é um sofrimento efêmero de morador da Zona Sul. Quando passo de trem, de volta de São Paulo, o Méier sempre me fascina, com seu poder de luz. Tenho pelo subúrbio uma simpatia que me ficou desses tempos em que o frequentava com um espírito quase de aventura. Hoje sei que o subúrbio não é nada disso. É uma coisa doce e triste, com ruas transversais de cotidiano parado, com suas vagas meninas na janela ou nas varandas de metro quadrado.

Amo suas valsas prodigiosamente líricas, seus poetas e menestréis. Na verdade amo o subúrbio. Não sei mesmo como o pude esquecer. Dele vem a poesia mais carioca que existe no Rio, uma poesia que mistura o fragor dos trens, o ranger das cancelas de linha, a poeira das ruas, os bordões das valsas de amor, o trabalho nos calçamentos, o frêmito noturno das estações, a vertigem dos fios elétricos cruzando-se na velocidade. Em tudo isso há um silêncio.

Eu também moro numa espécie de subúrbio, que para mim o Leblon continua a ser. Copacabana é ponto para um chopinho, lugar para ir a um cinema ou bairro de passagem. Confesso a você que admiro Copacabana, a sua linda praia, o seu mirabolante colar de pérolas, mas acho aquilo meio novo-rico. Nós, do subúrbio Sul ou Norte da cidade, temos cá os nossos preconceitos, que é preciso manter pelo bom nome do Rio. E quanto ao mais — mandem mesmo —, o Suplemento fica aberto para o que for bom do subúrbio. Sou, também, seu patrício e admirador. Vinicius de Moraes.

Domingo, *O Jornal*, 25 de junho de 1944

---

2   O footing era o hábito de caminhar nas cidades, sobretudo nos fins de semana, como distração ou exercício físico. A moda se popularizou nas cidades brasileiras nas primeiras décadas do século xx.

3   Referência ao poema de Carlos Drummond de Andrade, "Os inocentes do Leblon", publicado em *Sentimento do mundo* (1940). A imagem criada pelo poeta aludia à atitude de alheamento em meio aos conflitos da Segunda Guerra Mundial. O poema causou grande polêmica no ambiente literário.

O ETERNO RETORNO

A frente aliada na Normandia vai-se configurando mais incisiva. Na ponta de uma estrada, a Torre Eiffel faz *thumbs up* para Montgomery, o invencível galo de briga escocês. Cocoricó. Her Rommel rói a roupa de raiva e ensaia o passo de ganso para trás. O Arco do Triunfo aguarda pacientemente a retaguarda das tropas alemãs e no alto o rouxinol europeu, que faz seu ninho na árvore mais alta dos Champs-Élysées, prepara a mira para soltar seu pequenino impacto direto no galão do ombro direito do avacalhado galo alemão.

Às portas da libertação, Paris espera, vestida de sua mais transparente luz. Faz-me lembrar agosto de 1939, uma tarde. Vínhamos chegando, a amiga e eu, de Londres, em nossa primeira invasão do continente juntos. Subíamos as fabulosas escadas do Saint-Thomas-d'Aquin, o único hotel em que eu jamais me hospedaria em Paris, rua Pré-aux-Clercs, no coração do Quartier. Levávamos conosco duas dúzias de éclairs de chocolate e café, comprados numa confeitaria, de passagem, projeto minuciosamente estudado durante a travessia da Mancha, e realizado com uma precisão de comando. Mistério das coisas: no meio do terceiro lance, começamos a ouvir passos que desciam — não que haja algum mistério nisso, pois tratava-se afinal de contas de um hotel; mas o mistério estava em que os passos pertenciam inexplicavelmente aos mignons sapatinhos de Noêmia e aos sapatos de Di Cavalcanti — e foi aquele grande alô, como vai, ora essa, você por aqui, que gozado, mas é ou não é coincidência! Tudo isso quinze dias antes de começar a guerra.

Naturalmente que eu tive uma indisposição de estômago, para dizer as coisas delicadamente. As bombas eram deliciosas, mas eram tantas. Depois fomos ao Louvre, de sal de frutas tomado, ver as estátuas gregas com sua iluminação noturna. A Vênus me fez como sempre trair a amiga em pensamentos. Seria essa a penúltima vez em que eu a veria, antes da Vitória. Sonho até hoje em voltar a contemplá-la, na sua desnudez perfeita, o flanco alteado, eu sentado no banco que a defronta. Ali passei horas inteiras amando-a, ela paciente ante um Pigmaleão tão pobre, que não conseguia sequer despertá-la da lembrança que a tomava quando nasceu. Só uma vez penso tê-la visto esgarçar levemente a boca plena, num leve desdém por mim.

Dias depois vínhamos pelo boulevard des Italiens. O frêmito da tarde parisiense em todas as figuras, em todos os rostos femininos, em todas as *ter-*

rasses. De repente, a guerra chegou pela voz de um, de dois, de vinte jornaleiros que corriam, vindos não sei de onde. Imediatamente o frêmito cessou, a rua emudeceu, os rostos se crisparam, os passos tornaram-se silenciosos. Só a voz dos jornaleiros se aguçava no ar, ampliada naquele monstruoso estádio vazio. Em um minuto Paris parou de viver. No minuto seguinte havia mulheres que tomavam automóveis às pressas, homens que corriam para casa, velhos que balançavam a cabeça desolados. Naquela mesma noite foi impossível ver mais a bem-amada de mármore. O Louvre fora fechado. No dia seguinte era a escuridão em Paris. Na porta do Saint-Thomas-d'Aquin, a velha hoteleira chorava quando chegamos. Pequenina rua humilde, perdida no Quartier, cheio de lojas coloridas. Todo o pânico da guerra como que se havia depositado em ti.

Houve um dia em que os soldados alemães atravessaram o Arco do Triunfo, no meio da cidade deserta. Paris sozinha, possuída da fria e cruel cólera das mulheres enganadas, chorou, passou fome, depois se revoltou, sabotou… Aqueceu-se o seu seio de sangue do inimigo caçado em tocaias, das vísceras expostas dos traidores esfaqueados em surdina, do calor íntimo dos patriotas trabalhando subterraneamente. E, pacientada pelo seu desejo de vingança, Paris esperou.

Agora, eis que aponta no fim da estrada uma ponta brilhante de lança, na direção de Paris. Paris espera, em sua primavera gloriosa. Em breve convidará seus amigos de todo o mundo para os seus parques, seus jardins, seus cafés, suas boîtes, seus teatros, seu Montmartre e seu Montparnasse. E fará exibir o mais fabuloso dos documentários de guerra, rodado por cinegrafistas alemães. A passagem da costa dos soldados nazistas pelo Arco do Triunfo, marchando no mais difícil dos passos de ganso, aquele *en arrière…*[1]

Domingo, *O Jornal*, 9 de julho de 1944

---

1   Em francês, "à retaguarda, para trás".

HOMENAGEM A SEGALL

Mestre incontestável, grande pioneiro da arte moderna no Brasil, lutador discreto mas presto, Lasar Segall, depois da mostra de pintura de há dois anos — um acontecimento —, acaba de receber o que se devia ao seu formidável talento plástico, inicialmente com a publicação do seu *Mangue*,[1] coleção pungente que há de ficar como um terrível testemunho da arte contra a prostituição, e agora, com o número especial que lhe dedica a *Revista Acadêmica*,[2] onde tudo o que há de mais representativo e menos reacionário da inteligência brasileira atestou por ele e por sua pintura. Ambas as iniciativas se devem a Murilo Miranda,[3] que, com um amor e paciência de irmão, coligiu, reviu, mexeu, trabalhou como um mouro pela perfeição dessas louvações de boa hora. A primeira resultou um trabalho gráfico que é uma obra-prima de gosto e ciência. A segunda é verdadeira carta magna a serviço da liberdade. Da sua leitura sai-se com uma consciência obstinada de que o coração do Brasil está desperto para o clamor que sobe de toda a humanidade pela paz, pela libertação do escuro, pela mitigação da fome, pela satisfação dos anseios de amor e de vida.

Deixai falar os que, por excesso de individualismo, por conflito de temperamento, por exagero de ortodoxia ou simplesmente por pertencerem ao grupo do contra, falam e falam mesmo contra o que dizem ser o comodismo do pintor, o seu cor-de-rosa pálido, o seu sibaritismo complacente. Ser íntimo, possivelmente egoísta na defesa desse intimismo, Segall, no entanto, nunca se furtou a ver de cara o drama de seus irmãos, e pouco importa que beba champanhe, se bebe à invasão das grandes capitais pelas forças do futuro, e se a euforia espumante da bebida não lhe tira a visão das cores neutras com que revela a cru a tragédia dos pogroms dos tombadilhos de imigrantes.

O Brasil tinha esse débito para com Segall: revelá-lo mais popularmente,

---

1 *Mangue* (1943), álbum com quatro gravuras originais e 42 reproduções de desenhos. Acompanham textos de Jorge de Lima, Mário de Andrade e Manuel Bandeira.

2 Número especial da *Revista Acadêmica*, n. 64, dedicado a Lasar Segall, Ed. Revista Acadêmica, Rio de Janeiro, junho de 1944.

3 Murilo Miranda dirigia a *Revista Acadêmica*, que circulou entre 1933 e 1945. O Conselho Diretor da publicação teve, ao longo dos anos, colaboradores como Mário de Andrade, Oswald de Andrade, Sérgio Milliet, Aníbal Machado, Graciliano Ramos, Erico Verissimo, Jorge Amado, Candido Portinari e Santa Rosa.

administrá-lo à alma coletiva de uma forma mais persuasória. A grita levantada, por ocasião da sua exposição, contra o que se tachava então de "arte degenerada", serviu para chamar melhor a atenção à sua pintura, conhecida das elites, mas praticamente ignorada pelo grande público. Há males que vêm para o bem. O grande público viu, gostou ou não gostou, mas ficou sabendo da existência importante de Segall. Agora Murilo Miranda oferece ao grande público o que lhe faltava para o pleno conhecimento da obra do mestre. Trabalho para uma boa encadernação, o número especial da *Revista Acadêmica*, que Murilo Miranda, entre rosas e cactos, vem mantendo viva e moderna por um espaço de dez anos é, sem favor, um volume que merece um jacarandá por baixo. Tendo conseguido um ótimo serviço de clicheria, dá-nos ele, além do mais, algumas das melhores coisas que já se escreveu sobre Segall, com exceção de um obscuro soneto simbolista, que à bondade do pintor cabe perdoar em nome do rigor e da sinceridade com que foi escrito.

Domingo, *O Jornal*, 23 de julho de 1944

A BAHIA EM BRANCO E PRETO

A Bahia está sendo filmada por um bom cinegrafista brasileiro: Ruy Santos. Uma companhia brasileira, surgida do mar morto do cinema nacional, a Atlântida, resolveu-se enfim custear a versão cinematográfica de um romance de Jorge Amado: *Mar morto*.[1] Romancista e cinegrafista andam às voltas com argumentos, cenários, filmagens de exteriores, tudo isso que faz o encanto e a chateação da sétima arte — uma cachaça, como diz com olhos pensativos meu amigo Henrique Pongetti.

Isso são boas-novas. Movimenta-se, destarte (e eu peço um minuto de silêncio em homenagem a este destarte), o impassível cinema brasileiro. Se juntarmos a essa a notícia de que Carmem Santos anda com vontade de lançar sua *Inconfidência Mineira*, e mais esta de que foi aprovada uma exposição de motivos do Dasp[2] no sentido de ser criada uma comissão que "estude as questões relativas à cinematografia brasileira, capaz de atrair para esse importante setor da indústria os capitais de que necessita para seu pleno desenvolvimento" — se juntarmos essas duas notícias à primeira, dizia eu no quilômetro 1 desse período cheio de substância, teremos que ainda há esperanças, que nem tudo está perdido, que *alea jacta est*[3] e nos dá vontade de declamar:

"Meu Deus, meu Deus, mas que bandeira é esta?"[4]

Filmar a Bahia: eis aí uma coisa que me dá inveja. Filmá-la como se filmasse Ingrid Bergman ou Joan Fontaine ou Lena Horne ou as três misturadas, com o maior cuidado e levando muito tempo a lhes arrumar os ângulos, a ensaiá-las, a chamá-las de "meu bem", "*honey*", "*darling*". Filmá-la na parte alta e na parte baixa, na praça Duque de Caxias (ah, aquela fonte que tem lá!) e no Mercado Novo, no convento Santa Tereza e no beco Califórnia, na ladeira da Conceição e no Carmo! Descer a câmera pela rua do Passo e subir pela rua do Carmo, parando um segundo para tomar aquela casa que a primeira tem, a casa das Sete Mortes, e aquela casa que a segunda tem, com

---

1 O filme não foi realizado.

2 Referência ao Departamento Administrativo do Serviço Público, criado em 1938 como uma das diretrizes do Estado Novo. Tratava-se de um órgão federal responsável pela elaboração do orçamento, antes realizado por uma comissão do Ministério da Fazenda.

3 Em latim, "a sorte está lançada".

4 Verso de "Navio negreiro", poema de Castro Alves publicado no livro *Os escravos* (1883).

empena de telha. Depois chegar no Maciel de Cima, e rodar um bom panorama. No meio-tempo, pegar Odorico Tavares, Godofredo Filho e a boa turma e ir pegar uma peixada no Estrela do Mar.

Muito te invejo eu, Ruy Santos, que se filmares como eu espero a bem-amada cidade, eu te sagrarei cavalheiro, o Cavalheiro Ruy de Todos-os-Santos. Mas toma cuidado com o Tabaris. Porque, numa mesa assim, fica uma morena cor de mel, tomando uísque e olhando você com um olhar que dá modorra. Existe... ou terei sonhado eu?

Domingo, *O Jornal*, 6 de agosto de 1944

BRUNO GIORGI

Os homens se fazem valer na medida em que sabem resistir às formas fáceis da vida e do espírito. Não é necessário que sejam especialmente fortes, se dignos. Os homens fortes são seres sem solidariedade humana nem lágrimas para chorar. Os dignos, os que não se entregam às seduções óbvias do mundo, os que preferem a luta à fuga ou à entrega covarde, mas que odeiam a luta porque ela significa destruição e desequilíbrio, esses têm em alto grau solidariedade humana e lágrimas de amor no fundo de seus olhos duros.

Parece-me inútil ser artista sem dignidade, não há nada que transpareça mais na obra de criação que esse valor da criatura humana que, a um tempo, a isola e integra melhor no meio de seus semelhantes. Ninguém é juiz da dignidade humana — e há pessoas, ai delas, que não podem pagar o luxo de não ter nenhuma, porque a injustiça, o descaso, o desprezo, a indiferença e mesmo o ódio dos mais protegidos tiraram-lhe aos poucos a fé, a liberdade, a saúde, a vontade de servir, a própria dignidade, afinal. Mas parece-me também que dignidade maior não há que a de lutar para restituí-la aos que a perderam ou não a possuem. A obra do artista denota ser sempre um gesto de abraçar, abraçar alguém ou alguma coisa; uma mulher, todas as mulheres, uma estrela, toda uma constelação; um amigo, todos os homens; o povo, todos os povos do mundo. A vida e a obra de Bruno Giorgi, vida e obra ainda em pleno ato de realização, têm essa marca da dignidade, que as diferencia e melhor envolve de humanidade. Nascido em 1905, na cidade de Mococa, em São Paulo, partiu ele menino para a Itália, localizando-se na Toscana. Coincidência curiosa: a Toscana é a terra do mais nobre mármore, o de Carrara, e foi com esse material digno que Bruno Giorgi brincou nas montanhas da sua infância. Uma vida livre e selvagem, embriagada de ar puro, fez dele um mau estudante, tão mau que seus pais, dando-o como perdido para o cotidiano prático e querendo aproveitar o que lhes parecia o seu único talento — rabiscar paredes —, resolveram matriculá-lo num curso de pintura. Mas puseram-no por engano num de escultura. E que ninguém diga, depois disso, que são sempre os pais quem sabem mais sobre a educação dos filhos.

Nesse curso trabalhou Bruno Giorgi cerca de três anos, até que, com a morte da mãe e do irmão mais velho, largou os estudos para auxiliar o pai no comércio, em Roma, onde residiu até os vinte anos, época em que, perdendo-o, voltou à Toscana. Trabalha então em escultura à procura de suas próprias mãos; mas os impulsos políticos não o deixavam se absorver puramente na sua arte: reclamavam-no também para a luta contra o fascismo, que se fizera senhor da Itália. Preso, cumpriu pena por quatro anos, tendo como companheiro de grades aquele que viria a ser o governador de Roma, logo após a entrada dos Aliados na Cidade Eterna — o general Bencivenga. No Confino e em outras prisões fascistas conheceu Carlos Rosseli, chefe do movimento Giustizia e Libertà e que foi executado pelos *cagoulards* de Paris; Antonio Gramsci, grande revolucionário italiano; Manzu, considerado um dos maiores escultores modernos; o romancista Amedeo Ugolini e outros, de menos nome mas de não menor disposição para lutar contra Mussolini, que por sinal parece que também fez um estágio na prisão de Ponza, esse mesmo Confino mencionado acima.

Da prisão, veio o escultor para o Brasil, por exigência do governo brasileiro. Mas o ódio a todo totalitarismo o arrastou, por ocasião da Guerra da Espanha, novamente para a Europa, por vontade de lutar como membro da Brigada Internacional. Os chefes políticos a quem procurou, em Paris, dissuadiram-no desse intento. Tinham mais necessidade de artistas vivos que mortos. E Bruno Giorgi deixou-se estar em Paris, onde trabalhou e expôs com sucesso, a ponto de um homem como Waldemar George considerá-lo *"fort original"*.[1]

De lá Bruno Giorgi voltou em 1938, fixando-se então em São Paulo, onde esteve até que o ministro Capanema o mandou chamar para confiar-lhe a execução do monumento à Juventude Brasileira e outros trabalhos para o seu belo Ministério da Educação.[2]

Domingo, O Jornal, 10 de setembro de 1944

---

1   Em francês, "bastante original".

2   Referência ao célebre edifício-sede do antigo Ministério da Educação e Saúde no centro do Rio de Janeiro, projetado em 1936 por Lucio Costa, Carlos Leão, Affonso Eduardo Reidy, Oscar Niemeyer, Jorge Machado Moreira e Ernani Vasconcelos, a partir do traço original de Le Corbusier. Anos mais tarde, o edifício ganhou o nome de Palácio Gustavo Capanema. Em *Poemas, sonetos e baladas* (1945), Vinicius publicaria um poema em homenagem ao edifício, "Azul e branco".

A MULHER E A SOMBRA

Tentei, um dia, descrever o mistério da aurora marítima:

Às cinco da manhã a angústia se veste de branco
E fica como louca, sentada, espiando o mar...

Eu a vira, essa aurora. Não havia cor, nem som no mundo. Essa aurora, era a pura ausência. A ânsia de prendê-la, de compreendê-la, desde então me perseguiu. Era o que mais me faltava à Poesia:

E um grande túmulo veio
Se desvendando no mar...

Mas sempre em vão. Quem era ela de tão perfeita, de tão natural e de tão íntima, que se me dava inteira e não me via, que me amava ignorando-me a existência?

És tu, aurora?
Vejo-te nua
Teus olhos cegos
Se abrem, que frio!
Brilham na treva
Teus seios túmidos...

O desespero inútil das soluções. Nunca a verdade extrema daquela falta absoluta de tudo, daquele vácuo total de poesia:

Desfazendo-se em lágrimas azuis
Em mistério nascia a madrugada...

Lembrava uma mulher me olhando do fundo da treva:

Alguém que me espia do fundo da noite
Com olhos imóveis brilhando na noite
Me quer

E fora essa a única verdade conseguida. A aurora é uma mulher que surge da noite, de qualquer noite, essa treva que adormece os homens e os faz tristes. Só a sua claridade é amiga e reveladora. Ao poeta mais pobre não seria dado desvendá-la em sua humildade extrema. O poeta Carlos, maior, mais simples, a revelaria em sua pulcritude, a aurora que unifica a expressão dos seres, dá a tudo o mesmo silêncio e faz bela a miséria da vida:

Aurora,
entretanto eu te diviso, ainda tímida,
inexperiente das luzes que vais acender
e dos bens que repartirás com todos os homens.
Sob o úmido véu de raivas, queixas e humilhações,
adivinho-te que sobes, vapor róseo, expulsando a treva noturna.
O triste mundo fascista se decompõe ao contato de teus dedos,
teus dedos frios, que ainda se não modelaram
mas que avançam na escuridão como um sinal verde e peremptório.
Minha fadiga encontrará em ti o seu termo,
minha carne estremece na certeza de tua vinda.
O suor é um óleo suave, as mãos dos sobreviventes se enlaçam,
os corpos hirtos adquirem uma fluidez,
uma inocência, um perdão simples e macio...
Havemos de amanhecer. O mundo
se tinge com as tintas da antemanhã
e o sangue que escorre é doce, de tão necessário
para colorir tuas pálidas faces, aurora.[1]

A aurora dos que sofrem, a única aurora. Aquela mesma que eu vira um dia, mas cujo segredo não soubera revelar. Uma mulher que surge da sombra...
Bem haja aquele que envolveu sua poesia da luz piedosa e tímida da aurora.

Sombra, n. 38, janeiro de 1945

---

1 Poema "A noite dissolve os homens", publicado no livro *Sentimento do mundo* (1940), de Carlos Drummond de Andrade.

"DO NOT SAY GOOD-BYE"

Manuel Bandeira veio ontem ver-me no trabalho: trouxe-me seus últimos poemas e um embrulho de livros que Mário de Andrade me mandara por seu intermédio. Já sabia o que era, pois Mário, em São Paulo, me falara dessa remessa — os três primeiros volumes de suas *Obras completas*. Mas nada dissemos sobre o amigo morto.

Mostrou-me a sua meditação poética sobre a morte de Mário,[1] tão perfeitamente direta, tão despojada de qualquer supérfluo, tão cheia daquela inteireza lírica que fazem dele o maior de todos nós. E a coisa dita era tão parecida com o que venho sentindo, que foi como se o poema fosse meu.

Manuel diz simplesmente isto: que Mário de Andrade para ele apenas ausentou-se, pois não se despediu. Para mim também — a não ser pelo primeiro dia, o da notícia, penosíssimo — é como se Mário de Andrade não tivesse morrido. Lembro-me dele com uma realidade tão presente, que deixa inteiramente vaga a ideia dessa morte. Sua risada, seu levantar de ombros, seu modo de olhar, às vezes escandalizado, o suspiro fundo com que fatalizava sempre as suas respostas, a sua tosse de fumante...

— Mário, quando é que você vai ao Rio?

... o suspiro, o corpo largado, como se se tratasse de uma desgraça irremediável...

— Em março...

... "eu sei carpir, porque minha alma está arada..."

— Mário, que é que você acha de...

... a risada (han! han!), quase de autocomiseração, e o levantar de ombros, e as mãos brandindo à altura do rosto:

— Que ma-ra-VILHA! Que MA-ra-vilha...

Foi no dia da abertura do Congresso de Escritores. Tínhamos ido todos apanhar nosso cartão de congressista e votar umas chapas preliminares na sede da ABDE de São Paulo. Entre tantos grandes homens Mário era, como sempre, o maior, o mais em evidência, apesar da sua modéstia de movimentos. Fui abraçá-lo.

---

1 Provável referência ao poema "A Mário de Andrade ausente", estampado em *Belo belo*, livro inédito acrescentado ao volume de *Poesias completas* (1948). Mário de Andrade morreu em 25 de fevereiro de 1945, pouco antes da publicação da crônica de Vinicius de Moraes, em março daquele ano.

— Você quando sair me avisa — disse-me ele. — Quero estar com você um bocado. Podemos ir tomar um chope.

As palavras talvez não tenham sido exatamente essas, mas reproduzo-as até onde me vai a memória recente. Meia hora depois procurei-o e descemos juntos. Passa-me agora que Luís Martins, que se barbeava num primeiro andar qualquer, viu-nos, do alto, passar e chamou por nós inutilmente, decerto com aquela vontade imediata de aderir (contou-me depois). Viéramos falando disso e daquilo, inclusive do problema do tráfico no centro urbano paulista, quando voltasse, *hélas*, a gasolina. Mário dissera, desanimado, na sua fala meio ciciosa, com um largar de ombros:

— Não sei, não sei como vai ser. É uma coisa com-ple-tamente LOCA. Ninguém não pode imaginar o que vai ser dessa cidade daqui a dois anos. É... colossal...

Entramos no Franciscano,[2] o bar do seu coração, onde ele se movimenta com essa facilidade do freguês autêntico, onde conhece a boa e a má luz a cada hora do dia, a melhor acomodação para o bate-papo, todas essas pequenas coisas que fazem a delícia dos seres que, como ele, amam ser domésticos mesmo na boemia. Uma vez sentados ponderei-lhe se não era uma imprudência ele estar bebendo: andava em tratamento.

— Ah, agora no Congresso é to-tal-mente impossível. Tenho que beber um pouco. Mais tarde a gente se trata. Agora é milhor não pensar não.

Depois queixou-se de como a doença o atrapalhava, mas que estava muito satisfeito de saber o que tinha. Em seguida asseverou-me, com aquele seu exagero de certeza:

— Mas, quando acabar, vou parar com-pletamente...

... um suspiro enorme...

— É tanta coisa para fazer que você não faz a menor ideia.

Eu o olhava mais do que conversava com ele, como era do meu costume sempre que estávamos juntos. Amigos de há bem uns dez anos, vendo-nos espaçadamente, nem eu nem ele sabíamos ao certo quando chegaríamos a vencer um último resto de cerimônia que existia entre nós, apesar da liberdade com que nos falávamos das nossas coisas. É verdade que Mário tinha essa mesma cerimônia com quase todos os amigos, coisa muito dele, mas a mim me interessava acabar com ela em benefício de certas verdades fundamentais para a amizade, que sentia ele estar prestes a me dizer, e eu a ele. Falamos de seu caso com a Americ-Edit, ele indignado, e depois dos nossos poetas amados.

---

2 Cervejaria Franciscano, na rua Líbero Badaró, no centro de São Paulo.

Falamos também dos rapazes de Minas, pessoal a quem ele quer muitíssimo, bem certo o grupo ultimamente mais dentro da sua afeição. Discutimos Fernando Sabino, Hélio Pellegrino, Paulo Mendes Campos e Otto Lara Resende, ambos com a maior ternura. Veio, é claro, à baila a minha carta "contra" os escritores mineiros e acabei por mostrar-lhe um poema novo, "Cinepoema",[3] que trazia no bolso, bem à mineira, aliás. Mário gostou, mais talvez até do que devesse, dizendo com aquela gravidade inesperada com que enunciava certas frases simples:

— É muito bom.

Eu tinha uma velha parada a resolver com ele e estava disposto a não deixar passar a ocasião. Quando *Diretrizes* publicou o seu poema político "A tal", eu o achei tão ruim que, num escrúpulo de amizade, fiz voto de manifestar-lhe minha opinião sincera logo que fosse a São Paulo. Mas indo encontrei-o muito doente, quem sabe já portador do mal que o devia matar. Estive em Lopes Chaves cerca de meia hora, junto com Antonio Candido e Luís Saia, e saí de lá com a pior impressão do seu estado, o que aliás não ocultei a Luís Saia, que também se mostrava acabrunhado: esse amigo ímpar que o viu morrer. Achei Mário terrivelmente pálido e se cansando à toa quando falava. Foi quando ele me deu "Café", o seu grande poema, para ler. Fiz, confesso, as mais sombrias conjecturas, pensando inclusive que não o fosse ver mais. Uma noite, numa roda de bar, perguntado sobre "A tal", expressei-me francamente. Achava que uma coisa daquelas não adiantava nada, nem circunstancialmente, para efeito político. Achava ruim, de qualquer forma.

Sei que, por um desses azares, não pude mais estar com ele, dessa vez, e voltei com a minha opinião e a minha má consciência de não lhe ter dito o que achava, antes de fazê-lo em público, como acontecera. Era, sei, um excesso de escrúpulo meu. Cheguei a escrever-lhe uma carta que acabei não mandando e até hoje guardo comigo. Ao contrário dele, Mário, correspondente exemplar, eu detesto escrever cartas e sou naturalmente impontual. Deixei a história para mais tarde, para a vida resolver. De modo que, quando a conversa sobre poesia se fez política, ele falou do poema. Achava-o ruim também, mas justificou a sua publicação com aquela verdade que sempre engrandeceu tudo quanto jamais fez.

— Eu acho o poema muito ruim — disse-lhe doce, mas firmemente.

E contei-lhe que já me tinha expressado assim antes, sem conseguir ocultar minha vergonha. Depois, aliviados ambos do desagrado que esse gêne-

---

3 Poema que Vinicius incluiu em sua *Antologia poética* (1954).

ro de explicações sempre carrega, falamos... sobre tanta coisa misturada... a sua meditação lírica do Tietê... de nós mesmos... do erro que é se contentar demais duma obra que ainda não se escreveu ou ainda está em elaboração...

— O romance que eu queria escrever sobre São Paulo morreu por causa disso — me disse ele. — Acabei com a impressão de que ele já existia fora de mim, e não pude fazer mais nada.

Às dez para as quatro saímos do bar. A abertura do Congresso era às quatro e rumamos para o Municipal. Lembro-me que, a caminho, uma moça alta e bonita o olhou de passagem e na admiração desse olhar eu li: "ESSE É MÁRIO DE ANDRADE" — o que me deu um orgulho quase infantil de estar naquele momento a seu lado, pelas ruas de São Paulo.

Depois nos separamos sem nos despedir. Mas não seria essa a última vez que o veria. A última, realmente a última, foi em vésperas de eu ir embora: ficara em São Paulo por mais uns dias depois do encerramento do Congresso. Marquei com Mário de nos encontrarmos no Serviço do Patrimônio, rua Marconi, onde trabalha Luís Saia. Cheguei com Antonio Candido e Lourival Gomes Machado. Mário já lá estava e dei com ele em mangas de camisa, conversando de arte popular com o Saia. Na saída, ele me abraçou mas sem se despedir. Disse-me apenas que viria ao Rio em março. Pedi a ele que se cuidasse.

— Ah — afirmou com a maior convicção —, agora eu já disse: vou entrar num regime AB-SO-LUTO.

E com a sua famosa queda de ombros, em grande pena e lassidão:

— Que é que se há de fazer...

Ao cruzar a soleira da porta que o deveria fechar para sempre à minha vista física ainda dei-lhe um aceno, dizendo:

— Juízo, hein!

Não nos despedimos, pois. De modo que para mim ele não morreu. Esteve aqui no Rio em março mas não me foi possível vê-lo, com tudo isso que tem acontecido. Agora é provável que esteja em alguma viagem. Se eu for amanhã a São Paulo, é provável que não o possa ver, tampouco. Ele tem um milhão de coisas para fazer, o nosso Mário.

Leitura, março de 1945

SUVOROF, DE PUDOVKIN

Para quem conhece a obra cinematográfica de Pudovkin, o seu *Suvorof*, que depois de um longo jejum russo nos foi dado enfim ver, deve ter causado uma certa estranheza. A sua teoria da montagem está, no caso, até certo ponto comprometida pela necessidade de revelar ao espectador a figura da personagem central, que dá nome ao filme e o reveste de um sentido eminentemente dialético. Pudovkin chega ao ponto de deixar um grande ator representar em frente à câmera. Poucas vezes joga com o ritmo, e quando o faz é com uma espécie de pudor didático que nos traz logo à lembrança as montagens inexcedíveis de *Tempestade sobre a Ásia*. Há realmente na película, para o conhecedor de Pudovkin, um motivo preliminar de mágoa. A tendência será para pensar que o seu cinema não era exatamente aquilo, que houve um desmonte estético da sua teoria, uma vontade quem sabe criticável de deixar tudo bem claro, bem inteligível quanto ao sentido interior do filme. A sua velha balda da desintegração do ator diante do diretor, que não vê nele um ser vivo mas apenas uma série de tomadas da futura construção da película, parece ir por água abaixo. Pela primeira vez Pudovkin parece ter acordado para um ator. Pela primeira vez parece estar filmando uma figura com admiração pelo homem que a encarna. E o nosso estético protesta contra essa manifestação antipudovkiana de Pudovkin, e de saída pensamos: "Mas que diabo! até ele… por uma simples questão de método de exposição…".

Mas é Pudovkin quem está certo. Vi o filme três vezes e tive a felicidade de intuir da sua grandeza desde a primeira vez, há bem uns oito meses, por ocasião de uma exibição privada que dele se fez. Acho-o uma obra da maior importância e, no seu caso todo especial, inteiramente dentro do espírito do cinema de Pudovkin. Acho-o mais, acho-o uma extraordinária realização política, pois aqui temos não somente a consistência artística do filme, essa consistência de madeira nobre que tem o cinema de Pudovkin, como a consciência nacional da obra da Revolução, na glória de um antepassado que a prefigura em sua vitoriosa tática contra a agressão interna e externa, contra a traição interna e externa, agindo com astúcia mas dentro da realidade do instante, com menos diplomacia que precisão, talvez, mas com resultados positivos mais imediatos.

De posse desse motivo, é fácil ver por que Pudovkin recorreu menos à montagem do que à câmera, e à ação tanto quanto ao ritmo. *Suvorof* é um filme político, com um sentido prático evidente. Trata-se, no fundo, de um libelo antitrotskista. Despindo-se na aparência de todo o intelectualismo estético, Pudovkin procurou o ritmo maciço, compatível com o ritmo histórico da produção, de acordo com as leis da vida e da guerra do tempo que recriou. A poesia do filme está no cerne duro que resulta da sua visão. De fato, a montagem, para quem se lembra de seus *Mãe* ou *Tempestade sobre a Ásia*, especialmente para quem lembra do *Potemkin*, de Eisenstein, é pobre de efeito. Que se reflita, no entanto. Os movimentos tardos de imagens, como aqueles das montanhas e céus enevoados, em contraponto de profundidade, são de uma beleza sem par. A narração por imagens da cena em que o velho soldado conta aos camponeses e às crianças as glórias de Suvorof pode parecer ingênua ao apaixonado dos ritmos insinuantes daqueles filmes, maiores sem dúvida do ponto de vista artístico puro. Mas a lerdeza e a imprecisão resultantes são boas, em sua maliciosa estratégia. Pudovkin revela-se um grande estrategista com a câmera neste *Suvorof*. Teve o bom gosto de realizar a carreira do herói em sua glória, afastando dele a miséria desinteressante de certos lances da sua vida. Toma-o com a máquina em movimento, a paradear seus efeitos, puro e enérgico como uma criança vitoriosa. Traça-lhe o caráter com duas ou três cenas: o soldado popular, servo dos seus comandados mais que estes dele, de coração aberto, antidemagogo, pronto na ação, no castigo e recompensa. Essa comunhão de destinos, que a perspectiva da derrota e da humilhação entrelaça ainda mais, que bem-feita é, quando, nas montanhas, junto à ponte do Diabo, o diabo da indecisão e da desconfiança toma conta dos bravos de *Suvorof*! Ali sim, Pudovkin faz demagogia revolucionária. Mas que demagogia! A da verdade dos fatos, a do líder autêntico que esclarece, que tem o dever de esclarecer seus seguidores, porque dele é a responsabilidade das vitórias, mas também das derrotas. E Suvorof, vencendo a imparticipação gótica, o colaboracionismo gótico do seu aliado austríaco, toma dos seus velhos infantes e atravessa sob o fogo inimigo a ponte do Diabo sobre os precipícios da traição. E vence.

Suvorof é a força íntima popular russa e ao mesmo tempo o espírito realista que a Rússia, nos seus grandes momentos climáxicos, sempre soube mostrar, do presente para o futuro. Recriando-o na tela, Pudovkin, mais que fazer um grande filme, proclamou uma verdadeira história irrefutável.

Leitura, 28 de abril de 1945

LUTA DE CLASSE?

Um dos mais desagradáveis problemas com que se defronta atualmente o carioca é a má-criação dos choferes de ônibus, dos trocadores, sobretudo. E para não lançar a tese assim, ao desprestígio dessa marretada classe, cujo trabalho ingrato e mal pago faz a vergonha das nossas companhias de viação urbana, cumpre dizer também que poucas coisas há menos agradáveis que o passageiro carioca típico, o do sexo feminino com especialidade. Tese e antítese enunciadas, a solução aparece evidente na melhoria das condições de trabalho dos primeiros, que são, naturalmente, os mais azedos porque os menos privilegiados, e é fácil compreender a razão. O chofer é um enjaulado natural e vive num processo constante de torrefação. Dirige seu carro — que é uma grande responsabilidade — sobre um chão de brasas. Como diz o poeta.[1] Os construtores de ônibus parecem que primam em tornar o mais desconfortável possível o trabalho desses brasileiros. Um ônibus é uma verdadeira guerra de nervos para um chofer. Em primeiro lugar a mudança é geralmente colocada de modo a ocasionar torções musculares periódicas no ombro direito do coitado. Depois a caixa é posta bem longe dele de sorte que o obriga a olhar ao mesmo tempo para a frente e para o lado, o que lhe pode ocasionar alguma grave enfermidade nos olhos, sem falar na gota chinesa da campainhada nos ouvidos ou da luz vermelha piscando-lhe em frente, cada vez que um passageiro quer descer. Mas isso não é nada. Entopem-lhe a caixa de odiosas "japonesas"; ele precisa usar um arame ou então dar terríveis punhaços no antipático cofrinho para obrigá-lo a desengasgar-se. Eventualmente as campainhas encrencam, ficando a zunir-lhe dois outros quarteirões na boca da orelha, ou, o que é pior e mais frequente, encrencam os ônibus, que estão verdadeiras latas. O chofer tem de providenciar tudo. Eles são, além do mais, os comandantes do barco, tendo que dar o estribo em nome da companhia, virar garagem quando há motim a bordo, podendo até apanhar dos passageiros enfurecidos, o que já tem acontecido, apesar da grande força moral que comumente têm.

Tudo isso seca o coração de um homem. Pois se nós, grandes e pequenos burgueses, nos amolamos porque o café está frio ou o dia chuvoso: imagina

---

1 Referência ao poeta Casimiro de Abreu, autor do poema "Amor e medo", do qual faz parte a expressão "chão de brasas" e que foi publicado em *Primaveras* (1859).

então um chofer da Zona Sul, que transporta diariamente centenas de pequenos temperamentosos filhos-de-família e de grandes damas que a propósito de água-vai acham-se ofendidos nos seus mais dourados privilégios!

Assim é que a revolta se vai aninhando, é lógico, nesses paralíticos do movimento. São certos aspectos curiosos dessa revolta que vamos ver amanhã nesta sociologia de cordel.

Seção "Crônica da cidade", *Diretrizes*, Rio de Janeiro, 1º de junho de 1945

PASSAGEIROS E CHOFERES

Os maus ordenados e as difíceis condições de trabalho criam, como vimos ontem, o espírito de revolta nos choferes e trocadores de ônibus. Os passageiros se irritam, e no mais das vezes não sem razão. De fato, alguns desses trabalhadores são de uma criação, de uma grosseria mesmo a toda prova. Mas a verdade é que eles, choferes e trocadores, não são os maiores culpados da situação tensa que se vem formando e está prestes a adquirir um caráter perigoso de luta de classe, e na qual é preciso pôr um paradeiro quanto antes. A solução provisória seria, me parece, em primeiro lugar: vencimentos que compensassem os sacrifícios impostos por esse gênero de trabalho; em segundo: melhoria das viaturas urbanas (todo passageiro se predispõe a fonte de brigas e atrasos em comodidade, o preço de pelo menos Cr$ 3 diários para os que moram nas zonas mais afastadas do centro); terceiro: abolição das fichas e sua substituição por outro qualquer processo, pois elas são a maior renda de brigas e atrasos em viagem de ônibus. Coisas odiosas essas fichas. Depois um atentado à liberdade individual. Isso é que elas são. Diabo! então o passageiro que vai para a sua repartição ou lá para onde seja, ir em pé arriscar diariamente a vida nessas geringonças que são os nossos ônibus (os da Zona Norte então, são coqueteleiras ambulantes), vai ter que ficar preocupado com sua ficha, tê-la pronta na mão, tudo como "tem que ser feito" porque a companhia assim o determinou?! Não, senhor! O passageiro tem todo o direito a fazer a sua viagem com a cabeça onde quiser, porque inclusive as dificuldades crescentes da vida e a falta de tempo fazem do ônibus um dos poucos lugares onde se pode viver e pensar em paz dentro da paisagem urbana. Em quarto lugar, dever-se-ia pensar imediatamente na mecanização do troco. Na impossibilidade eventual disso, no troco obrigatório na entrada. Os trocadores não se deveriam locomover nos ônibus cheios porque a sua maior irritabilidade vem da distração e indiferença dos passageiros que os usam comumente, como se eles fossem máquinas de trocar. Mas trata-se de homens. Homens para quem é humilhante serem chamados quase como se chama cachorros, com "psius" impertinentes a todo instante — esquecidos até a hora de descer: e então violentados em seu trabalho pelas exigências dos que querem sair depressa e dos que querem entrar. Homens para quem deve ser desagradável a batida impaciente da ficha no metal, numa chamada à ordem. Por isso eles fingem que não veem, se atrasam com o troco, ficam naturalmente predispostos à discussão e mesmo à briga. Não se violenta impunemente a natureza dos simples. Eles se fecham na sua revolta e, como não sabem ao certo a razão da injustiça, como não têm a chamada boa educação, e não por culpa deles — muitos são pura ganga humana —, defendem-se com a sua própria malícia: revoltam-se contra a máquina que os subordina e contra aqueles para o gosto dos quais foi ela feita, os mais privilegiados, os que nasceram na grande ou pequena burguesia, a classe média em geral.

Seção "Crônica da Cidade", *Diretrizes*, Rio de Janeiro, 2 de junho de 1945

DE QUEM É A CULPA

Vimos em duas crônicas anteriores como vai agravando, e não por culpa específica de nenhum dos dois, a situação entre passageiros e trocadores e choferes de ônibus. De qualquer jeito quem leva a pior são os segundos. Eles são inevitavelmente os menos favorecidos. Admira é os passageiros não procurarem compreender. Tinham obrigação de compreender. Estiveram, em sua grande maioria, na escola e na universidade. São homens de cátedra, de consultório, de banca de advocacia, homens que se dão ao luxo de ter ideias próprias, homens de negócios, comerciantes, banqueiros, diplomatas como eu. Sua autocrítica deveria ser maior, e ao contrário, não o é. Em geral os trocadores e choferes até que aturam com mais paciência e educação as grosserias dos passageiros que vice-versa. Mas alguns, é claro, vão à forra. Atrasam a marcha do carro, a fazer cera de puro espírito de porco, não esperam que o passageiro entre para "esticar", como dizem em sua gíria; fazem da viagem um susto ou uma crise de neurastenia.

De quem é então a culpa? O grande culpado é, em primeiro lugar, o regime de grosseiro capitalismo em que vivemos, e em segundo, a ineficácia da administração. Mas constatá-lo apenas não resolve o problema. É preciso dar duro nas companhias que são no caso os intermediários entre a administração e o povo. A administração não se mexe. Pois que se mexam as companhias. São elas que impõem, com o fito exclusivo de lucro, o odioso regime que vem criando essa luta de classe. O sistema do trocador ter que pagar a ficha Cr\$ 1 cada, por exemplo, é uma monstruosidade, para um homem que ganha uma média de Cr\$ 18 diários, com os quais têm que pagar casa, comida e ainda comprar os uniformes. Agora, além do mais, terão que desembolsar Cr\$ 5 se se portarem desairosamente com algum passageiro maldisposto. Isso num país em que 90% das mulheres escondem cuidadosamente as suas fichas nas profundezas dessas gigantescas bolsas que andam usando, e quando as acham já descompuseram várias vezes o chofer e o trocador, e já se passaram cinco minutos de tempo perdido. E caia uma desgraçada na ideia de responder a uma dessas senhoras: aparecem logo dois ou três cavalheiros que querem logo dar no chofer ou no trocador. A minha impressão pessoal é que alguma coisa não está certa nisso tudo.

Seção "Crônica da Cidade", *Diretrizes*, Rio de Janeiro, 4 de junho de 1945

DE MANEIRA QUE...

... a coisa a fazer, nessa questão entre passageiros e choferes de ônibus, é provisoriamente conseguir que as autoridades competentes obriguem as companhias a pagar melhor seus empregados, reajustar os horários de trabalho, de modo que tenham tempo suficiente para comer em paz, dar-lhes uma ajuda de custos para que se possam trajar com decência e facilitar-lhes o mecanismo do labor. MELHORES ÔNIBUS E EM MAIOR QUANTIDADE. Toda a população sofre com a escassez de meios de transporte. Uma vez feito isso, ninguém vai negar às companhias o direito de agir contra seus empregados que estejam procedendo de modo incorreto para com o público, nem de selecioná-los melhor. Pelo contrário. A educação desses homens devia ser também um dever das companhias. Elas se poderiam reunir e criar uma Escola para Choferes e Trocadores, onde lhes fossem ministradas grátis e rapidamente as noções básicas do que devem fazer e da civilidade com que devem tratar os passageiros. Uma campanha de boa vontade não seria má ideia, para criar no público um certo espírito de colaboração. Pequenos letreiros nos ônibus, mais ou menos assim: "O CHOFER É O RESPONSÁVEL PELA SUA SEGURANÇA NESTA VIAGEM, COLABORE COM ELE NÃO O PERTURBANDO NO TRABALHO, TENHA O SEU TROCO PRONTO, SEJA CIVIL NOS SEUS PEDIDOS OU NAS SUAS RECLAMAÇÕES, EXIJA DA SUA LINHA DE ÔNIBUS O QUE LHE É DEVIDO". Enfim, coisas desse gênero, que, tanto ao passageiro como ao chofer e ao trocador, dão esse sentimento de responsabilidade indispensável, sem o qual nada é possível neste mundo.

Essa colaboração do passageiro é essencial, porque, afinal de contas, os ônibus foram feitos para transportá-lo e ele tem direitos adquiridos em qualquer viagem que faça. Que ele o compreenda. Que seja delicado com aqueles que estão servindo. Que não berre pelo troco, nem bata impertinentemente com a sua ficha para chamar o trocador. Que não o ofenda na dignidade do seu trabalho: é com esse trabalho que um homem pobre vive, mora, come, sustenta sua mulher, seus filhos, permite-se sonhar nos cinemas baratos, levar a namorada aos bares, aos parques de diversão, às gafieiras. Que lhe peça "por favor": não há nisso nenhuma humilhação e os menos favorecidos gostam que se lhes fale com respeito. E se apesar disso tudo for tratado com estupidez então que meta a mão.

Mas que tente esse mínimo.

Seção "Crônica da Cidade", *Diretrizes*, Rio de Janeiro, 5 de junho de 1945

O CHEIRO DO LEBLON

A praia do Leblon é uma linda praia. Lançada sobre uma extensão atlântica ponteada de ilhas, ela vai se unir adiante com a avenida Niemeyer, sob os grandes contrafortes dos Dois Irmãos e da Mesa do Imperador. É sem dúvida um dos mais belos panoramas que pode oferecer o Rio. O mar ali é verde e revolto e a areia a bem dizer vegetal. A grama cresce nas areias do Leblon, como se a mão do homem não houvesse ainda domesticado a obra prodigiosa da criação. Efetivamente, há naquela praia qualquer coisa de selvagem, de intocado. O banhista matutino chega, senta-se na maciez branca sob os influxos violeta do melhor sol da cidade, respira fundo. Da primeira vez o oxigênio puro penetra-lhe nos pulmões ativando-lhe a circulação, e ele se sente possuído da doce euforia de viver, sobretudo de viver no Leblon, essa pequena pátria. Ergue-se então dominador, inteiramente à altura dos acontecimentos, o tórax inchado, os bíceps tensos, e inspira o ar pela segunda vez. Mas desta vez, além do cheiro do ar marinho propriamente dito, um outro cheiro se lhe insinua pelo nariz. Um cheiro que é mais que um cheiro, que é um mau cheiro. A alegria do banhista decai 50% e ele, mal convencido, prova o ar pela terceira vez. E então compreende. Compreende toda a terrível verdade. Sente-se indignado no mais íntimo de sua natureza panteísta. O ludíbrio surge-lhe ante os olhos, ou melhor, o nariz, e ele se ruboriza como se estivesse sendo mandado. Tendo um fraco por francês, murmura entre dentes: "*Cambronne au Leblon c'est incroyable!*".[1]

E tem razão. De onde se acha vê, ao sabor da correnteza e de envolta com a espuma, uma espécie de nata que recobre o mar. De longe a coisa lhe parece... mas de perto é que se vê que é. Ela tem nome em todas as línguas. No meio daquilo banham-se crianças do Leblon, os verdadeiros inocentes do Leblon,[2] os anjos brancos das ruas burguesas e os anjos pretos da Praia do Pinto.[3] O banhista, que por acaso é um acatado esculápio, vê rirem sobre o

---

1 Em francês, "*Cambronne*, no Leblon, é incrível!".

2 Referência ao poema "Os inocentes do Leblon", de Carlos Drummond de Andrade, publicado no livro *Sentimento do mundo* (1940).

3 Localizada na Zona Sul do Rio de Janeiro, onde se encontrava a comunidade da Praia do Pinto, removida em 1969. Vinicius escreverá sobre ela em maio de 1953, na crônica homônima, publicada em *Para uma menina com uma flor*.

sórdido lençol os pequeninos demônios da disenteria, do tipo das infecções de olhos, da paralisia infantil (quem sabe?). E as criancinhas brincam à toa, e os pequeninos demônios entram-lhe com a água nas boquinhas risonhas, nos olhinhos alegres.

O banhista fica indignado. É preciso dar parte a alguém daquela imundície. Pois como é que se faz despejo de esgotos numa praia de banhos? E quem sabe a… matéria não foi nem "tratada" antes!… Não, é preciso uma providência! E ele vai danado da vida para casa, mas não sem ouvir antes uma senhora francesa gritando para o marido que nada ao longe: *"Prends garde à toi! Cette mer d'ici est très dangereuse!"*.[4]

Seção "Crônica da Cidade", *Diretrizes*, Rio de Janeiro, 6 de junho de 1945

---

4   Em francês, "Tome cuidado! O mar aqui é muito perigoso!".

AINDA LEBLON

Parece incrível que um bairro como o Leblon, um bairro já perfeitamente urbanizado, tenha uma praia de banho onde se faz despejo de fezes. É simplesmente incrível. Contando ninguém acredita, dizem que é alga? Se aquilo é alga, nesse caso meu filho, o Pedrinho, sujava muito as fraldas de alga quando tinha um mês. Ora... alga! E impressionante é também como os moradores não ligam. Há dias uma amiga minha andou telefonando, telefone por telefone, para todo o Leblon, convocando as donas de casa para uma reunião num colégio local, gentilmente cedido, a fim de cuidarem de um movimento de reivindicações do bairro. Disse-me que era realmente um absurdo a imundície da praia, "tró-ló-ló, pão duro". Pois bem: a minha amiga compareceu sozinha. Ainda andou recebendo trotes a respeito, enquanto esperava, no tal colégio.

O que eu sei é que há ocasiões em que não é possível se tomar banho ali. Meus filhos, por exemplo, não entram mais n'água, eu fico francamente com medo. A gente lá sabe o que pode acontecer com uma criança, já de si um ser com tão poucas reservas, num mar onde faz tanta marola... Não. Agora, é um desaforo. Um desaforo não sei de quê, porque não estou certo ainda do órgão da administração que é o culpado de uma tão criminosa falta de higiene. A prefeitura? O Ministério da Educação e Saúde? A City, sem o conhecimento superior? Não quero inculpar ninguém antes de estar seguro.

Mas um dos três há de ser. E uma coisa é positiva: é que há muita sujeira neste caso, seja de quem for a culpa.

Seção "Crônica da Cidade", *Diretrizes*, Rio de Janeiro, 7 de junho de 1945

A CIDADE... ELA MESMA

Não vou começar dizendo que o Rio é a cidade mais linda do mundo porque o Rio não é a cidade mais linda do mundo; e além disso o Rio não é uma verdadeira cidade, e eu não gosto de paráfrases, muito menos de paráfrases de paradoxos mesmo quando sejam paradoxos a valer. A beleza do Rio é tão evidente que chega a ser lugar-comum, só raramente são coisas de beleza. O Rio não é uma verdadeira cidade porque nele é praticamente impossível viver, se se entender por viver o ato de penetrar a vida através de experiência. Não há cidade que ofereça menos intimidade com a vida, menos possibilidade de penetração nas coisas, menos ambiente para a cogitação e o pensamento, menos seriedade. Nela é instante. Não a preocupa seu passado, onde se contam algumas glórias, nem seu futuro que se adivinha cheio delas. Só o presente a domina, a sua ânsia de vivê-la é tão viva que às vezes parece indecente.

Isso faz o principal defeito e a principal qualidade, diria melhor: encanto, dessa cidade ao mesmo tempo fácil e difícil de entender. Se a pessoa que me lê neste momento tiver um grau de bom senso já terá possivelmente passado desta crônica para diante. Porque aquele que no primeiro período anuncia-se um inimigo dos paradoxos e lugares-comuns os vem praticando página abaixo com uma calma que poderia parecer cinismo. Mas a coisa é justamente essa. Eu me considero carioca típico, e vivo em função de minha cidade justamente como o inimigo de paradoxos que só viveu a síntese que a necessidade de fugir ao aparecimento casual de um lhe ofereceu, para começo de conversa. Tudo no caráter dessa cidade e de seu habitante é paradoxal; e, no entanto, temos uma cidade que é a própria despreocupação e fruição dos momentos. E, como todo o mundo sabe, o sentimento presente é quase sempre sinal de uma natureza simples e direta antiparadoxal.

Mas, insisto, o Rio também o é, também o é bom carioca. A cidade se oferece com a platitude das mulheres belas demais, que acabam por dar vontade na gente de falar mal delas por excesso de prodigalidade. Repousa-se num recesso que, pelo privilégio da situação, pela perfeição natural, pela riqueza de colorido, pela abundância de águas — que são azuis — nos horizontes verdes, na praia — e de matas — que são verdes de todos os matizes —, faz pensar ter este sido o lugar escolhido por Deus para as suas meditações de fim de semana, antes de a semana ser criada. Isso a faz extremamente simples. Não lhe peçais outra coisa senão beleza, é o que de melhor ela vos pode dar. É uma cidade bela, de uma beleza tão contínua que o que de mais útil há a fazer, se se quiser viver nela, é esquecê-la o mais rapidamente possível, do contrário não faz nada. Essa beleza criou uma legenda que, naturalmente, o espírito um pouco ufanista de todos nós, filhos deste jovem continente, e sobretudo a ingenuidade complacente dos nossos irmãos norte-americanos serviram muito para consolidar. E isso fez mal ao Rio. Nada fez tanto mal ao Rio como o chamarem "Cidade Maravilhosa", "a cidade mais bela do mundo", *"the most beautiful harbor in the world"*[1] e outros tantos apelidos com que seus inconstantes namorados alimentaram-lhe a imensa vaidade.

Seção "Crônica da Cidade", Diretrizes, Rio de Janeiro, 8 de junho de 1945

---

1 Em inglês, "O mais belo porto do mundo".

CENTROS E COMITÊS

A ideia não é nova, a de organizar o povo em centros e comitês de bairro onde, sem distinções de raça, credo ou classe, sejam estudados os problemas específicos de cada um deles e levantadas as reivindicações consequentes. Não é nova, mas é a tal coisa: foi preciso a voz de um verdadeiro líder, o sr. Luís Carlos Prestes, para colocá-la na ordem do dia. E numa fase de democratização, poucas coisas há tão úteis. O comitê de bairro é, à sua maneira, um pequeno parlamento. Nele pode ser apreendida, e talvez com mais facilidade, a democracia genuína que ignora os problemas de raça e de classe e aconselha a todos o aperto de mão fraterno diante da necessidade premente. E é de ver a harmonia e o espírito de concisão com que são debatidas as questões em núcleos assim. Sim, porque os problemas são muitos, mas são simples. É o problema da casa, da saúde, da higiene, da carestia de vida, mas postos nesses termos que só os realmente necessitados sabem ter. A pessoa chega e lança a sua tese: falta água na rua tal, que é que vai fazer? Andam fazendo despejo de esgotos na praia do Leblon: de quem é a culpa? Eu sou foguista de bordo: quando estou em terra não tenho onde ficar: e então? Está dando muita dor de barriga na Praia do Pinto: é preciso uma medida das autoridades etc. E, além desses outros casos, de interesse mais geral como o próprio problema do levantamento moral e da democratização do país, o do esclarecimento popular em face das eleições e as questões básicas do momento presente, no sentido de fazer da massa uma força consciente. E isso deve interessar a todo mundo. As donas de casa, por exemplo, têm um número de pontos a acertar, que poderiam ser consertados nessas pequenas assembleias. Porque — embora me pareça que todos devessem ir ou se fazer representar nos centros e comitês — não há nada que impeça as donas de casa de se reunirem eventualmente para tratar das suas reivindicações próprias. Do mesmo modo as empregadas. Mas, de qualquer forma, uma vez resolvida a questão a tratar, deveria ela ser levada ao conhecimento do centro ou comitê do bairro que se encarregaria então de fazê-la válida, por intermédio do médico, do jornalista, do advogado do bairro, que tomarão, naturalmente, parte nessas reuniões, se não forem preguiçosos ou calhordas. A imprensa livre dará, é claro, apoio a qualquer reivindicação justa dos bairros e a coisa dessa forma se pode processar em trâmites bem mais rápidos e positivos que através da paquidérmica, neurastênica, ineficientíssima máquina burocrática sob o peso da qual vivemos nós todos, que nos vai sugando lentamente a seiva das reservas diárias e contra a qual é preciso reagir se não quisermos um futuro de avitaminoses públicas.

Seção "Crônica da Cidade", *Diretrizes*, Rio de Janeiro, 9 de junho de 1945

NO TABULEIRO DA BAIANA

Tem a exposição anti-integralista[1] que todo mundo deve ir ver. São dois estandes apenas, um defrontando o outro, ao longo do túnel de passagem, e arrumados com gosto e ciência pelos organizadores. Uma mostra discreta e sem demagogia da aventura verde[2] do sr. Plínio Salgado, que desviou metade da incauta juventude brasileira com seu falso dionisismo e seu ridículo aparato de camisas, discursos, paradas anuais, pingue-pongues, hierarquias, para dolorosa, perigosa burrice das atitudes fascistófilas. Do lado esquerdo de quem entra enfileira-se a documentação sobre o integralismo propriamente dito. Do direito, o visitante tem os elementos de comparação do que viu com os macabros resultados da experiência totalitária no mundo, os vigilantes cadáveres dos antifascistas mortos, a fome e a tortura nos campos de concentração alemães. Os letreiros são excelentes, escritos com uma dignidade que impõe imediatamente respeito. O ambiente é, aliás, do maior respeito, esse respeito que é muito o índice das massas politizadas. A seriedade das fisionomias não exclui a aversão junto à lista dos navios torpedeados pelos submarinos do Eixo, havia um homem que, sem mexer um só músculo da cara, chorava.

O povo faz aquela via de misérias em silêncio, com uma contenção onde se pode sentir a revolta prestes a explodir. Um povo que se pode enforcer facilmente, com o qual seria arriscado brincar além dos limites. Foi provisoriamente afastado, por notável generosidade dos organizadores, qualquer personalismo na apresentação da mostra. Somente a figura dos chefes e dos traidores julgados por Tribunal aparece em odiosas reproduções. A coisa vale por uma chance e por um aviso. Ali colocados sobre aquelas manchas verdes encontram-se os maiores traidores da humanidade de todos os tempos. O clima que resulta da sua contemplação é também um clima de ameaça. Eles se conservam vivos, é iniludível, na memória de outros tantos traidores emboscados, que tramaram revides na sombra em nome da Nação e no de Deus. Todo o cuidado é pouco. É obrigação de cada um o estar vigilante. A peste verde não mais deverá se levantar do opróbrio onde a atirou a vitória esmagadora das

---

1   A Ação Integralista Brasileira (AIB) ou integralismo foi o mais importante movimento político de inspiração fascista organizado no país. Sua fundação, conduzida por Plínio Salgado, data de 1932.

2   Referência à cor característica do movimento, cujos participantes eram conhecidos como "camisas-verdes".

Nações Unidas contra o fascismo internacional, nem deve a liberdade do povo ser sufocada ou amesquinhada pelos últimos títeres do Egoísmo e da Prepotência. A cara do povo é séria e fechada na exposição anti-integralista. Cuidado!

Aos rapazes da UNE[3] mais uma vez grandes parabéns. Eles têm sido, em sua mocidade generosa, os mais ativos líderes da redemocratização do Brasil.

Seção "Crônica da Cidade", Diretrizes, Rio de Janeiro, 12 de junho de 1945

3 União Nacional dos Estudantes (UNE), criada extraoficialmente em 1937 e reconhecida publicamente no ano seguinte. Trata-se do órgão de maior representatividade dos estudantes no Brasil.

DE COMO VIAJAR EM ÔNIBUS (I)

Manuel Bandeira me sugere uma crônica sobre a maneira de viajar em ônibus. A matéria é oportuna e interessante, pois quanto mais se faça para melhorar as conduções do trânsito urbano no sentido de... urbanizá-lo, melhor. De fato, as relações entre passageiros são coisa delicada, dentro desse critério de antipatia que os homens têm uns pelos outros antes de se conhecerem pessoalmente. O passageiro, como ser de categoria, é um egoísta caracterizado. Sua tendência é sentar no lugar mais confortável, sofrer o mínimo durante a viagem e chegar o mais depressa possível. E estar certo, não se vai querer espírito de sacrifício de ninguém. Mas há um pequeno número de delicadezas, de gestos desimportantes, de minúsculas concessões que se os passageiros se dessem o cuidado de observá-las, a viagem correria sobre rodas, se é que não faço pleonasmo. Tomemos por exemplo um percurso como o meu: no 12 e no 13, para ir de Ipanema até a rua Larga.[1] Os ônibus são horríveis, perigosíssimos. Já tive pequenos acidentes umas duas ou três vezes. Os choferes; os mal-humoradíssimos, perfeitamente dentro do esquema traçado neste retângulo, em notações anteriores. Entra então o primeiro, o mais comum: o bolina. Chega e manja imediatamente a situação. Vemo-lo então sentar-se ao lado da moça mais apetecível a bordo, com um ar hipócrita de contenção: mas não se engane ninguém: aquilo é para não despertar as desconfianças imediatas de sua vítima. Ao primeiro sacolejão lá vai ele e junta, como se não fosse nada, o braço ou a perna. E inferniza meia hora da vida de uma mulher, se ela — o que geralmente não acontece por medo, timidez ou horror a escândalo — não se afastar ostensivamente ou lhe der um terço em condições. Esse é o tipo mais sórdido de mau passageiro. É aproveitador e covarde. Em geral foge com um berro. Sua ousadia é uma máscara de podridão. Mas há também um tipo de bolina perigoso: o que ajunta a mão e, descomposto pela vítima, reage no mesmo tom e insulta de volta: "Ora, a senhora não se enxerga? Mire-se no seu espelho!" e muda de lugar com ar ofendido. Para esses o papel é mão na cara: aconselho a qualquer passageira mulher que leve sempre vantagem nessas horas, é muito raro não ser assim.

Mas o tipo mais comum de mau passageiro é o que pensa que está em sua

---

1 Atual avenida Marechal Floriano, no centro do Rio de Janeiro.

casa. Se sentado, abre as pernas de tal modo que sobra um centímetro apenas de banco para o vizinho. Se lê jornal, fá-lo de tal maneira que uma das pontas do papel há sempre de roçar a cara do freguês do lado ou o cabelo do da frente. Se fuma, bufa na cara dos outros e dá um jeito qualquer para fazer alguém de cinzeiro. Se fala, fala alto sem deixar ninguém conversar, ler ou simplesmente pensar na morte da bezerra. Se olha as pessoas, olha de forma insolente, da cabeça aos pés, voltando-se depois com um ar mal satisfeito com o que viu. Esse passageiro em geral esquece de trocar o dinheiro, não sabe onde pôs a ficha, faz um banzé danado na saída, empurra todo mundo, é uma verdadeira peste. Tipos desses são especificamente maus maridos, enganam sua linda mulher com qualquer bofinho sem-vergonha e morrerão de arteriosclerose. Com eles é necessária uma certa reação para que se vão lembrando aos poucos. Civilidade é uma coisa que se aprende, e eles acabarão por aprender.

Mas há inúmeros tipos de mau passageiro. Deixo para amanhã o resto da conversa. Nesse meio-tempo fica a esses que aí estão uma boa oportunidade para um exame de consciência, sobretudo os bolinas que me lerem. Que o sangue lhes suba à cara, de vergonha, sobretudo você, conhecido compositor, péssimo compositor, que dedica suas viagens de ônibus a esse gênero de malfeitoria. Um grande desses, francamente!

Seção "Crônica da Cidade", *Diretrizes*, Rio de Janeiro, 13 de junho de 1945

RESTAURANTES POPULARES

Nunca houve nos restaurantes brasileiros uma grande higiene. Nos restaurantes populares, é claro; porque nos grã-finos seria o cúmulo se não houvesse. Essa falta de higiene era compensada, em outros tempos, pela comida quase sempre gostosa, farta e baratíssima, sobretudo nas casas portuguesas, de onde o indivíduo saía sem poder dar uma palavra. Comia mosca às vezes, mas o prato onde vinha o nojento animalejo sabia ser apetitoso. Hoje em dia o homem do povo continua a gozar da mesma falta de higiene dos velhos tempos, mas em compensação come mal e paga muito mais caro. Acabaram-se os velhos pratos estupefacientes, que enchiam efetivamente a barriga do trabalhador carioca e lhe davam a impressão de que tinha alimentado as suas energias para o labor diário. O arroz é sempre o da véspera, mas como diminuiu! Experimenta pedir um risoto num restaurante a preços módicos: pelanca de galinha ali é mato. Um filé-mignon cabe facilmente num envelope de correio aéreo. O feijão é comprido como a *Hora do Brasil* e o mais simples ovo estrelado, prova da má vontade geral dos trabalhadores de cozinha, mostra sempre uma cara solada e franzida, suando gordura ordinária. É tudo uma grande porcaria. A manteiga é branca e frequentemente sabe a ranço, e o queijo prato que se come poderia facilmente servir de raquete de pingue-pongue. A cerveja é cara e o chope aguado. O café é sempre frio e com ar esquisito de água de lavagem de meia preta. De que mais é possível falar mal? De tudo. A não ser nuns poucos restaurantes populares, esses mesmos inacessíveis ao trabalhador, como o Antero, o Garoto, a Parreira e poucos mais, onde de fato se come gostoso e bastante a preços razoáveis (que já vêm encarecendo). As chamadas casas de pasto, os botecos improvisados, as pequenas pensões (com algumas exceções) são terríveis. A pessoa já começa a perder a fome quando vai ao lavatório. A imundície dos closets dos restaurantes é fantástica. Muitos continuam a manter franca ligação com a cozinha, ficando no mesmo corredor ou a parede-meia da dita. As moscas — e estão no seu papel... — fazem adoráveis footings de lá para cá achando por força a ideia formidável. E, para bem servir as moscas, convenhamos que a ideia é boa mesmo.

Perdoe o leitor eu ter que cair, de vez em quando, em certos realismos, eu um poeta, que afinal de contas só me alimento de pétalas de rosas, e apresentar certos problemas sob um ângulo quase à Zola,[1] sei que devo chocar, de vez em quando, essa ou aquela sensibilidade mais à flor da pele. Mas é preciso falar. Se alguém não falar, a saúde pública continua a comer mosca.

Seção "Crônica da Cidade", *Diretrizes*, Rio de Janeiro, 19 de junho de 1945

1 Émile Zola (1840-1902), escritor francês considerado criador do naturalismo, escola literária que, em meados do século XIX, se definiu por um realismo exacerbado.

É PROIBIDO SE... MATAR

Acautelem-se os predispostos: é chegada a época dos suicídios. Saiam, divirtam-se, vão dançar, evitem de ficar em casa. Sobretudo não pensem. Pensar não resolve nessas horas. O sujeito vai vendo que a coisa é mesmo sem solução e acaba gostando de que ela não tenha solução. Fica mórbido predisposto. Naturalmente que se engana. Suicídio nunca foi solução para ninguém: há sempre um outro jeito. Não que seja, como muitos dizem, uma covardia. Pelo contrário, deve ser preciso uma coragem louca para uma pessoa se matar. Mas é, evidentemente, uma fuga à realidade da vida, que é sempre muito mais simples do que pensamos. Quase sempre os chamados casos insolúveis são ovos de colombo. Os que se matam precisariam muito mais de um médico que de um revólver, um veneno ou um salto no abismo. Deveriam tratar dos fígados, se *bevitaminar*, se cansar com bastante exercício físico para poder dormir. Se nada desse certo, então que se matassem, já não está mais aqui quem falou.

Mas no fundo não é bem isso, eu sei. Pobres dos que se matam, que matam a única coisa que de verdade têm, que é a própria vida! Que monstro de desânimo ou de desespero não devem carregar em si, para se destruírem! De qualquer modo, que se acautelem. É chegada a época dos suicídios. Com o inverno, crescem das obscuras regiões do ser os fantasmas que armam a mão do amante infeliz, do jogador desatinado, do possuído de neurastenia, do doente incurável, daqueles que, por morte de outrem, se sentem irremediavelmente sós. Com o inverno tranca-se o homem e se deixa em contato com sua memória, a comparar as glórias passadas com as misérias presentes, e fica mais em face de sua própria vida, e bebe para se aquecer e para esquecer. Acautelem-se os predispostos porque o tempo é ruim, de pequenos fracassos diários, uma laboriosa construção de tédio, um cotidiano de esperas e lutas, um permanente cálculo de probabilidades, uma eterna conta de chegar, uma falta de amor.

Eu digo porque muita gente se tem matado ultimamente e isso é mau para os que vivem. Matam-se as pessoas, e das mais diversas maneiras. Matam-se os fortes a revólver ou se atiram dos altos edifícios. Os descrentes tomam veneno. Abrem gás os melancólicos, também os pulsos. Os abandonados entregam-se ao mar. Os humilhados jogam-se à linha férrea. As mulheres ateiam fogo às vestes, e saem correndo a arder. O suicida desponta nesse tempo de humilhações públicas e malquerenças.

A causa está em tudo. No cansaço, no nervoso, na fadiga de tudo. No sensacionalismo aparente de tudo. Na falta de tudo de casa, comida, vergonha, trabalho, saúde, amor. Na falta de aonde ir e de onde ficar. Na dificuldade para bem amar. Na necessidade de calar para não ferir. No esforço para rir, dentro de tanta dor. No heroísmo de cada dia vencido na incerteza dos que virão. No vácuo deixado pela guerra, sumidouro de vidas e de consciências, fazedoura de aleijões e loucos.

Mas há que reagir, em nome da dignidade humana. Há que tomar medidas imediatas para que se desrecalque imediatamente a alma sofredora do povo e a carne patética dos homens. Há que permitir, há que deixar, há que dar. Que se proíba imediatamente uma coisa ruim já que tantas boas são proibidas, que se proíba qualquer sensacionalismo em torno de suicidas. Que sejam discretas as notícias e não se diga nunca a causa nem o meio empregado pelos que se matam. Que não se faça propaganda dos que morrem nem da eficiência do veneno que os causticou. Nada de dar bola aos que se matam. Pela minha parte, fica terminantemente proibido a partir de hoje qualquer tentativa de suicídio, sob pena de morte.

Seção "Crônica da Cidade", *Diretrizes*, Rio de Janeiro, 21 de junho de 1945

CARTA A UM MOTORISTA

A sua carta em nome da Comissão de Vigilância Democrática dos Motoristas do Rio de Janeiro foi, sr. presidente, o melhor prêmio que um jornalista poderia ter tido depois de uma campanha. Talvez seja imodéstia chamar de campanha o que fez este jornal em prol da classe, mas na falta de outro valha o termo. Eu lhe agradeço sinceramente em nome de DIRETRIZES as suas boas palavras para essa pequena demão. Faço questão de citar textualmente o trecho. Diz o sr.: "... é que vimos também em público nós motoristas e trocadores de ônibus trazer a nossa gratidão e mostrar que também possuímos uma sensibilidade, um coração e, enfim, pertencemos à seara humana".

Esse desconhecimento do fato de que os srs. — motoristas e trocadores — possuem uma sensibilidade e um coração — esse desconhecimento por parte das companhias e dos poderes competentes e que me parece a grande covardia dos melhores situados na vida. É o seu grande egoísmo. A essa culpa não poderão eles escapar, pois que ela é fruto de um esquecimento voluntário, o esquecimento em benefício do lucro. Mas melhores dias virão. Provisoriamente eu pediria ao presidente da Comissão de Vigilância Democrática dos Motoristas do Rio de Janeiro, se é que ele me julga digno de pedir-lhe alguma coisa, que aconselhasse prudência e contenção aos seus colegas de trabalho em nome do momento que vivemos. Esse momento terá que ser de paz, ou do contrário será destruído o que de melhor nos sobrou da catástrofe: o movimento redemocratizador. Isso não quer dizer que eles não lutem pelas suas reivindicações. Devem lutar e muito. Devem fazer tudo para obter melhoria de salários, melhores condições de trabalho, carros decentes para dirigir, liberdade sindical, uma vida decente e de acordo com a responsabilidade do ofício que têm, que é grande. Mas que o façam pacificamente e ensinem, eles embora em situação econômica inferior, o que é boa vontade e espírito de colaboração à população urbana. Seu exemplo pode ser proveitoso. Que ajam assim mas que sejam firmes em suas reivindicações. Não devem ceder nas coisas fundamentais, em nome de coisa alguma. Os velhos polvos continuam à solta, e estão sempre dispostos a fazer festinhas antes de sugar mais. Que eles se compenetrem nisso, do mesmo passo que se esclareçam sobre as suas responsabilidades como classe responsável.

Seção "Crônica da Cidade", *Diretrizes*, Rio de Janeiro, 22 de junho de 1945

RESERVAS DO EXÉRCITO MOTORIZADO (I)

Aquele mesmo presidente da Comissão de Vigilância Democrática dos Motoristas do Rio de Janeiro, de que falava eu sexta-feira, deu-me outro dia aqui na redação um documento cujo interesse e validade não posso deixar de tornar públicos. Trata-se de uma exposição de motivos feita ao presidente do Sindicato dos Condutores de Veículos Rodoviários e Anexos, na qual a classe, ante o fato da declaração de guerra do Brasil às potências ocidentais do Eixo, atesta a sua posição antifascista e coloca-se a serviço da causa comum, dando-se a si mesmo o nome de Reserva do Exército Motorizado, comprometendo-se também a lutar, se tal se fizer necessário, e pedindo, em nome da justiça, a boa vontade dos responsáveis para solucionar os problemas a ela atinentes.

É um documento impressionante. Não sei como até hoje não veio a público e não serviu de base a um amplo movimento de congraçamento em nome das sugestões propostas. Limito-me a citar: "As atribuições materiais, o estado moral da classe, consequentes das dificuldades da guerra e de acontecimentos lamentáveis em que se vê envolvida pela natureza da sua profissão e pela deficiência da organização do trabalho, quase inibem o motorista de ônibus de se integrar a fundo no esforço tremendo de guerra que o Brasil está fazendo. Depois de oito, nove e às vezes dez horas consecutivas de trabalho mortificante, o motorista é um homem esgotado, facilmente irritável, sem ter quem o compreenda e quem o ampare. E aos dez anos de exercício na profissão, quando poderia aspirar estabilidade, é um inútil até para a própria profissão!".

Vêm então as sugestões todas justíssimas: salário de Cr$ 26 para motoristas urbanos e de Cr$ 22 para os suburbanos, correspondente a seis horas de serviço "compatíveis com a resistência física e nervosa dos motoristas e a segurança dos passageiros; sendo que as horas extras seriam pagas com adicionais de 30% sobre o salário. Para trocadores urbanos caberiam Cr$ 13 e para os suburbanos Cr$ 10, com os mesmos 30% sobre os salários para os trabalhos extras".

Essa parte, não sei se teria provavelmente que ser reajustada diante das novas condições de vida. Disso sinceramente não entendo. Mas a justificativa feita para seis horas de trabalho me parece mais que justa, com três turmas em constante revezamento… Amanhã tratarei mais sobre o assunto.

Seção "Crônica da Cidade", *Diretrizes*, Rio de Janeiro, 25 de junho de 1945

RESERVAS DO EXÉRCITO MOTORIZADO (II)

Hoje em dia os motoristas trabalham oito, nove e até dez horas por dia, sem extraordinário, descanso semanal e nem ao menos a uma hora regulamentar para a refeição, pois as empresas só lhes dão meia hora "burland", diz a exposição de motivos ontem citada, por essa forma "as leis trabalhistas [que] são uma convenção assinada por partes interessadas", havendo mesmo uma determinada União dos Proprietários de Ônibus que, continua o documento, "boicota todos aqueles companheiros que reclamam o cumprimento das leis". Assim é que... "a maioria dos passageiros... ignora o total do nosso sacrifício, por isso revolta-se contra os motoristas e trocadores, e sem compreender que os responsáveis diretos na maioria das vezes são os próprios donos de empresas de ônibus".

É em seguida estudado o problema das fichas, "que custam a bagatela de Cr$ 0,20 a Cr$ 0[?][1] e são descontadas dos motoristas e trocadores quando perdidas ou quebradas acidentalmente pelos passageiros à razão de Cr$ 0,70 e até Cr$ 0,80, mesmo no caso de fichas fornecidas gratuitamente por bancos e casas comerciais para efeito de propaganda e que também são pagas pelos motoristas e trocadores naqueles casos" (creio que já aumentou para Cr$ 1,00).

Depois há um cuidadoso apanhado sobre o estado geral dos carros, que é péssimo. Os passageiros não sabem em que estão metidos! Por falta de ordem nas garages, o motorista que pega o carro não sabe os defeitos anotados pelos outros que acabam de deixá-lo. A falta de espaço para o chofer trabalhar é outra coisa séria. O freio de pé é um arrebentador de rins. A falta de freio de mão, uma calamidade pública. A maioria dos ônibus não os possui, os de pé são sujeitos a falhas constantes. A falta de visibilidade é também outro problema grave: trabalhando sob a claridade do próprio salão do carro, os motoristas — quando coincide, por exemplo, sentarem-se dois passageiros de terno claro no banco da frente e estando o para-brisa respingado de água de chuva — nada podem ver, pois o vidro torna-se um espelho para o interior do próprio carro, o que é um grande fator de desastres e atropelamentos que poderiam ser evitados com uma modificação na cabine do motorista.

E outras coisas. Só mesmo sendo pública na íntegra, para que todos pos-

---

1 Texto ilegível no jornal.

sam ler. E eis como são tratadas as Reservas do Exército Motorizado do Brasil, enquanto isso as companhias mamam, os ônibus queimam em plena rua, de tão velhos. Há tempos, em Buenos Aires, um virou e ardeu com todos os passageiros dentro. Disse que foi horrível.

Seção "Crônica da Cidade", *Diretrizes*, Rio de Janeiro, 26 de junho de 1945

IPANEMA E LEBLON: A POSTOS!

Cogita-se presentemente da criação de um centro que possa atender às reivindicações dos moradores de Ipanema e do Leblon. Considero a ideia ótima, e como velho morador do Leblon — embora meu coração pertença à Gávea, onde nasci, fui moleque e em cuja lagoa[1] muito nadei, nos tempos em que ela vinha quase até a atual rua Jardim Botânico — prestarei o melhor do meu concurso à iniciativa. E acho que o maior número possível de moradores deve fazer o mesmo. Um centro pró-melhoramentos, numa zona como a de Ipanema e Leblon, é de incalculável utilidade, sem falar dos problemas relacionados com a higiene dos bairros (já tive ocasiões de tratar aqui da questão dos despojos que se fazem quase que diariamente do fornecedor para o mar, onde se toma banho), há inúmeros outros que o centro poderá ir estudando dentro da comissão que certamente se formará para orientar-lhe os trabalhos. Há por exemplo uma enorme favela no Leblon que constitui um verdadeiro câncer da cidade. A Praia do Pinto, miserável aglomerado humano atirado à mais sórdida pobreza e onde deve grassar tudo quanto é moléstia imaginável. Só isso é trabalho para cinco anos.

A luta pela melhoria daquela, sob todos os pontos de vista, é uma causa que deve interessar mesmo aos mais indiferentes, porque a imundice e o abandono em que vivem são uma ameaça permanente à saúde da cidade. Faz-se mister alfabetizá-los, esclarecê-los sobre os seus próprios problemas, labutar pela construção de melhores casas para eles: livres da exploração e dos proprietários, ensiná-los a comer e a vestir para que possam ter a sua chance.

Isso e milhões de outras coisas. A vigilância sobre o direito de morar e de comer, o controle do comércio de dois bairros, para que seja evitada a exploração pelas quitandas, armazéns e lojas — tudo pode caber no programa de um centro para Ipanema e Leblon, se se contar de saída com a boa vontade das classes mais abastadas, e os artistas, médicos, donas de casa, advogados, engenheiros, escritores, grandes e pequenos comerciantes locais que se beneficiam daqueles céus incomparáveis a prestarem o seu indispensável concurso à criação, programação, obtenção de sede, e todas as mil pequenas coisas necessárias a articulações dos elementos definidores da ideia.

---

1   Lagoa Rodrigo de Freitas.

A postos, pois, moradores de Ipanema e Leblon! Afinal, o bairro é ou não é bom mesmo? Vocês que gozam daquelas tardes lindíssimas; daqueles soberbos panoramas: daquele mar sem precedentes, quando está limpo; do excelente sorvete do Manuel, ali na Visconde de Pirajá (certamente o melhor da cidade…), dos simpáticos cinemas Astória e Ipanema e do simpaticíssimo Pirajá; do mais ameno dos climas durante o verão; então, que é isso? Nada pelo bairro? Tudo!

Não hesitem pois em se inscrever e se ponham a trabalhar, quando chegar a hora. Um dia se dirá: "O centro de Ipanema e do Leblon…!". E Copacabana morrerá de inveja.

Seção "Crônica da Cidade", *Diretrizes*, Rio de Janeiro, 27 de junho de 1945

OS GRÁFICOS

Nos dias que correm, ler jornal é mais que um simples hábito: é um dever imposto a cada um, pela gravidade do momento. A notícia é a carne da vida. Quem ignora é — e ai dele! — um exilado, um abstencionista, um torre de marfim, um reacionário latente. Os Rilke, os Rimbaud, os Gauguin não teriam lugar na sociedade dos homens de hoje: ou pelo menos assim dizem os muito politizados. De sorte que o jornal até certo ponto substitui a vida, isto é, até que ela encontre sua verdadeira forma de liberdade e haja possibilidade de um regime econômico equânime dentro de um mundo penetrado do espírito da justiça social. Não haverá então necessidade nem de ler jornal, e proliferarão os bardos anônimos, como ao tempo de Elizabeth, da Inglaterra.

Tudo isso para chegar à conclusão de que se lê muito jornal nos dias que correm. O povo lê com avidez o noticiário que lhe dá a suma do conhecimento diário e o alimento para as indispensáveis trocas de ideias. Lê o que dizem os tipos arrumados nas colunas, em escuras paralelas, ouve o berreiro das manchetes, diverte-se com as crônicas e as caricaturas, medita com os artigos, as reportagens, devora a matéria política e esportiva. Lê o que dizem os tipos, mas não o que dizem os tipos atrás dos tipos, os linotipos, e não veem as sujas hábeis mãos que os manejam. São mãos de trabalhadores, a manobrar com uma mestria de alta tecelagem os barulhentos, grandes teares de fazer notícias.

São os gráficos. Uma classe excepcionalmente consciente, que trabalha ao mesmo tempo com os dedos e com a cabeça. Uma classe particularmente esclarecida, cujo labor tem um pouco de todas as artes e da mais difícil delas: a crítica. São esses os homens que fazem materialmente um jornal, em contato permanente com a astúcia maligna das máquinas e o respirar e o mortífero gás de antimônio que se escova do chumbo nas oficinas abafadas, sem ventilação. São homens de que a morte se agrada especialmente, e entre as mortes, aquelas de lesões do pulmão ou de coração. Esses homens deveriam tomar um litro de leite por dia, que é o antídoto para a lenta intoxicação pelo antimônio a que estão sujeitos: que esperança! Deveriam trabalhar em oficinas arejadas e amplas, para não correrem perigo com as máquinas e os grandes pesos com que lidam: quem lhes dera! Deveriam ter como tomar grandes banhos de vez em quando, para se limparem da imundice das graxas e das tintas. Deveriam ter um alojamento com camas na própria oficina, de modo a poderem descansar um pouco, depois das refeições e nas horas de plantão que na imprensa são frequentes: arrumam-se à beça.

Porque, verdade seja dita, não podem ser piores as oficinas da maioria dos nossos jornais. Veja-se a cor cadaverosa dos trabalhadores mais antigos, o seu ar doentio, a sua constante fadiga em meio ao mais exaustivo trabalho. Veja-se a sua falta de fé nos patrões, de curiosa parelha com o grande amor que têm à sua nobre missão, de que fazem um verdadeiro magistério. É uma grande classe, que precisa ser imediatamente amparada e defendida em suas reivindicações, para que possa trabalhar melhor sem perder a saúde. O povo que lê não pensa nisso. Que se ponha a pensar. Atrás dos tipos de um jornal está uma massa trabalhadora muitíssimo humana, que se mata lentamente para que ele tenha diariamente o pão nem sempre fresco das notícias. No xadrez dessas entrelinhas, que se saiba também ver uma visão: os gráficos sofrendo de desconforto e de descuido em seu trabalho responsável; a pedir que se lhes dê de um melhor pão, de um melhor ar e de um melhor leite em nome da imprensa livre e da dignidade de sua profissão.

Seção "Crônica da Cidade", *Diretrizes*, Rio de Janeiro, 28 de junho de 1945

O VERMELHINHO

Eu não sou um homem com reivindicações próprias, mas se alguma há que eu tenha é a de ter sido, juntamente com Rubem Braga e depois Moacir Werneck de Castro, o descobridor literário do Café Vermelhinho, a que também chamam Porto-Alegre.[1] Digo "literário" porque os rapazes de artes plásticas já o frequentavam antes de nós: o escultor Ceschiatti, por exemplo, e o seu grupo de amigos modernos da Escola de Belas Artes. Mas quem na verdade promoveu a agitação do Vermelhinho fomos nós. Lembro-me muito bem de quando, ainda ao tempo em que eu trabalhava no Instituto dos Bancários, marcávamos encontro para de tarde, ali nas cadeiras de palha do lado de fora do café, para a cerveja vespertina e o ver passar as gentes. De então o Vermelhinho já era um café frequentado por artistas mas sem a efervescência intelectual de hoje. Hoje o Vermelhinho é conhecido não só em todo o Brasil (basta ver como o escritor de província vem reto para ele) como internacionalmente. Há pouco tempo o escritor chileno Uribe Echeverría, em artigo que recebi do Chile, aponta esse café como o verdadeiro cenáculo da moderna arte indígena, o que é um pouco falta de visão da sua parte. O Vermelhinho não é bem isso. O Vermelhinho para quem é seu fiel pouco tem de uma feira de vaidades. Trata-se de um café com um carisma, com uma bossa própria que independe dos seus curiosos frequentadores. O Vermelhinho é como o La Coupole ou o Café de Flore em Paris, ou o Café Royal em Londres. É um café com uma displicência, uma perda de tempo, uma disponibilidade. Ao mesmo tempo é um café criador, propiciador de pequenos negócios, um grande amigo do intelectual brasileiro. O sujeito vai ali, de repente nem sabe como, ganha Cr$ 150, seja de um artigo pago antecipadamente, seja de qualquer velha dívida esquecida, que bebe "sobre-o-campo". É um café que faz sua própria propaganda e, no entanto, sem nenhum cabotinismo. As cadeiras vermelhinhas são um convite às ideias. O seu aparato feminino, que é notável, faz dele também um café com uma natureza profundamente masculina, que lhe dá uma certa dignidade *nonchalante*. Nele se pode tão bem vagabundear como escrever, e assim fazia Bernanos. Nele se pode tão bem amar como comer uma comidinha às pressas, para escorar a noite. Há uma seca fraternidade nos garçons e um ácido préstimo no gerente, que conta diariamente a sua ninhada com um ar de

---

1 Referência à rua Araújo Porto Alegre, na Cinelândia, centro do Rio de Janeiro, onde se situava o célebre café.

quem não liga, mas bem que liga. Há uma simpatia discreta e imóvel na moça do caixa, que não se importa, tartamudamente, de guardar os nossos embrulhos, e nos lembra com um simples olhar de ir apanhar qualquer livro esquecido, que ela fielmente defende. Há um espírito de confiança que faz dele um café quase sem brigas, apesar de alguns excelentes cafajestes que o frequentam.

De fato, pouca gente tem escapado à sedução do Vermelhinho. Mesmo os mais enrustidos, como Manuel Bandeira, Carlos Drummond de Andrade, Astrojildo Pereira, Aníbal Machado (porque recebe em casa)[2] e outros, já os tenho visto aboletados em vermelho, dando um ar de sua graça. Os escritores sul-americanos que aqui vêm é batata. E mesmo os americanos. Waldo Frank[3] lá esteve duas ou três vezes comigo e gostou. Minha amiga Gabriela Mistral de vez em quando, numa de suas descidas da serra, toma o seu guaraná numa das mesas de canto. É positivamente o café dos cafés, por fatalidade de condição.

Nele se conversa, se ama, se faz planos, se briga, se vive, se aprende e se desaprende. Considero se não reacionária, pelo menos com um acentuado caráter protestante e preconcebido a resistência que alguns fazem ao Vermelhinho por julgá-lo um dissociador de vocações, um núcleo de boêmia intelectual esterilizadora, um mata-gênio, contra a sedução do qual é preciso lutar em nome das tantas-horas-de-trabalho-por-dia. Não, não é nada disso. O Vermelhinho é, pelo contrário, um café de trabalhadores, que ali vão à tarde para criar um pequeno hiato despreocupado entre a repartição e a casa ou de trabalhadores sui generis, homens que vivem de suas conversas, dos negócios que fazem com a inteligência, mas sem exploração, porque são sempre intelectuais também, e não há explorações no Vermelhinho (isto é: aquele negócio de cobrar um pouco mais caro do lado de fora ainda não me convenceu: mas também só vai lá quem quer).

Pois então, se fosse um café como essa gente diz, seria crível ver por lá, como se tem visto ultimamente, a figura venerada do Barão de Itararé, esse trabalhador emérito, cuja vida é um exemplo de lutas, cuja posição é um exemplo de coerência. Itararé, o Brando, a honrar com a sua ilustre presença o espaçoso paço em frente, onde eu passo a minha hora diária pensando que, apesar de tudo, a vida é boa...

Seção "Crônica da Cidade", *Diretrizes*, Rio de Janeiro, 29 de junho de 1945

2   Durante as décadas de 1930 e 1960, a casa de Aníbal Machado, em Ipanema, à rua Visconde de Pirajá, 487, foi um importante ponto de encontro de intelectuais e artistas no Rio de Janeiro, sobretudo em suas célebres reuniões dominicais.

3   Em 1942, o poeta norte-americano visitou o Brasil e Vinicius de Moraes ficou responsável por cicereoneá-lo.

VIAGEM DE BONDE

Já me disseram que eu estou ficando um especialista em viagens no perímetro urbano. Para atestá-lo, contarei uma viagem que fiz há uns quatro dias da cidade até a Glória. Não foi muito, mas foi bastante. Já não andava de bonde desde muito tempo, isto é, em verdadeiras viagens de bonde. Como moro muito longe, sou obrigado a enfrentar as filas infinitas da linha Castelo-Leblon, porque nem sempre a gente está prevenido para um lotaçãozinho. Mas acabei de tomar uma resolução da maior importância. Venderei bilhete, pedra preciosa, artigos de toalete na rua Larga,[1] serei camelô, escreverei cinco artigos por mês, farei não importa o quê, mas de hoje em diante só andarei de autolotação. Serei um lotacionista.

Essa viagem, por exemplo, que eu fiz da Cinelândia até a Glória, por que irrealidade do Tempo não consta ela de um dos cantos do "Inferno" do divino Dante? Foi num Jardim-Leblon. Peguei-o já lotado, ali em frente ao Municipal,[2] mas sempre consegui me encaixar como pingente. Quando o bonde deu a curva do Tabuleiro da Baiana,[3] uma prodigiosa massa de gente arremessou-se contra ele e contra mim, comprimiu-se, arfou, emagrou nas partes mais salientes do corpo, até encontrar a sua posição no espaço, e transformou a viatura num fabuloso cacho humano. O estribo abaixou, elástico, num perigoso ângulo obtuso. Vai ser hoje, pensei enquanto lutava em vão para evitar de me agarrar ao tornozelo de uma senhora devido à dormência na única mão que tinha a segurar o balaústre, porque a outra nada tinha mais para segurar: não havia o quê, a não ser o tornozelo da senhora. Meu maior medo era que o condutor chegasse. Seria inútil tentar pagar o dinheiro. Entreguei a alma, disposto a

---

1   Referência à antiga rua Larga de São Joaquim, mais conhecida como rua Larga, no centro do Rio de Janeiro, que em 1905, após as obras do prefeito Pereira Passos, passou a se chamar avenida Marechal Floriano Peixoto.

2   Theatro Municipal, situado na Cinelândia, praça do centro do Rio de Janeiro.

3   Tabuleiro da Baiana, nome pelo qual era popularmente chamado o terminal de bondes inaugurado em 1937, no largo da Carioca. A enorme estrutura retangular de concreto lembrava as mesinhas utilizadas pelas baianas que ficavam nas calçadas vendendo seus quitutes típicos. Localizado no trecho entre a avenida Treze de Maio e a rua Senador Dantas, serviu de ponto final para as linhas de bondes procedentes da Zona Sul da cidade. Em meados da década, com a paulatina desativação do serviço de carris, passou a ser utilizado como terminal rodoviário de ônibus. Foi demolido no início da década de 1970.

resistir até onde fosse possível. Que diabo, que é que era então, um homem ou um rato? Não havia de aguentar a mão! E o pessoal da Zona Norte não aguentava então muito pior? E o pessoal que viaja nos trens da Central e da Leopoldina? Contaram-me outro dia de um brasileiro que era o único ponto de apoio de mais três ou quatro que se penduravam nele. Pois bem: de repente veio uma bruta fagulha de carvão que lhe caiu na manga do paletó. Bobagem tentar apagá-la. A deslocação de ar, por outro lado, atiçava-a a queimar bem depressa. De modo que ela queimou o paletó, depois a camisa, depois o braço do sujeito, que teve que aguentar firme até a primeira estação. E me disseram que aguentou muito bem, sem dar um gemido.

Um herói, dirão alguns, um herói anônimo. Mas, como eu ia dizendo, minha viagem de bonde...

Seção "Crônica da Cidade", *Diretrizes*, Rio de Janeiro, 2 de julho de 1945

A GRANDE CONVENÇÃO

Inaugurar-se-á no dia 8 próximo a grande Convenção Popular do Distrito Federal,[1] como resultado da organização dos centros e comitês populares, preconizada por Prestes no seu memorável discurso do estádio do Vasco.[2] E aí fica, para provar aos descrentes, o mais formal desmentido à afirmação, que ouvi tantas vezes, de que "não era este o momento", de que o "problema era outro", de que "não adiantaria nada". A massa mostrou-se perfeitamente à altura da confiança nela depositada pelo seu verdadeiro líder e acorreu ao seu chamado cheia de esperança. Sei porque tenho visto. Tenho visto nascerem os trabalhos que vão levando avante. O tempo decorrido entre o conselho e a sua execução não poderia ser menor — e eis que já podem eles se reunir numa convenção livre, para debater os graves problemas da mobilização democrática do povo, em torno de suas mais legítimas reivindicações.

Não é isso formidável? Não enche uma coisa dessas de vontade de cooperar aos que até hoje descriam? Não é o caso de ter toda a fé do mundo quando se sente o povo assim vivo e apto, estudando as causas dos seus males, propondo-lhes remédios práticos, em profundidade, em duração? Quando, no Brasil, desde talvez a Abolição, cogitou-se de um movimento tão amplo como esse a que agora assistimos, com os nossos olhos cotidianos, quando? Só quem não lê os jornais não sente como cresce diariamente o número de núcleos populares por todo o país, como resultado da pesca miraculosa de Luís Carlos Prestes.

Aí está a Grande Convenção. Os problemas que discutirá são os mais prementes. É a defesa da unidade democrática do povo; é a questão do sufrágio universal e da liberdade de pensar, se reunir e se organizar; é a luta contra o fascismo e a quinta-coluna; é o auxílio à FEB;[3] são problemas da autonomia do Distrito, do abastecimento, dos transportes, da habitação, da educação, da assistência social e da pequena lavoura. São os problemas do povo. Por isso é

---

1 A instalação da Convenção Popular do Distrito Federal ocorreu em 8 de julho de 1945, no Instituto Nacional de Música. Na abertura, esteve presente Luís Carlos Prestes.

2 Referência ao Grande Comício de Luís Carlos Prestes no estádio do Club de Regatas Vasco da Gama, ocorrido em 23 de maio de 1945.

3 Abreviação de Força Expedicionária Brasileira, nome dado à força militar constituída em agosto de 1943. Durante a Segunda Guerra Mundial, a FEB participou ao lado dos Aliados na Campanha da Itália.

fácil prever que a Grande Convenção Popular será mais uma vitória das massas politizadas contra as forças da reação, mais um marco plantado no caminho da redemocratização do Brasil.

Seção "Crônica da Cidade", *Diretrizes*, Rio de Janeiro, 5 de julho de 1945

AO CRONISTA ANÔNIMO DA CIDADE

Outro dia eu estive pensando uma coisa: que esta crônica, muito mais que ser minha, é da cidade. Senti-me então meio raso, e pela primeira vez tive a noção exata da responsabilidade que ela implica. Puxa, afinal de contas é ligeiramente abafante ser escolhido como o intérprete da cidade múltipla, o anotador vigilante das suas grandezas e misérias, o poeta do seu lirismo, o criptógrafo das suas mensagens de um instante. E esse pensamento, com me achatar um pouco, me trouxe uma porção de ideias novas, acabando por bater asas e fugir de mim. Num largo passeio aéreo sobre a extensão urbana. Vi de cima dos footings[1] noturnos de Cascadura e do Méier, de cinemas feericamente iluminados: vi Encantado, onde morei um mês e onde nasceu Nelly. Uma que amei. Vi o bondinho da Ilha do Governador[2] cortando como uma lagarta fosforescente os longos hiatos entre Zumbi, Cocotá e Freguesia. Vi São Cristóvão e Rio Comprido com suas ruas tão cariocas, tão pungentes, e depois Vila Isabel, uma cidade independente,[3] onde nasceu o maior poeta da cidade, o inesquecível Noel Rosa. Vi o Grajaú, onde dá bamba pra chuchu, e onde os trabalhadores das fábricas sofrem. Vi tanta coisa e inclusive o Mangue,[4] logradouro fatal de mulheres, e as grandes praças de jardins tão lindos, e a rua Larga, a Saúde, pátria de valentes, a avenida, o Castelo, a Cinelândia e o esplendor da Zona Sul. Vi milhões. Vi a poesia de tudo antes de ver a massa humana se agitando, lutando, se alegrando, penando, dentro das casas acesas e nas ruas noturnas.

Senti que era dever meu zelar por esse patrimônio de poesia que é a cidade, e me perturbou o me sentir tão pobre para um tal cuidado. É fato: às vezes

---

1 Ver nota na crônica "Carta ao subúrbio", p. 52.

2 Em 1922, quando Vinicius tinha nove anos, seus pais e os irmãos mudaram-se para a Ilha do Governador, situada na baía de Guanabara. Ali, o futuro poeta — que continuou morando com seus avós paternos em Botafogo — passava constantemente as férias. Ver seu poema "Ilha do Governador", em *Forma e exegese* (1935), e a crônica "Menino de ilha", em *Para viver um grande amor* (1962).

3 Alusão a uma imagem de Noel Rosa no samba "Palpite infeliz": "A Vila é uma cidade independente/ que tira samba mas não quer tirar patente".

4 Área do centro do Rio de Janeiro, assim nomeada graças ao canal que a corta, inaugurado em 1860. Antiga região do chamado baixo meretrício, na década de 1940 reunia-se ali a boêmia intelectual e artística. Ver, de Vinicius de Moraes, o poema "Balada do Mangue", em *Poemas, sonetos e baladas* (1946).

um homem se sente burro e sem vontade de escrever. Pode não ser jornalista dizê-lo, mas pouco me importa, é a verdade. Às vezes um homem tem vontade apenas de ficar calado, perfeitamente calado, a perna cruzada imóvel. Por isso haverá dias em que o cronista não o será da cidade, mas é preciso saber perdoá-lo. Nesses dias talvez a cidade esteja menos nele que ele na cidade, sentindo do modo total a sua pequeneza, que é grande.

Foi por isso que eu pensei uma coisa: o cronista não deve ser apenas o que cria a crônica: ele deve ser também, pois que a crônica é da cidade, o que faz, eventualmente, a crônica que outro não fez, ou por não saber fazê-la, ou por não ser cronista, ou por não querer, simplesmente. De modo que eu queria pedir uma coisa à cidade: quem tiver a sua crônica, que me diga. Não constitui isso nenhuma vergonha nem para mim, nem para ninguém, pelo contrário, será uma grande honra dar forma literária à ideia, à reivindicação, ao protesto, à bossa do habitante anônimo desde que — e ele me permitirá ser juiz em tal matéria — eu a julgue substancialmente dentro do espírito desse retângulo, que é um pouco do espírito deste jornal.

Podem mandar: boas ideias, boas campanhas, novidades, esquisitices, manias dessa cidade nossa amada. Podem mandar: duas linhas pelo correio ou pelo telefone mesmo. Se eu não estiver é só dizer: "Peça ao Vinicius para escrever sobre…". E eu julgarei da ideia e, seja ela boa, começarei assim: "Hoje o senhor fulano de tal me pediu…". Ou, melhor ainda: "O cronista anônimo da cidade hoje me telefonou…".

Seção "Crônica da Cidade", *Diretrizes*, Rio de Janeiro, 6 de julho de 1945

TEMPO DE AMAR

Foi um dia doloroso o de ontem para a cidade. A notícia do naufrágio do cruzador *Bahia*[1] deprimiu o ânimo do carioca, já por si deprimido com a segunda-feira. Um mau dia, a segunda-feira. Um dia que é um prolongamento estranho do domingo, com resíduos da moleza dominical. Faz-se as coisas, mas meio sem vontade. As conversas de rua tinham a nota triste da catástrofe, cada um querendo esconder o medo que esse eterno homem do mar que há em todas as famílias fosse um dos tripulantes do navio sinistrado.

Mas aconteceu uma coisa boa pelo menos: os choferes ganharam a questão contra os empregadores, em termos que se podem considerar razoáveis. Uma vitória que acho muito justa, e que dará a esses trabalhadores, estou certo, o ensejo de provar que a irritabilidade em que viviam era um pouco fruto de sua péssima situação econômica. Ela ainda não é ótima, é claro, mas melhorou. Com Cr$ 50 de diária passarão eles, os choferes, a ganhar quase o que eu ganho no meu trabalho regular.

Coisa que me impressiona, porém, é o número de pessoas que se tem atirado de lugares para morrer. Caem corpos, subitamente, de um quinto andar qualquer. Confesso que não simpatizo com suicidas, de um modo geral, conquanto possa ter pena deles, que muito devem sofrer para quererem se espedaçar assim: não simpatizo sobretudo com suicidas egoístas como os que se atiram dos lugares, em risco de matar alguém embaixo. Não sou contra os suicídios. Morrer não resolve nada. É sempre preferível viver, mesmo no mais negro cárcere, mesmo roendo beirada de tijolo. A solução das coisas às vezes está atrás da esquina, a esquina próxima da vida, que o indivíduo não tem apetite para ir espiar.

Não, tudo convida a viver. O mundo marcha mais rápido, mas em compensação aumenta o número de oportunidades para lutar. Saí de vós mesmos, da vossa morbidez, ó enrustidos, e vinde lutar também! Devíeis ter ido domingo a Copacabana, ver o dia sobre o mar, e as meninas de maiô, e aquele pasmo de claridades. Devíeis ter ido ao comitê do vosso bairro trabalhar pelo progres-

---

1 O *Bahia* naufragou em 4 de julho de 1945, próximo do arquipélago de São Pedro e São Paulo (PE). O inquérito policial-militar acerca desse acidente concluiu que "aquele cruzador fora sinistrado por uma rajada de metralhadoras do próprio cruzador *Bahia*, que, durante um exercício de rotina, atingira acidentalmente um grupo de bombas de profundidade localizadas na popa do navio", conforme relato da *Folha da Manhã* de 30 de outubro de 1945. Dos 372 tripulantes a bordo, 339 morreram e 36 foram resgatados.

so do vosso povo. Devíeis ir ao cinema e ao teatro, namorar, amar, vos divertir. Trabalhai, lutai, mas não vos esqueçais de amar. É preciso amar as coisas e as criaturas, as ideias e a própria luta. Amai depressa, amai muito, que o tempo é pouco para amar.

Seção "Crônica da Cidade", *Diretrizes*, Rio de Janeiro, 10 de julho de 1943

HONRA AO MÉRITO!

Hoje, à hora em que estiver circulando este jornal, deverá estar chegando ao Rio o general Mascarenhas de Morais, de volta de uma bela jornada na Europa. Tendo levado, com o auxílio do seu QG — os ilustres comandantes de unidades —, a dura Campanha Brasileira na Itália[1] a bom termo, volta agora o cabo de guerra à pátria, mais merecedor da gratidão de todos que não coloquem os personalismos acima da pessoa humana e o bem-estar geral acima do seu próprio bem-estar.

Foi uma campanha ingrata. Nela teve o nosso "pracinha" que se afeiçoar ao rigor do inverno europeu e à enervante, neurastenizante guerra de montanha. E afeiçoou-se bem! — aí está para prová-lo a legenda criada pela máquina portátil dos nossos correspondentes de guerra, que viram todos a luta na frente e são unânimes em proclamar o denodo, a imprudência às vezes, dos nossos soldados, que são em sua maioria o homem do povo do Brasil. Monte Castello, Montese, eis nomes que ficam para sempre ligados à tradição de coragem do soldado brasileiro. Não são nomes apenas. Foram posições que o inimigo ocupara com um máximo de vantagem, e de onde foram desentocá-lo o rapaz carioca frequentador da Cinelândia, o jovem escritor paulista, o moço de escritório mineiro, o empregadinho do banco, e o garçom, o chofer, o grã-fino, o estudante, o operário gaúcho, catarinense, paraense, fluminense, capixaba, baiano, sergipano, alagoano, pernambucano, rio-grandense, cearense, piauiense, maranhense, mato-grossense, goiano, paraense, amazonense e acriano.

Todo o Brasil. E à frente dele, o general Mascarenhas de Morais, que hoje chega. Dirigiu o nosso "pracinha" na noite da guerra, mostrando-lhe palmo a palmo o terreno e a conquista, conduzindo-o no seu setor à vitória final, que foi a vitória de todos os povos contra as forças da tirania e da opressão. Honra ao mérito!

Que a cidade dê, pois, ao comandante que voltou da fadiga, da preocupação, da responsabilidade de uma guerra difícil a acolhida que ele merece. Que a cidade alegre o repouse, o Defensor, em nome dos seus mortos da

---

1 Referência à participação da Força Expedicionária Brasileira (FEB) na Segunda Guerra Mundial, ao lado dos Aliados. No início de 1945, as tropas brasileiras conquistaram Monte Castello, Castelnuovo e Montese.

Itália. Que as homenagens sejam o primeiro sinal para a grande ovação aos soldados da FEB quando, solo pátrio, desfilarem eles pelas ruas entusiasmadas do nosso Rio.

Seção "Crônica da Cidade", *Diretrizes*, Rio de Janeiro, 11 de julho de 1945

A MORTE DO ETELVINO

Etelvino morreu. O homem que não teve infância, num súbito acesso de melancolia diante desse fenômeno na realidade tão melancólico, resolveu se suicidar. De fato, Etelvino não era um ser feliz. A sua desesperada busca da meninice, que o arrastava inelutavelmente a fazer tudo o que lhe parecia conter um pouco do segredo dessa idade única entre todos da vida, tornava-o uma espécie de clown triste e sem solução. Sua cara mesmo era uma cara sem felicidade. Etelvino era um símbolo de desventura, porque, sem verdade, que desventura maior?

Pobre Etelvino! Não mais, ao ver o buraco de um poço, terá a tentação de gritar dentro dele. O poço onde agora jaz tem sete palmos de fundo e, em breve, como acontece com tudo, perder-se-á na memória dos leitores brasileiros, que preferem as criaturas alegres às desencantadas como ele. Etelvino se suicidou. Suicidou-se de uma curiosa maneira, como só Etelvino se poderia suicidar. Etelvino viu passar um enterro e lhe deu uma invencível vontade de ser um defunto também. O homem que não teve infância encontrou finalmente a sua verdadeira unidade. Não o lastimeis demais. Etelvino pouco teve de bom, neste vale de lágrimas. Tendo nascido já grande, sua vida foi um desesperado esforço para reencontrar a infância perdida.

Paz à sua alma!

...

Mas que nunca se diga que diminui a natalidade nos trópicos, embora pareça absurdo dizê-lo em pleno inverno. Etelvino morreu, mas nasceram três grandes personagens que, estou certo, irão substituí-lo com vantagem no coração dos leitores, sem com isso querer subestimá-lo, que era um boa-praça, pobre Etelvino... São três criaturas sem nenhuma morbidez.[1] Em primeiro lugar temos PRUDENTE. Prudente é um ser feliz. Faz lá suas doidices, mas não falta nem sabedoria nem autocrítica. É um "experimental" legítimo, ao contrário de Etelvino, que se lançava contra as coisas num impulso meio patético, mas de certo modo falso: porque ninguém é mais tão ingênuo de querer reco-

---

1   Vinicius de Moraes refere-se a personagens de "tirinhas" que passaram a ilustrar o jornal *Diretrizes*. "Prudente" e "Augusto, o sabichão" eram desenhados por Cola; "Joel, guerrilheiro das selvas" era desenhado por Salinas.

brar a infância à força. Infância é uma coisa que se tem ou que não se tem, independentemente da idade. Prudente teve a sua infância, e por qualquer estranho desígnio a conservou até a idade provecta. Prudente gosta de brincar, efetivamente. É um doidinho legítimo, um piroquete das dúzias. Estou certo de que todos irão gostar muito dele.

Depois, temos JOEL, guerrilheiro das selvas; um jovem dolicocéfalo louro, mas profundamente democrático. Um belo rapaz atlético, capaz de deixar no chinelo qualquer Tarzan, seja filho da floresta ou do alfaiate, criado na mata virgem, conhecedor de todos os seus segredos e sobretudo um justiceiro. Joel atravessará extensões, pendurado em cipós volantes, fará muita miséria, dará muito tapa, mas a justiça natural sempre prevalecerá enquanto ele viver. Símbolo da luta do homem contra a natureza (meu Deus, meu Deus, onde é que eu já ouvi isso antes?) — símbolo da luta do homem contra a natureza, dizia eu, Joel fará o furor da estação, com seus belos modelos edênicos.

Finalmente, temos AUGUSTO, o sabichão. Augusto não pode ver uma estrela, um molusco, um pedaço de quartzo, nada, sem imediatamente despertar nele uma ciência infusa que o põe logo a investigar causa e efeito, natureza, razão de ser, finalidade, tudo. Um verdadeiro compêndio de ciência popular, eis o que Augusto é. Um cidadão de mérito, que talvez não agrade a todos, aos requintados, mas que é capaz de prestar relevantes serviços à comunidade.

Prudente, Joel, Augusto: três tipos tão diferentes. Vós os ireis encontrar diariamente em *Diretrizes*, para vos alegrar e fazer trabalhar a imaginação. Prudente, o doidinho; Joel, o guerrilheiro, e Augusto, o sabichão. Tá bão, deixa…

Seção "Crônica da Cidade", *Diretrizes*, Rio de Janeiro, 14 de julho de 1945

O SENHOR CALVO E OS CABELEIREIROS

Sugere-me o leitor Próspero Calvo, em carta de 7 deste, uma crônica sobre a necessidade de ser adotada uma linguagem com que o freguês se faça entender pelos barbeiros. Diz ele para começo de conversa: "ninguém consegue explicar como quer o cabelo a esses cortes profissionais…".

A tese do sr. Calvo é a seguinte: que sua experiência é confirmada pela de vários amigos seus: o remédio está em não se mudar de barbeiro "quando já se encontrou um que acertou a mão"; mas como costumam eles trocar constantemente de barbearia, saindo em geral brigados, o patrão não informa, de espírito de porco, para onde foram, e precisa-se então recomeçar tudo de novo.

O sr. Calvo parece realmente desesperado. Escutem só: "Mesmo quando se tem barbeiro certo, corremos o risco, por timidez, de cair nas mãos de um monstro. É que ao entrarmos na loja, os barbeiros têm o hábito de se perfilarem, cada um na sua cadeira, num convite constrangedor. Com medo de sermos grosseiros, sentamo-nos na primeira (critério impessoal de escolha) e passamos um amargo quarto de hora com explicações minuciosas e inúteis. E tudo isso porque as palavras e expressões usadas nos salões têm significado diferente para cada barbeiro. A dois deles já pedi que me 'aparassem o cabelo': o primeiro cortou só em volta das orelhas e o outro quase me raspou o crânio. 'Conservar o corte' é para uns cortar o cabelo 'no mesmo estilo', é para outros tirar somente umas pontinhas e deixar a juba na mesa". "Disfarçado", continua o nosso amigo Calvo, tanto significa fazer o cabelo morrer suavemente no pescoço como pelar a nuca. "Abaixar um pouco" quer dizer ao mesmo tempo tirar nas pontas e tirar por dentro ("desfiar"). O resultado, conclui ele, é que a gente sai enfezado e demora a voltar, deixando o cabelo montar no colarinho e nas orelhas. O que é pior. A gente se livra da incompreensão do barbeiro, mas ouve as reclamações da mulher da manhã à noite.

Como todos veem, o sr. Calvo é o verdadeiro cronista desta crônica de hoje. E muito bom. Se me permito divergir em dois ou três pontos, é para ver justamente se conseguimos encontrar uma linha comum e útil, que não só o livre das suas inibições, como me dê a impressão de que eu não sou o mais feliz dos mortais, pois que tais coisas nunca me aconteceram. É verdade que encontrei um barbeiro que é uma pérola viva, que conversa comigo o essencial, me telefona sempre que muda de salão ou quando eu faço cera para ir cortar o cabelo, e que inclusive já me tem emprestado dinheiro em alguma emergência, dessas que acontecem para todo mundo! Eu tenho a impressão de que o sr. Calvo peca por timidez com relação a barbeiros. Barbeiros são seres delicadíssimos e muito bem barbeados e penteados, de modo que têm de saída sobre o freguês a vantagem de estarem bem-postos e o freguês não, que lá vai para arrumar a fachada. De modo que é necessário um desembaraço positivo no freguês, que não dê tempo ao barbeiro de se prevalecer do seu natural complexo de superioridade. O freguês deve chegar, escolher seu barbeiro com uma certa displicência (porque está sendo alvo dos olhares de toda a barbearia) e ditar suas ordens cortesmente mas de modo batata, olhando o barbeiro nos olhos. Sim, porque uma barbearia é uma verdadeira escola para curar os tímidos. O indivíduo que trasteja vira amolador de navalha, não só dos barbeiros como dos fregueses usuais, em sua maioria extrovertidos, contadores de vantagem e grandes pilantras da cidade.

Eis o meu conselho ao sr. Calvo, ele que experimente e depois me diga. Voltarei novamente a tratar dessa excelente classe. Por hoje muito obrigado pela confiança no cronista e pela ótima colaboração na crônica.

Seção "Crônica da Cidade", *Diretrizes*, Rio de Janeiro, 16 de julho de 1945

A VOZ DE PRESTES

Aos que não tiveram a felicidade de estar presentes no grande comício paulista do Pacaembu, houve que enfrentar a irradiação cruzada do discurso de Prestes.[1] Uma coisa incrível. Os ruídos começaram quando Monteiro Lobato começou a falar: pelo menos no rádio em que ouvi, que aliás é um soberbo aparelho. Fiquei com a impressão de que era sabotagem, justamente por causa disso: enquanto falaram os oradores contra os quais não havia propriamente ponto contra, não se deu ninguém ao trabalho de entrar na onda. Quando Lobato iniciou suas breves palavras foi aquela água. Neruda falou, que belo poema![2] em meio da zoeira infernal, e só mesmo a grande vontade que eu tinha de ouvi-lo operou o milagre de separar o joio do trigo. As primeiras linhas do discurso de Prestes, não sei por quê, foram muito bem; mas logo a reação radiofônica foi apurando suas armas. Creio mesmo que devem ter usado toda espécie de ruídos de estúdios de que dispunham, porque eu consegui distinguir além dos ruídos clássicos da estática comum zumbidos, estalidos, zoada — uma série que, francamente, só mesmo numa novela pelo rádio. Barulho de motor de avião, barulho de trem de ferro, barulho de raio que os parta, a eles os que o faziam. Mas uma coisa eu achei curiosa: apareceu uma infinidade de tangos, que entravam cheios de milonga pelo discurso de Prestes adentro, procurando desmoralizar-lhe a energia da dicção. Uma hora lá surgiu um *boogie*,[3] numa tentativa de desmembrar as palavras na vertigem múltipla do ritmo.

Inútil. A voz de Prestes, reta em frente, varou, numa extraordinária *cadenza*, com uma vibração de metal nobre — o mundo reacionário dos ruídos. Paralela ao ruído do motor e ao ruído do trem, lá estava ela, sempre presente, sem

---

1 Este comício no estádio do Pacaembu, em São Paulo, foi realizado em 15 de julho de 1945. Cerca de 100 mil pessoas compareceram, tornando evidente o prestígio de Luís Carlos Prestes e dos comunistas no Brasil. O poeta chileno Pablo Neruda veio ao Brasil especialmente para o comício. Realizado pelo Comitê Nacional do Partido Comunista, sob direção e fotografia de Rui Santos, o filme sobre o evento intitula-se *Comício São Paulo a Luís Carlos Prestes* e mostra cenas marcantes da manifestação.

2 Trata-se do poema "Mensagem", que Pablo Neruda escreveu em homenagem ao Partido Comunista do Brasil (PCdoB). O poema viria a ser publicado no livro *Canto geral* (1950).

3 Boogie-woogie, variante do blues, bastante sincopada, que fez grande sucesso nos Estados Unidos nas décadas de 1930 e 1940.

ceder um momento, atacando de todos os lados pelas ondas escuras do obscurantismo e da má-fé, aqui feito mais distante, ali dilatado, quase irreconhecível; mas presente, não deixando um momento de penetrar os ouvidos dos que a ouviam, numa exemplar lição de força e energia. Nem os tangos do fascismo, nem os *boogies* do isolacionismo, nem os sambas do personalismo prepotente conseguiram prevalecer contra ela. Ela foi como uma flecha de som puro, rasgando o labirinto hostil dos sons inimigos, até atingir em cheio o alvo cardíaco da Reação.

Seção "Crônica da Cidade", *Diretrizes* Rio de Janeiro, 17 de julho de 1945

MENORES ABANDONADOS (I)

Ao leitor já deve ter acontecido, por esta grande São Sebastião, de ver um garoto na rua pegar subitamente uma pedra e tascar num ônibus que passa. Pode ser até o ônibus em que esteja o leitor, e é possível que ele, por essas horas, tenha sangue a escorrer da testa ou um estilhaço de vidro enfiado num olho. É possível e não foi à toa que o sujeito da anedota disse que ninguém podia afirmar que "desta água não beberei". Ou então já lhe deve ter acontecido ver uma batalha entre "quadrilhas", a disputarem a soberania de uma rua qualquer transversal, um grupo escondido num terreno baldio, outro atrás das árvores: a arma é pedra. Eu próprio participei de uma terrível, entre os garotos da Dona Mariana, que era minha rua, e os da rua das Palmeiras.[1] Fomos fragorosamente derrotados, para grande vergonha deles, que uns eram latagões muito maiores que nós e que tiveram que dar duro para nos expulsar de nossas posições. A arma era pedra, e isso é muito importante. Só quem nunca levou uma boa pedrada pode se sentir indiferente a esse tipo de projétil, ou quem nunca se viu de vidraça quebrada.

Mas uma coisa é certa que já aconteceu ao leitor. Já lhe aconteceu com certeza vir com a namorada assim muito bem e aí leva ela nas costas o offside mal batido de um futebol de rua. Ou então escutar o seguinte, gritado em tom moleque: "Larga o osso! Larga o osso!". Coisas que dão uma raiva louca em qualquer namorado, trazendo logo à mente a visão de um menino dentro de um canjirão de óleo fervente.

Isso o que acontece com o leitor. Mas que acontece com o próprio menino de rua, parei! nem tem conta o número de coisas horríveis que se vê. Eu já vi um ficar feito uma paçoca, debaixo de um bonde, por querer pegar traseira andando. Foi preciso suspender o bonde, imaginem! Vi uma vez um subir uma barreira, atrás do Colégio Santo Inácio, subir, subir, e depois que é de coragem para descer? Eram uns vinte metros pelo menos. Os outros garotos, naturalmente, debandaram. Não havia presente nenhum. Tom Sawyer. O garoto mofou horas lá em cima, incapaz de se mexer de tanta paúra. Afinal foi caindo a noite, e começou um barulhinho esquisito de mato, desses que aumentam o silêncio e a solidão. Aí, o

---

1 Ambas ruas do bairro de Botafogo, onde Vinicius de Moraes passou grande parte de sua infância e juventude.

medo da noite foi maior que o medo de cair, deu uma coragem no garoto e ele veio Deus sabe como, se ralando todo e tendo deslocado um braço. Conheci esse garoto em tempos. Era aliás um guri simpático. Chamava-se Vinicius, como eu. Mas não era abandonado.

E os garotos que pegam traseira de ônibus? Pode haver aflição maior para o passageiro que vê a pequena mão preta ou branca agarrada ao rebordo precário de uma janela, com o carro aos sacolejões, passando toda hora rente pelos outros, tirando finos de ter vontade de tocar a campainha? Pois bem: são menores, em geral menores abandonados, que fazem essas coisas. Têm eles culpa disso? Absolutamente não. Crianças são naturalmente pequenos monstros de travessura e delinquentes por instinto. Podendo pegar uma machadinha e cortar o rabo de um gato, ou mesmo dar com ela na cabeça de um outro menor, não tenha dúvida de que eles o fazem se não tiverem tido a educação que os coíba; se puderem botar uma boa bomba cabeça de negro debaixo de um bonde, eles põem; podendo bater, maltratar, roubar, eles não hesitam. Fazem-no meio inconscientemente, é lógico. Não têm a chamada culpa. A culpa é dos maiores, que não zelam direito por sua segurança e saúde física e moral. São alguns aspectos desse descaso que iremos ver amanhã. Cumpre cuidar imediatamente dos nossos menores abandonados, os que esmolam, os que dormem nos cantos de rua, os que nada têm a não ser o seu instinto para se defender e a sua vaga sedução do mal.

Seção "Crônica da Cidade", *Diretrizes*, Rio de Janeiro, 18 de julho de 1945

MENORES ABANDONADOS (ii)

Vimos anteontem — houve o interlúdio da FEB[1] — algumas das clássicas e perigosas traquinadas de guris, sobretudo guris abandonados. Traquinadas que podem redundar em prejuízo do público, mas que geralmente recaem sobre os menores, eles próprios. É uma coisa do diabo. E num momento em que a propaganda oficial tanto fala em assistência social e outras palavras bonitas, vale registrar alguns dados que me foram fornecidos sobre as atividades da Delegacia de Menores do Departamento Federal de Segurança Pública. Na seção de vigilância da referida delegacia existe a estatística dos casos em que, por terem sido encontrados no mais completo abandono, são os menores encaminhados ao juiz de menores. Uma boa reportagem poderia verificar exatamente quantos são esses casos e a gravidade dos mesmos.

É uma triste situação. Cresce dia a dia — e a carestia da vida tem, naturalmente, grande parte nisso — o número de pais que comparecem à Delegacia de Menores alegando desejar "internar seus filhos visto não possuírem força moral sobre os mesmos' ou ainda 'em virtude dos filhos não se sujeitarem ao regime familiar'". Se se considerar o coeficiente de casos de fuga de internados, do serviço de assistência aos menores, e o crescente aumento de delitos por eles praticados, a conclusão só pode ser uma: a criançada não tem como devia ter, ou não suporta, a tão falada assistência do Estado.

O problema exige remédio imediato. É uma vergonha para a cidade apresentar, como o Rio apresenta até hoje, menores esmolando, menores sem ter onde dormir, menores que a necessidade leva a ser cínicos, a ser escolados, a ser gatunos. Em cada um pode estar um futuro revoltado, um futuro criminoso, e nunca será deles a culpa. A culpa é do Estado, que pratica mal a sua propagadíssima assistência. Em todo caso está sempre em tempo de remover qualquer obstáculo. Creio que uma chamada à ordem, por parte das autoridades superiores, naquelas encarregadas de zelar pela assistência e formação dos pequenos párias, poderia remediar mais rapidamente a situação. Que experimentem.

Seção "Crônica da Cidade", *Diretrizes*, Rio de Janeiro, 21 de julho de 1945

---

1 Ver nota na crônica "A grande convenção", p. 103.

MISERÊ E OS MERCADINHOS

Diz o cronista anônimo, em carta de 8 deste, assinada "Miserê" (...passando privações em face da dura crise que estamos atravessando, só me ocorre um pseudônimo apropriado para firmar este desabafo): "Venho pedir-lhe que escreva alguma coisa sobre os mercados regionais, os mercadinhos da falecida Coordenação".[1] Há muito "farol" pela imprensa. Cremos que a verdade ainda não foi revelada ao grande público. Dizem, por exemplo, que a construção desses mercadinhos custa em média quinhentos contos. Coisas graves dizem que estão sendo construídos em terrenos particulares, sem arrendamento prévio, ou contrato. Uma locação custa ao intermediário (sim, porque o luxo dos mercadinhos excluiu de lá os lavradores) cerca de oitocentos cruzeiros, cabendo aos locatários custear empregados uniformizados e transportes. Parentes dos administradores exploram as melhores locações e, ao que se diz, a título de prêmio — pois nada pagam! Diz-se muita coisa, inclusive que o mercadinho é o paraíso do intermediário. Parece ser. Em nenhum deles nota-se a atividade de lavradores registrados, ou representantes. Não existe praça para lavradores. O resultado é este: há um grande descontentamento entre os pequenos lavradores do Distrito Federal. Se o conterrâneo duvida do que lhe digo, vá ouvir o órgão da classe da pequena lavoura. Outra coisa: a primitiva ideia de suprir os mercadinhos com a produção dos pequenos lavradores falhou ab initio (e eu, o cronista, digo: bonito, Miserê). Os mercadinhos são supridos pelo mercado Dom Manuel, o mesmo empório apontado como órgão responsável pelo encarecimento dos gêneros em nossa capital!

Claro que tudo isso é estranho. E mais estranho se torna porque, ao que se diz, a situação dos mercadinhos é artificial. A maioria dos locatários quer desistir. Primeiro, porque o preço das locações é exagerado; segundo, porque estão sofrendo prejuízos; e terceiro, porque não podem manter os preços vigentes, quando da inauguração do primeiro mercadinho. Mas não é tudo: lavradores e locatários estão descontentes. Também o está o sindicato dos açougueiros. Esse órgão de classe diz que seus consócios pagam impostos,

---

1 Durante a Segunda Guerra Mundial, foram construídos em diversos pontos do Rio de Janeiro, então Distrito Federal, pequenos mercados de emergência, visando à distribuição de alimentos para equilibrar a escassez e os preços. Os chamados "mercadinhos" funcionavam sob responsabilidade da Coordenação de Mobilização Econômica e pela prefeitura da cidade.

empregados etc. e não têm carne. O mercadinho, no entanto, recebe diariamente quatro mil quilos. A verdade é que a vida do carioca está pela hora da morte. Não há leite. Não há açúcar e tudo sobe vertiginosamente. Enquanto nos EEUU o custo da vida se elevou apenas 24,6%, no Brasil o aumento atinge duzentos por cento e mais... perdoe a extensão deste palpite. É desabafo de um sujeito que ganha pouco e tem família numerosa.

Agradeço muito a "Miserê" as informações e a contribuição na crônica. De fato, seria impossível dizer melhor. Não tenha ele dúvida de que *Diretrizes* procurará apurar tudo direitinho, sem querer com isso duvidar do que ele tão bem expôs. Mas sempre é preciso apurar. Em havendo sujeira, a coisa virá a público. Ora, se virá!

Seção "Crônica da Cidade", *Diretrizes*, Rio de Janeiro, 24 de junho de 1945

NERUDA

A cidade recebeu ontem, em meio a um desperdício de azuis e calor, o poeta Pablo Neruda, o senador Pablo Neruda, procedente de São Paulo, ou melhor de San Pablo, onde, no histórico comício do Pacaembu,[1] produziu um dos seus melhores poemas oratórios, poema da massa. Veio da linda imagem das lanternas proletárias dos mineiros chilenos, agitando saudações aos seus companheiros soviéticos. Tive a felicidade e a honra de ser um dos escolhidos para receber o grande lírico do "Estado do Vinho" e confesso que a sua presença esperada em nada me decepcionou. Digo-o porque a presença de muitos grandes homens já me tem decepcionado. É natural. Nem todo mundo pode agradar a todo mundo. Não é à toa que se encontra um Waldo Frank, um Bernanos, uma Mistral, um Orson Welles, um Neruda, que correspondem exatamente, porquanto possam pesar as divergências, à imagem que deles nós fazemos na nossa afeição anterior. Neruda é bem a sua imagem poética. Há nele um excesso de substância, qualquer coisa de submarino, de pictórico, de guloso, de rico, de dormente, de próximo aos elementos naturais que lhe facilitam a intimidade. Esse grande poeta de cuja presença está prenha a América é um homem cujo convívio é também saudável. É bom sentar, como eu sentei, ao lado de Carlos Drummond, Astrojildo, Jorge Amado, Franklin de Oliveira, a vê-lo comer com uma delícia de menino, vê-lo comer camarões torrados, pescados à moda do "Garoto", mexilhões cariocas, tudo bem regado com malagueta forte e vinho branco, não precisa dizer onde, que um dos pratos o diz. Confesso que, hoje em dia, leio pouco a poesia de quem quer que seja, inclusive a minha própria. Estou em fase nada literária. Amava Neruda desde muito, porque o sentia em seu autêntico, e próximo do povo. Desde muito, quer dizer: desde que, em viagem para o Norte, conheci de perto o povo brasileiro no que ele tem de mais miserável, patético e ao mesmo tempo forte: o brasileiro dos mocambos do Recife, os retirantes da seca do Ceará, os caboclos do Amazonas e do Negro, pescadores de tucunaré: daí aprendi a amar o Neruda que um dia viria a ser senador pelo Partido Comunista Chileno. Este Neruda eu amo melhor. Não sou senador, nem membro do Partido. Mas quisera sê-lo. Nisso eu invejo Neruda, através do povo, derrama-se sobre ele a

---

1 Ver nota na crônica "A voz de Prestes", p. 115.

minha grande fraternidade poética. Bem-vindo, bem-vindo seja ele a esta capital! Com ele estamos todos nós que amamos o povo. Não a imagem literária: o Povo! — mas o verdadeiro povo, feito de indivíduos que, como nós, sofrem em sua carne dos males e das emoções do amor.

Grande da América, eu te sagro brasileiro honorário, em nome do povo.

Seção "Crônica da Cidade", *Diretrizes*, Rio de Janeiro, 25 de julho de 1945

FORMIGA PROGRESSISTA

Não é de hoje que a formiga tem fama como trabalhadeira. Já o mestre La Fontaine cantava em versos imortais a paciência e a capacidade de lidar do animalzinho ao desprestígio da cigarra boêmia, que preferia cantar durante a estação propícia a dar duro e juntar para o inverno.[1] Quando a necessidade chegou, a cigarra bateu à porta da formiga. Morria de fome. E a formiga lhe perguntou o que fizera no verão. Cantara, cumprindo o belo e efêmero destino das cigarras. Pois que dançasse, agora, respondeu a formiga. Falou pouco mas bem.

Isso, porém, não faz a formiga especialmente simpática. Força é confessar que ela não mostrou nenhum espírito de solidariedade humana, embora tivesse todíssima razão. O mesmo não faz, por exemplo, o morro que dela tirou o nome. O morro tijucano da Formiga,[2] que dá duro também, mas dentro de um esquema humano, e aí está para prová-lo a instalação, nele feita há dias, de um posto médico e de uma escola de alfabetização. Organizados pelo subcomitê daquele morro, os dois serviços vieram inteiramente ao encontro das necessidades dos moradores da conhecida colina da cidade. Curioso é também como — não sei se fatalidade do nome que leva — não dispensou o morro da Formiga a presença da literatura na festa da inauguração das duas novas entidades. Ali estiveram presentes o romancista Graciliano Ramos, que resmungou duas palavras, os poetas Otávio Dias Leite e Paulo Armando e o escritor Melo Lima. Soube que, instado para falar, o poeta Otávio Dias Leite deu o pira, coisa sobre a qual eu não posso dizer nada pois já tive ocasião de fazer o mesmo uma vez em São Paulo. Meti o pé.

O posto médico que foi inaugurado conta com a colaboração de vários médicos locais, o que diz muito pela classe. Uma classe que sofreu o diabo nas mãos da administração, que sempre teve que se haver mais ou menos sozinha, e que, diante das novas circunstâncias, sabe mostrar a sua humanidade, sabe se pôr a serviço, sabe trabalhar de graça pelo bem do povo. O dr. Carlos Guilherme Studart pôs à disposição dos moradores do morro a poli-

---

1   "A cigarra e a formiga" (1668), de La Fontaine, reconta uma fábula de Esopo, escritor da Grécia Antiga.

2   Situado no bairro da Tijuca, o morro ficou conhecido porque ali foi fundada a Escola de Samba Império da Tijuca, em 1940. O nome completo da agremiação é Grêmio Recreativo Escola de Samba Educativa Império da Tijuca, o que deixa ver o quanto, no momento de sua criação, a preocupação principal era com a educação.

clínica da praça Saenz Peña, da qual é diretor; e o enfermeiro Jorge Paulo Carneiro colocou-se inteiramente à disposição do morro, em todas as horas que não coincidam com as suas funções de farmacêutico. Isso sim se chama espírito de solidariedade humana.

A escola ficou dividida em duas partes, uma para o serviço de alfabetização e outra para o ensino de corte e costura. Foi lançada a campanha da roupa velha, para o aproveitamento do tecido inútil que fica mofando nas gavetas e armários dos mais privilegiados. Que eles os abram, pois, e mandem tudo o que puderem para a rua Medeiros Passos nº 3.

E assim foi que a velha formiga da fábula egoísta e interesseira se fez humanitária e progressista, na sua homônima da cidade.

Seção "Crônica da Cidade", Diretrizes, Rio de Janeiro, 26 de julho de 1945

DISCURSO

No almoço ontem oferecido a Pablo Neruda pela Associação Brasileira de Escritores, Vinicius de Moraes pronunciou em nome desta organização o discurso que abaixo publicamos em substituição à sua crônica diária:

Meus amigos companheiros da Associação Brasileira de Escritores;
Minha querida Gabriela [Mistral];
Meu caro Neruda;

Ao escrever, para te saudar nesta fraternal comida, pensava eu como é patético este nosso amor de homens; em como é seco, áspero e misterioso; em como é feroz e solitário esse nosso amor de homens, que por pudor mal se declara, e vive no entanto em nós como um fogo inapagável, a queimar a substância íntima da vida, o cerne duro da madeira da vida, a queimar em simpatia obscura a carne da vida, deixando-nos tal um receptáculo de cinzas mornas ao longo da nossa curta, enorme, indizível viagem para a morte. Pensava em como nos pesa no silencioso caminho esse lastro de paixão que nos afoga, que tem afogado tantos seres na doçura de se abandonar às próprias cinzas, mas de que é preciso se libertar como o barco angustiado se liberta do lastro, por enquanto precioso, para poder permanecer. Há uma grande beleza em se amar secretamente, e fazer das cinzas desse fogo um leito doce onde dormir. É doce naufragar, como disse Leopardi; nesse mar de abandono, feito da visão contemplativa do infinito, e cuja imensidão guarda o eco de passadas gerações.[1]

Mas os barcos foram feitos para navegar. Nada mais triste que um cemitério de barcos, como esses que se veem em certas praias, a carcaça ulcerada de mar. São tristes também os cemitérios de homens; mas aos homens, os creio mais tristes ainda quando, vivos, se assemelham aos barcos que, por muito

---

1   Referência ao poema "O infinito", do escritor italiano Giacomo Leopardi, publicado no livro *I canti* (1831). Foi traduzido por Vinicius de Moraes em 1962: "Sempre cara me foi esta colina/ Erma, e esta sebe, que de tanta parte/ Do último horizonte, o olhar exclui./ Mas sentado a mirar, intermináveis/ Espaços além dela, e sobre-humanos/ Silêncios, e uma calma profundíssima/ Eu crio em pensamentos, onde por pouco/ Não treme o coração. E como o vento/ Ouço fremir entre essas folhas, eu/ O infinito silêncio àquela voz/ Vou comparando, e vêm-me a eternidade/ E as mortas estações, e esta, presente/ E viva, e o seu ruído. Em meio a essa/ Imensidão meu pensamento imerge/ E é doce o naufragar-me nesse mar".

guardar de seus tesouros, preferem se entregar ao carinho exclusivo das águas antes que lutar pela sobrevivência, mesmo à custa desse lastro de amor.

Bem haja, pois, uma festa como a de hoje, que nos dá de nos desfazermos de uma tal quantidade de lastro. Sim, caríssimo poeta, há em mim há, creio, em todos nós, um grande lastro de afeição a te dedicar.

A nós nos relembras muitas coisas. Nos relembras os momentos de que criaste a tua poesia fecundante, os nobres, simples, dignos elementos que deram a todos os povos da América de nela se encontrar. A nós relembras tua extraordinária experiência poética, que veio desde os solilóquios de *Vinte poemas de amor e uma canção desesperada* até o *Canto geral* de Stalingrado. Tua presença é a presença de um poeta, mas por isso que lutaste pela sobrevivência de tua poesia, tua presença é também a presença do povo. Do povo a que conheceste, nos quatro cantos do mundo; do povo por que lutaste, na Espanha e em toda a América; do povo de quem te enamoraste, e que por sua vez, enamorado de ti, te elegeu senador em tua terra.

Como povo, te amamos, senador Neruda. Como homens te amamos amplo, Neruda, de contato franco e vasto coração. Como escritores te amamos, poeta Neruda, que fizeste também maior a nossa América, enriquecendo a língua espanhola, que é a língua de quase toda a América, de algumas de tuas mais poderosas invenções. É bom ter-te entre nós em másculo convívio, e em nada te sentimos diferente do Brasil. És um bom brasileiro, Pablo Neruda, e na nossa grande afeição ao Chile assim te preferimos considerar. Mais de uma vez levantaste a voz em defesa do nosso povo. Mais de uma vez a ele te dirigiste, e ele te soube escutar e compreender. Agora que se faz próximo o dia a raiar sobre a madrugada em que teu amigo Federico García Lorca viu apontados contra ele os fuzis do Carrasco da Espanha, eu posso te saudar, poeta e senador Pablo Neruda, em nome do povo e dos escritores brasileiros. Ainda ontem eu relia a ele, Lorca, e ele falava de ti. Senti o grande e fraterno contato de vós ambos, poetas insignes, a alegria humilde de caminhar na presciente sombra que deixastes, de vossa luta, e não te poderia contar com palavras. Ela esteve presente em todo o meu dia. Esteve presente na ânsia com que, imediatamente após a tensão da espera, corri ao teu encontro na esperança de ser o primeiro a dizer-te que os trabalhistas tinham vencido as eleições na Inglaterra.[2] Nessa carreira havia, quem sabe, a precipitação de chegar antes de outros acontecimentos que nos

---

2   Vinicius de Moraes se refere às eleições gerais no Reino Unido realizadas menos de dois meses após o fim da Segunda Guerra Mundial. Surpreendentemente, o Partido Conservador, liderado por Winston Churchill, grande líder dos Aliados, sofreu expressiva derrota para o Partido Trabalhista, liderado por Clement Attlee.

tocam mais de perto, como se o tempo tivesse avançado extraordinariamente, e todos os anseios que são caros, e te são caros, e nos são caros a nós todos, pudessem se realizar no milagre de uma tal antecipação.

Não te quero dizer mais, quero sim que leves ao Chile a certeza da nossa amizade e da nossa fraterna união. O momento não é fácil, mas mais difícil ainda será quebrar essa união. Veio ela se consolidando ao longo de muita luta, de muito sofrimento, de muita paciente espera. Hoje se fez ajuda mútua e íntima compreensão, na certeza de melhores dias. E eles virão, tu o sabes, poeta, que por eles lutaste como poucos souberam lutar, já é possível ver os primeiros alvores da aurora, que se promete pacífica. Que o digas, pois de nossa parte, aos nossos caros irmãos do Chile. Que lhes digas de certeza que temos na manhã e no grandioso destino da América. Que lhes digas que, embora seja duro comer nos dias que ocorrem neste 27 de julho de 1945, sob um céu carioca, comemos, tu e nós, em paz, uma ardente comida brasileira e bebemos à tua saúde e de tua saúde e da tua mulher e à felicidade do povo chileno. *Hay motivo?*

Seção "Crônica da Cidade", *Diretrizes*, Rio de Janeiro, 28 de julho de 1945

S.O.S.

O cronista anônimo da cidade novamente me escreveu. Desta vez é um telegrafista, e não me quero furtar a dar alguns períodos de sua carta, pois trata-se de um ser com uma indisfarçável vocação lírica. Diz ele: "Lembra-se da notícia de que em Stalingrado haviam sido massacrados 350 mil fascistas? Lembra-se da notícia que chegou por uma madrugada de que havia começado o desembarque aliado na França ocupada? Lembra-se da notícia alvissareira que a Alemanha nazista havia se rendido incondicionalmente? Certo se lembrará, pois não podemos esquecer tais fatos. Pois bem; quem trouxe todas essas notícias fomos nós, a muito explorada classe dos telegrafistas. E agora que reivindicamos um justo aumento de cinquenta por cento, para fazer face à carestia reinante, peço que nos ajude, como fez aos motoristas de ônibus".

Anexo à carta, o cronista anônimo remeteu-me uma espécie de manifesto, começa assim:

Colegas — chegou a hora de nossas justíssimas reivindicações. Explorados em nossos salários, sacrificados em nossa saúde com o trabalho exaustivo, subnutrido devido ao escasso espaço de tempo para uma normal refeição, contribuindo cem por cento para o esforço de guerra, vemos infelizmente infrutíferos todos os nossos esforços pelas empresas concessionárias do nosso serviço telegráfico.

Em seguida o manifesto faz ver que o aumento pleiteado, "aumento esse muito aquém do que realmente merecemos", foi negado. As empresas só têm enchido a classe de promessas. Exemplos concretos mostraram que rapazes com vinte, 25 e mais anos de serviço vivem com o irrisório ordenado de mil cruzeiros mensais. Lembra também a declaração, o caso de inúmeros trabalhadores da classe falecidos e de outros seriamente doentes em face do acúmulo de trabalho e baixo salário.

As companhias, acrescenta,

ganham dinheiro a rodo, vejam o recente decréscimo em suas tarifas, aumentando ainda consideravelmente o nosso serviço. Segundo até hoje a orientação e prudência do nosso dedicado presidente, sr. Albano de Matos, aguardamos pacientemente até agora uma solução favorável às nossas aspirações. Negam-se as empresas a atender nossa justa pretensão. Foram baldados nossos esforços, nossa paciência esgotou-se, somos homens, pais de família, não permitiremos portanto a "exploração do homem pelo homem", como bem disse num discurso o sr. Luís Carlos Prestes.

Adiante o manifesto concita a classe a se unir, para enfrentar o trabalho divisionista que vem sendo levado a efeito pelas companhias. Diz essa coisa, que é muito importante:

Estamos na capital da República para onde convergem neste momento todas as esperanças de nossos colegas e amigos dos estados, os quais sentem como nós a necessidade imprescindível, absoluta. Não podemos desenganá-los. Assumimos um compromisso moral e o levaremos avante custe o que custar... qualquer enfraquecimento nosso, aceitando outra proposta que não seja essa, redundaria num desmoronamento moral da classe, na desilusão para nossos colegas dos estados e na certeza de que nos esperam dias mais amargos. Unindo nossos pontos de vista, irmanados como um só bloco, teremos uma atitude somente a tomar (e aqui surge esta impressionante palavra em maiúsculas)... GREVE.

A tudo isso o cronista desta seção só pode dizer: avante! Mas, sinceramente, não crê ele que seja preciso ir até a medida paralisadora do trabalho, com a qual todos irão sofrer. Sua impressão pessoal é que, com um trabalho mais positivo do órgão da classe, as empresas saberão atender o preço de uma tal reivindicação. Os patrões têm que andar mais bonzinhos agora, os tempos mudaram. Crê ele até que seu colega, o cronista anônimo, cuja colaboração agradece, já poderia começar a passar um telegrama ao seu dedicado presidente, pedindo uma reunião imediata para tratar do assunto.

Seção "Crônica da Cidade", *Diretrizes*, Rio de Janeiro, 30 de julho de 1945

OSÓRIO, O GIGANTE

Hoje vos vou contar a patética história de Osório, o Gigante, carioca e morador do Engenho de Dentro, que sob esse nome me escreve oferecendo-me grátis as suas queixas que, diz ele, "naturalmente servirão para uma das suas crônicas de *Diretrizes*". Osório, o Gigante (não vos saberia dizer o porquê do pseudônimo), vive numa humilde rua que começa na rua das Oficinas (note-se que eu estou apenas colocando a sua carta na terceira pessoa. Osório daria um escritor popular de primeira água, como o seu grande homônimo Borba). Às seis da manhã deixa o lar em demanda do trabalho, depois do café em companhia de sua esposa, que traz o nome digno de Júlia. Sua luta começa aí. No estribo do bonde (que leva mais um operário...) está, diz-me ele, seguro ao veículo por dois ou três dedos apenas. O carro marcha devagar porque o cobrador precisa efetuar a cobrança até o próximo ponto. Suas calças, que as carinhosas mãos de Júlia tiveram o cuidado de lavar e passar na véspera, já foram pisadas e repisadas por esse que Osório, o Gigante, chama "o heroico trabalhador da Light",[1] o condutor. A Nossa Amizade, apesar da posição incômoda, consegue observar que todas as fisionomias são cansadas e miseráveis. É a grande massa suburbana pálida e triste que se escoa das pequenas casas de porta e janela para o trabalho ingrato e mal remunerado da cidade.

Eis que o bonde para no ponto e a penca humana dele se desprega, para logo se desmembrar na arrancada até o próximo martírio (faço questão de frisar novamente que as expressões não são minhas, mas do Gigante). O trem é o próximo martírio. Mas aqui prefiro dar a palavra diretamente ao Osório:

Ah, meu caro Vinicius! A massa entulha as duas plataformas. Ninguém sabe se o trem vem pelo lado esquerdo ou pelo direito. Todos estão de olhos abertos e inquietos, preparando o salto. Surge o trem. Vem pelo lado direito, e os que estão do esquerdo correm para aquele lado. De longe se observa que o trem vem "embandeirado", como dizem os passageiros. Portas abertas e abas de paletó acenando. Perigo de vida a olho nu.

---

1 Empresa de fornecimento de energia do Rio de Janeiro.

E o massacre começa. Não se ouve o barulho das portas se abrindo porque já estavam abertas: vejam que perigo! A massa de passageiros, desejosa de fazer baldeação, luta com a outra massa, em viagem para a cidade. Cada um se bate por uma solução de continuidade mínima no mole humano, que o deixa passar. Ouvem-se gritos de mocinhas e gemidos de gente amassada. A carne deixa de valer.

"E no interior do trem", diz ainda Osório, o Gigante, com seu bom jeitão doloroso e calmo, "a posição é uma só até Dom Pedro ii, e olhe lá. Convém frisar que a viagem é assim quando o trem está dentro do horário. Caso contrário é só triplicar tudo isso e fazer uma ideia."

A propósito, o Gigante me conta uma bem boa. Num dia de chuva, o guarda-chuva do Osório entrou primeiro no trem e foi-se embora, no meio dos passageiros! Imagine só que viagem para um guarda-chuva, que por natureza foi feito para viver aberto, assim apertado no meio dos passageiros! E naturalmente, na chegada, Osório e seu guarda-chuva não se encontram mais.

A volta para o lar, termina ele, "não precisa ser contada; é tudo o que se disse acima, da cidade para o subúrbio".

Tal é a história de Osório, o Gigante, carioca, morador do Engenho de Dentro, que nada tem de seu a não ser essa sua doce esposa de nome Júlia, o que é positivo, um grande nome heroico e uma boa forma para escrever, o que é fora de dúvida; um lugar no pensamento e no coração e na luta de Luís Carlos Prestes, o que é batata, e outro à mão direita de Deus, o que não sei dizer, mas que se pode presumir, se essa história de céu for certa, mesmo.

Seção "Crônica da Cidade", *Diretrizes*, Rio de Janeiro, 31 de julho de 1945

PELAS VÍTIMAS DO *BAHIA*![1]

A campanha que este jornal está movendo em benefício das famílias vítimas do *Bahia* encontrará, tenho certeza, no coração de toda a cidade uma única resposta: trata-se de auxiliar essas famílias, em sua maioria privadas dos chefes e responsáveis, e que se viram atiradas, de um só golpe, na pior das indigências. Trata-se de ser generoso, qualidade proverbial do carioca. Mesmo que necessário se torne uma pequena privação, um cinema que se perca, uma lotação que se deixe de tomar, um almoço que se coma mais barato, é preciso que todos deem, na medida de suas posses. Vi de perto a dor que causou à cidade a terrível tragédia; ouvi o murmurar de angústia que a notícia despertou em todas as rodas, a conversa que ficou pairando durante dias, na expectativa, o desassossego. O carioca sentiu — como não havia de sentir? — o drama da velha belonave, que arrastou para o fundo do oceano mais de trezentas vidas moças, deixando em trevas milhares de outras vidas, que viviam da sua afeição e do seu trabalho.

Mas não basta constatar o irremediável e afligir-se em silêncio. As subscrições estão abertas, e já se pôs a correr as casas de espetáculo da cidade um bando de moças abnegadas que pedem simplesmente em nome disso: das famílias das vítimas do *Bahia*. Não tenho dúvida de que todos hão de dar alguma coisa: mas não basta. É preciso entrar. É preciso que se movam mais homens de posses, a quem o dinheiro não tenha matado o coração. Onde estão os nossos grandes industriais e comerciantes? Onde estão os nossos proprietários e homens de negócio? Onde estão os que perdem facilmente cem contos no bacará e na roleta pela simples emoção do jogo e que depois vão para casa e podem dormir? Onde estão os que apostam fortunas no Jockey e no pôquer, no pife-pafe e nos bolos de futebol? Onde estão os que arriscam tudo por tédio, pelo fastio de ter? Onde estão os que não apostam também nesta corrida humanitária, destinada a salvar da miséria seres completamente ao desamparo?

A esses especialmente eu concito. Que cheguem hoje mesmo às suas caixas, aos seus bancos, e deem ordens. Que mandem dinheiro, porque será com ele que se dará novamente um pouco de vida a essas almas em desolação.

Seção "Crônica da Cidade", *Diretrizes*, Rio de Janeiro, 1º de agosto de 1945

---

1 Ver nota na crônica "Tempo de amar", p. 107.

NERUDA E A BAHIA

Hoje o poeta Neruda, de volta da Bahia, essa amada Bahia que é para mim a coisa mais bela do Brasil, dirá, às 8h30, na sede da União Nacional de Estudantes na Praia do Flamengo, a sua esperada conferência, sob o patrocínio do PCB. Isso faz-me lembrar de seu embargo [sic] de tão curtos dias de convívio. Já sinto a falta de excelente amigo, cujo conhecimento me foi tão caro, e das boas noitadas juntos, tão despojadas de qualquer literatura, sem muitas palavras às vezes, mas fraternas, de uma fraternidade como poucas ocasiões senti tão grande. Sei que esse ser pletórico, que tira o melhor alimento da Sua América, voltará mais rico ainda de experiência e de certeza, depois de ter visto Salvador e em Salvador os mercados, as ladeiras, as igrejas, os candomblés, os altos e os baixos dessa mulata de mel que se chama Bahia com seus largos horizontes marítimos e os seus segredos indizíveis, suas comidas de sabor cruel e as suas festas siderais. Por isso estou tão desejoso de revê-lo e de ouvi-lo um pouco contar sobre ela, que foi para mim como que uma redescoberta do Brasil. Certamente Neruda compreendeu a importância do Mercado Novo, da ladeira da Conceição e do beco da Califórnia, e sobretudo do ambiente democrático, profundamente brasileiro que ali se respira e que resiste fácil a não importa que reacionário local ou de importação, que ali se deve sentir como um perdigoto em cara de mulher bonita.

Tenho como seguro que Neruda incorporará a Bahia ao seu *Canto geral*[1] da América, o grande poema onde exaltará a terra, o ar, a água, o fogo e o Homem do Continente. Porque deve ter sido uma alegria para ambos se conhecerem, a Bahia e Neruda, que são tão afins em tanta boa qualidade. Imagino até o diálogo, depois do abraço bem brasileiro.

Neruda: *Bahia! Como le va? Que bueno verte...*

Bahia: Neruda, meu nego! Que bom você por aqui...

Neruda: *Pero que linda eres chica; que hermosa!*[2]

Bahia (rindo encabulada): Tá bom, qual! Linda nada, xentes! Fica aí dizendo coisa que não sente...

---

1 Ver nota em "Discurso", p. 126..

2 Em espanhol, "Mas que linda você é menina; que charmosa!".

Neruda: *Te lo juro que si! estoy maravillado. Pero que hambre! Fijate que estoy viajando hace mucho. Llevame a comer un vatapá, anda...*

E saem os dois de braços dados, sob o olhar complacente de Delia,[3] que não tem ciúmes.

Seção "Crônica da Cidade", *Diretrizes*, Rio de Janeiro, 3 de agosto de 1945

3   Delia del Carril, argentina, casou-se com Pablo Neruda em 1934. Viveram juntos até 1955.

DISSO E DAQUILO

Os jornais têm noticiado os fatos mais extraordinários. Fora dos jornais também dão-se as coisas mais fabulosas. Outro dia minha mulher, indo ao Novo Jardim Zoológico,[1] com as crianças, viu um lobo ser operado. Convenhamos que não é para qualquer um, ver um lobo ser operado no Brasil, em época de inflação. No Crato um menino de cinco anos temoriza a população enfrentando pessoas de punhal e dando largas à sua sede de sangue. Sempre que pode. E eu fico pensando: em que desamparo vive a infância no Norte deste país, sem falar no Centro e no Sul: ontem um funcionário dos Correios e Telégrafos, impaciente com a demora do trem, deu-lhe um murro (no trem) que lhe ocasionou ferimentos (a ele) e a mais duas pessoas. Ao mesmo tempo eu vou com Moacir Werneck de Castro assim muito bem, e aí encontramos Luiz Martines, que nos leva inopinadamente a uma rua perto da praça Tiradentes, onde subimos uma escada e demos com uns vinte negros afinando seus instrumentos. Tratava-se da Orquestra Afro-brasileira, que quando começou a tocar foi uma revelação, sob a regência do maestro e compositor Biga,[2] um negro com um gênio para a música, a quem é preciso dar uma demão imediatamente, porque a coisa só não era perfeita devido à má qualidade de alguns dos instrumentos e por causa de uma orquestra de gafieira que ensaiava numa sala ao lado. Em casa, ontem, eu recebo de repente um telefonema de um catarinense que recorre aos meus bons sentimentos em desespero de causa. Lia minhas crônicas. Estava no largo do Machado com seu quatrocentão derradeiro. Não comia e não dormia havia dois dias. Tinha vendido seus últimos pertences. Trabalhara em jornais e emissoras sulinas. Disse-me textualmente: "Se o sr. não me socorrer imediatamente, eu vou quebrar a primeira vitrina que encontrar, para ver se posso, pelo menos, ir dormir na prisão!". Tocou-se do largo do Machado até o Leblon, com seu dinheiro órfão. Tanta confiança deu-me até um começo de insônia. Não direi seu nome porque é um homem ainda moço, que precisa. Mas fora isso vai tudo bem. E vai mesmo. Potsdam é uma coisa que dá margem a todas as esperanças e os últimos ditadores começam a sentir uma urticária. Attlee

---

1   Referência ao Jardim Zoológico da Quinta da Boa Vista, no Rio de Janeiro, criado em março de 1945.

2   Abigail Moura, que criou a Orquestra Afro-brasileira em 1942.

tem uma boa cara e o traidor Laval[3] está vendo o sol nascer quadrado, por trás de boas grades. No meio disto tudo — qual! carioca é um ser infernal mesmo! — conta-me um amigo meu que um outro amigo em comum encontra por acaso na rua um velho "caso" seu, que ele não via desde muito. Ela estava um caco, feia, mal caiada; mas assim mesmo foi aquela grande confraternização:

— Como vai você, querida! Que prazer! Há quanto tempo!

— É verdade... E você, hei? Você sempre o mesmo, hei...

— É... Vai-se tocando. Mas e você, hei?...

Aí reparou bem nela. Um bucho velho. E fora um seu amor... Quem diria! Que tristeza, envelhecer...

Ficou distraído com aqueles pensamentos. O encontro lembrava-lhe tanta coisa boa e ruim ao mesmo tempo. Perguntou meio treslendo:

— Onde é que você está morando?

— Ah — respondeu ela —, que adianta te dizer se você não aparece? Lá em Botafogo, na São João Batista...[4]

E ele, mais distraído que nunca:

— Qual é o número da sua sepultura?

Seção "Crônica da Cidade", *Diretrizes*, Rio de Janeiro, 4 de agosto de 1945

---

3 Clement Richard Attlee, primeiro-ministro do Reino Unido entre 1945 e 1951. Pierre Laval, político francês que antes de a França ser invadida pelos alemães era simpatizante do nazismo. Foi primeiro-ministro da França durante o regime colaboracionista de Vichy. Com o fim da Segunda Guerra Mundial, foi julgado e condenado à morte por traição e violação da segurança de Estado.

4 Rua onde se localiza um cemitério homônimo, em Botafogo, Zona Sul do Rio de Janeiro.

RESSURREIÇÃO DE FRANÇOIS VILLON[1]

Há tempo de guerra, e há tempo de paz; há tempo de plantar e tempo de colher; há tempo de amar e tempo de odiar: não sou eu quem o diz, está no livro. Mas no livro não diz que haveria tempo em que se roubaria uma locomotiva da Central. Sim, o caso é exato e foi noticiado ontem. João Vagabundo, ex-foguista da Central certamente saudoso do seu antigo ofício, pegou uma máquina na estação de Campo Grande, apitou vitoriosamente e saiu com ela mundo afora. Percorrendo treze quilômetros de linhas, passando por várias estações, tudo sem causar um só acidente e sem encontrar um só sinal fechado. Em Santa Cruz uns soldados o apanharam:

— Roubei a máquina sim — confessou João Vagabundo com orgulho.

É claro que João Vagabundo merece cadeia. Trata-se de um insensato, defeito que não se deve colocar em ninguém. Poderia ter ocasionado um sério desastre e admira mesmo como conseguiu atravessar tantas estações sem que os chefes de linha dessem pela coisa: ou não admira? Mas eu confesso que não posso esconder uma secreta admiração que não deve ser passada adiante, psiu... pelo poeta Vagabundo, e pelo extraordinário poema em metro livre, ou melhor, em quilômetro livre, que ele viveu em sua jornada de Campo Grande até Santa Cruz. É a tal coisa. O homem viu de repente a máquina e não aguentou. Se fosse uma mulher todo mundo entendia logo, mas como era uma locomotiva as pessoas criam uma certa dificuldade para a compreensão poética do ato. Isso é poesia. Como o é o ato daquele chofer de ônibus da Zona Norte que, levando em sua última viagem (e foi última mesmo...) um conhecido meu para casa, que se achara bastante de pileque e numa grande euforia, sentiu-se tomado de fraternidade por aquele ser que, sem ter mais para onde ir, ia para casa e, num gesto lírico, pôs o carro à sua disposição. Até a madrugada trafegaram os dois por todos os botecos que encontraram. O ônibus ficava à porta, ligado, esperando... E assim se emborracharam os dois até o coma alcoólico. No dia seguinte o chofer apresentou o ônibus à garagem. Foi despedido, naturalmente... Mas que foi bom, isso foi.

---

1 Referência ao filme *The Vagabond King* (1930), direção de Ludwig Berger, no qual se conta a passagem em que o poeta francês François Villon é preso e condenado à forca por ter escrito versos insultando o rei Luís XI.

Sentimentos assim não devem ter quem os defenda, é claro. Mas é preciso que se constate a sua beleza, mesmo porque eles não são para qualquer um. São coisas de uma liberdade dificilmente encontrável nesse mundo de homens, mesmo nos maiores poetas. São poesia pura, coisa também dificilmente encontrável. João Vagabundo a estas horas está na cadeia, e é muito bem-feito. Mas o seu feito imortal há de viver no coração da cidade por muitos séculos a vir.

Seção "Crônica da Cidade", *Diretrizes*, Rio de Janeiro, 8 de agosto de 1945

A BOMBA ATÔMICA

Apesar do ruído dos alto-falantes da benemérita campanha do tráfego, não é difícil escutar a vibração deixada entre nós pela bomba atômica que vem de pulverizar a cidade japonesa de Hiroshima — uma única bomba, uma única cidade. Hiroshima é hoje tida como riscada do mapa do Japão. Os comentaristas estão acesos, e eu imagino então os físicos. Imagino meu amigo Mário Schenberg em São Paulo, esse grande Mário Schenberg, mestre numa coisa com o nome lindo de Mecânica Celeste, e que sinto sempre prestes a descobrir algo de transcendentalismo fora o que já descobriu. Átomos! A palavra ganha uma magia especial depois da bomba, e a gente pode quase ver a pequeníssima partícula despendendo energia a torto e a direito. Mas dá um certo medo. Se uma simples bomba é capaz de fazer numa cidade um estrago como essa fez — estrago que as maiores *vamps* de todos os tempos não podem nem de longe se arrogar —, imagina um bombardeio à maneira de jogo do Vasco em época de São João? Imagina quando chegar o dia em que se puder atirar de revólver com balas atômicas contra um couraçado inimigo à vista, na baía de Guanabara? Ou em que se resolva declarar guerra a Marte e destruir o planeta com superbombas atômicas? O único jeito então vai ser mesmo voltar às cavernas, desta vez feitas de concreto armado à prova de bomba atômica, e só sair à superfície com armaduras especiais neutralizantes. Mas já por esse tempo haverá bica de ar líquido nas praças públicas e lotações — aeromóveis ali no Castelo. Comprar-se-á uma pastilha de vatapá na Furna da Onça e tomar-se-á um pileque com gota de batida concentrada. Feijoada no bar Recreio será comida através de poderosas lentes que, graças a uma concentração de raios Z, darão a perfeita impressão, a quem nelas olhar, de que está degustando o prato; sendo que uma espiada de mais trinta segundos pode ocasionar indigestão — curável, aliás, facilmente, com o auxílio de uma corrente elétrica de 15 mil volts descarregada na falangeta do dedo mínimo do pé esquerdo; ou então do chamado "Purgo-átomo", isto é, a nossa velha limonada gasosa pela qual se faz passar um raio cósmico. Será um tempo certamente muito interessante; a não ser do ponto de vista amoroso, de vez que só se amará por televisão e os beijos e abraços serão recebidos por intermédio de uma célula fotoelétrica instalada na mesinha de cabeceira. Sim, porque a higiene será a mais completa, e o mínimo que poderá acontecer a quem deixar cair um pouco de cinza imponderável de cigarros, nas ruas calçadas de alumínio, é a pena de ficar girando na estratosfera durante o prazo de cinco anos, em estado de vida latente.

Mas eu pararei aqui. Preciso parar, preciso parar de qualquer maneira porque temo que o espaço desta crônica não seja relativo ao tempo para a ler. Creio que estou com febre. Com certeza é a epidemia da gripe, que não há, e que se concentrou toda em mim. Sinto que me estou lentamente transformando numa bomba atômica e poderei explodir de um momento para o outro, espalhando micróbios de influenza pelas cinco partes do mundo. Irei para casa, onde tomarei uma bomba atômica, quero dizer, uma aspirina. Estou apaixonado pela bomba atômica. Far-lhe-ei um soneto já.[1] A bomba atômica me deixa atômico.

Seção "Crônica da Cidade", *Diretrizes*, Rio de Janeiro, 9 de agosto de 1945

---

1   Vinicius de Moraes escreveu "A rosa de Hiroshima", que, apesar da promessa, não é um soneto. Foi publicado em sua *Antologia poética* (1954).

A FEB[1] NO RECIFE

Foi muito célebre a chegada dos "pracinhas" do Rio. De São Paulo também, vieram notícias famosas do desfile naquela capital dos nossos heróis queridos. Mas não sei de coisa mais terna que a que anda contando o "pintor-pracinha" Carlos Scliar sobre a entrada do segundo escalão no porto do Recife. Nessa coisa de doçura é preciso confessar que gente do Norte não perde para ninguém, não fosse aquilo terra de açúcar! Disse que, quando o navio chegou, o mar estava negro. Não se via nada. O próprio porto se encontrava escurecido, e apenas luzes esparsas brilhavam tímidas pela cidade. O navio ia indo, com os "pracinhas" ansiosos por Brasil, e imagina a aflição sentida de ver tardar tanto qualquer sinal de vida no mar e em terra.

Nada, só escuridão. Escuridão sobre o mar e a terra, e nem o menor sinal de festa, nem um sino, nem um foguete. Só o barulho triste do navio entrando, tornando maiores o silêncio e a aflição dos homens que voltavam da Itália, onde muitos tinham deixado a vida ou um pedaço do corpo em holocausto à liberdade.

De repente, um motor. Holofotes são postados na direção do ruído que abrem grandes túneis de luzes nas trevas. De fato, era uma lancha que se aproximava do navio, célere, como se deve aproximar um filhote de baleia da sua mãe poderosa. Correm os "pracinhas" para ver, e (eu não sei: eu teria provavelmente desmaiado de emoção)...

Era um bando de moças que vinha na lancha. Um bando alegre de moças, só de moças, que se aproximava do navio para saudar os rapazes da FEB. Eram muitas, tantas quantas podem caber numa lancha, de pé por toda parte, acenando, gritando, vivando os "pracinhas". No meio do mar escuro aquilo era como a própria vida, aquelas moças a agitar as mãos, uma braçada de rosas em pleno oceano, um cacho maravilhoso de moças, tudo o que há de bom, o sossego, o carinho, o calor doméstico, um sono, uma canção, uma lágrima de amor.

Mas a grande emoção foi quando os holofotes foram assestados sobre o porto. Os "pracinhas" riam e choravam ao mesmo tempo a se estapearem e se abraçarem de alegria. Ao longo do cais às escuras, comprimia-se uma formidável massa de gente. O povo de Pernambuco ali estava, sentinela avançada do Nordeste, esperando a chegada do navio. Ali estava às escuras guardando, num

---

1 Ver nota em "A grande convenção", p. 103.

maravilhoso gesto de ternura, ser descoberto pelos seus heróis. E ergue-se então aquela grande ovação ufana até os céus do Recife, e o navio chegou a bom porto, acarinhado pelas moças da lancha, a brincar a sua volta, e em meio a uma das mais belas demonstrações de afeto que jamais teve alguém que partiu, de outro alguém que ficou esperando.

Seção "Crônica da Cidade", *Diretrizes*, Rio de Janeiro, 10 de agosto de 1945

PRESTES

Apesar do pistolão de Neruda, o fato de chegar um pouquinho atrasado ao Instituto Nacional de Música impediu-me completamente de entrar no salão onde teve lugar a inauguração do Comitê Nacional do Partido Comunista, tal era a concentração de gente. Ouvi parte da cerimônia da rua, onde se aglomerava uma considerável massa popular, e talvez tivesse sido melhor. Pude acompanhar o informe de Prestes na expressão dos que o ouviam e constatar mais uma vez a afeição em que o povo tem o grande líder, e a instantaneidade com que compreende suas afirmações, ditas sempre de um modo tão direto e franco. Parece incrível que ainda haja homens, alguns invulgarmente inteligentes, que tenham algodão nos ouvidos para essa voz que vem levantando lenta mas nitidamente o moral do povo brasileiro. Parece incrível que se embote a esse ponto a psicologia puramente auditiva desses. Não diria nunca que o tom de sinceridade que sinto nessa voz fosse bastante para a seguir cegamente. Não; para mim Prestes não é nem um místico, nem um enviado, nem nenhuma dessas coisas que cheiram a metafísica e a integralismo! Prestes é simplesmente um homem que, pelo seu grande amor ao povo, teve coragem bastante para, no momento difícil, colocar-se à frente dele e ajudá-lo em sua luta, mas misturada com ele, e não à parte. Prestes é um guia, mas é antes de tudo um companheiro. Eu mal o conheço: já estive perto dele várias vezes, mas uma única vez em maior presença, quando de uma visita sua ao Rio Comprido, onde foi assistir a umas fitas de cinema. Pude ver-lhe a cara. Gosto de olhar a cara dos homens — nada me interessa tanto quanto uma fisionomia humana. Era a cara do homem que eu esperava, uma em que se pode ter uma viril confiança, sulcada e dura mas guardando em cada sulco a existência latente de vulcões domados. Fiquei amigo daquela expressão, em que se concentra o sofrimento do povo como já ficara da voz convincente, ouvida através do rádio, quando do comício do Vasco.[1] E ali da rua do Passeio pude constatar mais uma vez o que há de vontade, de dedicação, de heroísmo naquela voz esclarecedora.

Seção "Crônica da Cidade", *Diretrizes*, Rio de Janeiro, 13 de agosto de 1945

1   Ver nota em "A grande convenção", p. 103.

GERT MALMGREN

Um dançarino dança para a cidade. Seu nome é Gert Malmgren, e ele é sueco, já integrou o Ballet Jooss[1] e foi prêmio internacional. Deu há pouco um excelente recital no Serrador,[2] coadjuvado por sua aluna dileta, Lydia Costallat. A sala esteve cheia e não faltou ao espetáculo um certo teor político, veiculado pelo bailado *Guerra*, em quatro quadros, três dos quais esplêndidos. Gert Malmgren lembra uma jovem divindade escandinava, com a sua digna beleza e sua graça leve de pássaro. A simpatia de sua dança é muito grande e envolvente, no seu expressionismo nada fácil. Mesmo as concessões feitas a esse expressionismo não são um compromisso com o sucesso. A arte de Malmgren é enxuta e bem coordenada. Apesar das dificuldades com que se teve que haver, um palco completamente absurdo para a dança e luzes manejadas por pichotes incríveis, o dançarino não deixou que nenhuma deselegância solucionasse a continuidade do seu tempo. Sobretudo encanta a generosidade com que dança. Seu impulso é permanente para alcançar a perfeição do gesto ou do passo de tal modo que se sente o dançarino como que prestes a se desencantar em alguma coisa de muito puro e abstrato, um verso, uma ideia em escultura.

Parece-me estranho que ninguém, a não ser em conversa, tenha falado de Gert Malmgren. Francamente, dançarinos como ele não andam aos pontapés, nem é a dança uma arte tão comum entre nós que a sua presença não desperte isso que só a dança sabe despertar, essa sensação de voo, essa harmonia, essa beleza pura. Acho curioso, por exemplo, que Malmgren não tenha dançado no Municipal. Por quê? Sua dança daria muito mais vida ao palco do nosso teatro que os gargarejos das soprano líricas, os rataplãs, os alalás das óperas. Estou mesmo certo que um espetáculo de Malmgren no Municipal, patrocinado como foi o outro pela Legação da Suécia, daria uma coisa razoável. Um balé como *Anunciação*, sem música, ou como *O fanfarrão*, com Beethoven, são bons em qualquer lugar do mundo. Aliás não é preciso ir muito longe: Gert Malmgren dançou para os Jooss, que são um corpo exigente, com a liderança do balé moderno no mundo. Sua técnica é exemplar. E, como me dizia Augus-

---

1   Balé dirigido pelo coreógrafo e diretor alemão Kurt Jooss, em Essen, na Alemanha.

2   Referência ao Hotel Serrador, onde havia uma casa de espetáculos. Localizado no centro do Rio de Janeiro, o Hotel Serrador e seu entorno se tornaram um ponto da vida cultural da cidade.

to Rodrigues a seu respeito: "Menino", me falou ele, "o homem dança bem mesmo! Olha que aquele trevo não é para qualquer um não. O homem é muito maior que o teatro. O homem faz cada desenho com o corpo que é uma maravilha!".

E faz mesmo. Havendo oportunidade para vê-lo, não percam.

Seção "Crônica da Cidade", *Diretrizes*, Rio de Janeiro, 16 de agosto de 1945

DE CRIANÇAS E DE LIXO

Não sei se alguém já viu um cachorro procurar comida numa lata de lixo. Por certo já viu. É um espetáculo bastante desagradável porque dá ao nobre animal um ar acovardado; ele fica meio sentado, o rabo entre as pernas, as orelhas baixas; adquire, sem no entanto o ser, um jeito ladrão, trabalhando rápido e pronto a se escafeder ao menor barulho. Muitos chegam à indignidade de virar a lata e fuçar os restos à procura de um pedaço de sebo de carne, de uma porção do feijão da véspera, de bagaço de laranja, qualquer porcaria que lhe mate a fome. Fazem-no geralmente à noite, quando o lixo é posto à porta da rua (o que constitui também uma indignidade urbana até hoje sem solução) e correm menos risco de serem escorraçados. Mas, mesmo assim, na solidão das ruas noturnas, seu ar de vileza é impressionante. Esse ar, dá-o necessidade de comer, a fome, contra a qual não prevalece nem orgulho nem energia moral, a não ser em raros casos. A fome avacalha.

Isso, um cachorro. Com um homem é mais impressionante ainda. Eu já vi um casal uma vez apanhando comida em lata de lixo, mas não foi aqui no Brasil. Aqui no Brasil pensei que não houvesse disso. Me disseram que no Norte, por ocasião da Campanha da África,[1] quando o saliente nordestino fazia de trampolim para as forças de invasão e os gêneros encareceram absurdamente, não era incomum ver-se gente pobre fuçando uma lata de lixo ou outra. Mas é a tal coisa: não foi perto de nós, pode ser que haja exagero, o que os olhos não veem... Quando chega uma notícia como essa, de que na Espanha catar lata de lixo é uma "profissão organizada", fica-se arrepiado, mas se esquece. Foi muito longe. Não adianta mesmo pensar, com Franco no poder. É preciso primeiro derrubar Franco. Mas o fato que eu vou dar aqui não se esquece tão facilmente, e é absolutamente verdadeiro. Me foi contado por uma colega minha, pessoa de toda confiança. Passou-se numa das zonas abastadas da cidade, numa onde a vida corre dentro das dificuldades em que todos se debatem, mais fácil para os moradores, que são gente rica ou pelo menos remediada: trata-se do bairro de Ipanema.

---

1   Referência à Campanha da África Oriental, por meio da qual a Alemanha deslocou forças aliadas para a África. Iniciada em agosto de 1914, suas ações bélicas foram encerradas em novembro de 1918, quando terminou a Primeira Guerra Mundial.

Essa minha colega foi, uma noite dessas, avisada de que havia alguém mexendo no portão de sua casa. Eram onze horas. A moça entreabriu a porta para ver e deu com duas negrinhas mexendo na lata de lixo. As meninas a olharam, mas não fugiram. Ficaram apáticas recolhendo num jornal velho os restos que encontravam. A minha colega ralhou com elas:

— Que é que vocês estão fazendo aí, meninas! Isso é coisa que se faça? Então não sabem que é muito perigoso comer uma imundice dessas? Vocês podem morrer, ouviram?

Mas elas não fugiram. Continuaram na busca. Aí minha colega foi à cozinha, apanhou o que havia de comida e trouxe para elas. Ao dar-lhes o embrulho, perguntou:

— Mas, por que é que vocês não pedem, em vez de fazer isso?

—Ah — respondeu uma. — Não é todo mundo que dá, não senhora...

— Mas de qualquer jeito, vocês nunca mais devem fazer isso, sabem?

As meninas já iam saindo. Ao ouvir esta última frase, uma voltou-se e retorquiu, num tom entre experiente e desabusada:

— Ora! Lata de lixo não é nada... É bom ainda quando tem. Porque quando não tem, até rato morto serve, sim senhora.

Creio que depois disso é inútil ajuntar mais qualquer coisa.

Seção "Crônica da Cidade", Diretrizes, Rio de Janeiro, 17 de agosto de 1945

PIEDADE PARA O AMOR

O caso daquele juiz que, quarta-feira, em plena pretoria declarou não poder casar sete casais porque era feriado e porque tinha um encontro em Petrópolis traz à tona uma questão da maior importância para o após-guerra: de que, nestes tempos de paz que começam, é preciso dar prioridade ao amor. Com isso não quero dizer que as pessoas não façam mais nada. Não: mas é preciso não atentar contra o amor, nem contra o sagrado tempo de amar. Eu, presidente da República, mandava suspender imediatamente aquele juiz de suas funções, por falta específica de espírito de justiça e compreensão humana de suas funções. É dever de todos amar e facilitar o amor alheio. Tudo restará seco e sem vida se não obedecer a esse princípio fundamental da natureza. O amor é bom e generoso. Poucos sentimentos darão tanto de segurança e paz e força para lutar como o amor: e eu falo aqui, naturalmente, do amor correspondido, mas [também da] falta de correspondência, até do amor secreto que se dá em silêncio e que faz sofrer. É preciso ter piedade do amor. Pais e mães que lutais contra o amor de vossos filhos, que os acorrenta ao vosso próprio egoístico amor, tende piedade do amor! Irmãos zelosos que perseguis vossas irmãs com o vosso pequeno orgulho familiar, tende piedade do amar! Homens e mulheres que vos machucais, agrilhoados ao vosso mútuo instinto de posse, tende piedade do amor! Não vos fazei sofrer a vós mesmos: facilitai o vosso tempo para amar, que ele é doido, pouco exigente e delicado, e pode murchar como uma flor dentro de vós. Sede alegres no amor e alegrai a pessoa amada. Dai-lhe tudo do vosso tempo que não seja o tempo da luta pela vida e por um mundo melhor, que é também tempo de amor. Casais infelizes, irremediavelmente infelizes, que vos perseguis com o vosso ódio e fazeis de vossa vida miséria e desolação: separai-vos já, ide buscar o amor além. Mulheres que considerais vossa vida perdida, porque um triste amor vos atirou do castelo alto dos vossos sonhos e esperanças: armai-vos de fé, há homens bons que vos poderão restaurar no amor. Tende fé no amor, tendo piedade do amor, do vosso e do alheio amor. Tratai-o como natural cuidado, porque o vosso e o alheio amor são feitos de carne e lágrimas e orgulho e abnegação e movimentos de voo e impulsos de matar. Eu vos cito um caso: outro dia chegou de São Paulo um casal adolescente de namorados que teve de fugir da impiedade e incompreensão paternas. Queriam casar, casar apenas: mas lhes era proibida uma tal felicidade. Sua única vontade era estarem juntos, mãos nas mãos, olhos nos olhos nessa postura estática dos namorados: não podiam. Desesperaram-se, fugiram: uma coisa feia que os pais verdugos obrigam os filhos a fazer. Aqui tentaram viver: não lhes foi possível. A ele, onde deixar a sua pequenina, gorducha namorada, para ir cavar qualquer coisa? A ela, onde ir repousar seu grande amor, na ausência daquele a quem dera tudo, por quem abandonara a família? Eram pássaros sem ninho, esfaimados de amor, a mão de um crispada na mão do outro, o olhar de um assegurando sempre o olhar do outro, da confiança imorredoura, da camaradagem a todo preço, da disposição a toda prova para o que desse e viesse, contanto que fosse a dois.

E foi a dois. Num subúrbio da Central eles pediram à morte o agasalho que a vida não lhes quis dar. Morreram juntos, certamente felizes, certamente desesperados, vítimas dos erros e dos preconceitos de uma sociedade para a qual ainda é feio amar, amar sem medo, amar de amor.

Burgueses da era atômica, piedade para o amor!

Seção "Crônica da Cidade", *Diretrizes*, Rio de Janeiro, 18 de agosto de 1945

UM ABRAÇO A GRACILIANO

Com a entrada de três dos maiores escritores do continente, Theodore Dreiser, Pablo Neruda e Graciliano Ramos, para o Partido Comunista, fica definitivamente rompido o tabu que a falsa ética dos intelectuais personalistas veio colocando como um anteparo entre a livre criação artística e a atividade como membro do Partido. Aí temos três grandes escritores para quem a criação artística não se subordina necessariamente à luta partidária, três escritores por muitas razões diversos nos seus modos de tratar os problemas da criação literária, três temperamentos bastante fixados em suas peculiaridades, hábitos e maneiras literárias de ser; e que no entanto se dão humildemente as mãos por sobre arranha-céus, rios e cordilheiras, em nome de uma coisa sem a qual a própria criação artística, cuja liberdade é insondável, resta triste: a liberdade do homem. Não há dúvida de que esses para quem só existe o drama individual do ser; esses sempre mergulhados em sua própria visão; esses que olham o mundo através do seu único e exclusivo modo de vê-lo; esses que desprezam tudo que não seja Espírito com maiúscula; esses que não se dão ao trabalho de olhar para a dor alheia senão como alimento para o seu desencontro — não há dúvida de que esses vão achar que a atividade partidária vai matar o artista nesses homens, roubar-lhes o sagrado tempo da criação, deslocá-los do que eles chamam esotericamente o Homem com maiúscula, para o Povo, de cuja maiúscula inexplicavelmente caçoam. Eu mesmo, em outros tempos (por que não confessá-lo?), ao tempo da minha Angústia, da minha Solidão, da minha Poesia quando a mulher era para mim a Mulher, e não esse pequeno imenso ser patético a quem devo tudo, teria achado assim.[1] Talvez por isso eu possa sentir melhor hoje que estou liberto, o espírito de fraternidade que leva esses grandes homens a dar de si em benefício de uma causa maior que eles próprios: a luta por uma existência livre e digna, onde todos possam ter um mínimo comum na eterna partilha da vida.

É claro que esses se enganam, como eu também me enganei. Muitos por excesso de juventude, muitos por erro da formação, muitos por temperamento e personalismo mas muito mais ainda por desonestidade e covardia.

---

1 Referência à primeira fase de sua poesia, de forte apelo religioso, constatado em *O caminho para a distância* (1933) e *Forma e exegese* (1935).

Têm medo de se despojar do seu cômodo tempo para angústia, do seu cômodo tempo para transformar essa angústia em literatura, em geral má literatura. Muitos serão esclarecidos com a idade, os honestos, os que têm alguma coisa de vivo para dizer. Os outros serão irremediavelmente arrastados para o desespero de não pertencer ao mundo em que vivem. Ficarão para trás, para trás. Nem sequer seu desespero será bastante grande para marcar artisticamente a época em que viveram.

Mas o exemplo está aí, para provar-lhes que a grande literatura não é em absoluto incompatível com a qualidade de militante de um Partido cuja luta confunde-se com o próprio conceito de Liberdade, porque outra coisa não visa, senão a um mundo penetrado do espírito de justiça social. Eu deixo aqui o meu grande abraço para Graciliano. Não seria um velho caturra como ele que iria nunca abdicar da sua liberdade de criação, jamais! Só quem não o conhece é que poderia pensar uma coisa dessas.

Seção "Crônica da Cidade", Diretrizes, Rio de Janeiro, 20 de agosto de 1945

COM A FEB[1] NA ITÁLIA

Com esse título — um bom título — que é também o do volume, a sair se não me engano amanhã, em que Rubem Braga reuniu suas crônicas de guerra, inaugura Carlos Scliar, o nosso simpático "pintor-pracinha", hoje, às 5h30, na sede do Instituto de Arquitetos do Brasil, ali em cima da antiga Americana, a sua esperada exposição de desenhos feitos na Itália. Como todos sabem, o "pracinha" de há um ano é hoje um cabo, um glorioso cabo artilheiro. Veio mais magro um pouco, mas em compensação trouxe uma coleção de quinhentos desenhos de cuja importância ninguém pode duvidar, pois, além de serem de Scliar, são um pouco da nossa guerra contra os nazistas. Ainda não vi uma só pessoa que conheça os desenhos que não estivesse acorde em constatar o lucro que representou, para o traço e a técnica do jovem pintor gaúcho, a dura experiência da refrega, experiência tanto mais fecunda quanto foi sofrida entre maravilhas de beleza natural e plástica.

Scliar é um trabalhador formidável. Apenas chegou, e já fervilha de projetos que, quando se lhe encasquetam na cabeça raspada, não há forças humanas que os tirem dali. Ele chega assim com ar de quem não quer e fala com sua língua meio presa: "Escuta aqui meu velho, eu estou com uma ideia formidável, e preciso muito de você, de modo que amanhã eu passo na tua casa, e vê se você não sai, ouviu? Mas não é para brincar não, ouviu? É para trabalhar!". E o assunto está resolvido. Scliar não admite discussões com relação aos seus projetos. Eu, por exemplo, já fiz uma certa árvore de cinema para ele em trabalho escravo. Trata-se de iniciativas culturais que já encontrei na minha vida.

É uma boa coincidência que a exposição de Scliar coincida com a volta dos rapazes da Artilharia e do Glorioso Regimento Sampaio, responsável pela magnífica vitória do Monte Castello.[2] Provavelmente iremos vê-los, os nossos bravos "pracinhas", ilustrando a simpática salinha do Instituto de Arquitetos do Brasil. Tomo pois a liberdade de convidar daqui a todos os paisanos para a

---

1 Ver nota em "A grande convenção", p. 103.

2 Referência à Batalha de Monte Castello, na Itália, da qual participou a FEB, vencendo o combate que teve início em novembro de 1944 e se encerrou em fevereiro de 1945. Ver a próxima crônica, "O Regimento Sampaio".

primeira e, provavelmente, única mostra de desenho da campanha brasileira na Itália, feita por um dos mais notáveis valores plásticos da moderna geração de artistas brasileiros.

Seção "Crônica da Cidade", *Diretrizes*, Rio de Janeiro, 22 de agosto de 1945

O REGIMENTO SAMPAIO

Melhor homenagem não poderia eu prestar às forças de infantaria e artilharia, ontem chegadas da Itália, que dar aqui a fé do ofício do glorioso Regimento Sampaio, que as integra, unidade fundamentalmente carioca, a quem se deve a conquista de Monte Castello. No seu livro *Com a FEB na Itália*, vindo de sair, Rubem Braga diz que, quando o regimento embarcou no Rio, "cerca de 80% de seus homens eram cariocas ou fluminenses". A tomada do Castello é, como todos sabem, considerada o mais belo feito da campanha brasileira na Itália.

A valorosa unidade do Leão apareceu em 1908, quando da reorganização do Exército pelo marechal Hermes [da Fonseca], formada pelo 1º, 7º e 20º Batalhões de Infantaria, de gloriosas tradições. O 20º fez a retirada da Laguna, o 1º e o 7º deixaram grande parte dos seus efetivos em Tuiuti,[1] sendo que o 7º escreveu páginas mais brilhantes ainda em Itororó.[2] Rubem Braga, de cujos dados me valho para esta crônica, escreve em seu livro que os historiadores militares recuam a história desse 1º Batalhão, que hoje constitui o 1º Sampaio, até os tempos da defesa do Rio por Mem de Sá, quando da invasão francesa.[3] "Formado de batalhões com tais tradições", acrescenta o nosso grande correspondente, "não é de admirar que coubesse ao 1º RI a honra de receber o nome de Patrono da Infantaria Brasileira."

Sob o comando do coronel Caiado de Castro, o Regimento Sampaio, fazendo parte do efetivo da 1ª Divisão de Infantaria, atacou, pela manhã do dia 29 de novembro, o Monte Castello, nos Apeninos, próximo a Bolonha. Tratava-se de uma elevação em meio às montanhas tosco-emilianas, fortemente ocupadas pelos alemães, e que constituía posição-chave para o avanço brasileiro. Nesse dia um dos batalhões do Sampaio, o 1º, teve ali seu batismo de fogo. Baixas pesadíssimas: 18% das tropas empregadas no ataque. Os rapazes foram obrigados a voltar às antigas posições. Chamavam o Castello de "o morro amaldiçoado".

---

1 Provável referência à batalha de Tuiuti, realizada no contexto da Guerra do Paraguai, em maio de 1866. Estima-se que nessa batalha morreram pouco mais de 50 mil militares.

2 Provável referência à batalha de Itororó, também realizada no contexto da Guerra do Paraguai, em julho de 1868, sob o comando do então marquês de Caxias.

3 Mem de Sá, governador do Brasil, teve como principal feito de seu governo a expulsão dos franceses do Rio de Janeiro, em 1567.

No dia 12 de dezembro o 2º e o 3º Batalhões do Sampaio voltaram novamente à carga contra a fortaleza nazista do Castello. Lutou-se de sol a sol, mas o inimigo deu duro, e os brasileiros voltaram com 8% de baixas. Mas logo em seguida foi o inverno, e com o inverno a neve. Na terra de ninguém os cadáveres brasileiros, conservados pelo frio, aguardavam seus irmãos vivos para os enterrar; e assim os encontraram os soldados do Sampaio quando, em fins de fevereiro, depois de um ataque cerrado, desalojaram os tedescos de suas posições, obrigando-os a recuar mas não sem enfrentar rigorosos contra-ataques que, por várias vezes, comprometeram a possibilidade da vitória. Mas ela foi integral. Não se limitou o Regimento a ocupar simplesmente o objetivo: fez mais. Foi além, tomando de lambuja, com seu 2º Batalhão, a colina de La Sierra e a duríssima Cota 958, onde sofreu dos piores contra-ataques, tão mais brilhantemente repelidos quanto completamente desligados da tropa, e exausto de subir morro, recusou-se o batalhão a recuar, mantendo a posição debaixo de fogo intenso.

Mas se é esse o mais glorioso feito do Sampaio na Itália, sua participação não ficou aí. Em Monte [Castello], a mais dura parada com que se teve de haver a FEB,[4] onde maior foi o número das baixas brasileiras, mais uma vez rugiu o Leão do Sampaio, pondo o inimigo em fuga. Grande e bravo regimento! É claro que tem de nos alegrar sabê-lo uma unidade essencialmente carioca. E eu, como carioca e intérprete da alma da cidade, eu o saúdo. Bem-vindo seja à boa terra. Não há um único tamoio que não se orgulhe da sua bravura. "Eia, regimento, avante!..."

Seção "Crônica da Cidade", *Diretrizes*, Rio de Janeiro, 23 de agosto de 1945

4   Ver nota em "A grande convenção", p. 103.

CARTA A UM CATÓLICO

A você, jovem católico de luto, que viajou ontem comigo no 66, da linha Leblon, e que evidentemente me conhecia — porque você falava com seu companheiro mas fazia questão de trazer sua voz até mim —, a você eu dirijo esta carta, que é uma a todos os católicos na sua posição, e que espero o acaso sirva-se [de] dar-lhe a oportunidade de ler:

> Meu caro católico, afirmava você ao seu companheiro de banco que, apesar de tantas reivindicações em comum com o comunismo — as que você chamava de evangélicas (socorro aos pobres, luta contra a miséria, levantamento moral do homem etc.) —, você haveria sempre de combatê-la, porque nada construído sobre bases puramente materiais poderia jamais trazer felicidade no homem. Por outro lado você acusava o comunismo de submeter o homem às determinações da matéria e da história e anular-lhe a vontade, em nome da vontade do Partido, e a liberdade individual em nome das injunções da luta partidária. Tudo isso você dizia, e um pouco para mim, eu o sentia. Mas o que você não sabia é que eu também já fui católico, e vejo a coisa bem mais de dentro que você porque você nunca foi um amigo do comunismo como eu, o que representa para você um handicap. Não, meu caro católico: está certo que você queira salvar a sua alma, e a dos que lhe estão próximos, se você for um homem de ação. Mas a verdade é que você não faz nada pra tirar a barriga do homem da miséria, o que, não sei se você sabe, é uma coisa terrível. Vá lá que você não faça, não conheço suas razões. Talvez você seja um homem muito ocupado, e não lhe sobre tempo para o trabalho social. Mas que você ataque os que o fazem só porque eles têm uma filosofia de vida diferente da sua me parece fazer obra de reacionário, porque o que se dá é que você não apresenta um substitutivo para melhorar as condições do homem neste vale de lágrimas.
>
> Não, meu caro amigo, não visa ao comunismo "implantar" o materialismo sobre a face da Terra. O comunismo é formidável etapa de trabalho para um mundo socialista. O Partido não é, tampouco, uma força tirânica. O Partido é um conjunto de homens mais esclarecidos, mais experientes da luta, mais abnegados, menos personalistas, como seria para você, no seu plano espiritual, uma ordem religiosa como a dos franciscanos ou dos dominicanos ou das clarissas ou não importa que outra. Só que o Partido luta por coisas objetivas, e

não subjetivas, e não há nisso o menor mal; e suas bases materialistas lhe são fornecidas pelo gracejo histórico que, você não pode negar, é uma coisa que existe. De nada valeria, meu caro, a fé de uma Joana d'Arc contra um inimigo que tivesse em seu poder uma simples bomba atômica, uma bombinha atômica de mão que fosse. Mas valeria a fé de Francisco de Assis para esclarecer, num mundo como o que vivemos, que há uma necessidade fundamental de fraternidade e colaboração entre os homens, porque, queira você ou não, a paz do mundo depende de união de três países que foram, quer você queira quer não, os aniquiladores do fascismo militarista: a Rússia, os Estados Unidos e a Inglaterra, dois capitalistas e um socialista. É o Partido, através de seus dirigentes, como em qualquer Parlamento democrático, que examina o processo histórico e adapta a sua linha de conduta às normas ditadas por esse processo. É uma coisa realista, mas nela não há nenhuma falta de ética, pelo contrário. E quanto a essa coisa de submissão, ela não é maior nem menor que as suas autoridades eclesiásticas, e em última instância ao papa. Você me dirá que é diferente que um trata do natural, e o outro do sobrenatural. E daí?

Pense um pouco, meu caro católico. Ninguém quer tratar a sua fé, nem derrubar suas igrejas não. Agora, não venha com essa coisa de dizer que a Rússia quer o domínio do mundo e que Prestes está de conchavo com o governo, porque já aí é safadeza sua. Você não conhece a Rússia nem conhece Prestes. Procure conhecer antes de falar mal, do contrário você está incorrendo em pecado *mortal*, não sei se sabe: "Não levantar falso testemunho".

Seção "Crônica da Cidade", *Diretrizes*, Rio de Janeiro, 25 de agosto de 1945

MISÉRIA DAS ÁRVORES E DOS ANIMAIS

Na subida que ontem dei, em companhia de Astrojildo Pereira, Francisco de Assis Barbosa e vários membros do Partido Comunista — tratava-se de uma iniciativa de Prestes —, aos morros do Querosene e de São Carlos,[1] não foi a miséria humana o que mais me impressionou. Depois de duas horas e meia de subir e descer, pelos degraus cavados na própria terra, primeiro o morro do Querosene e em seguida o de São Carlos (são xifópagos na miséria), vendo o que de pior pode haver em matéria de pobreza, de abandono, de desolação na cara e na casa dos moradores da triste colina da cidade, acabei por apurar a minha atenção, numa espécie de vergonha pelo meu paletó e pela minha gravata, nas coisas abaixo do homem, nas árvores e nos animais da terra, e por fim na própria terra. Tudo imundo, enxovalhado, patético. A terra é ideal para lama, e como se o sente infiltrada, nos estreitos caminhos entre os barracos de lata (são poucos os de madeira), da podridão dos dejetos. As valas de escoamento correm muitas vezes paralelas a esses caminhos e é impressionante sentir esse ar que devia ser mais puro, porque mais próximo do Azul, entranhado do fétido da miséria. Uma chuva deve parecer ali a mais terrível enxurrada, porque as descidas são corredeiras ideais para qualquer água, e é tudo feito de perigo físico, de pequenos abismos bons para as fraturas expostas que não chegam a matar. O casario é sórdido: mas, ai de mim, tudo isso é uma velha cantiga. O imenso ressentimento dos homens, o recolhimento desconfiado das mulheres, o olhar embrutecido das crianças... Sim! São mais que naturais. Admira como se mantenham ainda de pé, sobretudo as mulheres, que sobem e descem o dia inteiro (os meus saudáveis 31 anos ficaram cansados) carregando latas d'água na cabeça, porque há vários dias que os morros estão secos. Não há água de espécie alguma, a não ser nas bicas de baixo (penso numa corajosa moça que subiu conosco e que, de tão cansada, teve uma perturbação que a forçou a descansar algum tempo antes de prosseguir). Mas são tudo apenas homens e mulheres, e prefiro falar aqui da miséria que senti nas plantas e nos animais domésticos, que são mais resistentes, porque em último caso até porcaria comem, e porcaria é uma

---

1   O morro do Querosene é uma favela localizada no bairro do Catumbi, no Rio de Janeiro. Próximo, no bairro do Estácio, se encontra o morro de São Carlos.

coisa que sempre há para comer, em se procurando. As plantas são mirradas e tristes, cobertas de poeira da terra que seca e se enlameia com a mesma facilidade. Com a atual seca, e secas passadas, pareciam estar num campo de concentração para plantas. Os animais, mais que as crianças, pareciam doentes e irremediavelmente infelizes, sobretudo os galos.

Nunca mais pude me esquecer de um galo que vi numa madrugada na rua Visconde de Pirajá, em frente à casa de Aníbal Machado. Eu vinha vindo para me recolher, e a manhã começava a raiar. Ao passar por um mercadinho que tem ali, onde existe um aviário que traz o curioso nome de Sagrado Coração de Jesus Ltda., ouvi de repente uma espécie de estertor rouquenho, uma imitação pavorosa de cantar de galo, um som tão doloroso e impressionante que me fez parar. Parei e meti a cara na vitrina do aviário para ver o que era aquilo. E então vi o GALO! Um galo prisioneiro numa gaiola de tela que mal lhe dava para manter a cabeça erguida. Pois, apesar de tudo, apesar da prisão e apesar de não poder se erguer em toda a sua altura para encher o peito, o galo cantava saudando a manhã que nascia. Fiquei por uns cinco minutos estático diante do herói, recolhendo no silêncio daquela nova manhã uma das mais puras mensagens de coragem e confiança que pode um homem receber. Hoje, sempre que me assalta seja o desânimo, seja a indiferença, eu penso naquele galo.

… Pois os próprios galos do morro do Querosene eram tristes e humilhados, doentes e sem esperança. Os cachorros eram só sarna e peleira, pobres cães sem solução, e mesmo as cabras pareciam infelizes. Uma cabrinha nova apenas saltava contente, na sua inconsciência de criança, e Francisco de Assis Barbosa me disse que ela era a única criatura feliz do morro.

Mas Prestes ia à frente, animando, encorajando, vendo tudo, perguntando tudo, concitando o povo a se unir para lutar pelas suas reivindicações. No princípio não eram muitos os que animavam para ir ver e ouvir o líder, tão desgastados, tão fartos de tudo pareciam. Mas já no fim, quando saímos pelo morro de São Carlos, era considerável a massa de gente que lhe acompanhava os passos. E as palavras que eles ouviram não eram a mentira com que os políticos de todos os tempos conseguem, através de seus cabos eleitorais, a fidelidade efêmera do pária: não era promessa de dinheiro e cachaça. Prestes não lhes levou promessas, mas um incentivo à união. Uma única promessa eu lhes posso fazer, disse ele: de que o Partido Comunista lutará ao lado do Povo, pelo Povo e por suas reivindicações. Mas é preciso que o Povo se una e tome consciência dos seus direitos. O morro precisa pedir água, mas pedir com tal força que a água lhe seja dada. Porque um povo unido e organizado tudo pode conseguir pacificamente, e contra ele não prevalece a violência nem a indiferença.

E o povo, em sua grande maioria feito de negros, o ouviu em silêncio e o aplaudiu e o compreendeu.

Seção "Crônica da Cidade", *Diretrizes*, Rio de Janeiro, 28 de agosto de 1945

A SEMANA ANTITUBERCULOSE

Ontem, indo ao Metro Copacabana, vi que afinal foi compreendida a importância que pode ter o cinema na educação do povo. Passaram ali um pequeno *short*[1] cheio ainda de defeitos, do ponto de vista cinematográfico, sempre dando um jeito para fazer propaganda da obra governamental, que nas mais das vezes a experiência e a prática desmentem, mas contendo excelentes ensinamentos didáticos, sobre a 1ª Semana Antituberculose, organizada pela Sociedade Brasileira de Tuberculose. Trata-se de uma iniciativa que não há bem como louvar. Filmes como esses deveriam ser exibidos obrigatoriamente em todos os cinemas do país, sobretudo nos lugares menos privilegiados da fortuna. Organismos como o Instituto de Cinema Educativo, sob direção de meu eminente amigo, o professor [Edgard] Roquette-Pinto, poderiam colaborar em alta escala nessa campanha, emprestando seu material e seu notável corpo de técnicos para a confecção de novos *shorts* educativos sobre o flagelo, onde se procurasse mostrar, em imagens mais artisticamente apuradas e numa linguagem cinematográfica mais curiosa, a verdade *verdadeira* sobre a peste branca entre nós. É preciso não enganar o povo sobre os efeitos e o caráter permanente, epidérmico, da tuberculose no Brasil. E creio que para uma coisa assim poucas armas serão tão válidas como o cinema. Prova-o, o *short* do Metro a que assisti com verdadeiro interesse. Isso, e mais a distribuição de folhetos, como o que está divulgando a Sociedade Brasileira de Tuberculose, mostrando como se deve prevenir e combater o mal, podem fazer grandes coisas para debelá-lo mais rapidamente, sobretudo agora que o povo começa a tomar consciência da parte que lhe toca na reestruturação do país.

Medidas assim são obra de indiscutível mérito. Não vamos lamentar que as tenham levado a efeito tão tarde. É pena; mas o que importa é que afinal foi compreendida a necessidade urgente de dar ao povo participação nos problemas que lhe são afeitos, e esse foi sempre, em todos os tempos, o método mais eficaz para levantá-lo. Não é preciso que se o assuste para chegar a esse fim: mas é preciso dizer-lhe a verdade, a verdade dos números. A estatística tem a vantagem de dizer a verdade friamente e sem paixão.

Bravos aos animadores da campanha, e parabéns aos realizadores do fil-

---

1 Filme de curta-metragem.

mezinho. Que o multipliquem por mil. E que não se esqueçam de outros assuntos que poderiam ser divulgados pelo mesmo processo. Tudo isso faz o povo mais consciente e feliz. Que toquem para diante.

Seção "Crônica da Cidade", *Diretrizes*, Rio de Janeiro, 29 de agosto de 1945

DA SOLIDARIEDADE HUMANA

Anteontem estávamos Marcelo Garcia e eu, em boa companhia, no Alcazar, em Copacabana, quando, conversa vai, conversa vem, ele me disse que tinha um bom assunto para uma crônica. Bons assuntos para crônica não são coisa que se despreze, sobretudo quando são verdadeiros, e eu preparei-me para ouvir o amigo que, em meio de outras conversas do grupo, começou a contar seu caso.

Tratava-se de um homem, um brasileiro funcionário público, casado e com pelo menos um filho, que é a outra personagem da fábula. Um sujeito a quem a vida viera liquidando, desencorajado, neurastênico, sem mais nenhum apetite para a luta, tampouco encontrando estímulo em nada.

A coisa liga-se a essa meningite cerebroespinhal de que andam aparecendo casos na cidade. Um belo dia o filho do homem desencantado da vida apareceu com os primeiros sintomas da terrível moléstia. Veio o médico, constatou os sintomas e prescreveu penicilina, um poder de unidades, não me lembro mais. O medicamento foi aplicado segundo o sistema usual, mas, quando o rapaz já estava dando os primeiros sinais de melhora, subitamente faltou.

O homem desencantado da vida ficou desesperado e, naturalmente, o seu desencanto da vida aumentou. Foi para a repartição no pior dos estados, sem saber o que fazer. Contou a um, a outro, a mais outro. Formaram-se grupos para ouvi-lo e ele não sabia mais como ter. Tudo tão difícil. A vida tão ingrata. Seu filho querido que ia morrer. Uma verdadeira desgraça. Era melhor não ter nascido.

Palavras não eram ditas quando toda a repartição pôs o chapéu na cabeça e saiu para a rua sem dizer água-vai, ou sem qualquer protesto dos chefes, que, muito pelo contrário, encerraram o expediente. A prioridade era a penicilina. E mais tarde surgiram, dos quatro cantos da cidade, pessoas trazendo as preciosas unidades que faltavam para consolidar a cura do filho do homem desencantado da vida...

... que aliás deixou de o ser. Dizem que está ótimo. Mudou completamente. O espetáculo da solidariedade humana encontrada inesperadamente na hora dura fê-lo voltar a si do letargo onde o atirara a sua angústia vazia. Esse homem renasceu da resposta encontrada nos outros homens ao seu desespero, e isso por uma única razão: porque o homem desencantado da vida foi a eles e, ferido em alguma coisa maior que ele mesmo, deu de si, se abandonou.

A história, apesar de verdadeira, dá margem a que dela se tire uma moralidade, como nas fábulas. Mas eu prefiro deixá-la à imaginação dos céticos, dos personalistas, dos sabotadores, dos ressentidos, dos "puros", de todos enfim que, neste momento difícil, trabalham para fazê-lo mais difícil ainda com a sua abstenção, com a sua desconfiança ou com o seu ódio.

Seção "Crônica da Cidade", *Diretrizes*, Rio de Janeiro, 30 de agosto de 1945

A GREVE

A cidade despertou ontem como que vazia e angustiada. Pelo menos foi essa a impressão que tive quando saí às oito da manhã para vir ao jornal. O Bar Vinte se agitava apenas do movimento dos choferes dos ônibus que ali fazem fim de linha. Perguntei o que era. Era a greve. Cansados de esperar pelo prometido aumento de salário, tinham aqueles empregados finalmente se resolvido a iniciar o movimento paredista.

Naquela ocasião estavam ainda em funcionamento os ônibus vermelhos da linha Tijuca-Ipanema, mas, à chegada de um deles, vi imediatamente acorrerem vários grevistas, procurando convencer o colega da necessidade de aderir. A animação era muita, e discutia-se a valer, mas o tom dos homens era de ponderação e não de briga, o que achei formidável. Não há dúvida de que a educação democrática do povo se processa a passos largos, e tanto melhor.

Numa lotação que peguei (ainda não haviam eles aderido) o chofer vinha animado para uma conversinha. Na Praia de Botafogo, foi asperamente reprovada a atitude dos Light,[1] que até aquela hora ainda não haviam tomado posição.

A população — podia-se sentir no seu ânimo brando e confiante — compreendia e aprovava. Os comentários eram unânimes em dar toda razão aos grevistas. Era isso mesmo! Então pensa que é só prometer, e fica nisso? Não senhor! Fizeram muito bem! E assim ia a coisa tão bem que eu próprio, que tive uma boa marcha para fazer, a fiz de coração limpo. Afinal de contas eu participava um pouco daquela greve — alimentar uma vaidadezinha nesse sentido, mesmo que não fosse o caso, me fazia um certo bem...

Uma coisa que achei muito boa foi a que me contou uma colega. Disse ela que vinha num ônibus que ainda não tinha aderido à "parede". O chofer vinha vindo, vinha vindo, mas no meio do caminho de repente freou. Levantou e disse para os passageiros: "Olhem aqui os senhores! O carro não segue mais viagem não. Aqui é fim da linha".

E, apesar de tratar-se de uma certa ursada, os passageiros compreenderam o caso de consciência do chofer e desceram sem protestar. E, como esses, os casos de consciência devem ter sido muitos, e muitos os que não aguentaram mais. O que veio provar o que eu afirmei um dia neste jornal: os choferes são

---

1 Ver nota em "Osório, o Gigante", p. 131.

uma unidade e operosa classe de trabalhadores da qual não se deve esperar nenhum malfeito, se for tratada como merece pela sua utilidade e pelo seu trabalho.

Seção "Crônica da Cidade", *Diretrizes*, Rio de Janeiro, 31 de agosto de 1945

DA CIDADE PARA O CINEMA

Motivos consideráveis levam-me a passar da crônica da cidade para o cinema. O fato de que sou um velho amigo e conhecedor de ambos não quer dizer, entretanto, que não me sinta mais à vontade para falar do segundo. É que o cinema é assim como que uma cachaça para mim. Vou ao cinema da mesma forma que ando, como, respiro e durmo. Tenho com a imagem cinematográfica uma velha familiaridade, que me assegura direitos inalienáveis. Conhecemo-nos desde que me entendo, e desde que me entendo o venho acompanhando com um interesse sempre crescente, seguindo-lhe a ascensão com esses olhares que só os amigos fraternos sabem ter. Nos direitos a essa amizade, não sou nada modesto. Conheço cinema bem demais para poder me enganar a não ser por paixão, porque confesso que não sou isento de paixão com relação a essa arte apaixonante.

Não foi outra, certamente, a razão por que nunca fiz a menor concessão em tudo o que diz respeito à sua relação com o público. Minha maior vontade sempre foi a de criar um ambiente de compreensão cada vez maior no público para com a arte da imagem em movimento, porque, sinceramente, gostaria que todos tirassem dela o prazer, o conhecimento, o descanso, a poesia e liberdade de imaginação que eu tiro. Pois nunca nenhuma arte teve maior possibilidade de ser a grande arte deste século, a arte por excelência das massas e para as massas, a arte em que o povo pode melhor transmitir e receber que o cinema. Sua força é inimaginável, como seu poder de convicção. Seu sentido educacional faz-se cada dia mais iniludível, e a rapidez sempre recorde dos meios de comunicação torna-a, além disso, o mais emocionante transmissor de notícias de que há notícia, porque as oferece visualmente dentro de uma noção exata do que acontece, oferecendo ainda uma participação que nenhum outro meio, a não ser a própria presença, pode oferecer.

Mas pelo seu extraordinário desenvolvimento e propagação mesmos que foram, por muitos lados, uma arma de dois gumes, o cinema serviu e serve de margem a um dos piores tipos de exploração capitalista do nosso tempo. Conscientes da aceitação absoluta que a mercadoria cinematográfica tem nos quatro cantos do mundo, os grandes produtores, aproveitando-se da paixão popular pelo filme, disso se aproveitaram para, a par de algumas obras de real mérito, garantidas pela assinatura de uns poucos diretores intransigentes, jogar ao povo toda e qualquer espécie de celuloide, certos do lucro fatal da sua distribuição. Foi por isso que, ao tempo em que comecei a fazer crítica de cinema aqui no Rio, apertei tanto as cravelhas do pequeno instrumento que me fora emprestado na certeza de que, se não fosse iniciada uma reação contra o comercialismo vergonhoso que vinha sendo imposto à arte, o público não aprenderia nunca a "ver", e a tirar do que visse de bom, em meio a tanta droga, os verdadeiros ensinamentos críticos que só a observação visual orientada pode dar.

Hoje, felizmente, o ambiente já é outro, e não há necessidade de ser tão "técnico". A maioria das pessoas sabe que o cinema é uma arte, possui uma linguagem própria, e como toda arte parte de uma estética que lhe dita os caminhos da boa expressão. De modo que qualquer crítica pode ser agora mais popular, no sentido da acessibilidade, desde que não confunda o popular com o escrachado. Ao reiniciar, pois, minhas atividades como cronista de cinema, reafirmando a independência e liberdade com que sempre fiz e sempre a farei, congratulo-me inicialmente do esforço que venho sentindo no cinema americano, no sentido de uma melhora do padrão geral do filme, e no esforço do povo para compreender e sentir a arte da imagem, que é no fundo a verdadeira causa desse aprimoramento.

Seção "Cinema", *Diretrizes*, Rio de Janeiro, 3 de setembro de 1945

QUANDO DESCERAM AS TREVAS, DE FRITZ LANG

Constituiu uma boa surpresa esse novo filme de Fritz Lang. Dos celuloides feitos na América, com exceção de *Fúria*, com Spencer Tracy, já antiga, e talvez de *Os carrascos também morrem*, onde havia alguns dos velhos traços do grande diretor de *O testamento do doutor Mabuse*, esse *Quando desceram as trevas* (*Ministry of Fear*) é o que apresenta uma melhor linha de direção e ação dentro das limitações que oferece o seu cinema, como de resto quase todo o velho cinema alemão que faz ênfase sobre os elementos plásticos e acessórios da imagem, mais que sobre a imagem propriamente dita, considerada em seu conjunto. Explico-me, para não parecer complicado aos leitores ainda não familiarizados com a linguagem da crítica cinematográfica. A imagem cinematográfica é um todo, e, como um todo, é equilibrada por um certo ritmo interior dos seus componentes, que poderão ser: pessoas que a animem, coisas que servem de acessório, profundidade, duração etc. e cuja expressão é dosada por um determinado jogo de luz e sombra, o famoso "preto e branco" da sétima arte. Existe mesmo um axioma em cinema que diz: a expressão aumenta na razão inversa da intensidade da luz, o que, trocando em miúdos, soa assim: quanto menos luz, mais expressão, e vice-versa.

Quando digo pois que o velho cinema alemão faz ênfase sobre os elementos plásticos da imagem, quero me referir a esse exagero de claro-escuro usado, a esse processo não muito natural de buscar a expressão com outros elementos que não aqueles contidos na própria ação — como o faz o processo da montagem (montagem em cinema quer dizer a construção do ritmo das imagens feita pelo corte e posterior ligação de partes da película, fora de qualquer critério de continuidade) —, e sim em recursos mais fáceis, como o jogo de sombras, a composição ambiente etc.

Mas não quero parecer complicado, embora tudo isso seja muito simples, como farei ver um dia destes, em que não haja nenhum filme a comentar. *Quando desceram as trevas* é, tirante esses defeitos clássicos do cinema de Fritz Lang, um bom filme de mistério, bem concatenado e usando com maestria de uma determinada lerdeza para o efeito de intensificação da suspensão do espectador. O trabalho de Ray Milland, simpático e incolor como sempre: nunca soube direito por que a cara de Ray Milland, que é afinal de contas o que se chama um bonito rapaz, me deu sempre a impressão de uma cara meio invisível... Sei lá! Marjorie Reynolds num papel razoável de coadjuvante, a que não falta o agrado do seu tipo "boa moça com prendas domésticas". Acho a solução de pôr o irmão... (mas não vou falar nisso não, porque é ursada para os que não viram a fita). Direi apenas que é uma solução gasta, porque, com a praxe de fazer o criminoso ser sempre a figura mais inesperada ou menos provável de todos, fica canja para se acertar, por eliminação. A coisa mais bonita da fita é o tiro que Marjorie Reynolds dá no... chefe nazista, através da porta, ela é invisível em primeiro plano com o quarto às escuras. Fica apenas aquele pequeno orifício da bala, iluminado pela luz de fora do corredor, que não se vê. A invasão de cinema na cena é grande. Só por ela o filme valeria. De qualquer forma constitui um bom passatempo. No Astória, onde o vi, levavam também um excelente jornal com a explosão da bomba atômica no Novo México. Surpreendente o efeito da fumaça negra da explosão avançando para o campo da objetiva e tomando-a todo, como uma terrível ameaça. Cotação: vá ver, mas se não for não morre por isso.

Seção "Cinema", *Diretrizes*, Rio de Janeiro, 4 de setembro de 1945

O ARCO-ÍRIS, DE MARK DONSKOI

Quero, nesta crônica, congratular-me preliminarmente com a Swiss Film, pelo tento que lavrou em ser a distribuidora que primeiro conseguiu exibir um filme russo no Brasil, depois de um tão reacionário jejum forçado do excelente cinema soviético. É essa uma obra de mérito, porque, no pé em que se encontra a distribuição, o mercado é quase que exclusivamente americano; tirando algumas honrosas exceções, é o tipo do cinema deseducativo, do ponto de vista artístico, se é possível dizer assim. A medida da produção corrente de Hollywood é de qualidade inferior. É um cinema que ganha com a concorrência dos cinemas europeus, não só porque tem que lutar contra o padrão artístico, que é em geral melhor naquele cinema, como porque valoriza mais os seus grandes nomes, pela discussão, pela comparação entre os diretores e os astros. Isolado como estava, perdiam-se os bons diretores como cimos tristes num panorama sem grande significação.

O cinema russo sempre foi uma lição de coragem para os outros cinemas; fazendo-o para as massas, os cineastas russos nunca desprezaram o fator "fazer cinema", unindo magistralmente o popular ao artístico, e restituindo a arte à sua dignidade original. Essa foi a grande lição de Lênin quando, compreendendo como ninguém a força revolucionária da imagem em movimento, comandou os cineastas russos de fazer cinema, isto é: de "fazer cinema". E a obra de jovens mestres como Eisenstein e Pudovkin ficou, graças a essa liberdade que lhes foi dada para criação, como um exemplo de capacidade, fé, isenção e força revolucionárias.

A qualidade da criação cinematográfica russa nesse período foi tal que sobrepujou muito a de qualquer outro competidor. Depois de um Griffith e de um King Vidor, nos Estados Unidos, que fizeram também grande cinema para as massas, nunca se veria uma tal força, um tal poder de convicção. Filmes como *O encouraçado Potemkin*, *Mãe*, *A linha geral*, *Tempestade sobre a Ásia* e outros restam clássicos, numa arte tão nova para o estudioso de cinema. Ainda há pouco eu revi o primeiro citado, que nada perdeu do seu valor fundamental, que é a existência de "cinema" em todos os seus momentos, cinema e não teatro, ou rádio, ou literatura.

Por isso é tão importante a sobrevivência do cinema russo no momento atual. Pois mesmo quando os filmes que apresentem não sejam obras geniais, como o é a de Eisenstein, e que não é coisa que se faça todo dia, a chance que tem de fazer melhor cinema é grande porque os russos possuem felizmente uma concepção inata genuína da sétima arte, e os valores com que jogam são em geral os valores mais eternos da cinematografia.

O aparecimento do primeiro filme russo no Brasil é assim um motivo de júbilo. Dará aos brasileiros, sobretudo aos moços, a melhor oportunidade de conhecer a alma russa que, desde a poesia de Pushkin e os romances de Tolstói e Dostoiévski, nenhuma outra arte soube revelar tão bem quanto o cinema.

Amanhã voltarei para analisar o filme.

Seção "Cinema", *Diretrizes*, Rio de Janeiro, 12 de setembro de 1945

A PRIMEIRA EXIBIÇÃO DE FILMES FRANCESES

Eu tinha prometido fazer hoje a crítica do filme russo *O arco-íris*, mas a exibição, anteontem, do primeiro filme francês que a comissão organizadora da Exposição Francesa fez passar no Auditório do Ministério da Educação obriga-me, pela amizade que tenho à França e ao seu cinema, a fazer um pequeno hiato urgente, e dar o meu parecer sincero sobre o modo como foi feita a referida exibição. Não há nisso nenhuma intenção crítica. Tenho uma real vontade de ver o mercado francês de filmes reconquistar sua antiga posição, melhorá-la inclusive aqui no Brasil, não só porque acho a produção francesa média de boa qualidade, o que pode levantar o nível cultural cinematográfico no Brasil, como porque julgo útil para o próprio cinema americano, atualmente senhor do nosso mercado, a entrada em competição de outros cinemas, que o obrigarão a se esforçar mais pelo levantamento artístico de sua produção comum. Mas, para esse efeito, devo confessar, o modo como foi feita a primeira exibição anteontem, apresentando um filme de boa qualidade como *Pontcarral* de um diretor novo, de talento, não me pareceu exatamente a que conviria — isso sem em nada desmerecer do simpático esforço de aproximação, nem do trabalho levado a efeito pela comissão, que o pouco tempo faz mais louvável ainda. Sei que muitos desses defeitos serão oportunamente corrigidos, mas cumpre urgir certas providências, para não tornar um tão generoso esforço senão improfícuo, pelo menos inábil para o nosso jeito brasileiro de ser. Sei que houve remessas de convites a muitos intelectuais e jornalistas que, por qualquer razão, não lhes foram ter às mãos. Mas isso é uma coisa que precisa ser logo remediada, se a comissão não quiser ver o seu excelente trabalho comprometido por obstáculos menores. Está muitíssimo certo que a colônia francesa queira ver os filmes de seus compatriotas, mas está errado que a maioria da assistência presente fosse representada por essa amável colônia ao prejuízo dos jornalistas e intelectuais brasileiros que se interessam pela França e por sua arte. Está errado também que a assistência presente fosse antes elegante e curiosa, que intelectual e efetivamente interessada. Não será certamente ela que irá "fazer onda" pela reentrada no mercado brasileiro da produção francesa. Homens como Manuel Bandeira, Murilo Mendes, Mário Peixoto, Otávio de Faria, Plínio Süssekind Rocha, [Edgard] Roquette-Pinto, Maciel Pinheiro, Carlos Scliar, Rui Santos, entre outros, deveriam estar presentes. Nomes de prestígio artístico e literário deveriam também figurar entre os dos grã-finos entediados que se viam na sala. São nomes e opiniões que, em matéria de arte, contam e fazem valer. No entanto havia mais plumas que penas, mais modas que modos, mais elegância que estilos. E isso é mau.

Espero sinceramente que a comissão pondere sobre essas considerações amigáveis, que só visam ao bem, e torne as suas exibições mais amplas, do ponto de vista da repercussão e utilidade. E que não me leve a mal por isso. Ser sincero é, no fundo, a melhor maneira de ser amigo. E eu sou um.

Falarei amanhã sobre *O arco-íris*. Só assim terei tempo de rever o filme que desde já posso aconselhar a todos. É preciso ir ver.

Seção "Cinema", *Diretrizes*, Rio de Janeiro, 13 de setembro de 1945

O ARCO-ÍRIS

A existência de cinema em *O arco-íris*, o filme russo distribuído pela Swiss Film e que o Odeon e o Roxy estão exibindo, não é, como em algumas obras mestras da cinematografia soviética, tais como *O encouraçado Potemkin*, *Mãe*, *Tempestade sobre a Ásia* ou mesmo *Os cavaleiros de ferro*, uma coisa praticamente sem solução de continuidade. *O encouraçado Potemkin* é cinema da primeira à última cena. *O arco-íris*, bela obra de talento de um diretor novo, conhecido apenas nos Estados Unidos, tem momentos muito altos entre grandes baixas de tensão. Explicando como fez o filme, o diretor Mark Donskoi mostra aliás a sua qualidade legítima de homem de cinema: não foram os obstáculos encontrados que o fizeram desanimar. Querendo revelar a força e a capacidade de resistência do povo russo diante do invasor odiento, ao mesmo tempo que seu amor pela terra natal, Donskoy se teve que haver com grandes dificuldades. Em Asgabate, na Ásia Central, para onde os estudos de Kiev tiveram que ser evacuados, força foi construir toda uma aldeia ucraniana. Para as cenas de fundo com neve, a câmera precisou viajar até Semipalatinsk. A necessidade de trabalhar com tipos locais, para as tomadas de massa, deu grandes complicações, porque os extras, tomando a história por demais ao pé da letra, mostravam a maior animosidade para com os atores que representavam de nazistas. Uma mulher especialmente, conta Donskoi, ficou tão natural quanto a realiza um artista em uniforme alemão gritando: "Eu quero matar pelo menos um nazista!".

Muitos dos extras, que entravam como aldeões, foram tão naturais quanto a realidade. Anton Dunayski, que faz o velho habitante, perdera toda a família nas mãos dos nazis, e suas lágrimas são a verdadeira dor. Boris Monastirski, um dos maiores nomes de câmera da União Soviética, fez o impossível para apanhar toda a beleza do panorama de fundo, e toda a força das caras, nos close-ups. Se às vezes não o conseguiu, parece-me que é em parte devido ao emprego nada de acordo com a técnica russa de ação, de atores que "representam" em vez de "se deixarem dirigir", como aconselha o bom cinema. O contraste violento entre o trabalho de Natasha Uzhvey, que faz, esplendidamente aliás, do ponto de vista da representação, a guerrilheira Olena, martirizada e depois morta pelos nazistas, e a ação simples da gente da aldeia é às vezes quase chocante. O mesmo acontece com Natalia Alisova, a mulher *quiling*[1] do comandante alemão. Apenas Elena Tiapkina, que faz a aldeã Fedosia, dona da casa em que está a traidora, consegue talvez, devido a sua máscara profundamente camponesa russa, escapar a esse curioso contraste de ação.

O filme tem sobretudo três grandes momentos, sendo que o maior é para mim o parto de Olena, onde houve uma corajosa abdicação do som, e que tem um grande alcance cinematográfico. O segundo é o enterro do menino dentro da casa, com aquele choro de criança magnificamente usado no final. O terceiro é o do cruel jogo do soldado alemão com as crianças, especialmente quando a garotinha chega e brinca com a ponta da baioneta voltada para ela. Há além disso boas cenas isoladas, mas o conjunto dá uma impressão de uma certa falta de senso de montagem. Donskoi é, sem embargo, um diretor de talento, e é possível que a continuidade de trabalho traga-lhe ainda aquela perfeição de um Eisenstein, ou de um Pudovkin. De qualquer forma, o filme merece muito ser visto, e dá uma boa oportunidade para um paralelo com o cinema que nos manda Hollywood, exceção feita para Sam Wood, que é neste momento para mim o nome mais alto do cinema.

Seção "Cinema", Diretrizes, Rio de Janeiro, 14 de setembro de 1945

---

1 Em inglês, "fatal".

CAFÉ PARA DOIS

Café para dois, o novo cartaz do Vitória e do São Luiz, com Loretta Young, linda e elegantíssima, e o simpático Melvyn Douglas, que há tanto não dava um ar de sua graça, constitui em seus dois primeiros terços uma comédia agradável, contendo uma sátira, diria, melhor, uma caricatura do comunismo que, positivamente, só daria para ofender nesses dois terços a um ser muito sectário e muito desprovido de segurança e autocrítica, não fosse o que vem depois. O gênero da caçoada é de um esquematismo absoluto, e tenho certeza de que qualquer marxista consciente poderia rir nessa parte de que falei de algumas boas piadas que há no diálogo e do tipo representado por Melvyn Douglas, um comunista primário, desprovido de autocrítica e de senso de humor, qualidades tão correlatas, com uma tendência a teorizar sobre tudo e a tudo transformar em slogan partidário. E o filme seria isto: uma comédia agradável, feita por um burguês esperto sobre alguma coisa que, no fundo, lhe causa mal-estar, não fosse a entrada em cena, inesperadamente, do mesmo amável burguês do princípio transformado num crítico a serviço do isolacionismo e do capital reacionário americano. Desse ponto em diante a coisa deixa de ficar engraçada para ficar desonesta. Sob o disfarce da democracia, o diretor Alexander Hall enxerta no filme uma inesperada e grave paixão do comunista pela mulher rica em casa de quem está ele refugiado, e em nome da humanidade dessa paixão aproveita-se para arranjar um final que deve fazer a delícia dos fascistas, reacionários ou adversários desonestos do comunismo. Até esse ponto (e isso aumenta ainda mais a safadeza da coisa), fora ele apenas um caricaturista elegante, movimentando diálogo sem prejuízo para as duas partes em jogo, isto é, Loretta, a mulher rica, casada com um poderoso banqueiro de quem ela tem nojo e com quem vive apenas pro forma, e Melvyn Douglas, o dirigente comunista refugiado em casa, com a polícia em seu encalço. Saem piadas fazendo igualmente caçoada do comunismo, por parte dela e da alta burguesia por parte dele. De repente ei-los apaixonados, já então parece a primeira ponta de lança: libertado da polícia graças ao poder do marido banqueiro de Loretta Young para a casa do qual ele volta, como prêmio pela liberdade do seu namorado, Melvyn Douglas não pode esquecer sua adorável protetora com quem tanto brigara sobre a política e que lhe dera uma vida de lorde enquanto escondido. Vai encontrá-la num restaurante de luxo, apesar de instantaneamente chamado pelo Partido, que o quer ver com urgência. Melvyn recusa, e de repente (notem a indecência) um garçom que é militante lhe vem dizer que, se ele não for, imediatamente, será mostrado à polícia. Melvyn Douglas vai e, ao chegar à sede, a direção lhe propõe nada mais nada menos que o seguinte: que ele se entregue à polícia por conta própria e diga que Loretta Young quis comprá-lo para matar o marido. Ele recusa, briga, apanha muito e é sacudido porta afora como anarquista. Um outro comunista presente que protesta dizendo que o deveriam ter consultado antes de dar-lhe tal "serviço" apanha também e tem o mesmo destino. A cena é ridícula, e de um primarismo alvar. Mas isso tem menos importância, tão obviamente desonesto é, que o que se segue. Fora do partido resolvem os dois ir para a América, depois de duas ou três frases ufanistas sobre a delícia de ali viver. Melvyn Douglas diz então: "Todo mundo gosta da América!" ao que o outro acrescenta: "Só os comunistas não gostam da América!". A frase traduz um propósito evidente de intriga e é um ótimo slogan para o isolacionismo americano que serve ao fascismo. Houve no Rian, onde eu assisti ao filme, alguns tímidos assovios de reprovação, mas sinceramente, a fita deve ser vaiada neste trecho. Traduz a intenção flagrante, a que toda a amabilidade do princípio só viera predispor, de propaganda isolacionista, de intriga entre povos, de fuxico anticomunista que se serve da capa do nome da democracia para se fazer valer. Aconselho o filme a todos os democratas sinceros e a todos os militantes, para que mais uma vez tomem contato com as armas de que se pode servir a reação nos seus propósitos de intriga. Mas que nem por isso deixem de reparar na beleza de Loretta Young, que está de matar. Não será tampouco em vão que Alexander Hall a terá usado. O tipo do golpe baixo. Grande calhorda.

Seção "Cinema", *Diretrizes*, Rio de Janeiro, 18 de setembro de 1945

AINDA *CAFÉ PARA DOIS*

A propósito ainda de *Café para dois*, sobre que falei ontem, duas ou três observações de passagem me ocorreram que é preciso não deixar de apontar. Referem-se elas sobretudo à tradução das legendas. É mais que sabido que os tradutores de cinema são, em geral, a gente mais sem critério linguístico que há. Para o espectador que reconhece inglês, quando não se abstrai ele das legendas em português, deve ser frequentemente uma surpresa ver o que ele ouviu traduzido para coisas com um sentido completamente diverso. A letra das canções, então, é uma barbaridade. São, comumente, parafraseadas ao modo regional, e não será difícil ver chamar "42nd Street" de avenida Rio Branco, o "Empire Building" de Corcovado, e nas canções de caubói aparece o vaqueiro americano mandando buscar o seu boi "lá no Piauí". Nesse *Café para dois*, cujas desonestidades políticas já foram ontem apontadas, há em matéria de tradução duas coisas sobre as quais é preciso chamar a atenção, a primeira porque trata-se de uma evidente falta de senso, e a segunda por esconder, seja por que razão for, o significado verdadeiro do diálogo. Na hora em que Loretta fala fingidamente ao telefone primeiro com Alan Marsh, seu admirador, e depois com Eugene Palette, seu marido banqueiro, explicando-lhes que não pode encontrá-los, Melvyn Douglas, que está sentado ao seu lado, diz alguma coisa em que é empregada a expressão inglesa *mating season*. O tradutor traduziu, com um exagero de propriedade chocante para qualquer pessoa, não precisa ser necessariamente um moralista, para "época de cio". Ora, isso não é coisa que se diga, falando-se de uma moça, sobretudo estando ela implicada no caso. O outro caso é a tradução da conversa dos dirigentes com Melvyn Douglas na sede do Partido. Pelo que se deduz da conversa em inglês, propõem eles que Melvyn Douglas se deixe prender e acuse Loretta como tendo querido comprá-lo para que lhe matasse o marido. A legenda não dá a entender tal coisa. A maldade foi abrandada. Mas é bom que se saiba que em inglês a porcaria proposta era maior ainda.

Seção "Cinema", *Diretrizes*, Rio de Janeiro, 19 de setembro de 1945

CINEMA E ROMANCE

Já o poeta Vinicius de Moraes, na sua seção de cinema, neste mesmo jornal, escreveu bastante a respeito do filme soviético *O arco-íris*. Em crônicas sucessivas ele definiu o grande valor do filme de Mark Donskoi. Devem-se agora acentuar os méritos literários do romance cujo entrecho foi aproveitado no celuloide soviético.

O arco-íris, de Vanda Vasilevskaia, obteve o prêmio Stálin e foi considerado pela crítica um dos melhores momentos da moderna literatura de ficção da URSS. Não é russa a autora, mas polonesa. Tem quarenta anos de idade, e só aos 29 começou a escrever, tendo-se feito jornalista. Como correspondente de guerra é que ela viu a tragédia do povo russo sufocado pelo invasor alemão. O romance que lhe iria assim dar tanto renome, no mundo inteiro, brotou da sua experiência pessoal, ao visitar aldeias que sofreram o horror da dominação nazista.

Se o filme está provocando ondas de emoção, no seio da plateia carioca, o romance, cuja tradução brasileira já foi lançada pelo *Cruzeiro*, pode despertar o mais vivo interesse de leitores de qualquer classe. Estamos diante de uma obra palpitante da vida densa de sentido dramático, de um realismo de cortar o coração.

Sabe-se que um filme não transcreve nunca servilmente um romance, nem mesmo o condensa porque diferentes são as linguagens usadas no cinema e na literatura. Mas, escrevendo o script de *O arco-íris* para que Mark Donskoi o transpusesse para o celuloide, Vanda Vasilevskaia deu uma ideia perfeita da profunda beleza do seu romance.

Seção "Cinema", *Diretrizes*, Rio de Janeiro, 20 de setembro de 1945

JEAN DELANNOY

Dos novos diretores revelados na França, pelo menos dos que eu vi até agora, nas exibições que estão sendo feitas no Ministério da Educação, o mais interessante é Jean Delannoy. É verdade que falta ainda muita coisa para ver. De qualquer forma, com os dois filmes exibidos de Delannoy, *Pontcarral* e *Macau, o inferno do jogo*, já dá para sentir, através de muitas imperfeições, através sobretudo de um ecletismo um pouco irritante, uma verdadeira promessa. Quem viu um e outro filme sabe o que quero dizer ao falar de ecletismo. *Pontcarral* é um trabalho "em profundidade"; *Macau, o inferno do jogo* é uma experiência com a "ação", elemento com o qual o diretor ainda está longe de se sentir à vontade. Falta-lhe uma certa espontaneidade para um diretor de filme de ação. *Pontcarral*, apesar da desproporção que há entre o interesse da trama e o comprimento da película, está muito grande demais para aquele, mostra uma certa teimosia na perseguição do cinema das imagens. Tudo isso resulta meio desajeitado, meio sem critério, mas é inegável que, em meio aos grandes vazios apresentados pela continuidade monótona, surge, aqui e ali, alguma coisa que misteriosamente prende o espectador ao que vê. E essa coisa não digo que se chame ainda cinema: mas que é "um impulso de cinema", isso resta fora de dúvida.

Macau, o inferno do jogo é muito mais primário. Estive vendo, aliás, que o filme data de antes da ocupação de 1939, se não me engano, apresentando o velho ator japonês Sessue Hayakawa ainda bem passadinho a ferro. Mas a trama é quase *"made in Hollywood"*, e o que salva o filme de se tornar tedioso e *cursi*[1] é a presença desses velhos grandes atores, como Hayakawa e Erich von Stroheim, este trabalhando sempre com a displicência de alguém que, no fundo, está achando que a câmera na mão dele daria coisa bem melhor: porque, não sei se sabem, Stronheim pode ser contado entre os cinco ou seis maiores diretores de cinema que já apareceram até hoje.

De qualquer modo, Delannoy (é preciso considerar que se trata de um diretor praticamente novo) mostra alguma coisa que não anda aos pontapés no seu temperamento de artista. A diferença que seus filmes fazem para os outros exibidos é grande. Também filmes como *Romance a três*, *Os dias felizes* são um pouco ruins demais, sem desfazer da boa intenção.

Seção "Cinema", *Diretrizes*, Rio de Janeiro, 21 de setembro de 1945

---

1 Em espanhol, "piegas".

CZARINA

Realizado por Lubitsch, sob a direção de Otto Premier, *Czarina* (*A Royal Scandal*) é uma comédia galante sobre Catarina, a Grande, salientando Tallulah Bankhead no papel da temperamentosa imperatriz. O espírito lubitschiano aponta aqui e ali, no enredo, mas que diferença para as antigas obras desse grande mestre em humor! Não precisa ir muito longe. Mesmo *Ninotchka*, canto de cisne da Garbo,[1] apesar da inconsistência da história, era de melhor qualidade. *Ser ou não ser* então, nem se fala, que popa! É verdade que Greta Garbo e Carole Lombard eram outra coisa que Tallulah não é, embora seja inegável o charme meio *faisandé*[2] desta última, sua formidável, natural presença, um tanto viciada pelo teatro e seu incrível cinismo, cuja finura não há como desconhecer. Mas Tallulah é sobretudo uma coisa: uma atriz de teatro, e isso, em cinema, é o diabo, porque o teatro é uma segunda natureza, e tudo o que lhe é específico, não o é na sétima arte. O teatro é, digam o que disserem os inovadores, essencialmente estático. O cinema é fundamentalmente dinâmico. Cinema é sucessão de imagens montadas em ritmo próprio. Nele é o movimento que conjuga a ação. De maneira que tudo o que valoriza o estaticismo do teatro: o trinômio gesto-voz-máscara, é em cinema um valor segundo; porque o gesto em cinema é um movimento decomponível numa série de imagens; a voz, um instrumento mecanicamente transposto para a imagem; e a máscara, a intenção do diretor, que a pode transformar a seu bel-prazer graças a uma quantidade de recursos, como distância, luz, fusão, truque cinematográfico e inclusive o movimento da montagem das imagens.

Czarina é muito teatro, sob esse aspecto. Não que o seja de fato. Mas o filme repousa sobre o valor do dito picante, do diálogo cheio de subentendidos, da maneira de dizer. Não que isso não tenha sua graça e as situações não sejam eventualmente cinematográficas, à boa maneira de Lubitsch. Mas não é a regra geral no filme o que o invalida em parte. Fora isso, constitui um

---

1   É provável que Vinicius considere *Ninotchka* (1939), de Ernst Lubitsch, o "canto de cisne" de Greta Garbo porque após esse grande sucesso a atriz trabalhou apenas em mais um filme, *Duas vezes meu* (1941), de George Cukor, fracasso de bilheteria depois do qual Garbo abandonaria definitivamente o cinema. A referência a *Ninotchka* deve-se ao fato de que a comédia apresenta uma funcionária soviética que vai a Paris para fiscalizar o trabalho de três colegas enviados à capital francesa.

2   Em francês, "estragado", "pobre". Diz-se especialmente da carne.

espetáculo divertido, que a gente segue com interesse. William Eythe é um ator fraquíssimo, cheio de defeitos, e não creio que a sua permanência na tela dure muito. Anne Baxter, o mesmo amor de sempre, mal aproveitada porém em sua jovem carinha redonda, de uma redondeza de moça. Charles Coburn, bom como sempre. É, passa.

Seção "Cinema", *Diretrizes*, Rio de Janeiro, 22 de setembro de 1945

UM PUNHADO DE BRAVOS (I)

Todos os que se interessam por cinema têm, esta semana, uma das mais felizes oportunidades para "vê-lo", poderia quase dizer: tocá-lo com os olhos. Pois há muito tempo não aparece um filme tão ilustrativo, tão elucidativo dessa arte, ignorada — dir-se-ia feito de propósito — como esse *Um punhado de bravos* (*Objective, Burma!*) com que, depois de seu excelente esforço em *Três dias de vida*, também com Errol Flynn, o diretor Raoul Walsh coloca-se, ao lado de Sam Wood, na vanguarda do cinema americano, do moderno cinema em geral. É claro que Raoul Walsh aprendeu, ou antes apreendeu, o cinema de Sam Wood. É claro também que marcou sua personalidade, do contrário seria uma imitação, e não uma influência, uma esplêndida influência. É caso para um ponto e um suspiro: fica preservada, assim, a grande linha do cinema americano, que veio de Griffith através de King Vidor, depois Sam Wood e agora Raoul Walsh. Tomem nota desse nome e procurem não perder mais seus filmes. O homem encontrou "a coisa", a maneira de fazer desencadear o fenômeno "cinema". É espantoso pensar que, para chegar a isso, Raoul Walsh dirigiu tanta fitinha menor. Sam Wood, em todo caso, foi assistente de Cecil B. deMille, e é bem possível que tenha descoberto como se faz cinema por abstração, isto é, fixando-se sobretudo no que DeMille "não fazia". Walsh não era um desajeitado. Dá até a impressão, como me dizia Plínio Süssekind Rocha, de que o cinema, como o romance, é uma arte de maturidade, de experiência, de vida vivida. Porque foi certamente o trabalho e a prática, aliados à aparição de Sam Wood, que, conjugados, causaram-lhe o famoso estalo.

E que estalo! Raoul Walsh fazendo um grande cinema, um cinema de mestre vigoroso e amplo, que vem mais ainda dignificar a lição desse *big three*:[1] Griffith-Vidor-Wood, e afirmar definitivamente a existência de uma real competição entre o cinema americano e o russo, no que se refere a potencial artístico. Tanto melhor. É preciso que todos aproveitem e vão ver o filme, porque não é todo dia que aparecerá um cinema assim. Pretendo dar, aproveitando a existência objetiva da película, umas duas ou três crônicas analisando didaticamente, para o leigo, os valores cinematográficos que fazem de conjunto a vigorosa obra de cinema que é. Garanto como qualquer pessoa pode com-

---

1 Em inglês, "grande trio".

preender perfeitamente o que é "cinema", esse misterioso cinema entre aspas que às vezes ponho nas minhas crônicas, e que só tem essas aspas para diferenciá-lo do termo genérico *cinema* com que se convencionou chamar tanto um filme de Bing Crosby, como de um Alexander Korda, como um de Sam Wood ou de Pudovkin. Essas aspas, porém, desaparecerão um dia, espero, quando a maioria do público, através da orientação de críticos conscientes, através do hábito de "ver", através da determinação de não se deixar explorar, forçar os produtores a dar-lhe usualmente um melhor cinema, um cinema pelo menos razoável, como era nos tempos do silencioso, em que se podia sair de casa na certeza de que havia pelo menos o esforço do diretor para trabalhar com o material puro da imagem sem acessórios de empréstimo, e transmitir alguma coisa sem outro recurso que não fosse a própria imagem. A prova de que uma coisa dessas se pode fazer está aí, neste *Um punhado de bravos*. Só não verá quem não quiser. Raoul Walsh fez um filme de ação praticamente silencioso, onde o som entra como um valor secundário, mas empregado cinematograficamente, isto é, dependente e subordinado à carga potencial da imagem. Isso sim, é cinema. E amanhã veremos melhor.

Seção "Cinema", *Diretrizes*, Rio de Janeiro, 25 de setembro de 1945

UM PUNHADO DE BRAVOS (ii)

O valor principal com que o diretor Raoul Walsh jogou para intensificar a ação com *Um punhado de bravos* (*Objective, Burma!*) e com que, consequentemente, conseguiu desencadear o potencial do cinema do movimento das imagens, foi o silêncio. O espectador atento poderá observar que o filme é praticamente silencioso. Valendo-se das extraordinárias oportunidades que lhe oferecia o cenário (cenário aqui querendo dizer: sucessão escrita das cenas a filmar),[1] Raoul Walsh deu ao sigilo com que deveria ser feita a operação militar um valor altíssimo na realização da película. O som e a palavra entram como recursos perfeitamente naturais, sem em nada invalidar o jogo cinematográfico das imagens. Reparem como sempre que há ação, há silêncio! Desde o momento em que os paraquedistas sentam o pé em Burma, o cinema começa a se valer do silêncio em que se executa a operação. Já a cena da descida de paraquedas é uma beleza. Preparada aliás com maestria por aquela conversa dentro do transporte, cuja única falha me parece residir na crise nervosa do soldado que, apesar de perfeitamente razoável, fica um pouco comprometida, não sei, talvez pela máscara do ato, a única máscara, entre todas, da qual fosse possível esperar aquela determinada crise nervosa naquele momento determinado. Raoul Walsh poderia ter controlado um pouco mais o ator, ou então emprestar a crise a algum outro tipo do qual fosse ao menos esperável uma reação daquelas. Mas é um detalhe que não chega a estragar a cena.

Movimentando a câmera com uma incrível precisão, cada vez que um movimento se resolve para dar lugar a outro, Walsh teve a servi-lo também a fotografia extraordinária de Wong Howe, que é para mim um dos maiores cinegrafistas do atual cinema americano. Sua fotografia é de uma grande riqueza, de uma formidável contenção. Desse momento em diante — o da descida dos paraquedistas — o cinema nasce quase que naturalmente da ação. A passagem da primeira patrulha japonesa é feita com bom cinema. O ataque ao posto do radar é feito com ótimo cinema, sem dar a menor impressão de exagero. O movimento rápido da ação é fabulosamente bem servido pelo instante de suspensão que o antecede, isto é, quando os homens se distribuem, colocan-

---

1 Usava-se o termo "cenário" (por influência do francês, *scénario*) para designar o que passou a se chamar comumente "roteiro".

do-se nas posições-chave, e aguardam a hora do fogo. Lembra — a influência é aliás direta — a cena de *Por quem os sinos dobram*, quando Gary Cooper coloca a metralhadora em posição para esperar a patrulha franquista, e que marca no filme o seu verdadeiro início como cinema.

Ao contrário de *Por quem os sinos dobram*, a primeira metade de *Um punhado de bravos* é mais intensa, como cinema, que a segunda, embora neste filme fosse mais bem preservada a permanência do bom cinema ao longo da metragem. Walsh nesse ponto foi mais cuidadoso que Wood, mas em compensação este voa mais alto; valendo-se de uma máscara como a de Errol Flynn, uma boa cara que nada mais é do que isso, Walsh eliminou o risco da "representação". Ele nunca chega a dar a nenhum dos atores tempo bastante para "representar". O resultado é ótimo. O filme fica caracterizado antes pelos tipos humanos que pelos atores que neles se ocultam. E com isso ganha riqueza interior.

Amanhã voltarei a analisar outros aspectos da direção e da ação desse grande filme.

Seção "Cinema", *Diretrizes*, Rio de Janeiro, 26 de setembro de 1945

UM PUNHADO DE BRAVOS (III)

Cinema é direção. O diretor é que faz cinema. O caso Raoul Walsh com *Um punhado de bravos* vem mais uma vez prová-lo. O ator é secundário. Por isso é tão importante o conceito do diretor russo Pudovkin, que se aplica a todo o cinema soviético, e de modo geral a qualquer cinema: "tipos em lugar de atores". O diretor é que faz o ator. Filma-o no momento em que quer, com a expressão que lhe convém, e para obter essa expressão — a de espanto, por exemplo — ele pode tão bem pedi-la ao ator, como usar de um truque. Se o ator for um sujeito inteligente e experimentado, tanto melhor. Se não for, não tem grande importância: o diretor pode mandar soltar uma bombinha de São João ao lado dele e fazê-lo filmar no instante do susto; o efeito será o mesmo, se não for melhor. Por isso vemos Raoul Walsh pegar um ator medíocre como Errol Flynn e tirar tudo da sua boa cara, tão inexpressiva na mão de qualquer diretor mais fraco.

Cinema é movimento e ação. Tudo isso fica subordinado à direção, naturalmente. Um bom cenário[1] ajuda muito, é claro, porque, importando na descrição sumária das cenas a filmar, é um ponto estável de partida para o diretor, podendo facilitar-lhe bastante o trabalho. Mas a verdade é que o diretor faz com o cenário o que ele quer. É ele que faz viver os movimentos de câmera insinuados pelo cenário. Ele é quem põe os atores em posição. Ele é quem regula a intensidade da luz, a distância das tomadas a fazer, o corte das cenas, e essa coisa importantíssima que é a montagem posterior das imagens com a qual se dá ritmo, expressão, inteligibilidade, emoção, cinema, enfim, à sucessão.

Tudo isso está didaticamente presente em *Um punhado de bravos*, filme em que o povo pode de fato aprender a ver o que é cinema. Com um punhado de atores sem significação especial, cria Walsh um bando extraordinário de tipos, que faz personagens de uma pequena epopeia. Essa epopeia deve ter sido, ao tempo, uma noticiazinha de jornal. É emocionante pensar que para ser invadida a Birmânia foi preciso a ação de alguns homens corajosos como os que se veem nesse filme. Porque deve ter sido aquilo mesmo, é mais que provável.

O filme é também uma excelente e simpática propaganda do trabalho de

---

1   Ver nota em "*Um punhado de bravos* (II)", p. 187.

guerra americano, feito sem exageros personalistas, com uma grande contenção e apresentando a luta a cru. A sequência final da invasão deve ter sido provavelmente tirada do natural. É de uma grande força e amplitude. Os momentos de luta nas trevas, contra os japoneses, que antecedem o final, são feitos com maestria, embora tenha havido, me parece, um pouquinho de exagero, coisa que não se sente nos instantes anteriores de tomada de contato com o inimigo. Tudo trabalhando com o silêncio, *Um punhado de bravos* vem provar mais uma vez a tese que tão desajeitadamente defendi um dia, em debates públicos. De que o silêncio é a natureza da imagem, e o cinema é uma arte primordialmente silenciosa. Depois, pode vir o resto, como acessório, não tem importância. Mas é no movimento silencioso das imagens que se passa essa coisa grande e misteriosa que se chama o aparecimento do cinema como forma de conhecimento.

Seção "Cinema", *Diretrizes*, Rio de Janeiro, 27 de setembro de 1945

UM PUNHADO DE BRAVOS (IV)

Queria poder falar sobre qualquer outro filme mas a tentação de *Um punhado de bravos* é irresistível. Anteontem voltei a vê-lo. Uma porção de coisas sobre o que não havia falado, nas crônicas anteriores, me ocorreram. Detalhes, magistralmente tratados, e que ajudam a fazer da produção uma obra não apenas grande pela sua totalidade de cinema mas também pela justeza dos componentes que a integram. Esses detalhes terão certamente passado despercebidos ao espectador, diante da carga de emoção e suspense que a sucessão carrega; mas vale lembrá-los, como o emprego do tempo. Coisas como aquele andar mal equilibrado do heroico velhote, o repórter Mr. Williams, ao longo das marchas, contrastando com a passada rápida, silenciosa e ágil dos rapazes bem treinados, como que traduz o cansaço, o tremendo cansaço renitente do velho homem de imprensa, e que o iria matar às portas da salvação. A presença da selva, com suas sombras, o piar monótono de seus pássaros, o rumor de sua vida oculta. A presença imensa da noite que nunca vi tão bem filmada em cinema. A noite não é fácil de ser revelada em nenhuma arte, e muito menos no cinema. No cinema sempre resta alguma coisa do recurso mecânico das luzes de filmagem. O diretor Raoul Walsh conseguiu dar uma impressão formidável de noite sobretudo na grande sequência final, em que os homens acobertados, no alto da colina, aguardam em silêncio o ataque dos japoneses. É uma verdadeira noite de floresta, e quem já passou uma noite no mato pode saber melhor. Às vezes Raoul Walsh se dá ao luxo de ser também hermético, no modo de construir o movimento, como quando Errol Flynn manda quatro de seus homens matar as duas sentinelas japonesas, naquela vila da Birmânia. Há uma preocupação de tornar a precisão perfeita, matematicamente exata, e, embora a realização não atinja a perfeição desejada, é de grande efeito.

Nessa sequência final há coisas de alta forma, estive anteontem reparando. O fogo das metralhadoras na treva é fabuloso. Há um instante em que se vê o fogo paralelo de duas automáticas, uma em primeiro plano, vomitando morte, que é excelente. O clímax da descida dos paraquedistas é de alcance sinfônico. E não se vê no filme nenhum pieguismo com relação aos mortos. Os sentimentos são dados em expressões rápidas e discretas. O olhar que Errol Flynn deixa depois de vivida a aventura, antes de entrar no planador que o deve levar de volta, como é bem conseguido pelo diretor!

Caiba, finalmente, uma palavra para a fotografia maravilhosa de Wong Howe e para a montagem musical, feita sobre uma boa partitura de [Franz] Waxman. A ciência com que foi feita essa montagem realça o valor emocional das imagens, num louvável serviço de background. Confesso que é com saudade que me despeço desse grande filme, ontem saído de cartaz, e que foi uma satisfação para mim poder dedicar-lhe quatro crônicas. Não há melhor prazer para um crítico que fazer a propaganda desinteressada de uma verdadeira obra de arte. E se dela aproveitou alguém, tanto melhor. Se houve quem se cacetasse, paciência...

Seção "Cinema", *Diretrizes*, Rio de Janeiro, 28 de setembro de 1945

O QUE MATOU POR AMOR

Uma coisa que me dana é fazerem, de boa literatura, mau cinema. O mínimo que é permitido fazer com boa literatura, fora lê-la, é dar-lhe cinematograficamente pelo menos uma transcrição razoável, para não deixar no público uma falsa noção do autor ou das personagens. Devia ser preso o sujeito que pega um bom livro e o transforma num filme ruim, sem falar que, em geral, não é com literatura que se faz cinema. Tanto é louvável o contrário e que não é incomum — fazer de má literatura bom cinema —, como irritante o que resulta de uma transcrição errada, como essa de Tchékhov, com o filme *O que matou por amor*, em exibição no Vitória, São Luiz e Rian. O programa traz escrito embaixo (fato raro) "dirigida por Douglas Sirk". Fica até parecendo que Douglas Sirk é realmente o tal. Pois fiquem sabendo que se trata de uma mediocridade metida a besta. A falsidade de tudo fica ainda mais flagrante para quem conhece Tchékhov, a sua qualidade, a sua delicadeza, a sua originalidade como narrador. O mau cinema torna a história sensaborona; as personagens parecem estar de pé graças a um enchimento artificial. George Sanders é um bocejo ambulante, lerdo, mau ator, trabalhando como que sob a ação de óleo canforado. Linda Darnell num papel acima das suas possibilidades, que ela põe a perder com o seu cafajestismo inato, com sua impressão pessoal de que é uma uva, impressão da qual, aliás, compartilhamos. Edward Everett Horton, o mesmo bocó de sempre, dando uma impressão horrível de inadaptação. Tudo parece cabaré russo de importação, e não russo mesmo. George Sanders com seus blusões de cetim, só lhe falta o ambiente russo. O filme dá o ambiente russo de antes da revolução, ou melhor, não dá coisa nenhuma. Nobres proprietários e mujiques estão igualmente artificiais, igualmente chatos. De vez em quando o diretor, com uma inata desonestidade, cria um arremedo de cinema, desce a máquina, faz umas visagens, fotografa uns campos, para engabelar o espectador mal informado. Mas isso não pega mais assim à toa não. Depois de ver um filme como *Um punhado de bravos* o público, mesmo que ainda não saiba, sente. A impressão que colhi da sala, na saída, era de tédio. Paga-se Cr$ 7 para ver a joça. Aconselho antes uma hora de bicicleta, que custa Cr$ 6 e faz bem à saúde. Sobra ainda Cr$ 1 para o Chicabon.

Seção "Cinema", *Diretrizes*, Rio de Janeiro, 29 de setembro de 1945

GOUPI MAINS ROUGES[1]

A sessão de anteontem de cinema francês no auditório do Ministério da Educação (por falar nele, como é quente! Creio que, se ainda não há, seria o caso de fazer ali instalar uma refrigeração, para o verão que chega) redimiu completamente a exibição de filmes como *Romance a três*. *Goupi Mains Rouges*, do diretor novo Jacques Becker, de quem já ouviram muito falar, é uma verdadeira obra de cinema francês, com aquele caráter particular que faz o encanto desse cinema. Considero Jacques Becker, pelos elementos que tive para comparar, melhor que Jean Delannoy, cujo *Pontcarral*, embora bem-feito, é mais fácil de realizar. *Goupi* tem já a pátina do grande cinema francês de dantes, como um prenúncio do *"future Vigueur"*.[2] O filme é feito com elementos de cinema e bem marcado de personalidade. Não é, para mim pelo menos, um *chef-d'ouvre*,[3] como ouvira dizer. O trabalho do ator que faz Tonquim, o filho energúmeno de *Mains Rouges*, peca por excesso de "representação". A figura de Monsieur, o filho Goupi educado em Paris, é pouco cinematográfica, e Becker deveria ter, possivelmente, tido mais cuidado na escolha dessa personagem tão importante na trama. Mas não são coisas que comprometam fundamentalmente o filme, que é de indubitável classe e apresenta uma fatia saborosa e genuína da França criadora. O caráter da família Goupi é dado em traços cinematográficos fortes e o trabalho da câmera muito bem servido por um cenário[4] de mestre. Todo o tempo da exibição a gente sente-se preso pelo que há de força natural, de profundo, de irremediavelmente arraigado à terra nessa família de camponeses franceses vivendo o seu cotidiano entre as paixões e injunções de sua condição. Isso salva o filme de se tornar conservador, essa força solitária e viva da terra porque muitos dos temas definidores do caráter do camponês, no caso, o são. Mas Becker apresenta a cru essas almas como árvores enraizadas à terra e umas às outras, explodindo muscularmente a sua seiva a um tempo estática e vertical. A ironia peculiar, diria melhor, o

---

1 Esse filme de Jacques Becker foi traduzido no Brasil como *Mãos vermelhas*.

2 A expressão está no poema "Le Bateau ivre" ("O barco bêbado"), de Arthur Rimbaud: "— *Est-ce en ces nuits sans fonds que tu dors et t'exiles,/ million d'oiseaux d'or, ô future Vigueur?*". Na tradução de Augusto de Campos: "— É nas noites sem cor que te esqueces e te ilhas,/ Milhão de aves de ouro, ó futuro Vigor?".

3 Em francês, "obra-prima".

4 Ver nota em "*Um punhado de bravos* (II)", p. 187.

humor ácido do homem que vive da terra está todo o tempo presente no filme, bem como o seu individualismo sui generis, que se serve da solidão para melhor compreender e amar. O filme dá uma tremenda impressão de resistência ao tempo, de resistência ao espaço, de resistência a tudo. Deve ter sido uma obra de grande vigor persuasivo, para os franceses, e deve ter cacetado muito os alemães, se é que a viram. O cinema francês está de parabéns.

Seção "Cinema", *Diretrizes*, Rio de Janeiro, 1º de outubro de 1945

MÁSCARA ORIENTAL

Nem as boas intenções salvam este *Máscara oriental*, onde o quarentão, jeito de repórter, cara de espiga de milho, *eficienteligente* Lee Tracy, para usar uma linguagem tipo *Time*, volta depois de um não notado ostracismo a empregar seus dínamos em benefício de alguma causa justa. O filme é quase tão velho como o próprio Lee Tracy, e o autor do livro de onde ele saiu — o filme — aparece na primeira sequência explicando por quê. Eis o porquê: a displicência com que se encara a penetração nipônica e o desenvolvimento da sua rede de propaganda. Lee Tracy, a serviço do Serviço Secreto, finge de espião a soldo do sol nascente, para descobrir o chefe da espionagem japonesa. O canal do Panamá entra em cena, e Lee Tracy é obrigado a transferir-se para lá, onde reencontra sua namorada Nancy Kelly, uma pequena que não é para Lee Tracy não, que esperança!, mas que já estava morta no filme, ou devia estar, de modo que Lee se assusta, toma um banho de mar com ela, o que dá oportunidade ao espectador de contemplar o formoso espetáculo daquele esplêndido cadáver de maiô. Lee anda rodeado de mil perigos porque a quadrilha de espiões japoneses não chega propriamente a cair no seu jogo, mas cumpre patrioticamente seu dever até o fim quando desobjetiva, depois aliás de saber que a sua ex-falecida acabara de morrer de novo, em virtude de uma aplicação de vapor que lhe haviam feito os filhos-do--sol-nascente e mais um filho-de-Hitler que andava também espionando no canal. De maneira que a essas horas a menina deve andar a toda, aí pelos espaços.

Lee morre numa luta final, boxe contra jiu-jítsu, com o tal chefe da espionagem japonesa, que era um verdadeiro faixa negra. A luta decorre assim, em linguagem quase japonesa: Lee avança, japonês dá balão em Lee; Lee levanta, japonês dá cutelada na cara de Lee, Lee cai; Lee levanta dá soco na cara de japonês, japonês cai! Cai, finca pé na "baliga" de Lee, Lee vai longe Lee cai, Lee levanta, dá mais soco, japonês pega "levólver", Lee tira "levólver" da mão de japonês, dá soco na cara de japonês; japonês pega espada de fazer haraquiri, vai em cima de Lee; Lee sai da frente, espada pega na mesa, Lee dá com a mesa na cara de japonês, japonês cai; japonês levanta dá cutelada, uma, dois, "tes", "quato", na cara de Lee; Lee aguenta cutelada, dá soco. Aí entra gente, Lee mata japonês com "tilo", outro japonês mata Lee, "amelicano" entra mata tudo japonês, fita acaba.

Seção "Cinema", *Diretrizes*, Rio de Janeiro, 3 de outubro de 1945

ESPOSA DE DOIS MARIDOS

A nova comédia do grande diretor americano Sam Wood — seguramente o maior diretor americano vivo — é, a meu ver, o mais insignificante dos seus trabalhos. Digo insignificante falando em termos de Sam Wood, porque *Esposa de dois maridos* é uma boa comédia que reforçaria o nome de qualquer outro diretor. Mas Sam Wood é Sam Wood, e há que ser severo com o homem que assinou filmes como *Em cada coração um pecado*, *Ídolo, amante e herói* e *Por quem os sinos dobram*, sobretudo o homem cuja obra desperta um grande diretor como Raoul Walsh (*Três dias de vida*, *O ídolo do público* e *Um punhado de bravos*) não pode ser julgado dentro do padrão comum. Em *Esposa de dois maridos* Sam Wood produz um trabalho inferior a *O diabo é a mulher* ou mesmo *Casanova Júnior*. Se me pedissem para definir numa palavra a razão da profunda tristeza que me ficou depois de assistir a *Esposa de dois maridos* eu diria que tudo me veio de verificar como uma "ligeireza" do grande diretor. Não digo leviandade — o termo é muito forte, mesmo dentro do rigor que exigem as fraquezas de Sam Wood. Mas ligeireza me parece exato. É ligeireza, por exemplo, e não leviandade o que faz um escritor famoso dar seu nome a uma tradução que nem sequer leu, ou um cronista ocupadíssimo pedir a outra pessoa que termine a crônica exigida para aquele dia. O filme de Sam Wood nos comunica uma semelhante sensação, embora mostre, aqui e ali, um sinal mais visível de sua passagem. Mas no meio da impressão geral que prevalece — de coisa não autêntica — acaba-se até meio sem jeito para gozar esses pequenos detalhes, o gosto completamente estragado pela desconfiança de que, talvez, até aquilo tenha vindo do diretor oculto — ou do tradutor ou do cronista oculto, conforme o caso — que se diverte de todos nós, leitores ou espectadores.

Seção "Cinema", *Diretrizes*, Rio de Janeiro, 5 de fevereiro de 1946

CINEMA E TEATRO

A propósito do concurso promovido pelo cronista Jonald, nosso confrade de *A Noite*,[1] para a escolha dos melhores diretores, artistas e celuloides nacionais e estrangeiros de 1945, ao qual infelizmente não pude comparecer, preso por deveres inadiáveis, tendo votado pelo telefone — a propósito desse concurso, dizia eu, onde se evidenciaram tão claramente o interesse e a competência dos responsáveis pela nossa crítica de cinema, julgo-me na obrigação moral de fazer uma justificação de voto. A razão é que, embora *Apenas um coração solitário*, o filme do diretor Clifford Odets, que ganhou o concurso, me pareça uma notável transcrição cinematográfica, vê-lo três pontos acima de *Um punhado de bravos*, que tirou o quarto lugar, me traz de volta a uma velha ideia que eu tenho, de que o conceito usual de cinema encontra-se ainda profundamente penetrado de noção literária de enredo e da peste da ação teatral. A mim me parece que os cronistas brasileiros efetivamente votaram no que de mais representativo passou em 1945, com exclusão de três ou quatro filmes, e a inclusão dos francamente ruins *Wilson* e *Um passo além da vida* e dos terríveis *À noite sonhamos* e *O vale da decisão*, que considero obras anticinematográficas. O que acho curioso é que, na votação, o cinema só comece a aparecer realmente a partir do terceiro filme votado, que foi *O arco-íris*, de Mark Donskoi. Em quarto vem *Um punhado de bravos*, que ponho muito de longe acima de quaisquer dos filmes considerados, como uma diferença de pelo menos Himalaia para o Pão de Açúcar. Um filme como *O general Suvorov* vem em sexto lugar, empatando com *Seu milagre de amor*, o que acho absurdo, e, já aqui mais justificadamente, com *O ídolo do público*, esse um excelente celuloide.

Os dois filmes mais votados, *Apenas um coração solitário* e *Laços humanos*, ambos da melhor qualidade como transcrições cinematográficas, me parecem no entanto conter, sobretudo o segundo, uma carga literária que dilui o elemento cinematográfico propriamente dito. São filmes deliciosamente inteligentes, de uma humanidade frequentemente banal, mas de grande poder

---

1 Referência a concurso de cronistas de cinema promovido pelo jornal carioca *A Noite*, tendo à frente o crítico, e também cineasta, Jonald (pseudônimo de Osvaldo de Oliveira). Vinicius de Moraes não participou do encontro dos profissionais na Associação Brasileira de Imprensa (ABI), em 4 de fevereiro de 1946. O resultado da enquete foi anunciado no dia 6 de fevereiro, em *A Noite*.

emotivo, e garantidos nesse particular pela ação de bons atores experimentados. Mas não são filmes de cinema.

É certo que os diretores Clifford Odets e Elia Kazan, responsáveis, respectivamente, por ambos, procuraram do melhor modo resolver em termos de cinema o material literário que tinham em mão. Mas o teatro é uma força presente em ambos, em *Laços humanos* especialmente, e isso é o bastante para invalidar um filme do ponto de vista da sétima arte. Já *Um punhado de bravos* é uma autêntica criação cinematográfica, feita toda com o melhor cinema, usando os recursos genuínos da arte com uma maestria e uma dignidade raras. Assim sendo, respeitada a capacidade com que os cronistas escolheram os filmes e os diretores — que, repito, foram de fato os melhores de 1945 —, faço a minha ressalva quanto à inversão que constitui estarem *Apenas um coração solitário* e *Laços humanos* acima de *Um punhado de bravos*, *O ídolo do público*, *O general Suvorov* e *O arco-íris*. Cinema é Cinema e teatro é teatro e literatura é literatura. O conceito é óbvio mas é verdadeiro. O teatro atrapalha sempre o cinema, quando intervém num filme.

Seção "Cinema", *Diretrizes*, Rio de Janeiro, 8 de fevereiro de 1946

A FERRO E FOGO

O Metro Copacabana estava anteontem num dos seus melhores dias. Lá se encontravam o sujeito que mia de gato na hora dos beijos, o sujeito que ri atrasado, o sujeito que toca uma gaitinha nas cenas trágicas, todos num ambiente de maior confraternização. Não sei se foi a noite, que se ofereceu fresca e agradável, depois de um dia de calor pavoroso, mas a rapaziada de Copacabana deu tudo em matéria de bom humor e alegria de viver diante de uma tela razoável, num programa cheio de pequenos filmes, uns *short*[1] malfeito sobre Leonardo da Vinci, mas em compensação uma boa viagem de Fitzpatrick a Monterrey, no México,[2] e um ótimo desenho, muito divertido, de rato, gato e cachorro em correrias infernais.

O filme principal *A ferro e fogo* não era nada ruim. Um faroeste bem cuidado, com boas cenas ao ar livre, lutas contra índios e uma forra em grande estilo, dessas em que o mocinho sai sozinho, de noite, pela cidade deserta, para pegar os bandidos, em encontro cara a cara. A sala estava tão sadia que numa hora lá, quando uma cantora gorda de *saloon* canta uma canção em que o estribilho é "bum bum bum", imitando tiro de revólver, toda a assistência entrou no coro. Também James Craig faz misérias, enquanto transporta, através de regiões desérticas, uma locomotiva que deve ser entregue em Omaha, contra todo o bando que acompanhava, que era pela permanência do carro de boi. Trata-se de um rapagão simpático, com uma boa cara ingênua, e de massa respeitável para uma briga. Isso é que eu achei, pena não ter havido uma boa briga, porque o vilão merecia apanhar uma boa surra, de tão calhorda.

O golpe de espantar os índios com o vapor da locomotiva é francamente absurdo, mas de um absurdo bom, que revela imaginação por parte do diretor. Gostei de ver esse western, onde, como quase sempre, há mais cinema que nos filmes chamados psicológicos. Às vezes a Metro se redime dos seus *O vale da decisão*, que não compreendo como foi considerado nos Estados Unidos, em quase toda parte, um dos maiores filmes do ano, tendo Greer Garson ganhado uma medalha pelo desempenho que nele teve. Que se dê uma medalha a Greer

---

1 Ver nota em "A Semana Antituberculose", p. 162.
2 Referência ao filme *Song of Mexico* (1945), de James A. FitzPatrick.

Garson, nada mais justo: Manuel Bandeira outro dia já traçou muito bem seu retrato, falando naquele ar de seda esgarçada que ela tem, de rosa antiga. Mas dar-lhe uma medalha por causa de *O vale da decisão*; francamente, parei!

Seção "Cinema", *Diretrizes*, Rio de Janeiro, 9 de fevereiro de 1946

A MORTE DE UMA ILUSÃO

Eu creio difícil se fazer fita mais chata que esta atualmente em exibição no Parisiense. Olhe que eu sou duro de dormir em cinema… Pois bem: da segunda metade em diante fui lentamente deglutido por um sono insopitável a que só perturbava a sensação da presença de Dorothy Lamour na tela. Mas foi um dormir delicioso, de uns vinte minutos, na sala bem ventilada, talvez bem ventilada demais.

A fuga à xaropada que Steinbeck (sempre suspeitei que se tratasse de um impostor) arrumou para o diretor Irving Pichel rodar pagou os oito cruzeiros chorados da entrada. Oito cruzeiros, *mamma mia*! Lembro-me de quando eu ia a cineminhas de bairro ao preço de mil e duzentos. Era no antigo Guanabara, e nós, cinco garotos amigos, tínhamos uma namorada comum, guria de vila de Botafogo, que alternava quinze minutos com cada um, deixando pegar na mão, enquanto os outros esperavam pacientemente em fila, no fundo da sala. Dois desses amigos deram aviadores, sendo que um já morreu, tragicamente. O terceiro eu encontrei, faz uns dois anos, de maneira curiosa. Entrara para tomar uma média naquele cafezinho que tem ao lado da Farmácia Orlando Rangel, ali na esquina de Voluntários. Quando o garçom chegou, levantei a cabeça para vê-lo, e notei que ele me olhava com curioso olhar, quase de emoção. De imediato, não o reconheci, mas a coisa me violentou de tal modo a memória que súbito tudo me ocorreu. Ergui-me para abraçá-lo, ele de jeitão modesto, envergonhado da profissão em que eu o encontrava. Falou-me afetuosamente, de plena ciência dos meus pequenos sucessos na vida e na literatura. E eu, ante a sua encabulação, fiquei num terrível mal-estar, com raiva quase de tê-lo encontrado, e sem saber o que lhe dizer. Dos outros dois, nada mais soube nem da guria. Recordo confusamente sua cara de menina possuída de uma gula incontrolável de viver. É possível que tenha casado e seja uma dona de casa burguesa, como acontece tanto com criaturas desse temperamento.

Mas, voltando a *A morte de uma ilusão*, que é como se chama o filme: que joça, que falta de critério, que desaforo fazer uma coisa assim! Tudo com um ar pseudamente patriótico, fazendo propaganda do modo americano de ser, mas de um modo que constitui uma antipropaganda. Arturo de Córdova e J. Carrol Naish são dos piores atores do mundo, sobretudo este. O catatau tem vagas pretensões socialistas, por tratar de gente pobre. Eu por mim mandava Pichel fuzilar Steinbeck e se enforcar em seguida em tanto celuloide inútil.

Seção "Cinema", *Diretrizes*, Rio de Janeiro, 11 de fevereiro de 1946

CINEMA DE VARANDA

Acabo de descer de Teresópolis, onde passei dois dias no sítio de Lea e Luizito Pederneiras. Foi ótimo conhecer o lugar, onde nunca tinha estado, ainda mais em casa tão amiga, bem escondida entre as grandes serras que os primeiros ipês e quaresmas começam a colorir. De volta trago ainda hoje o sossego das ramagens rendadas dos pinheiros velhos contra o cristal do ar, o adormecimento das *pelouses* frescas, na hora mansa da tarde. Tudo bem povoado de ruflar de asas brancas e de arrulhos, de cantos límpidos de pássaros, sobretudo da vozinha do passarinho mais lindo da região, a filhinha de um ano do casal, Gildinha, com quem eu entretive um flerte delicioso.

Já nem quero falar do calor com que me hospedaram esses anfitriões perfeitos, dos banhos de piscina, no Hotel Fazenda da Paz, das lições de badminton dadas por ele e de arco e flecha dadas por ela. Quero antes contar sobre o cineminha à noite, projetado na varanda da casa, nós confortavelmente instalados, e a "maquininha" rodando, rodando com um barulho que acabava por se misturar ao ruído informe da montanha em torno. Pude, assim, mesmo longe dos meus deveres de cronista, prosseguir na velha tête-à-tête que, desde os quinze anos, venho mantendo com a arte da imagem. Um após outro, Luizito Pederneiras projetou excelentes *shorts*[1] em 16 mm de Castle Film. Maravilhas da natureza e… do esporte; lances emocionantes em automóvel, lancha, ski, motocicleta, trampolim; aventuras loucas de verdadeiros tarados do perigo; a tudo isso pude assistir — e inclusive a grandes sínteses históricas da última década — numa pequena varanda noturna de um sítio em Teresópolis. Confesso que poucas vezes vi, em tão pouco tempo, tanto "cinema", como cinema deve ser entendido: a imagem em movimento revelando a ação em toda a sua plenitude, capaz de emocionar pela realidade transmitida e pelo que deixa de margem à imaginação.

Foi muito bom. Foi tão bom que chegou a me dar uma tristeza. Quando, pensei eu, em todas ou no maior número de casas do mundo, pessoas que se amam poderão, juntas, ver o seu cineminha noturno?

Seção "Cinema", *Diretrizes*, Rio de Janeiro, 12 de fevereiro de 1946

---

1 Ver nota em "A Semana Antituberculose", p. 162.

AS AVENTURAS DE MARK TWAIN

O cinema tem a felicidade, e a infelicidade, de ser uma arte, ou melhor, um meio de expressão polivalente. Essa capacidade torna-o um instrumento de cultura no sentido tanto lato quanto restrito da palavra, isto é: um instrumento da arte do cinema propriamente dita (Chaplin, Eisenstein, Griffith, King Vidor, Sam Wood, Abel Gance, Stroheim, Pudovkin etc.: criadores de cultura no grande sentido), e um instrumento de educação (os documentaristas, os cine-biógrafos, os cine-historiadores, os cinejornalistas, os cine-educadores etc.). Naturalmente são ambos meios legítimos, e não seria eu que iria contestar a validade do cinema educativo, cuja utilidade esta guerra acaba definitivamente de provar. Mas a verdade é que só o cinema enquanto arte da imagem em movimento tem o que acrescentar ao conhecimento humano, de um ponto de vista superior. Haja vista os filmes como este *As aventuras de Mark Twain*, que a Warner acaba de nos dar, sobre a vida do grande humorista americano. Um filme bom, cuja validade é certa, sobretudo pelo cuidado material observado na sua realização: e como tal de valor educativo. Mas que, do ponto de vista do cinema, carece completamente de substância, e, assim sendo, resta antes como um excitante que um propagador de cultura.

Mas está certo, e antes assim. É preferível um filme como este, que, em todo caso, incute no espectador uma curiosidade sobre um grande homem, e um interesse efêmero pela literatura, que a obra pseudo-histórica de um Cecil B. deMille, por exemplo. DeMille é um cabotino como Emil Ludwig, ou num plano ainda mais baixo como o aventureiro Frischauer, biógrafo de Getúlio Vargas. O diretor Irving Rapper, que fez *Mark Twain*, não: é um homem sem voo porém honesto, e cheio das melhores intenções. Isso faz seu filme agradável, embora aqui e ali bastante alvar. Pena que para o final o celuloide se vá mostrando mais e mais exangue, aparecendo os velhos motivos característicos da indústria, como a turnê de Mark Twain e o fim lacrimejante, francamente besta. O começo é bom, enquanto o filme conserva o tema do rio, e depois do Oeste americano. Há ali uma certa força espontânea, que é a força da terra e do homem comum, e que não deixam de emprestar grandeza à película. Acho que *Mark Twain* pode perfeitamente ser visto.

Seção "Cinema", *Diretrizes*, Rio de Janeiro, 13 de fevereiro de 1946

JACQUES FEYDER, NO PATHÉ

Uma boa novidade desta semana foi o lançamento de um filme autenticamente francês, na Cinelândia: *Identidade desconhecida*, assinado por um nome como Jacques Feyder. Pode-se ter quanto quiser restrições com relação ao cinema de Feyder: e para esclarecimento do leitor eu lembro dois de seus filmes: *A quermesse heroica* e *Viajantes*, ambos com François Rosay. Eu, por mim, tenho algumas; por exemplo: tenho raiva da admiração que nutro pela sua inteligência plástica, seu fabuloso senso da imagem considerada em si, que o fazem o cineasta vivo mais próximo da pintura. De fato, Feyder trata a imagem como um pintor, trabalhando-a no sentido da composição e, poderíamos dizer, da "cor", com uma virtude de grandes mestres. Quem se lembra de *A quermesse heroica* sabe o que quero dizer. Acontece porém que isso não é cinema, e Feyder só consegue atingi-lo sempre que se liberta desse virtuosismo plástico em que se viciou para compor. A gente fica bobo com a beleza de cada cena, o equilíbrio da composição, o colorido dos acessórios e a harmonia de sua distribuição; mas, num julgamento cinematográfico do que se vê, força é lamentar que Feyder não punha na montagem o cuidado com que arruma a imagem isoladamente. Há no seu cinema uma desproporção entre a sucessão e o ritmo interior das imagens, embora às vezes ele se liberte e ganhe em profundidade, como nesse *Identidade desconhecida*, nas cenas do delírio da professora dentro do colégio vazio. A sequência está longe de ser perfeita (Feyder podia perfeitamente ter evitado as miragens que a professora vê, das alunas brincando e dançando por ali) mas assim mesmo a invasão do cinema é grande, e traz ao filme uma nova atitude.

Trata-se, aliás, de um celuloide de inegável qualidade, com o principal defeito, para mim, de ser mais um pretexto para a extraordinária versatilidade de François Rosay como atriz que uma obra onde o diretor procurasse fazer cinema antes de tudo. É claro que François Rosay é uma maravilha, uma atriz como se encontrará pouquíssimas, mas a intenção, no caso, prejudica a força total da película. A coisa fica com um ar de volume de contos, de contos muito bem contados, e, nesse particular, constitui uma pura delícia para a inteligência. Mas o verdadeiro tema revela-se é no coração, e esse gênero de emoção que causa um filme como *Um punhado de bravos* não se chega a realizar em *Identidade desconhecida*. A ação, também, tende frequentemente para um modo anticinematográfico, dando todas as "chances" ao ator e poucas ao cinema. Enfim, se julgo o filme com essa severidade é que, diante da produção comum, ele me agradou imenso, apesar de tudo. Há uma profunda beleza em várias cenas, quando a narrativa dos casos individuais se executa. A história da Tona, camponesa suíça, e depois a da italiana Flora, dá margens a alguns instantes muito bem aproveitados pela câmera. A parte, contudo, da professora, malgrado certo defeitos incompreensíveis num homem do bom gosto de Feyder, é a que considero mais importante, porque, feita com elementos do verdadeiro cinema, provoca por alguns minutos — em mim pelo menos provocou — o mistério da sua eclosão.

Aconselho a todos uma visita a esse filme que nos carrega por hora e meia para mundos imaginativos melhores que os propiciados pelo *O vale da decisão* ou *...E o vento levou*, com reticências e tudo.

Seção "Cinema", *Diretrizes*, Rio de Janeiro, 14 de fevereiro de 1946

O TÚMULO VAZIO

Mais uma vez Robert Louis Stevenson fornece material para uma fita de cinema. Desta feita com *O túmulo vazio*, cuja direção foi entregue a Robert Wise, que, quero supor, não seja o mesmo Wise do expressionismo alemão da grande época do cinema plástico anterior ao nazismo. No entanto, quase poderia sê-lo, com um pouco de boa vontade. Quem se lembra de *O gabinete do dr. Caligari*, o clássico famoso de que há por aí uma cópia em 16 mm — foi por sinal projetada por ocasião do meu debate com Ribeiro Couto, na sala de Serviço de Divulgação da Prefeitura —,[1] há de notar que no final da película americana, quando o médico fica louco na carruagem, a valorização do preto e branco é feita muito à maneira daquela escola alemã, com a contraposição violenta do elemento branco, representado pelo cadáver de Boris Karloff, com o elemento negro representado pelo médico enfatiotado de acordo com o tempo. A coisa é, aliás, de um belo efeito, essa luta entre as duas figuras, o morto e o vivo, aquele meio que em *flow*, quase diáfano, a cair para um e outro lado na boleia da carruagem alucinada dentro da noite.

Quanto ao resto, o filme não acrescenta nada ao já feito, em matéria de horror. É uma película bem cuidada, do ponto de vista da fotografia sobretudo, apresentando aspectos plásticos curiosos. Mas, conforme já tive ocasião de afirmar aqui, o cinema que se baseia primeiramente no plástico sofre de saída um handicap. O cinema não é uma arte plástica. Foi esse sempre o principal defeito do cinema alemão e dos seus maiores nomes. Houve grandes exceções, e basta citar [E. A.] Dupont ou Stroheim, este pertencendo mais ao cinema americano, mas com raízes irremovíveis no cinema europeu. Mas lembrem-se de Fritz Lang, lembrem-se de [Georg Wilhelm] Pabst, dois diretores de grande talento, sobretudo o segundo, e reconhecerão a verdade do que digo. A tendência para o excesso de valorização do plástico terminou por deixá-los num impasse, que foi para o primeiro um filme como *Metrópolis*, e para o segundo filmes como *A ópera dos três vinténs...* ou *Atlântida*.

O túmulo vazio conta a história da luta de um médico contra os precon-

---

1 Vinicius de Moraes e Ribeiro Couto travaram intenso debate público, no qual o primeiro defendia o cinema silencioso enquanto o segundo batia-se pelo cinema falado. Foi Vinicius quem conseguiu que uma sala do Serviço de Divulgação da Prefeitura exibisse filmes com a projeção seguida de debate.

ceitos da sua época. Precisava de cadáveres roubados para trabalhar. Acontece que a coisa era tão lucrativa para o ladrão que o servia (Boris Karloff), que este pôs-se a cometer uns pequenos assassinatos. Há uma cena entre Karloff e Bella Lugosi, dois técnicos do horror, que deve ter feito a delícia dos aficcionados. O final é a melhor coisa do filme. Pode-se ver.

Seção "Cinema", *Diretrizes*, Rio de Janeiro, 20 de fevereiro de 1946

FEIRA DE BAIRRO

Duas fitinhas menores no Ipanema, foi esse o meu programa noturno de anteontem. *Lágrimas e sorrisos* é uma valsinha para cítara, tocada por mão inexperiente. Filme cem por cento saldo de mercadoria. A estrela, uma adolescente cantante, me fez fechar os olhos quase sempre que aparecia, porque a voz não era ruim, mas a cara, meu Deus, a cara e o corpo também, que mal-acabados![1] Dava a impressão, sei lá, de que a garota estava com a frente para as costas, ou então que alguém tinha sentado em cima dela ao nascer. Uma menina muito esquisita, tadinha, com uma cara extraordinariamente adulta onde um buço talvez desse um arranjo. A voz, bem boa, na linha da de Judy Garland, outra adolescência teratológica, a quem, aliás, a nossa heroína imita bastante…

A fita conta a história de uma família de pequena cidade americana, onde vai dar um casal fugindo de dois gângsteres. O casal é inocente, e sua presença passa a ser a alegria da casa do lugarejo. Mas os gângsteres localizam o rapaz, e afinal é uma pequena aventura de roubo de banco com automóvel à porta, perseguição da polícia, salvamento do mocinho por um gângster sentimental ferido à bala, que sabia que ele ia ser pai etc. A menininha, esdrúxula, canta umas canções, com uma cara de rum creosotado. Há o golpe de aproveitar o microfone, em meio a uma irradiação, para avisar ao mocinho foragido a sua próxima paternidade.

A segunda fita melhora muito o programa,[2] quando não fosse pela presença de uma veterana de classe como é Ann Dvorak, morena de ótima pinta, com um nariz grande que é um dos maiores monumentos da humana paixão que já me foi dado a ver; John Wayne, o simpático rapagão de tantos filmes em que decisão e coragem são personagens principais, veicula romance, através de seu modo preguiçoso, distribuindo aqui e ali uns socos fulminantes, à Flash Gordon. Barbary Coast é o cenário desse folhetim, e a competição entre grandes jogadores é tema dentro do qual ódio e amor se dão as mãos, nas disputas das melhores cartadas e mulheres da terra. Há panoramas do rancho de John Wayne (ou melhor, da personagem que ele encarna) em Montana, que são de

---

1 A atriz é Mary Lee.

2 Trata-se do filme *Um dia voltarei* (1945), dirigido por Joseph Kane.

uma grande beleza fotográfica. Mas o melhor é mesmo Ann Dvorak, causticando o coração da gente com sua voz de violoncelo, uma voz de garganta que lembra singularmente a da Marlene de *Anjo azul* e a de *Marrocos*, o que não é dizer pouco.

Seção "Cinema", *Diretrizes*, Rio de Janeiro, 1º de março de 1946

TURBILHÃO DE MELODIAS

Anteontem uma amiga minha e prima, com quem fui ao Ritz ver *Turbilhão de melodias*, comentou na saída, para minha mulher, que não sabia como é que eu podia ser crítico de cinema, quando eu me divertia tanto com qualquer fita. Eu podia responder como Bilac: "Amai, para entendê-las". Porque a coisa é justamente essa: o conhecimento transmitido por uma grande afinidade. Eu gosto mesmo de qualquer fita, seria mentir dizer que não. E como acontece em tudo o que a gente ama espontaneamente, a crítica se processa "dentro" da participação mesmo da coisa. Confesso que só começo a pensar criticamente sobre cinema depois que saio da sala, ou então numa segunda visita. Agora, o processo crítico vai, naturalmente, se realizando no próprio ato de ver. Uma vez ao ar livre, eu me ponho sempre a pensar sobre o que vi surgindo, sem um grande esforço intelectual.

No caso de uma fita como *Turbilhão de melodias*, nada disso é necessário. Trata-se de uma produção feita para o grande público, com o fim exclusivo de divertir a grossa. De maneira que, ou o sujeito gosta também de música, de nonsense, de piada, de muita bobagem (e se diverte, como eu), ou não gosta, é um tipo sério, ligado apenas às coisas transcendentes. Mas o problema da crítica não se coloca, a não ser da crítica dos detalhes da produção dos números, da qualidade dos participantes etc. É claro que se pode fazer grande cinema com um musical: e isso nada mais exigiria que o talento de um diretor que tivesse também gosto por música e comédia. Mas o geral são as produções despretensiosas como essa, onde a questão do cinema não se coloca, apesar da vontade que o diretor teve de fazer o seu cineminha aqui e ali: uma vontade ingênua que não resulta de mau efeito; como nas apresentações de Gene Krupa e sua banda, ou em certos trechos de bailados.

A grande coisa de *Turbilhão de melodias* é mesmo a informal Joan Davis, fazendo macaquices do princípio ao fim, uma atriz de bons recursos mímicos; do gênero pastelão, e sabe cantar, dançar, cômica a ser feita sem o menor complexo de inferioridade. Seu comparsa Jack Haley, um *old-timer*,[1] esse eu sempre achei um cacetão. Ethel Smith dá um número ao piano que deve ser

---

1 Em inglês, "velho".

bom, mas que nos aparelhos do Ritz não deram resultados. Gene Krupa ótimo, apesar de o terem mascarado muito. A menina dança com graça. É um filme George White, o dos *Escândalos*.[2]

Seção "Cinema", *Diretrizes*, Rio de Janeiro, 12 de março de 1946

2 Referência ao filme *Escândalos na Broadway*, de 1935.

O TEATRO E A JUVENTUDE

A atual geração não se interessa pelo teatro. Prefere o futebol, o cinema e o foxtrote. Conhecemos um grande número de jovens, sobretudo do sexo masculino, que nunca tiveram a curiosidade de entrar numa casa de espetáculos para espiar o que se passa lá dentro. Entretanto, a nossa mocidade não tem culpa nenhuma disso. Os nossos jovens habituaram-se, desde crianças, a frequentar os cinemas, a jogar o futebol nas calçadas, e a ouvir foxes nas vitrolas dos papás. Não tiveram o seu teatro e já não encontraram o circo, que as "exigências legais em vigor" expulsaram para as cidades do sertão, ou fizeram desaparecer. Portanto, educados para o cinema, o futebol e o suingue, os jovens de hoje não estão em condições de apreciar o teatro. Por outro lado não há em nossas escolas um curso de artes cênicas, embora em todas elas se pratiquem esportes e se faça, precariamente, um pouco de cultura física. Se, ao menos, nos cursos de literatura o teatro fosse convenientemente tratado, seria muito maior o número de espectadores. O que se observa a esse respeito é que as vesperais dos nossos teatros são muito procuradas pelas moças que frequentaram colégios religiosos, justamente os únicos que incluem em seus cursos a literatura teatral clássica. Devemos, por consequência, louvar a ideia do sr. Nóbrega da Cunha, atual diretor do Serviço Nacional de Teatro,[1] de obter que o teatro passe a constituir atividade normal na vida escolar. Há 927 ginásios reconhecidos em todo o território nacional, além de seiscentas escolas normais, ou seja, 1500 estabelecimentos do segundo grau. Frequentam esses cursos secundários mais de 200 mil estudantes. Se se conseguir que toda essa gente tome um pouco de interesse pelo teatro, em pouco tempo teremos novos artistas, novos diretores, novos cenógrafos e, sobretudo, novos espectadores, que é precisamente o de que mais precisa o nosso teatro. Resta apenas que o sr. Nóbrega da Cunha encontre apoio para a sua ideia nos seios de proprietários de colégios e dos professores, já que se trata de um problema de educação, que não deve ser estranho ao próximo

---

1   O SNT foi criado em 1937 por Gustavo Capanema, ministro da Educação e Saúde Pública durante o governo de Getúlio Vargas. O órgão, em 1978, seria absorvido pela Fundação Nacional de Arte (Funarte). Em 1981, outra reforma o transformou em Instituto Nacional de Artes Cênicas (Inacen). Em 1987, mais uma mudança administrativa deu ao órgão nova condição, passando a se chamar Fundação Nacional de Artes Cênicas (Fundacen).

Congresso, a reunir-se ainda este ano.[2] Entretanto, o diretor do Serviço Nacional do Teatro não deve empolgar-se pela sua excelente ideia ao ponto de desprezar as medidas urgentes que a classe teatral está aguardando, e que estão previstas no Plano Massot, e estatuídas pelos decretos que até hoje não foram executados.

Seção "Cinema", *Diretrizes*, Rio de Janeiro, 25 de março de 1946

2   Referência ao fato de que, depois da ditadura do Estado Novo, que manteve o Congresso fechado por nove anos, o Congresso Nacional só viria a ser reaberto em 1946.

VESTIU UMA CAMISA LISTADA E SAIU POR AÍ...

Eu não gosto de parecer muito patriota demais, mesmo porque a pátria é uma coisa tão íntima que se se começa a deixar extravasar-se baixa uma espécie de estado declamatório e o mínimo que acontece é começar a ouvir ao longe os acordes do "ouviram do Ipiranga" acompanhado de um rufar de tambores. Sobretudo no estrangeiro, e no estrangeiro, particularmente em países anglo-saxões, onde a ignorância sobre o Brasil exige um patriotismo sutil como um duelo a florete.

A progenitora também. O caso é que são coisas tão ligadas ao melhor e pior de cada um, que o papel é manter a respeito um silêncio inteligente sempre que não se tratar de uma propaganda discreta. Verde-amarelismo rima com integralismo, e, embora mãe não tenha rima no idioma nacional, é impossível a pessoa não se lembrar daquele soneto, creio que do venerando conde de Afonso Celso, que acaba, se não me engano: "ser mãe é padecer num paraíso", o que pode ser verdade, mas é uma verdade que encabula. Porque o fato é que a pátria e a progenitora podem facilmente tornar-se coisas de mau gosto, quando se as ama como elas gostariam que se as amasse. Confesso que prefiro muito a mãe do soneto do conde, aquela do poema de Mário de Andrade, e milhões mais a pátria lírica de Casimiro ou Manuel Bandeira à pátria adamantina e papagaiada que Bilac e seus escoteiros inauguraram e à qual o infamérrimo no DIP devia dar plena força, ao tempo do passado ditador.

Um dia uma pequena daqui de Hollywood, uma dessas louro-odontolindas pequenas daqui de Hollywood, perguntou a Carmen Miranda se era verdade que nas ruas do Rio tinha muita cobra: ideia bastante espalhada entre o setor mais ignorante do povo americano, acho que em parte devido ao bom nome do Butantã por estas paragens. Carmen não se perturbou, coisa que certamente aconteceria com a minha amiga Rosina Cozzolino, que o Brasil conhece melhor sob o nome de Pagã, ou meu amigo o jornalista Alex Viany, que pegam fogo fácil sempre que se trata de uma restrição qualquer à pátria. Carmen adotou seu jeitão mais natural e respondeu:

— É sim, *honey* — (*Honey* quer dizer mel e corresponde ao "meu bem" brasileiro). — Tem muita cobra. Tem cobra que não acaba mais.

E, voltando-se para os outros circunstantes, prosseguiu:

— Imaginem que tem tanta cobra nas ruas do Rio que as autoridades resolveram criar um passeio especial para elas. De maneira que a gente vem pela calçada de cá, as cobras vão pela calçada de lá, e passa gente de cá, cobra de lá, é uma coisa louca. Quantas vezes não me aconteceu vir assim muito bem e a cobra me dizer: "Alô Carmen!" e eu dizer para ela: "Alô cobra!".

A pequena em questão montou num porco danado, a piada correu, os comentaristas de rádio deram boa risada. Milhões de pessoas ficaram sabendo que é ridículo perguntar se tem cobra nas ruas de uma cidade como o Rio, que afinal de contas não fica a dever nada a nenhuma cidade americana. Pois tal é o patriotismo de Carmen. Não que ela se engane comercialmente sobre a pátria. Trata-se de uma realista *d'abor.*[1] Carmen sabe exatamente o que Hollywood \$ignifica[2] para ela, dado o nome que conseguiu. Sua popularidade é enorme. Tampouco ela se engana sobre a qualidade da maioria dos seus filmes. Mas, de um jeito ou de outro, vai tentando consertar os arranjos quadrados que os orquestradores fazem para os seus sambas, e já tem conseguido resultados apreciáveis. A coisa é que Carmen faz tudo com uma bruta personalidade e o pessoal dos estúdios a adora. Essa personalidade e dois terços do Brasil, de modo que o Brasil e Carmen, mesmo querendo, não se largam pelo menos enquanto ela não está dormindo. E não se engane a pátria: Carmen tem feito muito pelo samba nos Estados Unidos, e se nisso entrar alguma dose de sorte, não é da conta de ninguém. O caso é que ela tem feito. Antes da guerra o Brasil era para o homem comum americano o país de onde vinham o café e a castanha-do-pará. Hoje é também o país de onde vieram Carmen Miranda e o samba. Infelizmente a média dos que sabem que o Brasil é muitas outras coisas mais ainda é bastante pequena, como se pode deduzir do incidente acima.

Há, é lógico, uns poucos brasileiros que passam por aqui e não vão muito à missa com ela, não sei se porque esperam todo o tempo ver confirmar-se a imagem de Carmen que Hollywood impôs ao mercado do mundo, com um cacho de banana na cabeça e redemoinhando as mãos sem parar. Esses brasileiros, filhos bem-amados do nosso mais cafajeste cabotinismo, se desapontam paradoxalmente ao constatar que Carmen é uma pequena perfeitamente normal, vivendo a maioria do tempo em sua casa em Beverly Hills, ao lado de sua mãe, dona Maria, que cozinha uns petiscos fabulosos, e de sua irmã Aurora, que não precisa de apresentação ("Cidade maravilhosa, cheia de encantos mil!"). Casa, diga-se de passagem, aberta aos brasileiros da colônia, que lá vão quando bem entendem, e aos de passagem que fazem indefectivelmente questão de vê-la. Eu, depois de oito meses em Hollywood, quase que só tenho visto brasileiros naquela casa, tratados todos por Carmen com a sua igual bo-

---

1   Em francês, "em primeiro lugar".

2   No jornal, a palavra aparece grafada assim: com um cifrão em vez de letra s.

nomia. Nisso ela é impecável. Pode ser o xá da Pérsia em carne e osso, ela não lhe vai dar mais atenção, de saída, que a outro presente, sem consideração de classe ou hierarquia. Há quem se queime com isso, mas Carmen não dá bola. Porque há uns que vão chegando, tocando a campainha e anunciando que "querem ver a Carmen Miranda", com ar impertinente. Eu até acho Carmen muito paciente nessa matéria. Palavra que eu punha na rua, com um pé na traseira. Ela não, aceita esses percalços da popularidade com bastante calma. Só não quer que a chateiem. Que fique todo mundo à vontade, a casa é vossa, mas negócio de fazer muita sala, isso não. Ela chega quando quer, sai quando bem entende, se está gostando fica, se não está boceja. Gosta, isso sim, de uma batucadinha íntima, quando lá se encontram os seus do peito, entre umas rodadas de uísque e uns sambas de parafusos. Fala sempre com veemência, colocando a ênfase exclusivamente nos verbos com sua voz fabulosamente grave:

— Você *precisa* ir ao Bocage Room, querido. É infernal, querido. *Imagina* que é tudo bem escurinho, você entra *tropeçando* nas cadeiras. Depois você *se senta* — (tudo isso Carmen diz com mímica abundante). — Aí, meu filho, *entra* um pequenaço todo de branco, com duas velas nas mãos. Grandes efeitos de luz. A turma *fica* zonza. Aí a pequena *se esbagaça*. Canta uns troços, querido, de *matar*. Depois, quando acaba — *imagina* que bossa, menino! —, dá um soprinho na vela de cá, dá outro soprinho na vela de lá, e *de-sa-pa-re-ce*, querido! Mas você já viu só!

Gosto muito de Carmen. Fui pouco a pouco me afeiçoando ao seu modo de ser e hoje em dia somos ótimos amigos. Logo que cheguei aqui, e como não dou particularmente para acocar vedetes, ela andou me manjando meio de longe, enquanto eu me mantinha um pote. Depois, quando viu que não sou homem de dar maior importância ao fato de uma pessoa trabalhar em cinema ou na diplomacia ou no boteco da esquina, sua reserva caiu e nossas conversas tiveram de saída um tom natural. Sei disso porque, mesmo nos momentos em que ela brilha sozinha como centro de todas as atenções, quando dá comigo num canto qualquer tem sempre para o meu lado uma carinha gaiata, com meio metro de riso aberto, o seu belo riso úmido que cala tanto.

Porque, curioso, Carmen Miranda, malgrado uma vida nem sempre de arminhos, malgrado afeições nem sempre fecundas, malgrado as inevitáveis retaliações da carreira, conservou dentro dela essa menina amorosa e meio tímida. Às vezes, só de vê-la em meio à multidão de fãs que a reclama, lhe pede o número, lhe caça autógrafos, eu a sinto, não sei, meio perdida, e me dá uma ternurinha por ela. Pode ser besteira minha — Carmen é uma artista e deve gostar de ser admirada — mas é uma impressão e não custa registrar.

De uma coisa ela não gosta: de que a obriguem a inúteis sacrifícios. Nada de fazer força à toa, que isso é trabalho de relógio. Nada de vãs exaltações. Uma mulher prevenida vale por duas. O amor e as grandes amizades são coisas por demais dolorosas, é preciso ir de fininho. O papel é evitar, tanto quanto possível. Não porque não seja bom; justamente porque é bom demais. Provisoriamente, dormir bem, comer bem, dançar bastante, cantar todo tempo, ouvir muita música, namorar sem perspectiva e dar duro no estúdio: prazeres simples e naturais, que não arranca pedaços da pessoa. E, quando chega a hora de filmar, aí então esquecer tudo. Carmen gosta do trabalho estafante, dos ensaios, das luzes, dos gritos de *action*!, das ordens de *cut*!, dos camarins incômodos onde há sempre uma porção de amigos em visita e que mais tarde resulta na glória dos cartazes, na publicidade glamorosa dos jornais e revistas, na correspondência dos fãs, nos incessantes convites, nas novas ofertas, nos programas de rádio, em toda essa coisa tão autocomplacente. E, naturalmente, todos os deveres que um tal sistema implica. Carmen é popularíssima entre os GI's[3] e tem diploma assinado pelo Secretário do Tesouro por "*distinguished services*"[4] durante a campanha de venda de bônus de guerra. Sua casa em Bedford Drive, na zona mais elegante de Beverly Hills, nunca se fecha à chave. Missões civis ou militares brasileiros lá sempre terão certamente sua festinha. Carmen chega, a princípio, um pouco reservada, depois vai tentando, vai tentando, e quando você vê está rasgando grandes sambas nos braços de eminentes professores ou altas patentes.

Uma boa-praça, repito. Bobagem o Brasil ter ciúmes dela. Ela, dessa ou daquela maneira, trabalha pelo Brasil. Hoje em dia, não se verá um *nightclub* de Hollywood que não toque samba. A mercadoria entrou firme. E entrou pela mão de Carmen. Naturalmente, o crédito não é exclusivamente dela. Aí entra também o talento de Ary Barroso, de meu amigo Dorival Caymmi e uns poucos mais compositores brasileiros com músicas lançadas aqui. Isso com uma boa beirada para os rapazes do antigo Bando da Lua, hoje dissociado, bons instrumentalistas que lhe têm suportado brasileiramente o ritmo e, com poucas exceções, estão sempre ao dispor dela, não só para o trabalho, que rende, como para as festinhas que alegram a alma. Mas o caso é que, mutatis mutandis, esse talento e esses instrumentalistas talvez não tivessem colocação tão imediata não houvesse Carmen com tanta personalidade. Pois esse é o seu segredo: personalidade. Muitas vezes uma voz se impõe, ou uma cara, ou um par de

---

3   Iniciais usadas, durante a Segunda Guerra Mundial, para designar os soldados do Exército e da Força Aérea dos Estados Unidos. A origem seria a expressão *galvanized iron* (ferro galvanizado).

4   Em inglês, "serviços relevantes".

pernas. Em Carmen se misturou de tudo um pouco e deu numa personalidade. Sua voz é pequena, mas ela canta com tanta graça e colorido que ninguém vai nunca pensar em registrar-lhe o volume da voz. O que resulta é ritmo, e aquele ritmo é Brasil. Ainda outro dia me dizia ela:

— Estou doida para *passar* o Carnaval no Rio, querido. Mas um de *desarmar* o esqueleto. Daqueles que a gente pega no sábado, *enfia* pelo domingo, *atravessa* a segunda, começa a *agonizar* na terça e *morre* na quarta. Poxa, eu dava a vida. Sabe como é, não é? Meter a minha fantasia, sair com os morenos aí pela avenida (nesse meio-tempo ela já estava dançando): como é, pessoal, vai ou não vai?

Porque bebes tanto assim rapaz!
Chega, já é demais![5]

Eu fiquei só espiando. Saudades do Brasil. Sozinha. Carmen cantava e dançava como se visse a avenida Rio Branco iluminada e o fluxo e refluxo da massa a impelissem, de lá e de cá, na ginga do samba. As mãos na cintura, como de braços dados com dois invisíveis legionários, ela era toda a loucura do antigo Carnaval carioca, ao retinir das clarinadas dos clubes em trânsito e regougar das cuícas e bater de caixas e monumental percussão. E o povo, esquecido da sua ciumada, vinha rodeá-la, saudando-a com altas manifestações:

— Com'é Carmen?
— Isso aqui é bom mesmo, hein Carmen?
— Canta um negócio aí, Carmen, daqueles teus antigos!

E Carmen cantava, como estava cantando para mim numa súbita mudança decerto obediente a alguma voz íntima que falava de outros tempos, de outros lugares, outras afeições; cantava como convidando o povo, a que deu tantas melodias, a não deixar de amá-la só porque ela venceu em Hollywood:

Taí
eu fiz tudo
pra você gostar de mim[6]

"Cavaquinho e Saxofone", *Diário Carioca*, Rio de Janeiro, 6 de abril de 1947

---

5   Citação do samba "É bom parar" (1936), de Francisco Alves.
6   Citação de "Taí" (1930), de Joubert de Carvalho.

MÉNILMONTANT

Para mim a melhor coisa que há em Hollywood é a American Contemporary Gallery, uma salinha situada ao fundo de uma vila de lojas como é comum aqui, onde alguns jovens, arrojadíssimos pintores modernos, expõem suas deformações nem sempre plásticas.

Gosto muito de pintura, mas confesso que, no caso dessa galeria, não são tanto as telas na parede que me interessam, como uma grande tela virgem, perfeitamente branca, que se Candinho Portinari visse saía logo para um painel.

Nessa tela, poucos meses atrás, no dia seguinte ao Thanksgiving, para ser exato — quando tio Sam mastiga os milhões de perus que o povo lhe oferece em holocausto pelas muitas graças recebidas —, eu vi projetados em sucessão os fabulosos painéis em preto e branco com que o dinamarquês Carl Dreyer criou, em 1928, um dos maiores monumentos da arte do cinema: *A paixão de Joana d'Arc*.

Isso me traz de volta tanta coisa que eu nem sei como tocar a crônica. O fato é que conheci bastante bem Mme. Falconetti, a grande atriz francesa que interpreta de modo inesquecível a santa de Domrémy. Conheci-a aí no Rio, ao tempo do meu debate sobre cinema para o qual ela, por sinal, entrou com um bom depoimento. Tomei até chá com ela na [Leiteria] Brasileira, isto é, ela tomou chá. Lembro-me mesmo que uma vez paguei-lhe um café no Amarelinho, no dia aliás em que íamos para uma palestra de Orson Welles, e eu tive, ocasionalmente, a fortuna de apresentar o Cidadão Kane à Joana d'Arc, tendo ficado ambos muito comovidos. Mas isso já está parecendo conversa do meu amigo Di Cavalcanti quando se recorda de Paris. Voltemos ao que interessa.

Na American Contemporary Gallery funciona um clube de cinema, e quem me conhece já viu que eu não saio de lá, em que repugne a meu amigo Rubem Braga e outros cupinchas daí do Rio. O clubezinho opera em função de filmoteca circulante do Museu de Arte Moderna, apresentando as mesmas séries que se podem ver na excelente sala de projeção da rua 53, em Nova York. E é dirigido por um amor de judia chamada Clara Grassman, que eu de início chamava miss Grassman e hoje em dia chamo simplesmente Clara, tão simpática e inteligente ela é: creio que o ser mais inteligente e adiantado que conheci nos Estados Unidos entre homens e mulheres.

Clara Grassman não faz segredo do seu relaxamento. A galeria parece pilão de casa velha, parece quarto de Murilo Mendes, parece Paris. Se se passa o dedo sobre uma reprodução, digamos, de Utrillo, onde há sempre muito branco, fica aquele risco na poeira. Outro dia a cadeira em que eu me sentava desmantelou-se literalmente sob mim para o grande rir de Clara Grassman. Ao lado ela arranjou um escritório que é também seu quarto de dormir. Aquilo é um poder de livro jogado, fotografia pelos cantos, pedaço de tela, cartão de sócio, ponta de cigarro que é uma loucura: sempre com um olho esquisito de Picasso, um papel de parede de Matisse ou um móvel amarelo de Van Gogh apontando sobre alguma coisa. Ali passa ela os seus dias entregue a um dos mais nobres e árduos misteres que há na Terra: o de incutir e divulgar o gosto pela pintura moderna e pelo bom cinema ao povo americano.

Em dezembro último foi aqui a Parada das Estrelas. É a inauguração oficial do Natal, que em Los Angeles começa um mês antes. Como era nosso Carnaval nos tempos em que a polícia carioca limitava-se ao cumprimento de seus deveres precípuos. Nesse dia Hollywood Boulevard toma o nome de Santa Claus Lane, o que quer dizer: caminho de Papai Noel. Passam milhares de cavalos montados por milhares de caubóis e extras de cinema: milhares de moças de pernas de fora animadas por mirabolantes balizas; passa Sabú montado num elefante de verdade; Léo Carrillo trotando fogoso corcel; Red Skelton fazendo gracinhas; Jack Benny com uma cara chateada e outros patuscos que se está farto de ver. No final passa um carro alegórico à maneira dos daí da Terra, com o velho Noel acenando para a criançada em delírio. A coisa toda traz um milhão de pessoas para Hollywood e Sunset Boulevard (perdoem, mas a megalomania é natural nestas paragens). Sem falar no que se pode ver olhando das sacadas. É um espetáculo curioso no primeiro quarto de hora; depois ingênuo; depois com uma cara estandardizada, acabando por enjoar. Passa muito cavalo demais e a quantidade de pernas nuas não dá vez a que a gente se concentre em nenhuma.

Pois foi essa parada que se cruzou no meu caminho quando eu atravessava o boulevard para entrar na galeria. Fiquei uma fera, mas, como sou um homem controlado, ninguém notou. O caso é que o programa que ia ver me interessava demais, o nº 5 da série 3, sobre o cinema francês de vanguarda. Levavam nada menos que o *Balé mecânico*, dirigido pelo pintor Léger; *Entreato,* de René Clair; *A sorridente Madame Beudet,* de Germaine Dullac, com a Dermoz no papel principal e sobretudo *Ménilmontant,* do russo parisiense Dimitri Kirsanoff, de que ouvira maravilhas. Tudo perfeitamente inédito para mim e se para o leitor não é grego é caso para estar roendo as unhas de inveja.

Felizmente Clara Grassman é uma mulher de espírito, contou com o atraso, de modo que quando consegui passar não tinha perdido mais do que a metade do filme de Germaine Dullac. Vi René Clair e em seguida o experimento de Léger. Fez-se então um intervalo e eu saí para um cigarro com a diretora. Encontrei-a com um ar extraordinariamente excitado e os olhos, que tem muito claros, foscos e dilatados numa expressão que só vem às pessoas quando estão drogadas, sentem desejo físico ou acabaram de passar por algum grande medo.

— Pensei que não pudesse entrar — falei-lhe. — Por que é que a parte da frente estava fechada a cadeado?

Ela fumou nervosamente:

— Por causa da multidão — me disse essa esquerdista, olhando encolhida para fora, onde se comprimia o povo.

Sua boca, ao dizê-lo, teve uma contração, como um cacoete, e eu notei, acendendo-lhe novo cigarro, que sua mão tremia ao ajudar a minha com o fósforo.

Daí não sei como vieram outras pessoas, e a conversa caiu sobre Kafka. Isso dito, assim pode parecer pedante, mas qual. É que na noite anterior, conversando com Alex Viany sobre *A metamorfose*, que ela não conhecia, fiz-lhe sentir a repulsa que a história me causava. Disse-lhe, se não me engano, que Kafka me dava a impressão de um espírito de porco de primeira ordem, parecendo ter por objetivo amolar a paciência do próximo com a sua desagradável morbidez: conceito que deve ser até bastante comum, confesso, apressado da minha parte: porque não conheço Kafka bem, nunca tendo chegado a acabar *O castelo*, e assim sem dados de interesse positivos para julgar o homem e a obra. Mas dissera, e estava dito. A verdade é que a gente fala às vezes esse gênero de coisa antes que o desconfiador se ponha a funcionar.

Repito o conceito em frente de Clara Grassman, sem nada de melhor para dizer, e ela protestou com veemência. Mas — curioso — a veemência do seu protesto não era tanto contra a minha frase feita como contra um imponderável qualquer, alguma coisa monstruosa que se debatia dentro dela, incapaz de se libertar. Seu rosto contrátil se tinha chupado todo e à medida que me falava, meio sem me ver, uma indignação, misto de cólera, esbatia-lhe os traços para além da expressão humana. As frases saíam-lhe explosivas e a sua palidez tinha a acendê-la apenas os olhos muito verdemente abertos e os dentes brancos que se mostravam como os de um bicho na defensiva.

— Que sabemos nós? — verberava por fim. — Quem sabe se o que você chama morbidez em Kafka não é apenas a sua saúde, a normalidade de um ser que de posse de algum segredo pavoroso com relação aos homens e à vida, sabedor do mistério do inesperado e ao mesmo tempo incapaz de guardar para si só sua medonha descoberta, não teve senão o recurso da arte, do romance, para se descarregar, como quem cumpre uma necessidade fisiológica? Que sabemos nós do que está para acontecer no minuto seguinte, e por quê? Que sabemos da origem das coisas, do pânico dos crimes, dos massacres coletivos? Qual é o poder de que se investe uma pessoa para um grito, com um gesto, com uma palavra arrancar de uma multidão tudo o que ela tem de mais selvagem e atirá-la covardemente contra a sua própria unidade?

Olhei para ela. Parecia uma pessoa prestes a matar, ou capaz de, súbito, perder a razão.

— Que foi que houve? — perguntei, já agoniado.

Ela levou as mãos às têmporas, apertando-as por um momento sob o cabelo cortado curto.

— Se isso continuar assim, juro que vou ficar louca. Não é possível a um ser humano viver debaixo de tamanha tensão, nessa insegurança, nessa proximidade do perigo, da violência, do crime…

Outras pessoas haviam entrado para o pequeno aposento e ouviam-se também. Depois fez-se um silêncio, como o que sobrevém aos grandes pânicos. Eu adivinhava, mas sem saber bem o quê, e aquela sensação começou a me angustiar.

— Conta logo, por favor — pedi.

Em volta os outros chegaram-se mais. De relance vi-os todos: um pequeno grupo de judeus, com narizes judeus, pele judia. Só Alex Viany e eu não éramos judeus naquele quarto, e juro que, na antecipação misteriosa do que vinha, senti vergonha de não o ser também.

— Imaginem vocês que eu estava na porta, vendo passar a parada…

De repente seus braços se relaxaram, ela abandonou os ombros e riu:

— Ora, o que é que adianta…

Senti que se reconquistava ao seu ser normal. De fato, sorriu para mim com sua antiga expressão insinuante, já dominado o medo, e falou:

— Você sabe como eu amo o povo. Não há nada que eu ame mais. O esquisito é que nunca antes me tinha acontecido nada de semelhante, que sequer se aproximasse. Que impressão mais estranha! Pois bem: eu estava vendo a parada, quando ao passarem aquelas menininhas, lembram-se? — aquelas entre oito e doze anos, a se requebrarem como coristas de burlesco, coitadas! (é lógico que ensaiadas pelos mais velhos!) —, eu disse qualquer coisa que nem me lembro o que foi… qualquer coisa como ser incrível forçar meninas daquela idade a exibições tão provocantes. Na minha frente estava uma mulher, uma mulherzinha provavelmente sem a menor maldade, sem nada dessas tintas de educação e cultura de onde em geral nascem os preconceitos. Eu daria meu braço como aquela jamais soube o que é preconceito de raça ou nada disso. Uma criatura simples, sem maiores problemas; era o que estava escrito na sua cara. Para vocês verem que coisa monstruosa é tudo isso; tão monstruosa quanto se pode sentir no ar essa ameaça, essa insegurança, esse movimento para a violência, como se uma boca invisível estivesse soprando ressentimentos no ouvido de cada um! Ao dizer eu isso, ela, pensando talvez que eu estivesse falando de uma menina que se achava a seu lado, quem sabe sua filha, voltou-se como uma fera e me olhou. E sabem do que ela me chamou?

Eu já sabia, mas não quis antecipar.

— Me chamou de judia suja — disse ela com lágrimas na voz e esfregando aflita o peito do lado do coração. — Me chamou de judia suja.

Seu olhar mudou rápido para a mais total incompreensão. Falou fixa no vazio:

— Por que não sei. Ali estava uma mulher que evidentemente não sabia nada de preconceito de raça, nem coisa nenhuma. Era no entanto o instrumento de uma coisa horrível qualquer, de um imponderável, de um sentimento que estava no ar. Pois, em menos de um segundo, não acabara ela de me atirar esse insulto estúpido, eu tinha à minha volta todo o grupo que estava parado em frente à galeria, homens em maioria, e havia um que me apertava o braço com força, outro que me gritava ao ouvido, outro que me empurrava para dentro, e já um sussurro que abafava o barulho da parada, eu ouvia como se latissem para mim: "Por que é que não volta para o lugar de onde veio, judia suja! Ninguém quer judeus aqui! Merecia apanhar, uma surra! Judia suja!! Judia suja!".

No momento seguinte, Clara estava curvada sobre si mesma como se presa de uma dor. Suas unhas rubras, com o verniz meio descascado, aguçaram-se em garras. Ela gemeu, arquejou como um bicho.

— Eu podia ter matado… Se tivesse uma arma à mão, eu podia ter matado… No entanto, sou incapaz de matar ninguém. Tive vontade de apertar o pescoço daquela mulher até arrebentar com ela, de ter uma metralhadora para atirar contra todo mundo. Mas nem eu nem ninguém saberia dizer por quê. Amo o povo, tenho dedicado minha vida a servir o povo. Pois a verdade é que não era nada de explicável, era puro horror, era KAFKA, KAFKA, KAFKA…

Ela atirou esse nome três vezes, e eu o senti bater atroz como um punho desesperado. O discurso a congestionara e a cólera do fim a deixou por um momento suspensa, na posição felina em que começara. Mas depois, pouco a pouco, veio seu riso meio arquejante, e ela acabou rindo muito, rindo demais, como envergonhada do que dissera.

— Bom — disse afinal, quando a sugestão perigosa do seu riso passou em nós também —: vamos começar *Ménilmontant*.

As pessoas saíram em silêncio, meio contrafeitas: um pequeno grupo de judeus. Eu me deixei ficar para trás.

— Você vai ver que beleza de filme — me segredou ela. — É um poema adorável, ao mesmo tempo tão real. Mas repare no princípio. Vem mesmo a calhar. Você vai ver dois homens lutando como duas feras, um querendo matar o outro com um machado, uma cena de uma violência incrível, de deixar a pessoa arrepiada.

Pareceu-me que a via pela primeira vez. Dentro da sala de projeção, sobre a tela iluminada onde um homem enlouquecido trucidava a machadadas a própria mulher e seu amante, refletia-se ainda o rosto de Clara Grassman, seu rosto moreno de cabelos cortados curto, perdido numa expressão total de pasmo.

"Cavaquinho e Saxofone", *Diário Carioca*, Rio de Janeiro, 4 de maio de 1947

ZÉ CARIOCA

O nome de José do Patrocínio Oliveira talvez não chame especialmente a atenção de ninguém, a não ser pelo famoso homônimo que o encabeça. Quem sabe, fará coçar o queixo a algum velho funcionário do Instituto Butantan, de cujas antigas folhas de pagamento deve constar. Mas se se falar em Joe Carioca, ou melhor, Zé Carioca, todo mundo sabe logo de quem se trata.

José do Patrocínio Oliveira, isto é, Joe Carioca, é paulista. Quando Walt Disney resolveu fazer *Alô, amigos*, pensaram no Zezinho para personalizar o hoje célebre papagaio brasileiro. Walt Disney viu-o, conversou com ele e fê-lo filmar em pessoa. Assim nasceu Joe Carioca. O papagaio anda, dança, age e fala à maneira de José do Patrocínio Oliveira. Há coisa de um mês o nome paterno desdobrou-se num alexandrino raro, com a inclusão de um filho, nascido em Hollywood mas convenientemente registrado no Consulado do Brasil.

Porque não pode haver nada mais brasileiro do que meu amigo Zezinho. Eu o acho uma maravilha. Sujeito nervoso está ali, múltiplo, incansável. O mínimo de que ele gostaria era de ser Deus para estar em todos os lugares "manejando todos os molhos para depois passar o relatório", como dizia no seu incomparável jargão. Ele e dom Jaime Câmara me perdoem tomar o nome de Deus em vão, mas é a pura verdade. É o Zezinho a mistura fabulosa de um extraordinário cronista oral, de um grande instrumentalista, de um irremediável schopenhaueriano, de um chefe de família burguês, de um boêmio incorrigível, de um linguista em potencial e de um seminarista fracassado.

Para ele, a maior aventura ainda é a vida. Tirou suas conclusões do período anterior à sua chegada aos Estados Unidos, amassou tudo bem amassado em amarga ironia e escreve mentalmente o livro de que tanto falo, que vai ter "mil páginas e mais uma". Frequentemente ninguém saberá o que quer dizer, porque encobre esotericamente seus achados filosóficos em frases de tipo acima. Daí a curiosidade do seu linguajar. Se entra numa sala ali descobre imediatamente vários membros da "rapaziada", que é para ele uma força misteriosa, espécie de Leviatã calhorda que quando baixa avacalha completamente com a pessoa. Sua afirmativa categórica diante de qualquer coisa não é nem o "é isso mesmo" nem o "batata", nada disso; é o advérbio "completamente", que ele anuncia com uma ênfase especial, baixando o queixo acentuando todas as rugas do rosto. O "completamente" ou então o "cunitaque", a que atribui origem japonesa e que, como expressão, resolve qualquer parada.

— Gostaste, Zé?

— Cunitaque! (Gostou.)

— Ou então.

— Você não achou aquela gravação de arder, hein, Zé?

— Cunitaque! (Não gostou. Os molhos querem ser muitos, mas a bossa é fraca. Baixou a rapazeira.)

Ninguém escapa ao olho do Zezinho. Ele tem o que se poderia chamar de "furor psicológico". Suas imitações de pessoas são muito engraçadas, e eu me envaideço de ele me chamar também "um grande manjador discreto". Quando, nas festas que há aqui em Hollywood, vê alguma coisa sutil acontecer, dessas que sempre acontecem quando se reúnem homens e mulheres, dá uma olhada para o meu lado, põe a mão na cabeça e anuncia que vai dar o seu "grito selvagem"! Se o ambiente é de muita cerimônia, fecha o paletó, chega a uma janela ou sai para fora, gritando às estrelas:

— Pungê!

Esse grito é um mistério cuja origem vernácula poucos conhecem. Eu sei o que é, mas não posso dizer, por se tratar de uma escatologia, isto é, trocando em miúdos, de um palavrão. A duas coisas o Zezinho ama no mundo: sua mulher Odila e a música, que considera "o maior martírio da vida". A casa e a família são para ele oásis necessários, senão, como pondera, "já teria sacudido o lombo do planeta". A ambos junta expressões curiosas, como o "vinte do leiteiro", "trinta do padeiro", que parece provir da economia da casa paterna, ou o "três e dois — sete", que quer dizer, pura e simplesmente, dinheiro, e que ele acha, como se pode inferir da aritmética, a coisa mais lógica do mundo. Essa gíria de sua invenção já me tirou de uma dificuldade. Uma vez saí aqui com uma brasileira amiga minha, mas nem tão amiga que me permitisse pedir-lhe dinheiro emprestado para pagar a despesa, que verifiquei ser maior do que minha carteira. De repente, o Zezinho entrou, violão debaixo do braço, e veio saudar-nos:

— Como vão? — disse-nos apertando a mão.

— Cunitaque, três e dois — sete — respondi do modo mais conspícuo.

A garota me olhou espantada, mas a coisa passou. No aperto da despedida, o Zezinho me deixou na mão, bem dobradinha, uma nota de dez dólares.

Sua vocação musical é notável, sem falar no violão, que toca como poucos; se desembaraça no violino, no cavaquinho e até a guitarra havaiana já o vi tocar. Tem um enorme orgulho dos seus excelentes violões brasileiros, que leva consigo às festas fazendo sempre a propósito uma pequena camelotagem do Brasil. Ninguém nunca o verá sem o violão a tiracolo, plangendo acordes brasileiros ou americanos com igual maestria. A coexistência desses dois ritmos enriqueceu-lhe notavelmente o dedilhado, de forma que se pode sentir de repente, em meio a um solo de valsa paulista, como "Saudade do matão" (que eu reivindico para Minas), a inclusão de uma dissonância do mais puro [Duke] Ellington, o que às vezes é de grande efeito, e sem descaracterização da melodia. Isso o faz um artista hábil para qualquer gênero de festa. Ann Sheridan, Margo (a incomparável Margo de *Crime sem paixão* e *Os predestinados*), Carmen Castillo, ex-mulher do desagradável Xavier Cugat, e outras, estão sempre a reclamá-lo, e o Zezinho nunca enjeita parada. Acompanha qualquer ritmo afro-americano, desde o spiritual e o *boogie* até as formas diferentes da rumba cubana e centro-americana, sem falar no samba e as suas variedades. E o fez tão bem que já notei, mais de uma vez, a audiência presa antes no seu violão que à cantora do momento.

Martírio! Exclama ele. É por demais! A música é a primeira criação universal. Mas os tripeiros são muitos. E depois, tem o três e dois sete para fornecer à marcha geral. Martírio! Mas não há de ser nada. E você com esse trêmulo bocaço de popa, manejando tudo... Eu fico louco! São demais os molhos. Pungê!

E o seu "grito selvagem" sobe e se perde na noite constelada. Porque já agora estamos no seu Buick conversível, o carro brique que é seu terceiro grande amor e com o qual ele atira fachos de velocidade nos pedestres noturnos de Hollywood. Com ele gosta o Zezinho de ir contemplar a vista fabulosa de Los Angeles do alto de Lookout Montain, onde tem sua casa, seus rádios, sua incrível discoteca e uma série de aparatos com que, pouco a pouco, moderniza o trabalho no lar. Gosta também de ir apreciar os aviões no aeródromo de Burbank. Fica como uma criança diante dos colossos que sobem e aterrissam. Gosta ainda de uma *beer*, a boa cerveja americana, mas gosta de uma coisa que eu não gosto: de fazer trocadilhos:

— *To beer or not to beer...*

E ainda acrescenta, o desalmado:

— Como dizia Shakespeare!

"Cavaquinho e Saxofone", *Diário Carioca*, Rio de Janeiro, 11 de maio de 1947

A COISA MARCHA

Sob a presidência do deputado Brígido Tinoco, reuniu-se segunda-feira passada, na Câmara, a Comissão Especial para Cinema, Rádio e Televisão, ora encarregada de estudar e opinar sobre o planejamento do Conselho Nacional de Cinema que Alberto Cavalcanti e sua equipe estão levando a efeito — planejamento esse previamente autorizado pelo presidente da República, que nele parece estar vivamente interessado.

A comissão — que é composta, além do deputado Brígido Tinoco, dos deputados Jorge Lacerda, José Bonifácio Filho, José Castrioto, José Romero, Eurico Salles e Paulo Pinheiro Chagas — ouviu atentamente, sob a luz dos refletores e o olho das câmeras que filmaram o acontecimento, a exposição sucintamente feita pelo cineasta brasileiro sobre o assunto. Começou Cavalcanti por contar por alto, com a honestidade que lhe é tão própria, as razões da sua estada no Brasil, a partir do convite para fazer conferências no Museu de Arte de São Paulo. Abordando a fase de sua permanência na Vera Cruz e as dificuldades encontradas dentro da empresa paulista, Cavalcanti chegou ao ponto que lhe interessava explicar à comissão: que é praticamente impossível fazer cinema no Brasil — e a sua experiência dentro da Vera Cruz está aí para prová-lo — sem proteção efetiva dos verdadeiros interesses dos produtores brasileiros, feita através do reajustamento e aplicação das leis que têm a ver com o cinema nacional.

Não escondeu o diretor brasileiro à comissão que o ouvia o fato de que, posteriormente ao seu afastamento da Vera Cruz, andou ele sendo sondado por capital particular para fundar uma nova companhia cinematográfica. Sua recusa partiu justamente da experiência que sofreu dentro da Vera Cruz, e que não quis ver repetida. Como é sabido, a Vera Cruz afastou Cavalcanti em meio à filmagem de *Ângela*, tendo ele perdido todos os direitos aos argumentos do filme, que era uma ideia original sua. Cavalcanti, aliás, falou com o maior empenho da questão de direitos autorais, que disse ser preciso resolver de uma vez por todas — e que o Conselho Nacional de Cinema poderá solucionar. Tocou ele também no problema da distribuição de patentes, que facilitará enormemente a fiscalização da proficiência das firmas e dos técnicos, permitindo a sua cassação eventual sempre que for o caso. Outros problemas que interessavam vivamente a comissão foram o da censura cinematográfica, o de controle de filme virgem, o da produção imediata de documentários básicos e o da criação da cinemateca do conselho, a propósito dos quais forneceu dados iniciais a serem completados pelos relatórios ora em confecção pelos membros da equipe.

Em face da importância e urgência dos assuntos sublinhados, de resto, pelo deputado Gustavo Capanema, que abriu os trabalhos com uma pequena peroração, resolveu a Comissão que fossem convocadas mais duas sessões ainda esta semana, para delinear um plano de trabalho em conjunto com a equipe, e nas quais se pudesse pôr completamente a par das questões relativas ao planejamento do conselho. A reunião causou a melhor impressão aos participantes, que mesmo depois do encerramento ainda debateram em animados bate-papos muitos dos problemas deixados no ar. A coisa marcha!

Última Hora, Rio de Janeiro, 11 de julho de 1951

BILHETE A DANTON JOBIM

Você não sabe, meu caro Jobim, a tristeza que me deu ler seu artigo "Intermezzo cinematográfico" no *Diário Carioca* de 29 de julho último. Eu digo tristeza porque, sendo você um velho militante nas hostes liberais, só muito dificilmente se poderia compreender que o ataque ao ainda fetal Instituto Nacional de Cinema pudesse partir de você — contra uma entidade planejada nos moldes mais liberais do mundo. Eu sei porque estou tomando parte nesse planejamento, e tem sido nosso cuidado extremo prever nos menores detalhes a justa estruturação desse organismo de modo a fazer dele um órgão de proteção ao cinema nacional, um centro fiscalizador efetivo e sobretudo um agente realizador de bons documentários com que divulgar o Brasil aos brasileiros e difundir educação através da imagem.

Eu lhe confesso que, conhecendo-o já de longa data, estranhei que você atacasse a priori um projeto no qual não está bem enfronhado. Não reconheço, num gesto desses, seus métodos de ação. O seu desconhecimento dos verdadeiros problemas do cinema nacional patenteia-se a cada linha — especialmente para nós, da equipe que está realizando o planejamento "de dentro", depois de vistorias cuidadosas aos serviços governamentais de cinema e de um exaustivo estudo da legislação vigente.

Você fala em ditadura cinematográfica. Evidentemente lhe andaram soprando essa bobagem. É ditadura criar um órgão nos moldes do que [Alberto] Cavalcanti está querendo criar, capaz de fiscalizar em todo o território nacional o cumprimento da legislação referente ao cinema? De proteger os direitos autorais e patrimoniais em obras a serem filmadas, de modo a preservar a sua integridade (coisa que não existia...)? De realizar documentários de real envergadura, com boas equipes técnicas? De fazer a censura em novos moldes, não apenas morais, mas também qualitativos, criando categorias e dando às melhores um maior número de privilégios no tocante a taxas, prêmios e exportação? De estabelecer padrões técnicos para a projeção de filmes em casa de espetáculos, servindo assim ao povo indiscriminadamente? De exercer ação educativa sobre o pessoal encarregado das projeções, sempre que ele não atenda às condições requeridas? De organizar o sistema de distribuição de filme virgem em bases rigorosamente equânimes, de modo a evitar o seu mercado negro?

E depois, esse negócio de você dizer que é preciso encorajar as inversões de capitais no cinema e a organização de empresas... mas é justamente isso a coisa que mais preocupa Cavalcanti, e a todos nós! Eu vi com os meus próprios olhos o aborrecimento em que Cavalcanti ficou com o recente crack da Maristela,[1] em São Paulo. Esse crack, ele o vinha prevendo desde muito — e é fatal, dentro de uma indústria nova a requerer grandes capitais, sem que as leis de proteção vigorem e uma concorrência de qualidade estimule o desenvolvimento das produções. Dentro da atual evasão às leis e do atual sistema de produzir, à base de lucros extraordinários, os cracks serão não apenas um, mas muitos. Virão sempre. E então, sim, existirá realmente o perigo que você aponta — o da reserva de capitais particulares com relação ao cinema. Porque a verdade é esta: os lucros serão sempre precatórios, sempre flutuantes, numa indústria sem planejamento e à mercê do espírito de aventura.

Além disso, há um outro aspecto da questão. O instituto em absoluto se meterá na produção particular. Valerá apenas pela observância das leis e criará obstáculos aos que quiserem explorar a boa-fé do povo com relação ao cinema nacional — que é enorme e representa o seu maior crédito. Você chama de ditadura uma vigilância dessa ordem — a criação, por exemplo, de um registro de técnicos, que evite que chegue aqui o primeiro canastrão dizendo que foi assistente de Rossellini ou De Sica (e quem para provar em contrário?) e se ponha a dirigir filmes e a se encher à nossa custa?

Não, meu caro. Você está defendendo a causa errada. O projeto Cavalcanti — e quando eu me refiro ao projeto aqui, eu me refiro ao DE CAVALCANTI, especificamente — não tem nada do que você diz, muito até pelo contrário. Ele seria um órgão fiscalizador no verdadeiro sentido da palavra — nunca policial, como você parece sugerir.

Não se esqueça também que os homens passam, e os bons projetos ficam. E eu lhe garanto uma coisa: da maneira com que nós estamos planejando o nosso, seria difícil até a um péssimo presidente do instituto levar qualquer vantagem, ou criar situações de privilégio para quem quer que fosse.

Reflita um pouco nessas palavras que lhe diz com a maior isenção um velho colaborador seu como o que assina cordialmente este bilhete que já vai grande.

Última Hora, Rio de Janeiro, 2 de agosto de 1951

---

1 Referência à Companhia Cinematográfica Maristela, criada em 1950, que entre 1951 e 1952 enfrentou uma crise financeira.

A AVE-DO-PARAÍSO

Em tempos idos, King Vidor, o grande diretor de *A turba, Aleluia* e *No turbilhão da metrópole* — na verdade um dos mestres do cinema americano e que Hollywood foi pouco a pouco matando —, fez esse mesmo filme com Joel McCrea e uma boa qualquer, cujo nome agora me passa. A produção não estava em absoluto à altura do nome de Vidor, mas era de qualidade superior à média. Lembro-me de tê-la visto no Capitólio, em companhia de Octavio de Faria, e que o romancista da *Tragédia burguesa* fez caretas e roeu as unhas com mau modo o tempo todo, naquele jeito muito seu.

Imaginem se Octavio de Faria visse esta... *merveille* ora em exibição, com Louis Jourdan envergando um sarongue e às voltas com hulas, *aloas*, bananas e um broto recente chamado Debra Paget, por sinal que bastante bem-apanhado. Dizer que o mínimo que o filme pode ter custado andará por aí pela casa dos 500 mil dólares, ou seja, 10 mil contos!

É ou não é o auge da cretinice humana? Eu, com 10 mil contos agora, pegava um avião, ia a Paris, onde poderia assistir excelente cinema no Cercle, depois dava um pulinho a Capri e me hospedaria em casa de meu amigo Alberto Cavalcanti, onde tomaria bom vinho e ficaria lendo Leopardi ou Ungaretti, depois saía por esse mundo de Deus que ninguém mais me pegava. Quer dizer: é o tipo de aplicação cretina de capital — e eu faço um apelo à 20th Century Fox para que, da próxima vez, reconsidere o gesto. Meu endereço é rua General San Martin, 393, Leblon, e eu aceito o pagamento em cheque, podendo ser nominal ou ao portador, é indiferente. Sou, felizmente, portador de carteira de identidade e costumo descontar meus cheques de cara limpa. Se for necessário, poderei dar várias referências aqui, nos Estados Unidos ou na Europa. Aliás, pensando melhor, eu prefiro que a transação se faça diretamente aqui, seja pela agência local da companhia, seja por intermédio de um banco a critério do pagador. Peço só que seja um banco de comprovada segurança, pois não gosto de transação com esses banquinhos que andam por aí. Nada disso. Afinal de contas um homem tem que zelar pelo seu nome, que é um capital tão bom quanto moeda sonante. Gostaria também que o estúdio procedesse com a possível urgência, de vez que a gaita anda curta e eu tenho várias pequenas dívidas a pagar, inclusive algumas a amigas minhas, moças que trabalham e a quem é chato dever. Por falar nisso, me ocorre uma ideia que, se o estúdio estiver de acordo, a mim me dará grande jeito, evitando-me muita caminhada: comprometo-me a mandar em carta aérea uma lista dos meus credores, com quem o estúdio se entenderia diretamente, remetendo-me depois o saldo resultante para o endereço acima mencionado. E já que estamos no assunto, e se o estúdio reconhecer, como espero, a inteligência de um gesto desses, poderemos fazer isso sistematicamente, de vez que tenho vários amigos na mais completa pendura, com letras a vencer e que andam positivamente nervosos diante da premência do tempo. Em troca eu posso prometer à 20th Century Fox o mais completo sigilo sobre a operação, a fim de que outros cronistas não queiram também se aproveitar da ideia, o que pode, afinal de contas, acabar constituindo um abuso. Só não prometo é leniência crítica. Ah, isso são outros quinhentos mil-réis…

Última Hora, Rio de Janeiro, 16 de agosto de 1951

O TERCEIRO HOMEM (I)

O leitor certamente há de estranhar quando, nas crônicas a seguir, eu fizer a *O terceiro homem*, o filme de Carol Reed, certas restrições que desmentem o entusiasmo manifestado no "Roteiro do fã".[1] A razão é muito simples. Nesta coluna eu sou um crítico de cinema, sempre que houver "cinema" para criticar — não porcarias como as que correm, a que só se pode ou dar um gozo, ou passar por cima.

Em *O terceiro homem* há cinema para criticar. Trata-se de um filme muito bem cenarizado e dirigido, com uma ótima fotografia, uma sonorização de encher as medidas e um trabalho de corte magistral. Este deve-se a Oswald Hafenrichter, responsável também pela edição de *Senhoritas em uniforme*, famoso filme alemão de Leontine Sagan, e de *O ídolo caído*, outro celuloide de Carol Reed, que o público carioca verá em breve.

Hafenrichter, como é sabido, foi trazido por Cavalcanti para o Brasil e foi o homem que fez a edição ou coordenação (o trabalho de corte e montagem da película) nas primeiras produções do grande diretor patrício para a Vera Cruz, ou seja, *Caiçara* e *Terra é sempre terra*. É ele o que se pode chamar um mestre no seu métier — e a prova aí está, esse *O terceiro homem*, sobre a noveleta de Graham Greene, ora em exibição no Cine Leblon: mais um cinema do sr. Luiz Severiano Ribeiro. Aliás um bom cinema, com um único defeito para mim — o de ter transformado o bar do meu amigo Costa, ali ao lado, numa mistura de bar e sorveteria, com sundaes e outras velhacarias, o que dá saudade do tempo em que ali bebíamos nós todos — Rubem Braga, Carlos Echenique, Fernando Sabino, Paulo Mendes Campos, José Pedrosa, Dorival Caymmi, Alfredo Ceschiatti e várias esposas, namoradas e outros apêndices. E grandes doses eram, como deve ser nos bares que se prezam.

---

1 Seção (não assinada) do mesmo jornal *Última Hora*, no qual os filmes em cartaz são listados, e brevemente comentados, em quatro categorias que "orientam" diretamente o leitor: "Não perca", "Vá ver", "Vá se quiser" e "Não vá em hipótese alguma". *O terceiro homem* estava na primeira categoria, com o seguinte comentário: "Uma esplêndida produção, magistralmente dirigida por Reed e com ótimas interpretações dos atores e principais coadjuvantes. Orson Welles está soberbo no seu desempenho, e Valli nunca esteve tão bonita. O filme é todo bom: roteiro, fotografia, polimento técnico, corte, tudo. Quase duas horas de emoções intensas, sobretudo no grande final. Vejam como é que se faz cinema, e por que é que nós espinaframos tanta coisa que anda por aí".

Mas, voltando a *O terceiro homem* — aí está um filme em que o público em geral pode aprender a ver cinema, pois é uma obra virtuosística, feita com bastante preciosismo cinematográfico, e muito hábil como trabalho de realização. Suas qualidades são óbvias, ressaltam de cena para cena, constituem uma gramática fácil para o leigo. Essas qualidades, eu pretendo apontá-las tanto quanto possível, de vez que o filme é uma aula de cinema dada por um professor de talento — de talento apenas, não de gênio como querem muitos. E o público pode através dela adquirir muitos elementos de que carece para "ver" melhor e melhor exercer a função crítica que a ele sobretudo compete.

Por hoje é só. Mas amanhã tem mais, como diz minha amiga e companheira de página Linda Batista.

Última Hora, Rio de Janeiro, 4 de outubro de 1951

O TERCEIRO HOMEM (II)

Ontem eu falei de qualidades evidentes, com relação a O terceiro homem. Essas qualidades são tão evidentes — e eu me refiro aqui às de execução — que elas se tornam, em última instância, mais importantes que o filme em si, como uma unidade realizada. A banda sonora é esplêndida; a fotografia de Robert Krasker é de primeira, primorosamente bem iluminada e com um grande poder de transmissão do ambiente; o corte de Hafenritcher, como tive ocasião de apontar ontem, é magistral — e eu dou daqui uma marretada a esse mestre que ora trabalha para a Vera Cruz — enfim, é tudo bom. Mas...

Mas há qualquer coisa que não orna, como se diz em gíria carioca. O que será? A história? A história, de Graham Greene, se não é nenhuma maravilha, é seca e tensa e Reed desaproveitou esses elementos em benefício do seu brilho pessoal como diretor. É também uma história irritante. Esse elemento, consciente ou inconscientemente, Reed o absorveu muito bem, O terceiro homem é um filme que deixa um travo de irritação na gente. Existe nele uma imparticipação qualquer, como quando gente rica fala das misérias do mundo. A coisa não é exatamente aquela. Há um esnobismo latente, um sibaritismo, um certo prazer do luxo na maneira de mostrar a ruína — a de Viena e a sordidez da vida entre os escombros. Há um aristocratismo desagradável que um diretor como Alfred Hitchcock — mestre inconteste de Reed — nunca permitiria, apesar de ser também um ferrenho individualista.

Falta ao filme qualquer coisa, ou tem ele coisa demais, não sei bem. Falta-lhe, fundamentalmente, simplicidade. O abuso de primeiros planos, por exemplo, constitui na película um artifício, um recurso de sucesso — isso porque o primeiro plano, o close-up, tem em cinema uma função definida, que é isolar para o espectador momentos especiais de emoção, aproximá-lo da realidade interior da imagem. Reed joga seus close-ups um pouco pour éppater,[1] para assombrar o público com a sua desenvoltura cinematográfica. O público se sente inteligente sem saber bem por quê, ou, se não inteligente, pelo menos estranho. Esse elemento de estranheza não é nunca dado, como no caso de Hitchcock, nas entrelinhas psicológicas da ação. Reed é menos direto na maneira de ser indireto, se me perdoam esse paradoxo — falta-lhe a

1 Em francês, "para chocar".

coragem hitchcockiana, bem como agudeza hitchcockiana, que eu compararia a um corte de navalha, insensível no momento, depois tremendamente doloroso e fundo.

Essas ponderações, cumpre dizer, não invalidam *O terceiro homem*. É um filme de méritos incontestáveis, como tudo o que sai da mão de Reed. Mas ele positivamente não se peja de lançar mão de recursos que um diretor maior nunca usaria. Falta-lhe autocrítica. Alguns desses recursos eu os apontarei amanhã nesta coluna, numa terceira e última crônica sobre o filme.

Última Hora, Rio de Janeiro, 5 de outubro de 1951

O TERCEIRO HOMEM (III)

Pim-pim-pim-pim-pim-pirim…
Pim-pim-pim-pim-pim-pirim…

Estou certo de que de hoje em diante vai se dizer assim: "Aquele sujeito é mais chato do que a cítara de O *terceiro homem*. Ó citarazinha cacete, s'or!". E no entanto bastante bem integrada na película. E eficiente, como transmissora do odor de decadência que exala do filme. Essas coisas é que me deixam meio velhaco com relação a O *terceiro homem*: a cítara, aquela primeira aparição de Orson Welles quando uma janela se abre e o ilumina, aquela imagem de Joseph Cotten contra a roda-gigante, e mais dois ou três recursos no gênero.

Em compensação, acho magnífica a cena em que a criança inculpa Joseph Cotten, à porta do apartamento de Harry Lime. Não sei por que a iluminação, o mistério conseguido com o ambiente, me lembrou o famoso quadro de Rembrandt, *A ronda noturna*, se não me engano, em que aparece a figura de um homúnculo metido entre os guardas — e o pintor o iluminou de uma luz tão estranha que aquele misterioso ser cria instantaneamente um elemento de pânico na tela: não é possível desgrudar os olhos dele e, à medida, ele parece mover-se. É o que meu velho amigo, o físico Occhialini, chamaria de "cinema na pintura".

Acho de grande efeito no filme o contraste entre o *underplaying* dos atores principais, ou seja, a discrição proposta durante a ação, e o vigor da interpretação de Orson Welles. Reed prepara muito bem o ambiente para o aparecimento de Welles, que está como de costume magnífico na sua interpretação de Harry Lime.

Não resta dúvida de que O *terceiro homem* é um filme de classe. Mas isso apenas. Há um certo espírito de afetação que impede que se o coloque ao lado dos grandes filmes do cinema — filmes de Reed, inclusive, como O *ídolo caído*, que o público carioca verá em breve.

Última Hora, Rio de Janeiro, 6 de outubro de 1951

CHEGOU O VERÃO

Domingo, vínhamos minha amiga e eu flanando ali pela rua Nossa Senhora de Copacabana quando de repente pôs-se a cantar uma cigarra. Cantava a primeira cigarra do estio, e o seu canto, apesar de tímido, anunciava formalmente a chegada do verão carioca.

No entanto, ninguém prestou atenção ao canto da cigarra. Passavam as pessoas em multidão, e a cigarrinha se deixou gastando a voz por um momento e depois parou, desanimada de pregar no deserto. Mas imediatamente começou a fazer mais calor, os vestidos das menininhas caíram ombro abaixo, seus braços nus luziram ao sol e elas entraram a transitar rapidamente em requebros graciosos, e em Ipanema "seu" Moraes, o gênio sorveteiro, olhou para o céu e esfregou as mãos satisfeito enquanto lhe caía aos pés uma chuva de moedinhas douradas.

Chegou o verão, em plena primavera. Bendito seja, maldito seja. Abrem-se as praias, em toda a sua luminosidade, e nas praias os guarda-sóis coloridos a abrigar corpos femininos jovens e lustrosos, com cor de sol e gosto de sal. Aglomeram-se nas esquinas os "coca-colas", as cabeleiras em asa de pombo, a expectorar pornografias e o olhar a meio pano para os brotos que circulam como desenhos finos, terracotas transeuntes de passo elástico e olhar fugidio.

Os cinemas começam a valer pela refrigeração. Pobre povo carioca! Nas casas pequenas dos subúrbios, espessas de calor, ficareis vos abanando, parados, incapazes de movimento, ou sufocareis nos cinemas sem refrigeração e mal ventilados, pelo prazer de duas horas de cinema — o único divertimento que na verdade possuís à noite. Na Zona Sul pacientareis em filas intermináveis, à espera de vossa vez para entrar e ser atropelado pela eterna manada a disputar uma cadeira. Tereis, em compensação, falta d'água, que é sempre assunto para uma conversa, e o Carnaval depois — pois o Carnaval vem aí...

Mas não há de ser nada. Continuareis vivendo, além disso, como diz a linda marcha de meu amigo Antônio Maria...

"A noite é grande e cabe todos nós..."

Última Hora, Rio de Janeiro, 9 de outubro de 1951

REAPRESENTAÇÕES

"A pedido de diversas famílias": essa é a chave com que se desculpam as reprises. Mas não se diz mais reprise, nem avant-première. Para a primeira, reapresentação; e para a segunda, pré-estreia. O sr. Nelson Vaz (que teria sido um grande intérprete do psicanalista no *Complexo de meu marido*)[1] escreveu-nos sobre o assunto referente ao termo que foi por ele sugerido e adotado em primeira mão.

Nós já conhecíamos o amor e o culto do sr. Nelson Vaz pela boa linguagem. Ele diz: reapresentação e pré-estreia. Mas queremos crer que não dirá *lucivelo* por *abajur* nem *sinesíforo* por *chofer*, nem *picatostes* por *croquetes*, nem *fritada* por *omelete*, nem *convescote* por *piquenique*. Tanto que se conta aquela história quando ele se encontrava no clássico corredor da maternidade, na expectativa de uma segunda viagem da cegonha. Já havia percorrido alguns quilômetros naquele corredor, quando alguém lhe perguntou: "Nervoso, Nelson! É a estreia?" e Nelson Vaz, afobado, teria respondido: "Não. É reprise!". Mas o pior é que essa passagem até parece que nada tem a ver com o caso. Acontece que tem. É que ultimamente duas de nossas companhias teatrais atingiram a perfeição de acumular ambas as situações. Sem querer criticar as razões de origem de cada uma dessas empresas, desejamos assinalar que Procópio [Ferreira], tendo de mudar de peça, foi buscar no fundo do baú *O avarento*; e Bibi Ferreira iniciou sua temporada de comédias com uma de suas mais velhas criações: *Diabinho de saias*. No primeiro caso, as explicações são mais fáceis que no segundo. Procópio, não tendo tido em *Mulher sem rosto* o público que merecia, viu-se forçado a apresentar uma peça de seu repertório, e que é sempre um sucesso de bilheteria. O sr. Hélio Ribeiro, o empresário-polimorfo (misto de pioneiro e comerciante, de médico e industrial da ribalta, de revista e comédia, de superintendência e consorte, de artista e máquina registradora), dificilmente poderá explicar de modo satisfatório por que não se quis dar ao trabalho de apresentar ao público um trabalho novo que estivesse à altura do indiscutível talento de Bibi Ferreira. Pode-se compreender, mas não se desculpará. No fim das contas o sr. Hélio Ribeiro monta revista, ganha dinhei-

---

1 Comédia teatral de Jean Bernard-Luc, com tradução de Bandeira Duarte. A montagem teve direção de Henriette Morineau e foi encenada pela companhia de teatro Os Artistas Unidos.

ro dizendo que é para formar a caixinha da comédia, e depois vem reaparecer à sua plateia com um material mais que antigo no seu repertório. Juntou tudo: *rentrée, avant-première* e *reprise*. Há um certo exagero. O público, diante da tradição desse talentoso casal, tem pleno direito de exigir um pouco mais.

"Teatro", *Última Hora*, Rio de Janeiro, 12 de outubro de 1951

A POLTRONA 47 [1]

Os Artistas Unidos apresentaram seu segundo cartaz da temporada do Teatro Copacabana, com a comédia de Louis Verneuil — *A poltrona 47* — em magnífica tradução de Bandeira Duarte. Este cronista foi à avant-première em benefício da Associação de Ajuda ao Menor, espetáculo patrocinado pela sra. Adalgisa Nery Fontes. Parecerá desnecessário esse detalhe. Acontece que as salas de tais pré-estreias não são geralmente lotadas por pessoas que apreciem teatro. Muitas vezes até não entendem nada, o que resulta numa plateia fria e sem reações. Naquela noite houve até um cavalheiro que, tendo chegado atrasado, quando as cadeiras (que não são numeradas nos dias de beneficência) estavam já ocupadas, insistia com o vaga-lume que o seu lugar era na poltrona 47. E mostrava o cartão que lhe tinha custado duzentos cruzeiros. Sei o nome dele, mas não digo. Sei que ele é político. Sei o partido dele. Sei as iniciais. Mas não digo que eu não sou doido!

Nessas ocasiões os esnobes e os criptoesnobes são superabundantes. Uma senhora me disse que estava achando madame Morineau muito crescida este ano. Outra só gostou dos vestidos. Uma terceira achou um amoreco o Jardel,[2] mas disse que ele deveria usar cravo vermelho e não branco, no smoking. Não é com pouco esforço que me contenho para não lhe revelar o nome. Boca, cala boca, boca, como diz Flávio Brant, quando está a pique de revelar alguma indiscrição. Não seria bem de minha parte (terminologia Sion)[3] fazer semelhante coisa. Mesmo porque essas pessoas compareceram com sua cota para a caridade, pela mão da sra. Lourival Fontes. E não há de ser nada. Deus e os menores agradecem da mesma maneira.

A comédia de Louis Verneuil, apesar de ser de um gênero de teatro já um pouco fora de moda, ainda assim constitui um prazer, ver-se como há quem saiba fazer muito bom teatro. *A poltrona 47* é admiravelmente bem construída, não só pela presença de todos os elementos básicos afirmativos da

---

1 Texto publicado em 15 de outubro de 1951 assinado por Pigmaleão, que escrevia crítica de teatro para o *Última Hora* e na ocasião substituiu Vinicius de Moraes, impossibilitado de escrever a crônica.

2 Jardel Jércolis Filho, mais tarde conhecido apenas como Jardel Filho, que fez o papel de Paulo, desempenhado pelo autor e ator Louis Verneuil, em Paris, em 1923.

3 Colégio Sion, tradicional instituição de ensino do Rio de Janeiro fundada em 1908; acolhia as jovens da elite carioca em regime de semi-internato.

boa técnica, como também pela absoluta ausência do supérfluo. Há sempre uma surpresa em potencial para aparecer. Expectativa permanente. Em torno de *A poltrona 47* existe uma história, que aliás está contada no programa. Louis Verneuil, em 1923, sendo autor, ator e empresário, viu-se na contingência de operar em dois dos teatros de Paris: o Antoine e o Renaissance, vizinhos um do outro; necessitando assim trabalhar alternativa e concomitantemente com alguns dos mesmos elementos. O objetivo estava em também poder controlar as bilheterias. Desse modo fez com que o Paulo da *Poltrona 47* só aparecesse no segundo ato. E o Paulo era ele, Verneuil. É uma comédia de movimentação perfeita e dialogação impecável, tendo sido tratada com a comicidade mais fina possível, extraída de situações reais, sem qualquer espécie de queda para o vulgar. Os cenários são dignos de maior elogio, dada a sua propriedade. Aquilo é Paris, e ali se encontram, vivendo realmente, o barão e a atriz. Uma nobreza ainda rica se dissipando com as vedetes. O espetáculo de *A poltrona 47* deve ser visto por todos quantos sejam apreciadores do bom teatro daquele gênero. Depois trataremos da atuação do elenco de Os Artistas Unidos, que mais uma vez correspondeu à receptividade do carioca, montando uma peça nova para o seu repertório.

Última Hora, Rio de Janeiro, 13 de outubro de 1951

CINEMA ITALIANO

A presença entre nós do presidente da Unitalia Film, ou seja, a União Nacional Italiana para difusão de filmes no estrangeiro, e do seu diretor geral, o sr. Emanuele Cassuto — que vem com ideias definidas de cooperação e mesmo futura colaboração —, constitui um dos fatos mais auspiciosos de ultimamente no setor cinematográfico.

A Unitalia Film tem um escopo internacional do maior interesse para o Brasil. Não somente organiza ela os festivais dedicados ao filme italiano, como estimula, e estipula, acordos cinematográficos internacionais, patrocinada que é pela presidência do Conselho de Ministros. Além disso, dedica-se à organização e à publicação de excelentes revistas[1] e folhetos de divulgação, como estes que ora tenho diante dos olhos; havendo também instituído um Prêmio Unitalia Film para os jornalistas estrangeiros e italianos que mais tenham valorizado os filmes italianos no exterior.

A cooperação e solidariedade das autoridades brasileiras, como dos intelectuais e jornalistas, para com os notáveis visitantes, que nos prometem para futuro não remoto uma Semana de Cinema Italiano nesta capital, só podem vir no bom sentido. Poderão eles mais tarde não só cooperar com o cinema brasileiro no setor da produção, como auxiliar extraordinariamente o círculo de Estudos Cinematográficos e os cineclubes brasileiros no que diz respeito à exibição das melhores películas da Itália.

Ao saudar desta coluna os simpáticos visitantes, tenho a certeza de exprimir o pensamento de todos os meus confrades de crítica. Os nossos votos são de que eles levem de nós a melhor das impressões, e se animem a colaborar conosco na difusão do bom cinema no Brasil.

Última Hora, Rio de Janeiro, 18 de outubro de 1951

---

1 Trata-se da revista *Unitalia Film*, publicada em diversos países.

TRÊS SEGREDOS

O diretor Robert Wise é um homem que conhece a fundo o seu trabalho. Foi ele nada mais nada menos que editor dos filmes do produtor Val Lewton — famoso pela série de "suspenses" que, com uma esplêndida equipe de diretores e cenaristas, tirou do nada hollywoodiano, nos começos da década passada. São dessa época os saudosos *Sangue de pantera*, *O homem-leopardo*, *O navio fantasma*, *A maldição do sangue da pantera*,[1] *The Phantom Lady* (cujo título em português agora me escapa),[2] e umas poucas películas mais, assinadas por homens que, hoje em dia, fazem qualquer bom fã abalar-se de seus cômodos e pegar a barca para Niterói: Jacques Tourneur, Mark Robson, Robert Wise e Robert Siodmak.

A série propiciou o aparecimento de alguns filmes absolutamente notáveis, como os dirigidos por John Brahm com o ator Laird Cregar: *Concerto macabro* (*Hangover Square*) e um outro cujo título também me passa nesse momento.[3] Depois o grupo se dispersou e os diretores se afirmaram individualmente, alguns para pior, alguns para melhor. Tourneur caiu feio e forte. A qualidade demonstrada em *Sangue de pantera* — uma pequena obra-prima — nunca mais se deveria repetir. Siodmak sofisticou-se hollywoodianamente, e hoje em dia está totalmente entregue às *cucarachas*. Robson cresceu em ambição, fez-se um diretor "maior", mas perdeu a espontaneidade primitiva. O único do grupo que me parece se afirmar um sentido humano e construtivo é Robert Wise, diretor deste *Três segredos* ora em exibição. *Punhos de campeão* é uma boa referência anterior do seu trabalho.

Trata-se de um bom filme comercial, e eu aconselharia a todos que o fossem ver, pois constitui, se não grande cinema, pelo menos cinema muito bem-feito. A história desse menino adotado que, depois de um desastre de avião, permanece vivo no alto de uma montanha, e em torno do qual sofrem três mães — cada uma pensando que a criança é sua, pois todas três tinham posto os filhos na roda (como se dizia antigamente), no mesmo dia —, é narrada em termos cinematográficos legítimos, dentro de um esplêndido trabalho

---

1 Trata-se provavelmente do filme *The Curse of the Cat People* (1944), que deu continuidade a *Sangue de pantera*, ambos dirigidos por Jacques Tourneur.

2 Lançado no Brasil como *A dama fantasma* (1944), dirigido por Robert Siodmak.

3 Trata-se provavelmente do filme *The Lodger* (1944), lançado no Brasil como *Ódio que mata*.

de corte, uma banda sonora de primeira classe e uma fotografia que, se não é impecável, não subtrai em nada ao celuloide. O trabalho das três atrizes principais — três lindas mulheres, diga-se de passagem — é tenso e efetivo, especialmente o de Ruth Roman, uma atriz de recursos indiscutíveis. Mas tanto Eleanor Parker como Patricia Neal têm desempenhos acima da média — e a segunda é de uma beleza absolutamente fascinante.

Robert Wise dirige com mão firme os três flashbacks que narram o passado dessas mães em agonia, ou seja, o caso amoroso do qual resultou a criança cuja segurança está em jogo. Os fatos parecem com a vida, e o filme todo dá uma forte impressão de realidade que muito estimula o espectador durante a exibição. Há cortes cinematográficos esplêndidos — e eu, embora o esperasse, confesso que me assustei com o do desastre de avião, logo no início. Também as cenas do salvamento, em que o diretor tem o difícil encargo de lidar fartamente com "extras", são muito bem planejadas e dirigidas. Coisa rara em filme de Hollywood, a gente parece gente mesmo de verdade, e os sentimentos parecem sentimentos como os que se têm na vida.

Wise não teve nenhum medo de lidar com os lugares-comuns exigidos pela moderna produção de Hollywood — que pensa que, sem estes, adeus bilheteria. Essa coragem é bem um sinal da sua honestidade e maestria artísticas, pois ele os soube transfigurar todos, soube tirar-lhes o elemento banal e torná-los legítimos dentro da narrativa cinematográfica.

Última Hora, Rio de Janeiro, 25 de outubro de 1951

ORGULHO E ÓDIO

Não sei de nome mais apropriado para este abacaxi em exibição que o de *Orgulho e ódio*. Porque a verdade é que ele deve ter sido feito sob a tensão da maior raiva de todos contra todos. É óbvio que alguma coisa aconteceu durante a filmagem, porque nunca vi tanta gente trabalhar com tão pouca boa vontade. Para mim, Ava Gardner andou dando em cima de Robert Mitchum, e como este é gostosão — e gostosão não dá bola — isso deve ter deixado a bela Ava fora de si. É provável também que Melvyn Douglas, ao ver o desprezo que Mitchum deu a Ava, tenha resolvido arriscar e ver se esta, de despeito, não lhe dava uma sopinha. Mas Ava, que ao tempo andava meio comprometida com Sinatra, com certeza fez a moita — com o resultado de todos terem ficado com ódio de todos, e o diretor Stevenson meio maluco.

Foi na certa qualquer coisa assim, senão o pessoal reagia à filmagem, reagia pelo menos à luz dos refletores, que é um negócio que esquenta à beça. Mas tal como está, está tudo perfeitamente narcotizado. O filme não pode mais alvar. É a idiotia elevada ao quadrado, o que tira ao espectador até o prazer de admirar a beleza física de Ava Gardner. Mas, também, que é que interessa... Como trabalha mal a moça! A coisa com ela tem de ser mesmo é na base das segundas intenções, porque é impossível querer e admirar por muito tempo uma mulher tão perfeitamente vazia de tudo o que não seja beleza.

Eu vi o filme no Astória. Vi, quer dizer... quase fiquei cego com a projeção desfocada, e a única vantagem que isso teve foi de fluidificar completamente a história, de modo que estou inclinado a pensar que foi tudo um sonho mau que eu tive depois de um jantar de massas. É possível também que tenha ouvido, embora não me lembre, alguma novela de rádio — com que o filme muito se assemelha. Ava Gardner... Ava Gardner... Ah, vá...

Última Hora, Rio de Janeiro, 26 de outubro de 1951

UM CONDE EM SINUCA

Bob Hope é um comediante exausto. Começou muito engraçado, apresentando uma espécie de comédia que, se não era nova, constituía pelo menos uma renovação do tipo. Mas Hollywood, que luta com a maior falta de imaginação, foi indo, foi indo e acabou por estereotipar completamente o gênero, de resto inconsistente, em que labora o velho inimigo cinematográfico de Bing Crosby.

Este *Um conde em sinuca* dá mais uma prova da exaustão de Hope — e esta está longe de ser das suas piores comédias... Há situações, sobretudo para o final do filme, francamente engraçadas, em que o público ri com boa vontade. Mas a coisa é toda feita à base da pura palhaçada, e seria mais fácil encontrar uísque genuíno na praça que um minuto de comédia inteligente num filme de Bob Hope.

Mas ele é um sujeito muito simpático, isso é fora de dúvida. A agitação desse extrovertido, a sua atenção, presteza e resposta pronta não deixam de ter um certo charme aqui e ali. E Hollywood não deixou de agir com habilidade ao fixá-lo no tipo do medroso que não tem vergonha de mostrar o medo — e que eventualmente torna-se um herói através da sorte que tem ao enfrentar as situações perigosas em que se encontra: pois esse é o tipo masculino mais comum dentro da nossa sociedade.

Em *Um conde em sinuca* Bob Hope começa como um ator americano medíocre na Inglaterra, que para não morrer de fome aceita passar por mordomo de uma família de novos-ricos americanos numa cidade do faroeste. Uma série de quiproquós faz com que essa mesma família tenha que apresentá-lo sob a pele de um conde inglês à sociedade local, e ele encontra a grande oportunidade de sua carreira ao se ver forçado a representar o papel que involuntariamente interpreta diante do presidente Theodore Roosevelt, numa visita casual que este faz à cidade.

O filme é cheio de correrias, bobagens, covardias de Bob Hope, piadas orais do gênero radiofônico — enfim, a mesma velha história. O que salva tudo, além dessas poucas gargalhadas que se dá, é o encanto de Lucille Ball — uma excelente comediante que Hollywood vem pondo a perder através de filmes que se vêm cada vez mais mediocrizando.

Última Hora, Rio de Janeiro, 3 de novembro de 1951

ESSA MAMATA PRECISA ACABAR, SENHORES CONGRESSISTAS! (i)

No sentido de alertar não só as autoridades constituídas, como a imprensa brasileira, os intelectuais, os artistas e o povo em geral, resolveu a Comissão de Planejamento do Instituto Nacional de Cinema, à testa da qual se acha Alberto Cavalcanti, tornar pública, através de um boletim, muito breve, uma série de fatos e dados que darão a todos a noção aproximada da crise por que passa o cinema no Brasil e as grandes dificuldades com que luta a comissão, e em última instância o próprio governo, para efetivar as medidas aconselhadas no relatório geral da comissão sobre o cinema no Brasil, a que acompanha o projeto de lei criando o INC.[1]

Como foi suficientemente divulgado, o estudo objetivo levado a efeito por Alberto Cavalcanti e sua equipe, ao longo de três árduos meses — que resultou no relatório geral em mãos do presidente da República [Vargas] e que, salvo melhor juízo, será levado ao Congresso —, preconiza medidas realistas de proteção à indústria nacional do cinema e aos produtores brasileiros. A efetivação dessas medidas viria fatalmente dar um grande impulso à cinematografia no Brasil e colocar o filme brasileiro, como é lógico, em posição de superioridade com relação ao filme estrangeiro no tocante à conquista do mercado interno — coisa que, por incrível que pareça, não existe. Acha-se o nosso cinema inteiramente à mercê das conveniências estrangeiras, de vez que, não havendo base competitiva, o Brasil dá apenas, sem receber nada em troca, como ficará provado abaixo.

Visa o boletim em questão esclarecer o público em geral sobre a premente necessidade de proteger esse ramo da indústria brasileira — de modo a não só criar em bases sólidas uma nova fonte de propaganda e riqueza para o país, como a evitar a enorme evasão de preciosas divisas. Sem a compreensão e patriotismo das autoridades constituídas, da imprensa, dos intelectuais e do público, nada será possível fazer, de vez que os inimigos do cinema brasileiro são poderosos e agem na sombra. Essa proteção pode, de resto, ser levada a efeito dentro da atual política da Carteira de Exportação e Importação do

---

1 O Instituto Nacional de Cinema foi instituído em 1966, mas sua criação remonta a 1947, quando o senador e escritor Jorge Amado, em nome do Partido Comunista Brasileiro, havia proposto a criação de um Conselho Nacional de Cinema para regulamentar a indústria.

Banco do Brasil (Cexim),[2] de acordo com os recentes esclarecimentos, prestados pelo seu diretor, o sr. Luís Simões Lopes. Segundo esses esclarecimentos, verifica-se que aquele órgão não protege indiscriminadamente a indústria nacional a ponto de evitar que sejam importados artigos similares, e que tal critério só se comprova quando os produtos brasileiros oferecem vantagens compensatórias de preço, qualidade e prazo de entrega, o que é fiscalizado pela associação técnica daquele órgão.

Conclui o sr. Luís Simões Lopes que não considera a licença prévia como um meio adequado para proteger a nossa indústria. E acentua: "A solução nacional para o problema está na revisão das tarifas aduaneiras, mandada proceder pelo governo, com a recomendação do próprio punho do presidente Getúlio Vargas e recentemente divulgada, evidenciando que o caráter de tarifa deve ser antes econômico que fiscal".

Última Hora, Rio de Janeiro, 7 de novembro de 1951

---

2 Órgão criado em 1941 no Estado Novo para "estimular e amparar a exportação de produtos nacionais e assegurar condições favoráveis à importação de produtos estrangeiros". Foi substituído em 1953 pela Carteira de Comércio Exterior (Cacex) do Banco do Brasil.

ESSA MAMATA PRECISA ACABAR, SENHORES CONGRESSISTAS! (II)

Em 1950, de um total de 2100 salas de cinema no Brasil, que englobam 1,29 milhão de cadeiras — de um total de 680 mil exibições, assistidas por 195 milhões de pessoas —, foi recolhida uma receita bruta de Cr$ 1,045 bilhão. Deduzidos dessa quantia os 50% correspondentes à porcentagem média reservada aos distribuidores e exibidores, resta a quantia de Cr$ 522,5 milhões. Prestem bem atenção.

Esses cinquenta por cento restantes representam a participação dos produtores estrangeiros e nacionais. Subtraindo-se a receita que coube aos produtores nacionais em 1950, correspondente a 4% daquela quantia — ou seja, Cr$ 20,9 milhões —, vemos que um total de Cr$ 501,6 milhões é transferido através do Banco do Brasil para o exterior — sendo que 70% desse total para os Estados Unidos da América, atingindo US$ 17,850 milhões. O saldo de US$ 7,250 milhões fica dividido entre 21 outros países estrangeiros. Donde se deduz que os produtores estrangeiros retiram do Brasil a enorme soma de US$ 25,1 milhões! Não é à toa que o Brasil é computado como o segundo mercado mundial de filmes para os Estados Unidos, logo depois do mercado de língua inglesa.

Ora, é sabido que o filme brasileiro, ao terminar seu circuito no interior (dois anos em média), aufere rendas maiores que o filme estrangeiro, devido não só às facilidades idiomáticas para os analfabetos e semianalfabetos (que, não podendo ler os letreiros em português dos filmes estrangeiros, preferem ouvir sua própria língua, por pior que seja o som do cinema) como porque o filme nacional divulga temas mais ao seu alcance, mais parecidos com o que ele conhece e com o seu meio. Donde não haver justificativa humana para uma importação tão desproporcional, precisamente num momento de graves aperturas econômicas, quando se recomenda limitar a importação aos bens duráveis de primeira necessidade, no sentido de reanimar a economia nacional exangue.

Essa mamata precisa acabar, senhores congressistas. Atentai bem a isso, quando o Relatório Geral sobre o Cinema Brasileiro, que dispõe também sobre a criação do Instituto Nacional de Cinema, chegar às vossas mãos. E há mais a acrescentar: ao contrário do que acontece na maioria dos países importadores de filmes, nos quais é permitida apenas a entrada de *uma cópia* do filme, chamada *master positive* (no idioma do país de origem da cópia) — cabendo à indústria nacional do país importador fazer um contratipo negativo, a tradução, a dublagem ou confecção das legendas, *e todas as cópias para a exibição* —, ao contrário disso, o que acontece no Brasil é diferente. É sempre diferente o que acontece no Brasil. A nós, os países estrangeiros fornecem também as cópias necessárias à exibição, fornecimento esse computado em cerca de us$ 4 milhões, para o qual licenças de importação são dadas pelo órgão competente.

Em consequência disso, senhores congressistas, além dos enormes lucros auferidos pela produção estrangeira, como os computados antes — que representam uma incrível evasão de divisas —, a indústria cinematográfica estrangeira leva um bocado de verba nesse negócio de fornecer cópias e filmes traduzidos. Tipo da mágica besta. Ninguém faz isso, mas NÓS FAZEMOS. Quer dizer — em lugar de proteger a indústria local, em lugar de ajudar a sua aparelhagem para esses trabalhos paralelos da cinematografia, que fomentam a criação de novos laboratórios e novos técnicos, que criam empregos novos, e sobretudo vão fazendo um mealheirozinho —, dá-se ao produtor tudo isso... e o céu também. E ele só não nos leva as calças porque elas andam bastante esfrangalhadas...

Isso, senhores congressistas, num momento em que boas firmas instalam laboratórios no país, em que já começa a haver pessoal técnico capacitado, em que as cópias feitas aqui igualam àquelas feitas no estrangeiro. Mas conseguem essas firmas os pedidos que deveriam esperar, em vista da boa qualidade de seu trabalho? Recebem, não. E isso por quê? Ah, senhores congressistas...

... porque não interessa aos importadores o desenvolvimento da cinematografia nacional. Eles sabem que as vantagens econômicas que teriam em dar trabalho a essas firmas lhes trariam, por outro lado, a grande desvantagem de ver nascer no Brasil a mão de obra especializada, o crescimento dos laboratórios e a melhoria de qualidade da produção. Não interessa ao produtor estrangeiro o crescimento do cinema nacional. Assim como está é tão bom... Vejam só em 1950: 482 filmes estrangeiros para 22 nacionais... Que delícia!

ESSA MAMATA PRECISA ACABAR, SENHORES CONGRESSISTAS!

Última Hora, Rio de Janeiro, 8 de novembro de 1951

SENSUALIDADE [1]

Há muita gente por aí que sofre de insônia; outros têm letras protestadas; outros ainda têm úlceras ou angina

Mas nada se compara ao que aconteceu ao marquês de Roccaverdina

Neste filme, *Sensualidade*, que em italiano tem o título emoliente de *Gelosia*

E que eu vi no Roxy, onde o som é péssimo, resultando tudo numa tremenda *porquería*.

Imaginem que o marquês se apaixona por uma campônia interpretada pela atriz Luisa Ferida

A qual, por falar nisso, se acha ligeiramente falecida

E, sem coragem para amarquesá-la, em virtude da sua condição plebeia

Obriga-a a se casar com um empregado seu, e a viver castamente com o marido, e a continuar sua amante, e toda essa panaceia

Mas apesar disso dá um ciúme, ou *gelosia*, no marquês que o deixa possesso da vida

Fazendo com que ele assassine, ato contínuo, o marido da Ferida

Ao que se seguem remorsos intensos mas não demais, e o marquês vai se confessar com um padre da aldeia

O qual lhe diz em acres palavras que o que ele tinha feito era uma coisa muito feia

Mas o marquês não dá muita bola, dando em vez disso muita esmola

O que faz com que ele se sinta bonzinho e continue a curriola.

Com a Ferida ao seu dispor, todo mundo há de pensar que o marquês estava como queria

No que muito se enganam, pois o remorso sucedera à *gelosia*

E ele, por dá cá aquela palha, contraía fortemente os zigomas e arrancava tufos de cabelo

Dando gritos de "Basta! Basta!" — ou coisa parecida — que eram de arrepiar o pelo.

Afinal, entregue às baratas, ele se casa com um bagulho local

---

1 Filme do diretor italiano Ferdinando Maria Poggioli lançado em 1942, com Luisa Ferida, Roldano Lupi e Ruggero Ruggeri.

Procedendo em seguida a uma viagem de núpcias pela Itália em companhia do animal.

Mas, na volta, não tinha acontecido nada... e o marquês, louco, vai à vida

Até que um dia, encontrando a Ferida no campo, ele vai reto na Ferida

Dando-se consequentemente uma certa calamidade doméstica, acrescida do ato de que ele, o marquês

Põe-se a ouvir a voz do assassinado, enquanto por sua vez

O indigitado criminoso, um pobre coitado, morria na cadeia pelo mal que não fez.

Em resumo: a fita terminou com o marquês completamente biruta e hemiplégico

Enquanto os espectadores evacuavam o cinema num ambiente meio trágico.

Essa história, como tudo, pressupõe uma MORAL:

Mais vale uma Ferida na mão do que um bofe conjugal.

Última Hora, Rio de Janeiro, 9 de novembro de 1951

CALÚNIA

Depois de um longo e tenebroso inverno, volta Tay Garnett a dar um trabalho de direção digno desse nome, com a película *Calúnia*, ora em cartaz nos Metros. Feito sobre a conhecida história da carta comprometedora, devolvida ao destinatário por insuficiência de selo — o que impede que seja inculpada uma esposa inocente, a quem um marido cardíaco e deteriorado de ciúme planeja matar —, *Calúnia* recebeu de Tay Garnett um tratamento diretorial como poucas vezes se vê hoje em dia, e de admirar dentro do atual quadro de trabalho do homem que fez *SOS Iceberg* e *Okay, América!*: basta ver o abacaxi recém-exibido chamado *Três grandes amigos*.

Não sei se por se tratar de uma produção em tom menor; se por um desses eventuais estalos do Vieira que o Metro tem, o caso é que o diretor fez bom cinema com a história que lhe coube — um bom cinema narrativo, como era tão comum ver nos *beaux vieux temps*.[1] Usando para fundo do seu drama uma pequena casa da classe média tipicamente de Los Angeles, numa dessas muitas ruas claras e limpas, bem batidas de sol, como há na capital do cinema — e para personagens dois atores também incapazes de grandes voos—, conseguiu Tay Garnett um grande realismo de tom, que resultou por contraste num forte elemento de intensificação de angústia. O décor natural é tão veridicamente americano — americano de Los Angeles —, a esposa é tão *"the average American housewife"*, ou seja, o tipo comum da esposa americana; a quente placidez do dia de verão californiano é tão sensível; a casa é decorada com o gosto burguês local de modo tão palpável que a narrativa cinematográfica ganha uma grande verossimilhança que só faz intensificar o "suspense" da trama.

Loretta Young, uma atriz medíocre mas consciente, foi excelentemente trabalhada por Tay Garnett para o seu papel, que não é fácil. O diretor desglamourizou-a o mais possível, deixando-lhe sensíveis no rosto delicado as marcas do cotidiano doméstico — e ela se comportou à altura, na difícil cena da tentativa de assassinato, aliás uma das melhores do filme. Do ponto de vista do cinema, a melhor cena do filme para mim é aquela em que Loretta voltou ao quarto onde o marido se encontra morto. Garnett usou de imagens refletidas

---

1 Em francês, "bons velhos tempos".

em espelho com um alto espírito de novidade. O revólver que dispara, apesar de se esperar por isso, é um elemento efetivo de choque.

Bravos a Tay Garnett e à Metro. Pena que não façam coisas assim mais comumente.

Última Hora, Rio de Janeiro, 18 de dezembro de 1951

OS AMORES DE CAROLINA

O espírito do epigrama francês nem sempre consegue ser sutil. Às vezes, como neste *Os amores de Carolina* — feito pelo diretor Richard Pottier sobre um roteiro que conta com o nome de Jean Anouilh, cenarista[1] do excelente *Monsieur Vincent* —, consegue ser também sórdido e chato. Pois tal foi a impressão que me deixou este filme interminavelmente vivaz, onde ainda se patenteia, como muito bem fez ver meu colega de crítica Moniz Viana, uma certa atitude Vichy que cheira a podre.

A película deixa, em todo o seu decorrer, o mesmo mal-estar que dá esse desagradável espécime do gênero humano que se chama contador profissional de anedotas ou fazedor contumaz de trocadilhos. Falta ao subentendido malícia de boa qualidade, e a bela Carolina, bastante bem interpretada por Martine Carol, acaba por deixar uma impressão ruim de passividade e vigarice. Ela é a representante de uma desagradável classe de mulheres — as frívolas, indiretas e sexualmente atentas, que se deixam ir ao sabor da vida, incapazes de interesse por nada que não sejam elas próprias e o homem da ocasião.

Uma tal personagem poderia, é claro, viver como personagem em função de uma sociedade da qual fosse o fruto malsão. Mas em *Os amores de Carolina* essa sociedade não é mostrada — e confessamos sinceramente que os adultérios e deitadas da bela dama não constituem matéria bastante para deles se fazer um filme, ou um livro, ou coisa nenhuma. Afinal de contas ninguém tem nada a ver com os amores extraconjugais de ninguém, a não ser em caso próprio, ou quando, na arte, esses amores são a refração de um ambiente social e romanescamente importantes — como no caso de *Madame Bovary*, de Flaubert.

Os amores de Carolina pouco valor tem. Como cinema, sofre da indignidade do tema, da sua falta de saúde ética; como espetáculo, pouco mais tem a mostrar que o decote da sedutora adúltera, de que usam e abusam os realizadores. É uma pena que o cinema francês esteja descendo tão baixo a ponto de ter de copiar o espírito de *A ronda* para exercer sua triste malícia.

Última Hora, Rio de Janeiro, 28 de novembro de 1951

---

1 Ver nota sobre *cenário*, em "*Um punhado de bravos* (II)", p. 187.

TRIO

O escritor inglês Somerset Maugham foi um dos favoritos da sofisticação do século. Um romancista agradável e sobretudo um bom contista, ele, trabalhando com uma polidez literária bem inglesa tramas de ótima urdidura, por vezes sórdidas, conseguiu uma popularidade sem par entre os escritores chamados "fáceis" de nossos dias. Aliás, diga-se em seu louvor, ele nunca se enganou, nem pretendeu enganar ninguém sobre si mesmo. Tudo que jamais pretendeu, segundo diz, foi ser um bom narrador — e isso o conseguiu plenamente.

Mas o público se deixou levar, o público medianamente inteligente, e Maugham ficou sendo chique. Seu tipo de literatura, de comércio garantido, espalhou-se como uma praga pelo mundo em sub-Maughams de todas as nacionalidades, como aconteceu com Ludwig e Zweig, que criaram mais "subs" do que o Dasp.[1] O best-seller passou a ser um fim literário em si, e todo mundo pôs-se a escrever "para". Leia-se: para o cinema, pois Hollywood alimentou e alimenta como ninguém esse gênero de literatura.

Nada disso, no entanto, tira a qualidade de Maugham, que, sem chegar a ser um grande escritor, a possui. Seus contos são em geral boas narrativas, e ele, escrevendo bem, escreve fácil, o que lhe estende de muito o público.

Três destinos ou *Trio*, o filme ora em exibição, foi feito sobre três boas histórias de Maugham: "O sacristão", "O sabe-tudo" e "O sanatório". Todo mundo as conhece. A produção foi arrumada para ir na onda de *Quarteto*,[2] que teve boas bilheterias — também feito sobre histórias de Maugham. Os diretores Ken Annakin e Harold French dividiram as responsabilidades de dois terços para o primeiro e um terço para o segundo — e o resultado foi uma película que, sem ter a qualidade da primeira, também não a desonra.

Das duas primeiras histórias, dirigidas por Annakin, a que mais me agrada é "O sacristão". Mas das três a que mais me parece ter o melhor teor cinematográfico é mesmo "O sanatório", feita por Harold French. É, de resto, uma verdadeira cinenovela, mas extensa e complexa — na qual tanto Maugham como o seu diretor deram mais, a presença de Simons faz o resto, pois ela está

---

1 Ver nota em "A Bahia em branco e preto", p. 58.

2 Referência ao filme dos diretores Arthur Crabtree, Harold French, Ken Annakin e Ralph Smart lançado em 1948 como adaptação do livro homônimo de Somerset Maugham, *Quarteto* (1948).

um tal encanto em todo o decorrer da narrativa que se chega a ficar com pena de não ter tudo sido feito só para sua adorável presença.

Três destinos não é um grande filme e eu, sinceramente, acho que o gênero não deve ser repetido muitas vezes. É um negócio que pode, de repente, encher até o auge. Mas o fato de haverem bisado *Quarteto* com *Trio* não chega a comprometer a qualidade da produção, que foi mantida.

Última Hora, Rio de Janeiro, 19 de dezembro de 1951

DEUS NECESSITA DOS HOMENS

Eu não sei quem foi que traduziu o título do filme de Jean Delannoy, *Dieu a besoin des hommes*, para *Deus necessita dos homens*. Se Deus fosse o general-chefe do serviço de recrutamento, a proposição se justificaria. Mas o que me parece é que, dentro do espírito do livro *Un recteur de l'Île de Sein*, e da película resultante, o que a coisa quer dizer mesmo é que "Deus necessita dos homens", ou melhor ainda, "precisa", que é um verbo menos utilitário e semanticamente mais simples. E com isso vamos ao que importa.

Trata-se, sem dúvida, de um belo filme — mas que não me chegou a convencer integralmente. E, quanto mais penso nele, menos ele me convence. Fui ao cinema talvez com mais esperanças do que deveria. O trailer visto há semana antes me deixara entusiasmado. Mas agora, pensando a frio — coisa que só raramente faço no ato de ver cinema —, certos defeitos encobertos pela beleza do tratamento dado por Delannoy ao tema começam a se evidenciar cada vez mais.

Para princípio de conversa, Delannoy calcou um pouco forte demais sobre *O homem de Aran*, o soberbo documentário de Flaherty sobre a vida na ilha de Aran e a comparação entre os dois filmes não deixa *Deus necessita dos homens* na melhor situação. Depois, fez ele seu trabalho também um pouco demais sobre esse soberbo ator que é Pierre Fresnay, que brilha como o planeta Júpiter em todo o transcurso do filme. Fresnay — e não o culpamos por isso — se deixa levar pela sua capacidade ímpar de intérprete, e o resultado é que a película resulta muito falada, e que obriga a um exagero de primeiros planos, em geral funcionais dentro do espírito do filme, mas cinematograficamente desnecessários se, em vez de Delannoy, tivesse sido ele dirigido por um Flaherty ou um Cavalcanti.[1]

Fresnay, do ponto de vista do puro ator, está soberbo — e os pequenos senões que sua interpretação apresenta são, para mim, defeitos mais de Delannoy que dele próprio. É, do ponto de vista do cinema, o erro fundamental do estrelismo — contra o que Chaplin tanto clamou, e em que incidiu por uma vez em benefício da mulher amada, ou seja, Paulette Goddard, em *Tempos*

---

1 Provável referência ao diretor, produtor e roteirista brasileiro Alberto Cavalcanti (1897-1982), que foi produtor-geral da Companhia Cinematográfica Vera Cruz.

modernos. Acontece que às vezes "se vê" Fresnay representar — e isso dá sempre uma sensação desagradável em cinema.

Tematicamente, o filme é forte e belo, com um grande sentimento do orgânico — embora não se sustente todo o tempo no mesmo tom. Mas isso é porque Delannoy não é um Flaherty. De qualquer modo, a fotografia é, no mais das vezes, do melhor teor, em nada traindo a rusticidade do ambiente e da história que filma. O corte também, em geral bom, atinge um grande efeito em duas cenas: aquela em que Fresnay estoura o frasco d'água em frente à casa do cura, e a que se seguem uns planos de mar violento; e uma outra magistral, do suicídio de Daniel Gélin.

Do ponto de vista da história, o filme é afirmativo: velhacamente afirmativo, pois não chega a afirmar nada. Mas insinua muitas coisas. Insinua que o homem é, na realidade, o que importa. Insinua que a intervenção da Igreja em geral não se dá senão a coberto da gendarmaria.[2] Insinua que as mulheres são seres que também podem ter livre escolha: a de seus homens, por exemplo. Insinua que a moral obedece muito à dialética de viver, e que o pecado é mais fruto da necessidade e da condição que da maldição do homem. Insinua, em suma, a ideia da dignidade do ser humano, coisa que anda na maior deflação deste lado do planeta.

Última Hora, Rio de Janeiro, 20 de dezembro de 1951

---

2   A guarda republicana, na França.

É UM ABACAXI, MAS...

Um amigo meu, outro dia, ficou indignado com o fato de "O roteiro do fã" deste jornal mandar prestigiar um filme como *Garota mineira*.

— É o pior abacaxi do mundo! — disse-me ele, apertando com o indicador os óculos contra o nariz, num gesto característico.

É. Mas a coisa é que a gente se põe a espinafrar os filmes nacionais, é um massacre. Não é possível, pelo menos por enquanto. Trata-se de uma indústria incipiente, lutando com as maiores dificuldades, eivada de erros básicos, à mercê de um truste de distribuição e exibição a que em nada interessa o progresso, em bases artísticas e econômicas estáveis, da cinematografia brasileira, de vez que enche mesmo a burra é com o mercado de Hollywood, cuja pressão é imensa.

A verdade é que os filmes são geralmente ruins, e por vezes tão ruins, que são conhecidos como vassouras cinematográficas. Já têm saída do cinema antes do fim. Mas acontece que, diante de todos esses fatores negativos, são filmes brasileiros, representativos de uma indústria infante que luta por se afirmar e competir. Tem direito ao seu lugar ao sol, ou melhor, à escuridão dos cinemas.

Daí a necessidade de prestigiar. O cinema nacional necessita de dinheiro do povo para se manter, para poder tocar para a frente. O fato de haver maus filmes, feitos por maus diretores, não obriga menos o povo a este dever básico: de prestigiar primeiro o que é nosso. Da porcaria podem nascer flores. E o espírito de porco sistemático não auxilia em nada o progresso de coisa alguma. Os erros já foram estudados, o Congresso tem atualmente em mãos um relatório desses erros e um projeto que vai certamente ajudar a debelá-los.

Um dever foi cumprido, por parte dos especialistas, de colocar diante dos olhos do governo os males e as soluções. Mas, enquanto seu lobo não vem, não é possível ficar numa atitude meramente negativista. A produção precisa estar em marcha. Não da maneira preconizada pela lei recente, que me parece veio facilitar o exercício do mau filme, mas de uma maneira ou de outra, enquanto as medidas orgânicas não entram em vigor.

Última Hora, Rio de Janeiro, 28 de dezembro de 1951

ZERO À ESQUERDA

Um vespertino, de resto pouco lido, ontem abriu fogo contra o diretor Alberto Cavalcanti, devido a uma convocação feita por este, sob recomendação da Cexim,[1] para uma mesa-redonda de produtores, distribuidores, representantes de companhias estrangeiras, exibidores e laboratoristas na qual pudesse ser discutido o problema da copiagem de filmes estrangeiros no Brasil. Essa copiagem, como já foi dito, redunda não só numa inútil evasão de divisas, que são transferidas através do Banco do Brasil para os países de origem (computadas em cerca de us$ 4 milhões em 1950, e não us$ 40 milhões; como disse o articulista, eu mencionei us$ 40 milhões, e retrato-me inteiramente por esse involuntário zero a mais à direita),[2] como subtrai a laboratórios brasileiros, com capacidade para iniciar esse gênero de trabalho, grandes possibilidades de se desenvolverem, criarem novos técnicos e passarem a constituir um pequeno núcleo industrial do maior interesse.

A coisa é de tal simplicidade que até agora ainda não entendi bem a razão de ser do ataque de bile do articulista — aliás, useiro e vezeiro nessas descargas. Passo, pois, a repetir do que se trata. A coisa é a seguinte: é hábito nos países com capacidade para tal, e no sentido de proteger a própria indústria, receber UMA só CÓPIA dos filmes importados — cópia essa chamada *master positive* — no idioma do país de origem da cópia em apreço. Os países compradores pegam essa cópia, fazem com ela um contratipo negativo, traduzem-na, arrumam-lhe a dublagem, confeccionam os letreiros e tudo o mais que for necessário — e além disso tiram todas as cópias necessárias à exibição. Com isso defendem eles a sua indústria aplicando internamente um capital que, do contrário, se evadiria fatalmente para outras latitudes.

Mas no Brasil tal não acontece. Nós, além de recebermos os filmes, recebemos também as cópias — e ficam os nossos laboratórios aí diminuídos de muito em sua capacidade de produzir, que é, paralelamente, a de poder criar novos técnicos e melhor servir à própria indústria nacional. Esse estado de coisas é o que se chama vaca leiteira para a indústria cinematográfica estrangeira.

---

1 Sobre a Carteira de Exportação e Importação do Banco do Brasil (Cexim), ver nota em "Essa mamata precisa acabar, senhores congressistas (I)", p. 251.

2 Referência à crônica "Essa mamata precisa acabar, senhores congressistas! (II)", p. 253.

E quem disser o contrário ou age com burrice, ou com má-fé.

Que a Cexim esteja interessada em estudar esse problema, ouvindo todas as partes interessadas, nada me parece mais lógico. Que ela se coordene com Cavalcanti para fazê-lo, também. Cavalcanti está à testa de uma comissão oficial encarregada de estudar os problemas relativos à cinematografia brasileira em geral. Que eu saiba, essa comissão não foi extinta. Que Cavalcanti mande a sua convocação em papel timbrado do Ministério da Educação e Saúde, nada mais natural, de vez que está funcionando naquele belo prédio, e com a autorização do ministro Simões Filho. Esse material foi requisitado e fornecido como sói acontecer. De modo que, francamente, eu não sei onde está o gato, nem compreendo a razão de ser da raiva do articulista, quer contra Cavalcanti, quer contra este cronista, a quem é atribuído um ar de "petiz traquinas" e uma guia de dólares que, francamente, vai deixar a casa onde ele trabalha, e da qual foi presentemente requisitado — ou seja, o Itamaraty —,[3] cheia de assombro: de vez que ele podia estar cumprindo muito mais bem pago mais um ano no exterior, de onde veio a pedido, e perdeu com a presente requisição uma gratificação mensal que percebia em sua qualidade de chefe de um serviço.

O meu zero à direita foi inteiramente involuntário. Mil perdões. Pelo ar de "petiz traquinas", agradeço penhorado.

O resto é zero à esquerda.

Última Hora, Rio de Janeiro, 4 de janeiro de 1952

3 Vinicius de Moraes iniciou sua carreira diplomática em 1943. Em memorando ao chanceler Magalhães Pinto, o então presidente da República, marechal Arthur da Costa e Silva, decretou a demissão de Vinicius de Moraes no fim de 1968.

ESTRADA 301

Sob a direção de Andrew Stone, e apresentado por três governadores de estados americanos sulistas — Maryland, Virgínia e Carolina do Norte —, este filme de gângster traz mais uma vez à baila, sob o manto diáfano do semidocumentarismo da pseudoescola neorrealista, uma pequena mostra da luta da polícia contra o crime nos Estados Unidos. O que estaria muito bem e seria por nós amplamente aplaudido, não fosse o gênero grandemente culpado, como já foi provado por vários estudiosos americanos, da alta do índice de criminalidade, sobretudo juvenil, naquele país. Este filme mostra bem de que maneira se exerce essa influência. E eu vou procurar analisá-la aqui, de vez que uma tal influência pode perfeitamente adquirir um caráter extraterritorial e passar a agir na mente dos nossos próprios jovens — muitos dos quais já bastante imbecilizados pelo novo tipo de machismo criado depois da guerra, que consiste numa mescla de temperamentalidade latina (o machismo hispânico que alimenta o mito da superioridade masculina e parece sempre sob a forma da arrogância sexual e do desdém à mulher) e gangsterismo amador (que consiste na admiração pela violência vazia, pela força do braço mais que da palavra, e criou os místicos da pancada, os fanáticos do pé na cara, os grupos de briga — verdadeiros comandos, capazes de se assenhorar de um baile ou de um bar, desacatar homens e mulheres à base do desrespeito e do palavrão, criando um mal-estar geral que, em lugar de deprimir, os diverte).

Um tal tipo de machismo não nasceu no vácuo. Não. Foi sendo lentamente absorvido, atraído da mostra constante da violência que dá o tom a um filme como este *Estrada 301*. A glamourização do gângster, por criminoso, do "herói" taciturno e frio que passa fogo em suas vítimas com um sorriso no canto da boca foi por demais culpada por essa nova tara de toda uma geração e que ameaça reaparecer com mais força ainda na de amanhã. A popularidade de um Alan Ladd, de um Humphrey Bogart, de um James Cagney, e outros mais, provém do fato de que eles estão dispostos a tudo, atiram sempre para matar, são capazes de pisar na cara de qualquer adversário caído e arrastam sempre atrás de si umas tantas vigaristas, em geral dipsômanas ou toxicômanas que sempre apanham umas bofetadas ao menor pretexto. Esse foi o veneno instalado no cérebro da moderna juventude numa idade em que a natureza predispõe naturalmente à luta e à afirmação. Sair de um filme de gângster para um assalto, uma briga, uma orgia, um ataque a uma mulher indefesa é coisa já por demais banal para que sobre ela se comente. São crimes comumente computados. O slogan de que o crime não compensa passou a ser uma faca de dois gumes. Não compensa mas como é divertido!, devem ter pensado muitos jovens antes de praticar as violentas façanhas capazes de aumentar a popularidade junto à "turma".

Esse trauma moral é patente, quando se perscruta numa sala escura de cinema as jovens fisionomias que se iluminam a cada possante soco, a cada nova fuzilaria de metralhadora de mão. O homem que mata a mulher com um sorriso, que lhe quebra a cara, pisa no adversário, que assalta um banco com uma precisão mecânica, que atira, atira, atira — sempre, sempre, sempre —, que fabuloso deus não é ele dentro de uma sociedade que vem sendo alimentada pelo mito da sobrevivência do mais forte, da guerra necessária, da riqueza a qualquer preço, do salve-se quem puder! Esse filho espúrio do nazismo como o capitalismo, que herói não representa para uma geração que, antes mesmo da maioridade, se compraz em perversões sexuais de toda ordem, que acha que nenhuma mulher presta para nada e carrega consigo o pavor prévio dos chifres — e por isso se recusa formalmente à cordialidade e ao amor!

Um filme bem-feito, dirão muitos. É, de fato, bem-feito. Com a perfeita compreensão de trauma que está causando — e por isso mesmo tão mais bem-feito ainda. E sobretudo tão bem-intencionado... Em *Estrada 301*, o representante da polícia no filme, contra todos os modernos preceitos psicológicos que ditaram a criação das novas penitenciárias, diz com uma frieza sádica que aqueles criminosos precisam ser tratados com a maior dureza, porque deles não se pode esperar a menor contemplação. É o "olho por olho, dente por dente", mas desta vez preconizada pela autoridade. Bravo, mundo novo! Senhor Deus, onde estás que não respondes...

Última Hora, Rio de Janeiro, 12 de janeiro de 1952

SAMBA E MULHER BONITA SOBRANDO EM PUNTA DEL ESTE

Uma das figuras que maior popularidade conquistou em Punta del Este foi o ator inglês Trevor Howard, cujo filme *O pária das ilhas*, sobre a história de Conrad, acabei de ver.

O filme é, de certo modo, uma decepção. Não lhe falta, é claro, o brilho da direção de Carol Reed, cujo filme *O terceiro homem* o público carioca viu recentemente. Mas o aristocratismo cinematográfico de Reed lhe vai, pouco a pouco, prejudicando o processo de comunicação, e o resultado com o seu novo filme é que ele, no final das contas, resta na tela, em vez de acompanhar o espectador até em casa — o que constitui o teste cem por cento de uma grande película.

Para quem conhece a história de Conrad, o filme resulta mais desapontador ainda. Reed não soube transpor o selvagem barroco do grande escritor polonês em língua inglesa, e a sua transcrição parece mais refletir o espírito de Somerset Maugham que o do seu confrade maior. Mas, de qualquer modo, o trabalho dos atores principais — Ralph Richardson Trevor e Robert Morley — é de primeira água.

Trevor Howard, segundo muito bem constatou o jovem ator francês Michel Auclair (de cujo trabalho em *O direito de matar* todos se devem lembrar), tem o olhar mais triste do mundo. Nos jardins do Cantegrill — o Country Club local — passeia ele metido numas bombachas negras de brim, transportando tediosamente seu corpo para qualquer direção. Pois a verdade é que Trevor Howard parece ser um homem supinamente chateado da vida; apesar de pouco se divertir, é sempre dos últimos a sair das boîtes locais.

O mesmo não acontece com a grande atriz inglesa Ann Tood. Ann Tood, embora fazendo menos vida em comum que seu ilustre colega de delegação, é uma pessoa muito mais bem-falante e interessada. Trata-se incontestavelmente da *grand lady*[1] do festival, e seu conhecimento de cinema vai além da parte puramente estética ou interpretativa. Ann Tood conhece também a mecânica do filme e até mesmo a sua cozinha administrativa, coisas que provavelmente absorveu de seu marido, o diretor David Lean — que é para mim superior a Reed — e que infelizmente não pôde comparecer a Punta del Este.

---

1 Em inglês, "grande dama".

O simpático produtor John Sutro, chefe da delegação inglesa, parece um sósia do tétrico ator característico Sydney Greenstreet. Seu grande corpo gordo, seu rosto pesado e aparentemente mau possuem uma extraordinária mobilidade que se manifesta sobretudo quando ele quer ser gentil com algum membro de outras delegações. Sendo ele um velho amigo de Alberto Cavalcanti, a mim me foi fácil bater longos papos com o produtor de *Sétimo véu*, filme que na realidade lançou Ann Tood no caminho da fama.

Fiz a Mr. Sutro várias perguntas sobre as dificuldades da distribuição dos filmes ingleses no Brasil, o que nos faz perder películas da qualidade de *As oito vítimas*, *Passaporte para Pimlico*, *Alegrias a granel!* e outros a que tive a oportunidade de assistir em Hollywood. Mr. Sutro franziu dolorosamente o seu imenso carão, por um instante me pareceu que ia chorar, depois esticou meio metro de beiço para a frente e falou que ia tratar do assunto logo que chegasse à Inglaterra. Um outro ponto sobre que insisti com ele foi sobre a possibilidade de obter filmes da Inglaterra para a Cinemateca Brasileira, em bases de igualdade com a Cinemateca Francesa ou do British Films Institute. Mr. Sutro reiterou seus protestos de cooperação e falou que levaria o assunto à atenção de Roger Manvell, presidente dessa última organização.

A vida nas boates é das mais intensas nestas latitudes. Em geral, as mais frequentadas são a Noa-Noa, no próprio Country Club, e a Carroussel, no Hotel San Rafael, que, com o Hotel Nogaró, é o que há de melhor em Punta del Este.

Entre os frequentadores mais diários dessas boates estão os membros da delegação francesa. Ali se veem todas as noites: Daniel Gélin e Michel Auclair, bem como a jovem atriz Brigitte Auber. A esplêndida Arletty, que é para mim a figura máxima do festival, não compromete a sua dignidade de grande vedete com uma permanência demasiado longa em tais lugares. Enrolada em sua fabulosa capa de zibelina — que ela usa ainda à antiga, de um lado sobre o ombro e do outro passada por debaixo do braço, o que lhe deixa a linda omoplata à mostra —, Arletty passa como uma deusa, com um ar que ninguém nunca descobrirá se é a coisa mais cafajeste ou mais chique do mundo. Pois Arletty é o suprassumo de tudo o que existe em todas as mulheres de qualquer classe. Seu rosto extraordinário, que começa a envelhecer, possui, mesmo quando sério, um misterioso sorriso que lhe pousa permanentemente na boca como uma flor inefável, sorriso de Gioconda...

Sorriso é o de Arletty! O diabo da mulher parece uma fonte de sabedoria, e é capaz dos maiores arrojos em matéria de gosto. Ela compareceu ao baile das delegações com duas enormes papoulas à maneira oriental na cabeleira bem espichada. Pois bem: não podia haver coisa mais francesa no mundo que Arletty, com papoula e tudo.

O ator José Lewgoy, que é tarado por ela, declarou, depois de vê-la funcionar por alguns dias, que só Arletty, além dele próprio, poderia fazer Santos Dumont no cinema — papel que é, de resto, o sonho da vida do simpático ator brasileiro.

Nas boates as delegações se misturam um pouquinho mais. Países com velhas pinimbas esquecem-nas no remelexo do samba, da rumba ou do mambo. As lindas atrizes suecas fazem a sua ginástica coreográfica nos braços de um latino-americano ou outro, e assim correm as noites. Essa cordialidade é, diga-se a bem da verdade, bastante estimulada por quatro enormes araras que passam as noites insones dentro de uma grande vitrine iluminada a um canto da boate e por isso mesmo dedicam-se às maiores velhacarias com essa simplicidade e direiteza que, no mundo animal, só os bichos sabem ter.

A música que predomina é o samba. Devido às dificuldades opostas ao turismo argentino pelo próprio governo Perón — pois, ao que parece, o Uruguai estava em vias de se tornar uma meca de refugiados políticos —, o grosso dos visitantes é mesmo pessoal brasileiro — e como sempre fazendo um pouco de onda. E há tudo: grã-finos do Rio e de São Paulo, jornalistas, fotógrafos, gente de cinema, gente de rádio, gente de toda ordem.

Mas uma coisa seja dita por este festival — nunca, a não ser em Hollywood, para onde converge toda a beleza feminina dos Estados Unidos, vi eu tanta mulher bonita reunida em área tão pequena. Chega a dar uma gastura. Se meu amigo Jayme Ovalle estivesse aqui, aposto que passaria as noites a procurar liricamente por uma feiinha...

Última Hora, Rio de Janeiro, 6 de fevereiro de 1952

CUIDADO COM *CUIDADO COM O AMOR!*

A produção média de Hollywood é mesmo muito ruim, justiça lhe seja feita. Mas quando a gente pega pela proa um negócio como este *Cuidado com o amor*, a gente vê que nossos amigos ingleses são capazes de fazer coisa pior quando estão com apetite. Mas não há de ser nada. Não há de ser nada porque um dia nós ainda havemos de fazer um filme que comece em Londres — na nossa embaixada naquela capital, por exemplo, como é, mutatis mutandis, o caso em *Cuidado com o amor* — e colocar uns *policemen*[1] ingleses falando, digamos, com sotaque irlandês. Porque eu juro que ouvi um dos policiais brasileiros neste filme falar *el más puro castellano.*[2] Mas não há de ser nada.

Cuidado com o amor é um dos mais legítimos "ananases" saídos do navio que Deus na Mancha ancorou. Uma comédia pseudossofisticada que, vai ver, vai ver, é na realidade a história de um cáften que atira a própria mulher para cima de outros homens com olho na erva. O engraçado é que a moça (Margaret Lockwood) acha o processo mais ou menos normal e mete os peitos com um milionário possuído dos melhores sentimentos (Norman Wooland) e acaba, no final das contas, casando com ele, para grande desespero do nosso prezado cafetão, que, assim entremostra o filme, parece que no fundo amava a mulher mesmo na raça. Como se vê, uma película imbuída da mais sã moral, e norteada por princípios éticos à altura de qualquer princípio.

Há uma coisa que o público brasileiro precisa aprender com a maior urgência — a vaiar o que lhe desagrada. A vaiar o que lhe desagrada e aplaudir os filmes de que gosta. Ontem, no Rian, a plateia, em várias ocasiões, fazia franca caçoada das muitas bobagens de que está o filme cheio — mas sem chegar a vaiar mesmo no duro. Comecem as plateias a vaiar os maus filmes que lhes são impingidos a dez cruzeiros por cabeça e verão quão salutar é esse hábito. Mas vaiar apenas. Nada de quebra-quebra. Uma possante vaia vale, frequentemente, muito mais. Os críticos registram, os exibidores computam e os produtores roem as unhas. Eu já vi isso ser feito por plateias na Europa e nos Estados Unidos e com os melhores resultados. Que diabo! Que a gente tenha que engolir os "abacaxis" brasileiros, ainda passa. Mas ananases.

Última Hora, Rio de Janeiro, 21 de fevereiro de 1952

---

1 Em inglês, "policiais".

2 Em espanhol, "o mais puro castelhano".

O PIRATA DA JAMAICA

Baseado num livro de aventuras de Roger Gaillard, *O pirata da Jamaica* é um filme bastante fraco, confirmando infelizmente o baixo nível das últimas produções francesas que temos visto. Seu argumento assemelha-se demasiadamente às histórias de aventura de Hollywood, que são geralmente estreladas por atores de cara feia tipo Humphrey Bogart, e passadas em lugares estranhos da Ásia ou da África, envolvendo sempre algum contrabando e não deixando de ter um gordo covarde e sem escrúpulos, à maneira de Sydney Greenstreet.

O pirata da Jamaica tem tudo isso. Pierre Brasseur oferece um dos piores trabalhos em trejeitos e caretas de homem mau, o que não convence de modo algum, pois há um certo ar inegável de prosperidade burguesa em todo o seu rosto e até em seu corpo, que já dá sinais de uma barriguinha respeitável... sua companheira, a novata Vera Norman, tem uma carinha bem interessante, mas nada pode fazer com um papel tão inexpressivo.

O mesmo acontece com Louis Seigner (da Comédia Francesa), que no filme é o "gordinho", covarde e ao mesmo tempo astuto, mas que acaba sempre dominado pela esperteza quase clarividente do mocinho da fita.

A história apresenta cenas de interesse momentâneo a princípio, pois conta com uma fotografia bastante razoável, porém, à medida que se desenrola, vai ficando cada vez mais monótona. De história de aventura que era, passa a dramalhão com amores rompidos, uma moléstia incurável e deselegante no galã e muita filosofia barata, que, dita em francês, com voz soturna, olhar distante e mãos rodando no copo de uísque, parece coisa inteligente, mas vai ver mesmo não tem nada que se aproveite.

Por isso a gente sai do cinema com uma vaga impressão de ter sido tapeado, pois, afinal, pagar dez cruzeiros e não ter ao menos uma surpresa, uma situação interessante, um inesperado qualquer, é de amargar...

Mas, afinal, minha gente, vamos ser mais generosos e não criticar demais, pois seria mesmo uma bobagem lançar um filme bom numa época dessas, com um Carnaval cheio de indulgência e todo mundo esquecendo de cinema e só querendo mesmo é sa... sa... sassaricar...

Última Hora, Rio de Janeiro, 29 de fevereiro de 1952

"EU SOU O PIRATA DA PERNA DE PAU… PAU… PAU…"

A gente, quando é criança, brinca de uma porção de coisas, e dentre as melhores está isso a que meus irmãos e eu chamávamos "brincar de pirata".

A brincadeira em minha casa consistia em se vendar um olho com uma faixa preta, enfiar na cabeça um chapéu velho de mulher, de aba larga (com uma pluma, melhor ainda), calçar umas botas de cano alto, de papel de jornal, e atirar-se a grandes abordagens e duelos. Um *Eu Sei Tudo*[1] enrolado e amarrado com barbante substituía com vantagem as espadas toscas de madeira, que sempre terminavam por ferir alguém.

Meus irmãos e eu duelávamos até a morte, e isso pulando das cadeiras para a mesa, da mesa para o étagère, do étagère para a janela, em saltos monumentais frequentemente frustrados pela perícia do adversário. Galos na cabeça, brigas à beça (que aconteciam), castigos maternos e o desespero de meu avô, que colecionava cuidadosamente o *Eu Sei Tudo*, não eram bastantes para conter a nossa flibusteirice, para não dizer flibesteirice.

Era divertido à beça. Quando entravam primos, melhor ainda, porque eu tinha umas primas que eram um espetáculo de garotinhas, e aí então davam margem para grandes e pequenas velhacarias infantis.

Que é que nós podíamos ter por esse tempo? Uns nove, dez anos. Um era Morgan, outro Laffite, e a sala de jantar uma eterna galera sempre pronta para os nossos combates.

O que está certo. Crianças de nove a dez anos podem brincar de pirata, caso não prefiram pique, ou bento que bento frade, ou amarelinha, ou jogar gude ou quatro cantos — enfim, qualquer dos inúmeros jogos que fazem parte dos folguedos da infância.

Mas que um burro velho como Douglas Fairbanks Jr. e outros achem graça em brincar de pirata, essa eu acho um pouco forte. Uns marmanjões aos pulinhos, já mais para lá do que para cá… francamente.

E o público vai ver. Não é só criança, não. Gente grande, pai de filho, com letras a vencer, vai aos cinemas para outra gente grande brincar de pirata. Agora me digam, isso tem cabimento? Eu se fosse ver as fitas de pirata com que

---

1 Trata-se de uma revista que circulou no Brasil entre 1917 e 1958.

Hollywood, no seu programa usual de escapismo, enche hoje em dia os mercados do mundo, levava pelo menos no bolso um ioiozinho para ir brincando com ele pela rua quando saísse do cinema.

Última Hora, Rio de Janeiro, 8 de março de 1952

UMA VEZ POR SEMANA

Temos em determinado circuito de cinemas *O poder da fé*, com Charles Boyer, que, escusado acrescentar, provocará uma enchente de balzaquianas muito balzaquianas que formam o time de suas fãs. Nesse filme, o francês de olhar lânguido e fala cavernosa representa um padre, porque já compreendeu há muito tempo que o seu tipo de galã ardente e amoroso já estava ficando tão fora de moda quanto a guerra na Coreia. Como sempre considerei aquele *"French lover made in Hollywood"*[1] um bocado cacete e péssimo artista, muito me surpreenderei se o filme prestar.

Em todo caso é recomendável às senhoras de mais de cinquenta que costumam rejuvenescer quando assistem a um filme seu, o que prova a utilidade do mesmo. Quanto a este *A princesa e os bárbaros*, trata-se de uma epopeia colorida a que ninguém nos pega para assistir, é ou não é? Pois se já sabemos direitinho tudo o que vai acontecer, tão certo como dois e dois são quatro.

Além disso, a heroína é Ann Blyth, essa mocinha pequetita ligeiramente vesga e purgativa, que, não podemos compreender como, ainda continua representando papéis de alguma responsabilidade com a imensa falta de talento que Deus lhe deu. No Art Palácio, *A bailarina do Scala*. Capaz de ser um bom filme, porque Lilia Silvi é muito engraçada, cultivando um gênero próprio, herdeiro do de Deanna Durbin, acrescido de toda vitalidade latina, que quando é italiana fica elevada ao quadrado. Em alguns cinemas Humphrey Bogart em *Sirocco*, que deve interessar aos que gostam de filmes de aventuras com bandidos, mocinho e mocinha, num ambiente contrário ao do faroeste, mas no fundo inspirado nesse. Humphrey Bogart, apesar de ter ganhado o prêmio deste ano da Academia de Artes Cinematográficas, já está se tornando cansativo no gênero. Sua hora de vestir batina como Charles Boyer deve estar estourando por aí. Ainda temos *Assassinato de estrelas*, que pode constituir uma boa surpresa, pois nele trabalha Richard Conte, um excelente ator. Os outros programas, pouco esperançosos.

Coluna "Cinema", *Última Hora*, Rio de Janeiro, 1º de abril de 1952

---

1 Em inglês, "amante francês de Hollywood".

COMO SE FAZ UM FILME (I)

À margem do rio das Velhas, para cá da ponte velha (pois tudo é velho em Sabará) fica a Pensão das Gordas, romanticamente debruçada sobre a corrente. São suas proprietárias três irmãs muito parecidas — e gordas, como o nome indica. Mário de Andrade escreveu um famoso rondó sobre elas, e, hoje em dia, um almoço na pensão constitui obrigação turística em qualquer viagem que se faça ao antigo caravançará de Borba Gato.

Quando, após a primeira manhã de trabalho, nosso estômago deu horas com mais força que o sino da igreja do Carmo, foi para a Pensão das Gordas que nos encaminhamos. Tínhamos fotografado e filmado em 16 mm todas as fachadas da nobre igreja, inclusive o pequeno cemitério fechado que a defronta, tão lindo e tão azul que acreditamos ali só vivam mortos puros, em êxtase permanente e isentos de corrupção.

Nossos olhos vinham cheios dessa primeira manhã de coisas belas. Tínhamos visto, através da teleobjetiva, o rosto rubicundo dos querubins da sobreporta, obra do Aleijadinho, a nos sorrir ao sol espantosamente luminoso. Depois a igreja nos tinha sido aberta por "seu" Antônio Emílio — um sabarense de oitenta anos com quase dois metros de altura e que anda querendo casar com uma menina de dezoito: e ela quer!

— A moça é namoradeira, "seu" Antônio; não serve não — avisaram-lhe os amigos. — Só pensa em roupa, não sai da janela o dia inteiro…

"Seu" Antônio ponderou, do fundo de seus olhos cor de aço, a que um halo de catarata já circunda. Depois disse:

— Não faz mal, não. É assim mesmo que eu gosto.

"Seu" Antônio Emílio foi o nosso primeiro cicerone no interior da grande capela onde trabalhou o Aleijadinho. Lá estão: o gracioso coro; os dois atlantes laterais, em cor, de impressionante talha, que lhe oferecem sustentação à maneira de sansões (o povo local, aliás, os chama assim); a grade do corpo da igreja, obra também do mestre mestiço; os dois púlpitos com três painéis cada sobre motivos do Evangelho, e as duas belas esculturas de são João da Cruz e são Simão Stock, nos altares laterais, a que uma porção de outros santos baratos ofendem e enfeiam.

APARIÇÃO DE GRACIELA

Na Pensão das Gordas nos esperava uma mesa de feijão, arroz, lombo de porco e bife para rebater. A comida não estava das melhores, mas nossa fome limpou todos os pratos de maneira a bem dizer canina. Foi então que Fritz Teixeira de Salles — que é por sinal o segundo homem, depois de Antônio Joaquim de Almeida, na direção desta joia de arquitetura colonial e bom gosto de interiores que é o Museu do Ouro de Sabará — nos falou de Graciela Fuensalida.

Já Fernando Sabino e Paulo Mendes Campos me haviam contado uns poucos contos sobre essa chilena que, numa passagem fortuita por Sabará, encantou-se de tal modo pela cidade que largou bolsa, largou tudo e se instalou na Pensão das Gordas, onde vive até hoje inteiramente entregue à sua arte, ou melhor, ao seu artesanato de xilogravura.

— Graciela — me disse Fritz Teixeira — não gosta de visitas.

Não são muitos os que têm tido o privilégio de penetrar a solidão em que trabalha essa doce taumaturga, a interpretar plasticamente, com uma paciência de santa, sobre retângulos das mais variadas madeiras — pois trata-se também de uma grande experimentalista —, os motivos religiosos da cidade, os versos dos poetas que lhe são mais caros: Santa Teresa, Rilke, Fernando Pessoa, Gabriela Mistral e sobretudo o lituano Lubicz Milosz, que foi para mim uma revelação (obrigado, Graciela!), e as imagens ingênuas da sua cidade mineira, com o casario infantil a pular carniça à beira do rio iluminado.

Instada por uma de suas gordas locatárias, Graciela sobreveio. Trazia nas mãos uma pasta vermelha a contrastar com o branco do vestido e o branco dela toda, e nos cumprimentou com um ar entre sorridente e aflito. Seu rosto de monja, luminoso e casto, parece traduzir às vezes a posse de um segredo tão grande que como a asfixia. Tímida, pôs-se a falar muito desde o início, dizendo a Fritz Teixeira de Salles coisas que não pertencem à lógica do mundo, como se só ele entre nós a pudesse compreender.

E Fritz compreendia. Esse velho lutador antifascista a quem a luta não dessensibilizou — pelo contrário! Aguçou em compreensão e bondade —, esse materialista mineiro: mineiro até a raiz!, retrucava à mística de Sabará, a seu jeito casual e aberto, com palavras simples, mas que misteriosamente penetravam aquele mundo de incenso, poesia e memória. Memória, sim: memória esotérica do grande drama da Paixão do Cristo, de suas dores e desvelos, de seu coração transverberado, do seu martírio, sua agonia e sua morte — memória penetrada, como em Teresa e Inês da Cruz, de um fundo e causticante amor de esposa ausente, sempre fiel.

RETOMANDO O FIO DE UMA INSPIRAÇÃO

Graciela Fuensalida abriu os contrastes mais sábios para a expressão do grande segredo místico de que é portadora.

Foi uma tarde inesquecível, ali na casa à margem do rio das Velhas. Tornada mais confiante pelo nosso interesse em seu trabalho, Graciela mais tarde trouxe-nos quase toda a sua obra — uma centena, talvez, de desenhos, água-tintas e gravuras feitos nos seus seis anos de Sabará. Contou-nos ela do encanto que teve ao descobrir no teto da Matriz da cidade, num rosário de painéis constituídos de um só motivo — uma torre, um arco etc. —, a representação simbólica da ladainha de Nossa Senhora. Copiou-os pacientemente e pretende entregar-se à tarefa de dar-lhes nova dimensão xilográfica numa série que possivelmente terá o nome da bela cadência litúrgica.

— Fiquei tão encantada com a minha descoberta — disse-nos com o seu sorriso que tem qualquer coisa de louco. — Imagine ser-me dada a graça de retomar o fio anônimo de inspiração desse pintor de há dois séculos!

Depois, com um entusiasmo quase infantil mostrou-nos uma enorme folha de papel, já patinada do repouso constante de suas mãos cobertas de verbetes evangélicos de caráter eminentemente sensorial e plástico. Uma beleza. Graciela quer com eles fazer também uma nova série de madeiras.

Graciela é louca por montar a cavalo. Um irmão seu, no Chile, mandou-lhe há algum tempo o retrato de um cavalo que lhe daria como presente de aniversário, caso ela voltasse. Por uns dias o pensamento da artista andou a galopar por entre as pedras escuras de sua pátria [sic]. Mas a sua pequena oficina de artesã, perfumada do óleo das madeiras, falou mais forte em seu coração.

— Às vezes — nos disse ela com um olhar onde ardiam a fé e o amor —, tanto perfume me deixa completamente embriagada!

UM POEMA DE MILOSZ

Ao sairmos ela me presenteou com três poemas de Milosz impressos num estudo que o poeta chileno Augusto D'Halmar lhe dedicou. Graciela fez sobre ele uma impressionante madeira. Aqui deixo traduzido o menor, que é também o mais belo, escrito pelo poeta lituano sobre o pequeno cemitério boreal de Lofoten, na Islândia, que o poeta nunca viu, mas de que recebeu o apelo:

Todos os mortos estão ébrios de chuva velha e suja
No cemitério estranho de Lofoten

O relógio do degelo tiquetaqueia longe
Nos corações dos féretros pobres de Lofoten
E graças aos abismos abertos pela negra primavera
Os corvos estão cevados de fria carne humana;
E graças ao débil vento de voz de criança
O sono é grato a todos os mortos de Lofoten.
Eu não verei provavelmente nunca
Nem o mar nem as tumbas de Lofoten
E sem embargo é em mim como se eu amasse
Esse longínquo rincão de terra e toda a sua pena.
Vós desaparecidos, vós suicidas, vós distantes
No cemitério estrangeiro de Lofoten
— O nome soa em meu ouvido estranho e suave —
Dormis, verdadeiramente, será que dormis?

Última Hora, Rio de Janeiro, 10 de abril de 1952

COMO SE FAZ UM FILME (II)

A moça de suéter preto e calças compridas de xadrez justas nas pernas apareceu na rua, levando de repente Saint-German-des-Prés para dentro de Sabará. A ruazinha tranquila ficou com um ar súbito de velhota existencialista, escandalizando seus austeros moradores, que olharam severamente para a moça, não gostando nada daquela falta de respeito. Ela, porém, nem se incomodou (as moças de suéter preto se incomodam com muito pouca coisa...) e saiu andando devagar, cheia de curiosidade por aquela cidade que até ontem não passava para ela de um nome na história do Brasil, vagamente ligado ao de Aleijadinho, de quem também nada sabia, a não ser que se chamava Antônio Francisco Lisboa e tinha sido um grande escultor brasileiro nos idos da Colônia.

A luminosidade do dia brilhava também nos olhos dos jovens cinegrafistas, cuja missão em nossa viagem é fazer o levantamento fotográfico preliminar da obra do extraordinário mestiço mineiro. Nesse particular, Sabará conta muito menos do que Ouro Preto ou Congonhas do Campo. Menos, mesmo, que São João del-Rei, onde existe a famosa porta da igreja de São Francisco, cujo risco prenuncia o da igreja da mesma ordem em Ouro Preto — obra, essa, de acabamento plástico perfeito e que constitui, à maneira do próprio desenho, um coroamento integral e uma completa integração de estilo na obra de Antônio Francisco.

ETA, MUITO LOUCO...

A moça de suéter preto caminhava com uma segurança de modelo da *Vogue* sobre o calçamento de pé de moleque — as pedras redondas de alto teor ferruginoso que recobrem as ruas da linda cidade mineira. E o curioso é que a moça moderna e a velha cidade pareciam se compreender melhor que as casas antigas e as casas pseudocoloniais, mormente uns quantos horrores arquitetônicos, filhos ainda do gênero bangalô, que enfeiam aqui e ali Sabará e prejudicam irremediavelmente tantas cidades do Brasil.

Havia ternura nos olhos da moça de suéter preto. À medida que seus grandes e graves olhos castanhos colhiam a impressão das fachadas mais nobres e a vista dos velhos telhados a descer em escadinha irregular as luminosas ladeiras que palmilharam o Aleijadinho e mais modernamente, o

Esperidião. Um enxame de crianças a seguia (era, afinal de contas, uma mulher de calças compridas) e a nós mesmos, maravilhadas com o aparato cinematográfico que transportávamos conosco. Cada vez que se erguia para o ar, na ponta de um braço, um fotômetro — esse pequenino instrumento velhaco que diz a um fotógrafo a intensidade de luz ambiente —, as bocas se abriam como um guarda-chuva, para usar de uma expressão colhida em Abgar Renault. Um caipira chegou mesmo a dizer, tomando caminho depois de uma pausa contemplativa:

— Eta, povo louco…

AS IMAGENS EM SABARÁ

A obra de Aleijadinho, em Sabará, está toda na igreja do Carmo, numa elevação natural a cavaleiro do rio Sabará e do rio das Velhas — cujo nome o historiador Diogo de Vasconcelos atribui a uma corruptela portuguesa de Abelhas, ou seja, com sotaque, "avelhas" — o que teria acabado dando no nome atual. A moça de suéter preto e a impressionante estrutura barroca defrontaram-se em ângulo cinematográfico, e juro pelo que há de mais sagrado, não saberia dizer qual a mais bela. Havia cirros ligeiros a passar por sobre as duas torres que ladeiam o frontão encimado pelo cruzeiro, e que quando demos por nós estávamos todos a correr de um lado para o outro, a fixar o tripé e colocar a Paillard em posição para as tomadas, a fim de não perder essa ou aquela determinada nuvem em trânsito para o ocidente […].

É bom espiar no visor da câmera imagens tão belas sobretudo quando se procura estudá-las em cor. A pedra-sabão que reveste os rebordos da igreja e constitui o material com que trabalhou o Aleijadinho na sobreporta e nas sobrejanelas da fachada principal ganha, no filtro colorido do visor, uma beleza rara. A pátina do tempo se enfoca em todos os matizes, em contraste com o branco que a circunda em plena luz.

A FOLHINHA DE MARIANA

O sol tem estado à altura de um princípio. Quando chegamos a Belo Horizonte, há coisa de uma semana, nossa posição habitual era a de nariz para o céu, mesmo ao risco de transformá-lo em pocinhas sob os aguaceiros gerais.

Mas foi aí que sobreveio a *Folhinha de Mariana*. A *Folhinha Civil e Eclesiástica do Arcebispado de Mariana* (vende na Livraria Moraes) é uma pedra no sapato do Gabinete de Meteorologia, por isso que dá de uma assentada só toda a "temperatura do ano de 1952", além de sueltos sobre as festas móveis, as estações do ano, a tarifa postal, os eclipses, o imposto de selo e informações religiosas pertinentes à comarca. Por esse curioso calendário soubemos que neste mês de março "amanhece às 5 horas e de 4' a 16'". Isso é importantíssimo para nós, pois a fachada principal do Carmo e a lateral direita se oferecem ao sol com uma matutinidade muito pouco condizente com os nossos hábitos notívagos e o nosso aborrecimento pelas auroras — que de resto se tornam muito mais preciosas quando vistas. A *Folhinha de Mariana* diz também "de 18 a 24 — tempo vário".

E vário tem sido o tempo. O tempo só não é vário para a netinha do impressor da *Folhinha de Mariana*. No dia dos seus anos — conta-se — ela exige bom tempo para a sua festinha. E que avó não faria qualquer vigarice ante um pedido desses?

[...] Ao meio-dia, depois do trabalho da manhã, há grandes tutus à mineira na Pensão das Gordas [...][1]

Última Hora, Rio de Janeiro, 2 de abril de 1952

1 Os trechos suprimidos, em especial o último parágrafo desta crônica, estão ilegíveis e não foi possível reproduzi-los.

COMO SE FAZ UM FILME (vi)

A Casa da Baronesa fica à direita da praça Tiradentes, para quem defronta a nobre estrutura, de velha pátina, do antigo Palácio dos Governadores de Ouro Preto. Nela fizemos nosso centro de estar, graças aos bons préstimos de meu querido amigo, o diretor do Departamento do Patrimônio Histórico e Artístico Nacional, Rodrigo M. F. de Andrade.

A casa é uma beleza, com dois pisos, fachada branca e rosa aberta no andar de cima em seis janelas servidas por um estreito balcão engradado, e no pavimento térreo por duas janelas entre duas grandes portas extremas. Todas as portas, interna e externamente, têm as folhas pintadas de azul-hortênsia e os portais de rosa-salmão. As esquadrias fronteiras são brancas e as janelas se fecham sobre espessas bandas verdes com almofada em relevo.

O revestimento do interior é todo branco, e a casa tem um pé-direito confortável e um assoalhamento de tábuas largas bem enceradas. A construção se estende para os fundos em muitos aposentos de aproveitamento irregular, ao jeito colonial, alguns dos quais dão para um pequeno pátio de pedra que se avista, de cima, de um correr de janelas de guilhotina com caixilhos brancos.

Do meu quarto — o suposto quarto do nobre casal dos Camargo — eu ouço o sino do Carmo bater horas nesta cidade adormecida no tempo. Ouço também o arrulhar dos pombos que fazem ninho nas ruínas do Foro, ao lado — incendiado há cerca de dois anos — e nos nichos dos beirais do pátio interno. E tudo isso cria uma paz triste na alma de um homem, e traz pensamentos de morte.

De manhã cedo eu olho a praça, no centro da qual esteve empalada a cabeça do Tiradentes — o que deu lugar a um horrível monumento. O orvalho arranca reflexos luzentes dos paralelepípedos do calçamento, todo enquadrado em verde pelo santo capim do descuido. Ao sul vejo a fachada principal da penitenciária, hoje Museu dos Inconfidentes, e a seu lado a bela fachada lateral direita da igreja do Carmo, onde há dois altares de Aleijadinho e onde trabalharam os maiores artistas do tempo, entre os quais o mestre pintor Manuel da Costa Ataíde e Manuel Francisco Lisboa, pai do imortal mestiço.

Ao norte, ergue-se o Palácio dos Governadores, atual Escola de Minas. Se se erguer a vista da viril construção, cujos muros exteriores fariam a felicidade de Cartier-Bresson — para mim o maior fotógrafo vivo —, é possível ver, numa elevação, a igreja das Mercês de Cima. É por ali tudo uma porção de sobradinhos coloniais brancos, verdes, amarelos, azuis e rosa caipiras, cambaleando pelos declives.

A multidão de montanhas em torno — a se desdobrar numa gigantesca onda que se perde pelos confins do além — torna tudo isso acústico e, à noite, vagamente sobrenatural. Confesso que o meu ceticismo às vezes se alerta com estranhos barulhos da casa noturna e a verdade é que, por via das dúvidas, passo a pesada chave na fechadura, apesar de ser notório que fantasmas não creem em portas fechadas.

Dia claro, a praça se alegra de burricos e tropeiros, que fazem do monumento e do chafariz da antiga cadeia seu oásis provisório. É bom ouvir o tinir das ferraduras no calçamento de pedras e as imprecações usuais dos mercadores concitando seus muares... Ao crepúsculo, nos cafés, crescem também, vez por outra, o cantar dos estudantes e o vozerio dos bêbados trabucando a sua parola costumeira. E há meninos pretinhos que chegam logo perguntando se a gente quer ver a cidade, se quer correr as igrejas, se quer conhecer o Aleijadinho. E, quando se diz que não, a resposta vem certa:

— Então quer dar um cobre?

Quarta-feira foi o Ofício de Trevas, na igreja de Nossa Senhora do Pilar, na Cidade Baixa. A paróquia resplandecia em luzes, num fulgor de ouro e púrpura, e quando chegamos já se enchia a nave da dramática dialogação entre os padres, a representação dos apóstolos, os coros, a lamentar em soturnas litanias o início da grande tragédia cristã.

A nave estava cheia, e de vez em quando um flash fotográfico relampejava próximo ao altar-mor. Pois a verdade é que Ouro Preto está dura de fotógrafos — nós, inclusive — que cordialmente se disputam os melhores lugares para tomar as cerimônias.

A pompa da capela era realmente esplêndida, com os altares laterais emoldurados de estreitos reposteiros vermelhos e belos candelabros do altar-mor acesos. Os quinze círios vão sendo pouco a pouco apagados, a anunciar a progressão das Trevas na Paixão de Cristo. A face humilde do povo se extasiava, em contraste com tanta circunstância, a seguir a grave liturgia dos responsórios. Isso apesar de estarem os dois apóstolos reduzidos apenas a esse, pela falta de local de padres, sendo que os três do lado do Evangelho passaram quase todo o Ofício estimulando suas gargantas com pastilhas Valda.

Quando saímos para uma fumada, três menininhas se inclinavam sobre o escuro de uma ladeira, a espreitar com interesse alcoviteiro algo que se passava naquelas sombras.

— Pois é... Ela não cortou o cabelo porque foi ele que pediu — disse uma virando-se vivamente para a outra.

— Ah, quer dizer que eles estão mesmo noivos... Eles estão de braços?

— Estão sim, menina...

— Então estão noivos! Se estão de braço é porque estão noivos!

E as três saíram a conversar alegremente, sonhando com a sua vez.

Comemos nossas refeições no Grande Hotel, que Oscar Niemeyer projetou e que se estende num platô aberto a cavaleiro da Casa dos Contos. É uma situação privilegiada, que abre ampla vista para a curiosa tessitura dos telhados coloniais, escuros de tempo, e sobretudo para as fachadas interiores da rua Tiradentes. Esses fundos de casario são o que há de mais plasticamente belo em Ouro Preto, em sua irregular aglutinação, seu gabarito desigual, o desgaste tradicional de suas cores, e sua curiosa acomodação, como a fazer xixi de cócoras à beira do córrego do Xavier, sobre o qual penou Dirceu sua paixão por Marília. Quem erguer a vista para a direita dará com a igreja do Rosário, branquejando no alto do morro.

A arquitetura do hotel, como suas perspectivas musicais, o fugado de suas rampas e a graça dançarina de seus pilotis, atesta ainda uma vez o gênio plástico do nosso maior arquiteto para grandes estruturas. Niemeyer integrou bem, e por contraste, a forma do hotel, que lembra uma clavineta, com a paisagem colonial em torno, interiorizando a massa arquitetônica contra o verde da colina em cores frias de branco, azul e chocolate. O conjunto é de um moderno belo e respeitável, sem nada ferir a suscetibilidade barroca da velha cidade montanhesa.

Depois do jantar, uma volta pela rua Tiradentes, nas cercanias do Hotel Toffolo — o ancião da cidade —, é coisa que cumpre. O footing[1] é espesso e a rua se alegra de meninas e rapazes a namoriscar de passagem. Lembro que quando aqui estive, em 1938, ajudando o diretor do Patrimônio Histórico a debulhar os arquivos da igreja de São Francisco, à cata de recibos do Aleijadinho, havia uma menininha de uns catorze anos, com trança e tudo, que me namorava à passagem e depois me disse chamar-se Marília — como competia. Marília terá hoje uns 28 anos, se é que não morreu: pois tinha um arzinho puro de quem morre jovem.

Coisa a fazer também é, antes de ir para a casa, dar uma parada na ponte

---

1 Ver nota na crônica "Carta ao subúrbio", na p. 52.

dos Contos e puxar uma angústia. É dela que nos conta Tomás Antônio Gonzaga quando escreve:

Toma de Minas a estrada
Na Igreja Nova, que fica
Ao lado direito e segue
Sempre firme a Vila Rica
Entra nessa grande terra;
Passa uma formosa ponte.
Passa a segunda; a terceira
Tem um palácio defronte.

A segunda de que fala o poeta é a ponte dos Contos.

Última Hora, Rio de Janeiro, 28 de abril de 1952

CRÔNICA DE MINAS: A PROCISSÃO
DE SEXTA-FEIRA SANTA EM OURO PRETO

Com algumas [lâmpadas] *photofloods* num total de 8 kW ligadas aos cabos da rua e a ajuda do eletricista da cidade, nós acabamos por arrumar um retângulo lívido de luz bem no meio da rua Conde de Bobadela. Devemos parecer, para a multidão de moças que se debruçam dos balcões caprichosamente gradeados, um bando de insetos loucos, transportando fios, dispondo altos tripés móveis de iluminação que só deverão ser acesos como reforço no momento de passar a procissão.

A velha rua, antiga Direita, onde nasceu Marília de Dirceu, assume um aspecto fantasmagórico assim iluminada. As nobres portas residenciais projetam melhor seus relevos e o desenho dos balcões e postigos se enquadra no visor das câmeras com um capricho que fica além da nossa expectativa.

Um garoto, nossa sentinela avançada, vem nos avisar que já houve a descida da cruz, na Matriz do Pilar. Por agora o cortejo fúnebre deve estar se esforçando pela ladeira de Randolfo Bretas acima, em demanda da rua Tiradentes. Arrumamos cuidadosamente a nossa tocaia, escolhendo os melhores pontos de filmagem, por vezes estendidos no chão de pedra, a estudar as tocaias, e olho dormindo na mira da Paillard.

É uma delícia, isso. Não há nada melhor no mundo do que fazer cinema, sobretudo assim, quando se tem à mão um grande assunto e há que colhê-lo rápido, no pouco espaço filmável à disposição. Essa parecia ser também a opinião das sorridentes Marílias debruçadas sobre ricos chalés pendentes dos balcões e janelas, e mesmo de algumas amplas matronas em preto, a dignificar os sobrados valetudinários com a sua austeridade.

— Lá vem ele, moço!

Nosso estafeta, como um azougue, chega para nos dar toda a dica da procissão. Está passando agora pela Casa dos Contos. Colocamo-nos em posição. Os tripés são acesos. *Photofloods* de punho, móveis, são distribuídos enquanto se procura ordenar aquele aranzel de fios de modo a ninguém tropeçar neles. E de súbito, na boca escura da ladeira, surgem os primeiros círios galgando a curva da rua.

— Roda, pessoal!

O contador da câmera começa a dar o estalinho característico, a cada trinta centímetros de filme, na proporção de dezesseis quadros por segundo.

Estamos rodando com filme ultrarrápido, o que compensa a precariedade da nossa iluminação. Pois a verdade é que até agora não nos foi possível conseguir um gerador de eletricidade. Eu confesso que nunca vi coisa mais difícil que conseguir um gerador aqui por essas montanhas, apesar da boa vontade dos poderes oficiais.

Lentamente, de baixo, o cortejo fúnebre de Cristo cresce em nossa direção. A escalada é impressionante, com os círios a tremer no escuro da noite, entrecruzando luzes, e nós a tomamos não só de ângulos baixos, ao rés da rua, como do alto de dois sobrados, com aquiescência dos moradores curiosos daquilo tudo.

Uma multidão de lanternas de papel, de cabo longo, ilumina a cara do povo que sobe em duas filas, em grandes massas de luz e sombra. À medida que no campo luminoso, por nós preparado, os acompanhantes entram, os rostos de início se franzem ofuscados, mas logo a gravidade da investidura recompõe as expressões. Funcionamos agora com duas câmeras, a cinematográfica e a fotográfica, colhendo à passagem, com a possível rapidez, aquelas fisionomias, penetradas de misticismo algumas, outras mero respeito, muitas inexpressivas: quase todas marcadas de nutrição, pobreza, doença, superstição.

Muitas mulheres, algumas bem-vestidas, trazem os pés descalços. Os anjinhos surgem logo depois, de camisolas brilhantes de cetim branco ou azul — em geral as meninas brancas de azul e as pretinhas de branco. As mangas debruadas de arminho e os diademas franjados de medalhinhas de cigana dariam a todas um certo ar carnavalesco, não fosse pelas asinhas brancas que carregam com indisfarçável orgulho, em sua qualidade seráfica provisória.

Há uma quantidade de crianças de colo que dormem nos braços de seus ambulantes pais. Fotografamos um pouco desse absurdo, que a igreja não deveria encorajar e que não pode ser grato aos olhos de um Deus de bondade e de misericórdia. Mas um pai vimos, tão gigantesco e de ar tão bondoso, com uma criancinha tão branca acordada e minúscula espetada nos seus braços, que dir-se-ia um são Cristóvão atravessando o Menino Jesus através da corrente.

Estamos francamente atrapalhando a procissão, na nossa ânsia de colher o maior número possível de negativos. Quando se aproxima o pálio fúnebre, então, o pessoal positivamente se acaba de filmar e fotografar de todas as posições. O cerimonial é grave, misterioso, alarmante. Vêm de início dois estranhos arautos, a sacudir umas traves guarnecidas de argolinhas de ferro que produzem um curioso matraqueado. Logo atrás passa deitada a Cruz, segura no pé por um homem e nos braços por dois meninos, e coberta por um manto roxo. Seguem-se novos anjinhos e uns poucos meninos vestidos de túnicas vermelhas e um manto azul à grega sobre o ombro, a carregar umas escadinhas. Não cheguei a saber o que representavam — talvez aqueles que praticaram a descida de Cristo da Cruz.

A chegada de Verônica é de grande teatralidade. Precede-a um profeta com uma barba branca de Papai Noel, uma coroa dourada na cabeça e um alfanje a cuja ponta se prende uma longa fita vermelha que um anjinho vai segurando. Disseram-me tratar-se de Abraão. Imediatamente após, Verônica, a padroeira dos fotógrafos (a quem uma piada talvez um pouco desrespeitosa, mas despida de maldade, atribuiu o primeiro instantâneo), na figura de uma bela e pálida europeia, traz nas mãos a toalha em que se imprimiu o semblante de Cristo em sangue. A figura é um pouco acadêmica para o nosso gosto, mas a Verônica exibe-a com uma desenvoltura que só pode ter sido adquirida com muito ensaio. Ao entrar no campo de luz, e ao ver nosso aparato cinematográfico, a moça não teve dúvida: trepou num palanquezinho portátil e abriu o peito numas tantas litanias que podiam não ser as mais bem cantadas do mundo, mas que naquela ladeira iluminada dentro da noite — e sob a sugestão de sua túnica de cetim rosa e seu longo manto roxo — nos pareceram coisas de uma grave e antiga beleza.

Uma quantidade de apóstolos de túnicas brancas — talvez mais que os doze da regra — e um poder de centuriões batendo com a maior energia os cabos de vassoura das lanças no piso da rua vêm em seguida, antecipando o pálio mortuário. E daí em diante eu pouco mais vi, porque um dos gêmeos cinegrafistas grimpou por minhas costas acima, acomodou seus sessenta quilos nos meus ombros e pôs-se a filmar o Cristo no seu ardor fúnebre, sob o pálio roxo — uma imagem de talha lívida e dolorosa que eu pude entrever da minha forçada posição de Atlas. Soube também que depois chegou a Madalena toda de preto e com negros cabelos longos até os pés, acompanhada de três outras mulheres de preto com véus de viúva — provavelmente Marta e Maria, mas quem era a terceira mulher é coisa que até agora me está dando tratos à bola.

A grande procissão de enterramento afinal passou toda, sempre ladeira acima, com uma linda Nossa Senhora num andor ao final de tudo. E lá se foi a santa imagem a balancear pelo aclive escuro, acompanhando os despojos de seu amado Filho, seguido por uns poucos populares e uma bandinha executando de música um "Queremos Deus" a que não faltava um certo ritmo de dobrado militar.

Por algum tempo ainda se ouviu na rua acústica o ruído soturno dos centuriões batendo os cabos de suas lanças nas pedras do calçamento, até que tudo se apagou — ruídos, lâmpadas e nós mesmos, mortos de cansaço. E eu juro que depois de tanta luz parecia que as trevas mesmo se tinham feito de verdade sobre a cidade de Ouro Preto.

Última Hora, Ouro Preto, 5 de maio de 1952

UMA MENININHA COM UM OLHO VERDE, OUTRO AZUL[1]

LIDO DE VENEZA — SETEMBRO

Cheguei de noite. E confesso que, de início, aquele aparato turístico me assustou um pouco. Por um momento pensei que estivesse numa nova Nova York, com perdão da redundância; uma Nova York onde se falasse mais italiano do que na própria. Fiquei com vontade de voltar para Florença, bem-amada cidade, e de ficar sentado ali na piazza della Signoria vendo o *David* de Michelangelo de rosto voltado com vergonha dos grupos de turistas de guia em punho ou o *Netuno* de Ammannati fazendo força para passar por Michelangelo. Praça inesquecível, com aquelas fabulosas estátuas em plena rua com um ar qualquer de que estavam em mudança e, de repente, foram deixadas por ali à toa…

Ou Bolonha, Bolonha onde, subitamente, sobreveio um anjo na figura de um velhinho muito pobrinho mas correto que olhou para mim com seus olhos luminosamente azuis, dentro da igreja de São Petrônio, e se pôs por conta própria a me ciceronizar, sobre todas aquelas maravilhas, maravilhado ele próprio, a erguer os braços de assombro, a praguejar ante tanta beleza com pragas minuciosamente articuladas e os RRRS bem RRROlados. E que, assim como tinha chegado, fugiu de golpe, voltando-se muitas vezes para me saudar com pequenos toques no chapéu todo puído. Um anjo, é verdade, mas com um quê de demoníaco; pois quando me contou que tinha visto Mussolini pendurado, seus olhos se iluminaram do sarcasmo mais puro que já me foi dado ver, e ele pôs uma língua deste tamanho de fora, emitindo grunhidos de fazer voltar os passantes.

Era aquilo Veneza? Aquela enorme garagem de muitos andares, angustiosamente acústica, onde os automóveis entravam surdos a despejar turistas cansados da estrada, cheios de malas? Como não ter saudade de Florença com suas tardes imensamente pacíficas, sua paisagem interiorizada pelo verde sinistro dos ciprestes sobre campos de terracota, redondos e suaves?

Mas era aquilo mesmo. Eu chegava vencido pela beleza da Toscana, mas aqui eram outras quinhentas liras. O negócio aqui era mais à base do turismo.

---

1 Esta é a primeira reportagem de uma "série exclusiva para *Última Hora*" que Vinicius de Moraes escreveu sobre a XIII Mostra Internacional de Arte Cinematográfica de Veneza, como informa o jornal.

No dia seguinte ia ser melhor… Veneza, gôndolas, canais, o Palácio dos Doges, a praça de São Marcos, as pombas, os Tintorettos, os Ticianos, os Carpaccios…

E a máquina do turismo me engoliu. Num segundo estava providenciada uma lancha especial, só para mim, para me levar ao meu hotel no Lido. Eu deixei fazer, fraco demais para discutir com a máquina. Paguei 5 mil liras por uma viagem que custa apenas cinquenta no *vaporetto*. E cheguei a Punta del Este, quero dizer: Copacabana, quero dizer: o Lido de Veneza — nem saberia mais dizer, tão altas as horas, tão negra a laguna, tão grande o meu sono.

UM BALNEÁRIO COMO TANTOS

O Lido de Veneza é um balneário como outro qualquer. Sem Veneza ao lado seria Punta del Este, ou Cannes, ou Copacabana. Há nele a mesma fartura de mulher bonita, de hotéis de mau gosto e de lojas caras a cada esquina. Mas não é antipático. Esse extraordinário povo consegue ser simpático mesmo quando está tirando o dinheiro da gente — pois aqui no Lido tudo custa mais. Quando se desembarca do *vaporetto*, há o Viale que vai reto da laguna até o mar oceano, à beira do qual se situam os hotéis de primeira, o Hotel des Bains e sobretudo o Excelsior, que é o centro da vida mundana do festival. Esse Hotel Excelsior não fica em muito má posição na galeria internacional dos monstros da arquitetura. Corre páreo com o Cinema Azteca, aí no Rio, e com o Chinese, de Hollywood. Parece se haver inspirado na grande ideia que Orson Welles teve para fazer o seu famoso Xanadu, o palácio onde colocou, na velhice, o Cidadão cinematográfico Charles Foster Kane, feito à imagem de seu contemporâneo, o falecido William Randolph Hearst. O estilo vem do bizantino até Dorothy Draper, a decoradora americana de quitandinhesca memória. Ali, à noite, depois do espetáculo cinematográfico, gravatas pretas de smoking debruçam-se sobre decotes insondáveis, e se namora, fazem-se negócios e discute-se o festival até as duas da manhã. Quem quer pode ir à boate Chez Vous, ao lado, onde uma orquestra razoável toca números dançáveis, entre os quais o nosso "Delicado".

O Palazzo del Cinema situa-se a um grito do Excelsior. É uma construção de um moderno duvidoso, mas portentoso… poderia servir de modelo para as construções do gênero. Possui uma vasta sala de espetáculos, excelentemente equipada, com poltronas forradas a tafetá de nylon e que dão perfeita visibilidade ao espetáculo. O seu único defeito é que poderiam ser um pouquinho mais espaçosas, sobretudo quando se pensa que têm de sentar folhudíssimas senhoras de vestido de baile, com saias que dariam para cobrir um circo, e sob as saias anáguas, e sob anáguas combinações, e assim por diante. Algumas dessas senhoras praticam a mais curiosa ginástica posterior para poder se encaixar nas poltronas, que, de resto, as esperam de braços abertos, pois são mui lindas estas italianas.

COMEÇO A VER BELEZAS

O *palazzo* abriga também a Direção, Secretaria e Serviço de Imprensa do Festival de Veneza. A organização é modelar, embora a parte do serviço de imprensa pudesse fazer mais coisas no sentido de articular os jornalistas estrangeiros com as celebridades presentes, que são inúmeras. Uma das primeiras figuras que vi foi a lindíssima Gina Lollobrigida, atriz italiana que o novo sistema de coprodução franco-italiano vem aproveitando fartamente, e que tem uma bilheteria de fazer inveja a Jane Russell. Palavra que quando me apresentaram a ela fiquei com vontade de dizer-lhe que já a conhecia... de busto. No dia seguinte quando alguém a apontou para mim no hall do Excelsior, tive que fazer força para reconhecê-la pela fisionomia. Tratava-se de uma pura maravilha da natureza. A gente sabe quando ela chega meia hora antes de ela aparecer, sempre precedida desses formosos arautos que são a chave do seu sucesso e popularidade.

Uma outra coisa encantadora que andou por aqui é a jovem Brunella Bovo, que um dia se apresentou a um teste que o diretor Vittorio De Sica estava fazendo em Roma, para escolher a atriz principal de *Milagre em Milão*, e ele de saída: é esta! Ao contrário de Gina, Brunella não brilha como Lollobrigida, mas antes por um ar de candura meio perversa, por uma fragilidade de pernas grossas; e o diabo da menininha ainda por cima tem um olho verde e o outro azul, o que deixa o circunstante meio daltônico. Brunella tem, artisticamente, o sério problema de ter começado com um grande papel num filme que constituiu um considerável sucesso artístico e de bilheteria aqui na Europa. Mas o fato é que a jovem namorada de Toto, o angelical *ragazzo*[2] de *Milagre em Milão*, vai metendo os peitos, e daqui a dias vamos poder vê-la num novo trabalho em *Abismo de um sonho*, uma direção de Federico Fellini.

... E por aí segue, como contaremos na próxima.

Última Hora, Rio de Janeiro, 25 de setembro de 1952

2 Em italiano, "rapaz".

O *AREIÃO* BRASILEIRO MAIOR FOI O MAIOR "ABACAXI" DO FESTIVAL[1]

LIDO DE VENEZA — SETEMBRO

Os festivais internacionais de cinema têm baixado seu nível de qualidade. Em 1932, Veneza contou com, entre outros filmes, *David Golder*, de Julien Duvivier; *A nós a liberdade*, de René Clair; *Senhoritas em uniforme*, de Leontine Sagan; *A luz azul*, de Leni Riefenstahl; *O médico e o monstro*, de Rouben Mamoulian; *Frankenstein*, de James Whale; *O campeão*, de King Vidor; *Não matarás*, de Ernst Lubitsch; *O caminho da vida*, de Nikolai Ekk, sem falar em alguns bons documentários, entre os quais um "clássico" como *A chuva*, de Joris Ivens.

Em 1952, "furam" o Festival de Veneza filmes como o espanhol *O judas*, de Ignácio Iquino, com o ator português Antônio Villar no principal papel; o americano *Ivanhoé, o vingador do rei*, de Richard Thorpen; o argentino *Deshonra*, de Daniel Tinayre; e o brasileiro *Areião*, do diretor italiano Camillo Mastrocinque.

DIFÍCIL ESCOLHA

Entre os quatro a escolha é difícil. Eu acho que o brasileiro ganha por cabeça, pois, apesar de tudo, os outros ainda podem contar com uma técnica mais apurada. Porém são todos igualmente ruins, cada qual a seu modo. Mas o que nos interessa é *Areião* — *Areião*, que o leitor provavelmente já viu aí. Eu vi *Areião* em sessão privada, antes da exibição oficial, a pedido da direção da mostra, no sentido de dele fazer "sinopse" escrita para o público — pois a verdade é que nem letreiros em italiano trazia quando chegou. E fiquei besta. Como é que se manda um filme como *Areião* para um festival da tradição e responsabilidade do de Veneza... Sim, porque quem acaba sendo passado para trás é o Brasil. Quando a crítica vem, lá está sempre a palavra "brasileiro" ao lado do adjetivo "massudo". No entanto, se aquilo é Brasil ou é brasileiro, eu sou chave de bonde elétrico. A única coisa de brasileiro que o filme tem é o autor da história, Francisco Brasileiro, porque o resto é Camillo Mastrocinque,

---

1 Esta é a quinta reportagem de uma "série exclusiva para *Última Hora*" que Vinicius de Moraes escreveu sobre a XIII Mostra Internacional de Arte Cinematográfica de Veneza, como informa o jornal.

Fulvio Palmieri, Gino de Santis, Ugo Chiarelli, Ugo Lombardini, Ugo Simonetti. Até entre os atores, dois têm nomes italianos: Mario Ferrari e Maria della Costa, sendo que esta última, que aliás é uma boa amiga minha, é gaúcha.

Não é nacionalismo, não. Eu sou até muito favorável a que equipes estrangeiras responsáveis venham ao Brasil e trabalhem em nosso meio no sentido de fazer qualquer coisa pela nossa pobre cinematografia. Mas que se faça *Areião*, é um pouco forte. E fazer não é nada! Que se faça *Areião* e que se mande uma tal mercadoria para representar o Brasil no maior festival europeu de cinema — o de Veneza — isso é uma coisa que merece um asterisco. Porque o filme não é apenas malfeito, mal dublado, dessincronizado, com um mau roteiro e uma direção medíocre. O filme é vulgar, imoral, indigno, demeritório. A baixeza dos propósitos comerciais é mais transparente que a camisola de noite de minha amiga Maria Della Costa. E depois não há nada no filme de representativo do Brasil, de um Brasil mais vivo e orgânico, a não ser umas poucas imagens, aliás repetidas, da cidade de São Paulo. O resto é o tal *Areião*, de que o filme está cheio, e que poderia ser o Arizona, o Tibet, a Conchinchina.

O QUE DEVIA SER PROIBIDO

Uma das coisas que deviam ser proibidas no Brasil era fazer mais cinema em cidade do interior durante os próximos três anos. Ou em fazenda de estilo colonial. Já era grande tempo de o cinema brasileiro, a exemplo do que fez o italiano (não em todos os casos, é claro, mas no geral), voltar-se para os grandes centros urbanos. E trabalhar com o povo, porque a maioria dos nossos atores é imensamente refratária às câmeras. Maria Della Costa é uma menina bonita. Orlando Vilar é um belo rapaz, um ator esforçado, cheio de boa vontade. Sergio Cotrim tenta muito. Mas tudo fica no terreno do sem bossa. Sei que a culpa não é deles, é do diretor. Em cinema é o diretor que faz o ator — a não ser no caso dos Frederic March, dos Ralmu, dos Lawrence Olivier, dos [Alec] Guinness, dos Fresnay, das Greta Garbo etc. Um diretor de talento, como Murnau, faz um George O'Brien assombrar pela sua interpretação em *Aurora*. Um dos problemas mais sérios do ator do cinema brasileiro é se descaracterizar da sua máscara de ator, é parecer com todo mundo, é ser gente feia e povo. Poucos compreendem isso. Quando compreenderem, garanto que poderão trabalhar muito mais à vontade em frente às câmeras.

Porque uma câmera não é um bicho do outro mundo. E é bobagem dizer os diálogos como criança de escola pública recita poema patriótico. Os microfones modernos são ultrassensíveis, captam qualquer coisa. Eu sei que a língua brasileira não é fácil, foi ainda pouco trabalhada oralmente para poder apresentar, no falar corriqueiro, um tipo de enunciação popular mais firme e corrente. Não é como a italiana ou a espanhola: é gaguejada, ilógica, e quando quer ser correta torna-se frequentemente pedante. Mas é com essa língua que teremos de trabalhar, de modo que é melhor falar natural, com todos os defeitos da linguagem comum do que por bolas de ouro pela boca. Que Maria Della Costa experimente, em seu próximo filme, falar naturalmente, com a inflexão própria à coisa dita, tal como durante os papinhos dos bons tempos. Ela não fala como em *Areião*, que eu sei...

NÃO É CINEMA

Ou Villar. Villar fala melhor, mas tenho a impressão de que falaria melhor ainda se esquecesse que está diante de uma máquina de gravar. É preciso usar as inflexões naturais da coisa dita. O brasileiro põe muito as coisas na inflexão. Arrancar esse elemento da voz no cinema é desvitalizá-la. Aliás, um ótimo treino para ator é brincar com gravador de fita. Todos deviam ter um em casa, aberto o dia inteiro, gravando as conversas, as piadas, o cotidiano natural. Cinema, naturalmente, não é aquilo. Em cinema há que diferençar tanto quanto possível os sons. Mas a proximidade de uma naturalidade daquelas seria um ideal a atingir em cinema: qualquer coisa como Orson Welles tentou em *Cidadão Kane* e, sobretudo, em *Magnificent Ambersons*, que se não me engano passou no Brasil com o título *Soberba*.

Última Hora, Rio de Janeiro, 1º de outubro de 1952

A BÊNÇÃO, VELHO

O velho Graça (e quem não sabe que o velho Graça é o romancista Graciliano Ramos?) andou fazendo sessenta anos. Um "bem bonito rol", como disse Guerra Junqueira no seu poema da moleirinha.[1] Sessenta anos vividos que representariam o dobro se contassem o tempo em sofrimento e experiência. Por isso, o velho é velho e sua pele é couro curtido. Ele é áspero, árido, magro, magnífico.

Celebraram o velho. Escreveram sobre ele com palavras que em vão tentam tornar secas na realidade cheia de emoção. Homenagearam-no numa bela cerimônia na Câmara Municipal, onde se ouviram vozes fortes dizendo coisas verdadeiras. Graciliano, que anda doente, ouviu pelo rádio e depois ranhetou:

— Eu não sou nada disso. Vocês, meus amigos, é que me fazem assim.

Nós é que fazemos você assim, velho Graça? Você é que nos deixa emocionados porque faz sessenta anos com esse seu ar de que não está acontecendo nada! Você deu à literatura brasileira *São Bernardo* e *Angústia* e ainda acha que nós fizemos alguma coisa? Eu pessoalmente lhe digo isto: trocava meus vinte anos de poesia pelo privilégio de escrever um só desses dois livros. À vera mesmo, velho Graça.

Doente, ele anda se queixando que tem um tijolo no peito, uma aflição que daqui a pouco vai ver não é nada. Isto é: tijolo no peito ele tem, e de ouro, à esquerda como deve ser. Porque na verdade se o escritor é grande, o homem não é menos, e o tijolo que ele tem no peito transverbera de sua carcaça magra com um brilho puro que nada de ruim pode nunca apagar. Um brilho duro que penetra o coração alheio e lá deixa numa luz de amor.

Eu guardo essa luz desde muito. Fomos sempre amigos, mesmo no tempo em que eu era mais rapaz. No banco dos fundos da Livraria José Olympio, onde se deixava às tardes, pintando e urubusservando boa e má leitura superveniente, eu tinha dele, quando me avizinhava, esse olhar de imo, tímido e rápido, que ele logo disfarçava em sua conversa ríspida, que nunca deixou de me dar a impressão de passeio em chão de folha seca. Porque o velho não tem a menor frescura.

Coração fiel. Quem não gosta dele não pode prestar. Aliás desconheço, não é árvore gorda nem de muita copa, antes rude e esgalhado; mas se tem

---

1 Provável referência ao poema de Guerra Junqueiro, "A moleirinha", publicado no livro *Os simples* (1892).

raízes fundas em sua terra é porque não facilita o mimetismo dos maus bichos, nela nunca deixaram de cantar uns poucos passarinhos. E guarda esse essencial de alfombra que convida de repouso claro e sem medo de dar queda de alguma fruta podre.

A bênção, Velho.

Última Hora, Rio de Janeiro, 1º de novembro de 1952

CONTORCIONISMOS

Ontem enquanto o Cérebro Mecânico trabalhava adentro nos cálculos da vitória de Eisenhower,[1] o meu cerebrozinho, que de mecânico não tem nada, fazia cálculos também para arrumar um fiador com urgência, pois os proprietários já não se contentam mais com os grandes nomes das letras ou da política, querem mesmo é um comerciante de categoria, possuidor de fundos hábeis — coisa de que muito pouca gente se pode gabar hoje em dia.

Tudo isso passava-se ao longo de uma insônia danada, produzida bem certo pela ansiedade específica dos dias que correm, como diria o poeta Auden, a insônia tinha por teto o próprio do escultor Ceschiatti, cujo apartamento estou ocupando indevidamente, pois ele se acha em vilegiatura na Europa, e suas chaves estavam em poder de um amigo comum.

Mas não era só o Cérebro Mecânico e o meu cerebrozinho que trabalhavam assim na noite, a probabilizar as agonias do futuro. Havia uma bomba d'água a praticar com ruidosa dignidade o caridoso ofício de prover uns poucos pobres moradores de uns poucos chorados litros da tinta essencial. E havia também uma lagartixa na parede cavando a mariposa do dia com uma paciência tão grande, tão grande que por um momento os problemas da guerra, do meu fiador e da falta d'água retiraram-se com uma humildade barretada ao tenso animalzinho, a avançar milimetricamente para o filé da ocasião.

Mundo triste, mundo louco. Não fosse a fé cega que se pode ter no homem — no homem capaz de produzir cérebros mecânicos capazes de calcular seu próprio erro; no homem cuja presença na Terra reduziu o enorme sáurio pré-histórico a uma mera lagartixa; no homem que cria os abismos e os escala; no homem vertical, sempre para frente e para cima... — não fosse a fé cega, e a gente não sabe, não. Cujos pensamentos me foram, não sei por quê, levando para a infância, em que meu maior desejo era amar uma contorcionista.

Confesso-o com uma certa reserva, mas foi verdade. Houve um tempo em que eu ficava louco pela ideia de amar uma contorcionista. Qualquer circo onde houvesse uma a dar-se nó cego com os braços e pernas metidos em branco maiô colante, lá estava o menino Vinicius na primeira fila, os olhos fora

---

1 Dwight D. Eisenhower se tornou presidente da República dos Estados Unidos nas eleições de 1952, ocupando essa função de 1953 a 1961.

das órbitas, elucubrando sonhos loucos. Imagina casar com uma contorcionista!... chegar em casa e encontrá-la como uma aranha em cima do piano, as pernas passadas atrás do pescoço, um misterioso sorriso nos lábios... ou fazendo o rol da roupa com as pernas estiradas a fio comprido... ou olhando pela janela com a cabeça entre os joelhos.

Andei, deveras, completamente contorcionistizado. Só pensava nisso, tinha pesadelos em que me alucinava ao tentar em vão desfazer a minha bem-amada do nó em que se tinha emaranhado. Cheguei a escrever um soneto sobre o meu aranzel humano, em que tentei praticar umas certas contorcionices decassilábicas de gosto bilaquiano. Imaginava a contorcionista como uma flor humana a desabrochar em pólen e perfume à vista do respeitável público.

Aliás, uma vez desabrochou mesmo. Foi num circo em Botafogo. A bela entrou no picadeiro em grandes piruetas, a plástica perfeita explodindo no maiô de malha. Depois os tambores entraram em ação e foi trazida uma pequena bandeja sobre a qual quatro negros vestidos à egípcia a colocaram; feito o quê, ela deu início a uma esforçada ginástica, ao fim da qual achava-se completamente atada por si mesma, braços e pernas formando um gracioso bolinho de mulher que era apresentada aos quatro pontos cardeais da assistência. Coisa linda, que me teria provavelmente estratificado em meus instintos contorcionísticos, não se houvesse súbito dado o imprevisível. O maiô rompeu-se como só as coisas de malha sabem se romper: evaporando-se. A bela, sentindo-se em pelo e em tão embaraçosa posição, quis sair dela mais rápido do que permite a complicada mecânica do ato. Não houve jeito. Quanto mais lutava, mais apertava o autonó em que se tinha presa. O circo naturalmente veio abaixo.

Mas não morreu ninguém no bolo. Mesmo porque seus quatro ajudantes a transportaram rapidamente para dentro na sua bandeja entre vivos populares.

Nunca mais pude amar uma contorcionista.

Última Hora, Rio de Janeiro, 6 de novembro de 1952

O ELEFANTE DE PATINS

O baile realizava-se num extraordinário palácio, tão feericamente iluminado que a mais de cinco léguas de distância camponeses perplexos vinham para a estrada ver o que pensavam fosse o incêndio da cidade. De fato, a iluminação era um grau acima da capacidade do olho humano, o que determinou serem distribuídos óculos escuros na estrada, por criados de libré.

O uso de máscaras não era obrigatório, mas quase todos as traziam rigorosamente presas às fisionomias, com exceção de algumas pessoas que formavam um pequeno grupo à parte. As fantasias eram as mais variadas, evidenciando-se, entre outras, a de cossaco e a de mandarim. Havia mulheres lindas, mas raras à altura de uma já um pouco passada, de meia-máscara e com barrete na cabeça e uma outra maravilhosamente alegre e colorida, que se fazia notar pela abundância de pelos nas axilas.

O ambiente era de circunstância, embora umas poucas mocidades trêfegas quebrassem aqui e ali o rigor clássico da festa com danças e cantos, entre o vibrar de guitarras e pandeiros; o que era, de resto, breve, pois a grande orquestra entrava a cada instante com polcas e mazurcas, não havendo mesmo faltado um minueto que a dama do barrete dançou em grande estilo com um cavalheiro idoso e rubicundo, de cartolinha, mas tão elegantemente trajado que a cada instante mãos alheias vinham tatear-lhe a qualidade do tecido.

Fora necessário um melhor cronista para narrar o estilo do grande paço marmorizado, a que finas colunas geminadas de sabor romântico circundavam e a que davam um ar de claustro nas arcadas internas, onde, no entanto, se erguiam estátuas abstratas. Mas ainda mais curioso seria ir espiar o fosso externo do palácio, que digo! fortaleza, pois deveras se tratava de uma, com os torreões, ameias e seteiras usuais, das quais se debruçavam pencas de damas mascaradas em veludo púrpura e vestidas de Luís xv,[1] a atirar miolo de pão para baixo, e não a pombos, que os pombos se aquietam à noite, mas a homens, nus e esquálidos, perfeitamente góticos em sua magreza e amontoados no fundo do fosso, como répteis.

O baile seria mais uma realização de extrema finura e bom gosto, não

---

1 Estilo relacionado ao reinado de Luís xv na França, no século xviii, marcado pelo rococó e pela ornamentação.

houvesse sobrevindo súbito na sala um elefante de patins. Como havia ele ingressado, ninguém saberia dizer; talvez pela grande rampa de acesso que vinha dar um toque moderno e funcional ao equilíbrio renascentista do conjunto. O fato é que o enorme paquiderme, num vazio entre músicas, penetrou na sala escorregando agilmente sobre os patins ao longo do piso de mármore, dizendo alô — alô — alô — alô — alô, e vindo parar numa hábil pirueta bem no centro do enorme retângulo iluminado.

Muita gente há que ainda hoje esfrega os olhos no assombro do que então viu. Mas não havia dúvida de que se tratava de um elefante, porque a criatura tinha cara de elefante, orelhas de elefante, patas de elefante, presas de elefante, sem falar nesse estranho apêndice que dá ao animal sua fisionomia característica: a tromba. E era um elefante com uma área enorme, possivelmente um dos maiores espécimes do gênero, assim parado no meio do paço em meio a um jocoso passo de patas cruzadas. Que se tratava também de um elefante jovial e extrovertido era evidente, porque, depois de se deixar admirar por alguns instantes, ergueu as pernas dianteiras como uma bailarina agradecida e, erguendo a tromba, tirou o chapéu cumprimentando os circunstantes.

Esse chapéu deu tratos à imaginação dos presentes pelo seu curioso feitio, sustentando alguns ser ele uma possível inovação no gênero chapéu de chefe de cozinha, enquanto outros lhe emprestavam as características de um grande cogumelo de haste longa. Seja como for, o fato é que o divertido animal causou sensação na sala, sendo saudado com vivas e palmas, à exceção do senhor vestido de cossaco e do senhor vestido de mandarim que, estes, vieram vê-lo de perto, abanaram a cabeça e saíram ato contínuo, seguidos por umas poucas pessoas, todos acompanhados de estrondosa vaia.

Mas a situação era de fato velhaca, pois o elefante pusera-se a entrar duro no uísque, e já estava em brinquedos de mão, ou melhor, de pata, com o cavalheiro idoso, rubicundo e bem trajado. A coisa estava com um ar meio malparado, porque este pedira ao elefante para trocarem de chapéu e agora não queria por nada devolvê-lo ao paquiderme:

— É meu. Fui eu que inventei! — urrava o animal, um tanto trôpego das pernas.

— Inventou nada! — dizia o outro com fleuma. — Esse chapéu foi descoberto por muita gente junta para que só você tenha a exclusividade.

Daí a se estapearem foi matéria de um segundo. Enraivecido, o elefante, ao tentar se erguer nas pernas traseiras para esmagar o adversário, perdeu totalmente o equilíbrio, projetando-se simultaneamente para muitos lados, pois que estava de patins. E em vão tentou ele reaprumar-se. Os patins brincavam como ratinhos soltos sob o seu enorme peso, e o paquiderme parecia ter mil pernas no frenesi de sua busca de estabilidade, a deslizar à toa por ali virando móveis, quebrando porcelana, destroçando colunas, partindo estátuas, derrubando muros, criando o pânico total à sua volta.

Conta-se que, de fora, um senhor de bigodes do grupo, que se retirara antes, virou-se para um outro e comentou:

— Eu sabia…

Conta-se também que mais tarde a multidão atônita agrupada em frente aos escombros do palácio viu sair de dentro, escalavrado mas vivo, o senhor idoso que brigara com o elefante entre as duas mais belas damas da festa, a do barrete e a dos pelos nas axilas. E que ouviu dizer às suas companheiras, enquanto sacudia a poeira da roupa com um elegante gesto:

— Que trabalho deu o nosso amigo, o quê? Se não nos tivéssemos juntado para amarrá-lo, não sei, não. Sorte ele estar com medo de deixar cair aquele ridículo chapéu. De qualquer modo, eu nunca fui muito com elefantes. Houve um tempo em que eu gostava de caçá-los. Bicho burro.

Última Hora, Rio de Janeiro, 7 de novembro de 1952

DORA VASCONCELOS[1]

Existe uma Dora que todo mundo adora, uma Dora branca, loura e linda que vai embora. Seu nome é Dora Vasconcelos, e ela é um bom diplomata e um bom poeta. Ela é Dora, Dorinha, Doroteia, conforme a hora, conforme ela está ou não está no seu universo de cristal onde num nicho mora, um nicho azul pintado de estrelinhas douradas com nuvens à volta. Agora Dora anda Dorinha porque vai embora e fica parada olhando com grandes olhos mansos de chora-não-chora. Chora Dorinha, chora... como o tempo, como o vento, como a nuvem, como a aurora.

Dora vai mas Dora fica. Dora deixa um livro de poemas de tiragem pequena, mas tão emocionante; uma caixinha de música da infância que basta abrir! Põe-se a tocar melodias encantatórias em sons de antiga clarineta. Uma música branca como Dora, loura como Dora, linda como Dora, triste como Dora. O livro foi tirado pelos Hipocampos, ou seja, os poetas Geir Campos e Thiago de Mello, numa de suas últimas preciosas edições, e chama-se *Palavras sem eco*.

Sem eco! Em mim elas ficaram brilhando claras, em seu cristalino canto lúcido, como as estrelas que, com a noite, começam acordar bem devagarinho do fundo do sem tempo.

Diplomata. Dora é Doroteia. Ela ficava sentadinha à sua mesa, e embora emprestasse um ar azul a tudo à sua volta, era Doroteia — vestido simples, gola alta, cabelo preso, posição ereta: uma inglesa para brasileiro ver. Mas se a gente chegava e dizia: "Como vai?", Doroteia virava Dora, Dora virava Dorinha, Dorinha virava fundo claro de mar, espaço interplanetário, campo florido, noite de lua.

Dora é mãe, Dora é irmã e Dora é filha. Dora é amiga e Dora é amada. Dora é dourada, tem uns olhos azuis que olham ninguém sabe onde e são por vezes tão claros que nem ela mesma pode lhes suportar a luz.

Vai, Dorinha, voa andorinha. Na cidade vertical, onde você terá também sua mesa e será — vestido simples, gola alta, cabelo preso, posição ereta — uma inglesa para americano ver, quando você se sentir abafada pelo silêncio e pela angústia que a grande metrópole ceva em seu oco e doloroso bojo, ponha suas asas de cristal e voe acima, bem acima dos arranha-céus. Eu ficarei daqui

---

1 Título atribuído pelos organizadores.

imaginando você subindo para esse espaço rarefeito onde vive o anjo da sua poesia e, numa noite qualquer notívaga, quando a madrugada raiar, matarei saudades suas pensando que você é a estrela da manhã.[2]

Última Hora, Rio de Janeiro, 10 de novembro de 1952

2 Provável referência ao poema "Estrela da manhã", de Manuel Bandeira, publicado em livro homônimo lançado em 1936.

AS TRÊS SOMBRAS

Na estrada silenciosa do destino, três sombras errantes se encontram. E a primeira falou:

— Nasci de um momento de fraqueza de uma mulher honesta que se chamava Liberal Democracia. Um dia ela se apaixonou por um salafrário e cafajeste chamado fascismo. Ficou impressionada com seu tórax cabeludo e seus bíceps imensos. No princípio ele fingiu de bonzinho, depois revelou-se um mau-caráter, uma decepção completa em todos os sentidos. Além de amante fraco, batia nela e tirava-lhe o dinheiro. Ela aturava tudo quieta porque sabia que já me carregava nas entranhas. Mas foi demais. Os maus-tratos eram tantos que acabaram por revoltá-la. Ela desfez-se do canalha. Ninguém sabe se o matou ou não, mas a verdade é que o homem tomou um sumiço. Foi quando eu nasci, ai de mim, de uma mãe já envelhecida de agruras e humilhações. Desconfio que, no fundo, ela adquiriu certas taras com homem, tinha saudade do tempo em que entrava no braço e passava a gaita para ele, porque, posteriormente, era sujeita a crises frequentes de neurastenia e violência, quando descarregava sobre mim os vezos de sua infelicidade. Educado nesse ambiente nada me restava senão me defender como podia. Na realidade, não tenho aspirações particulares. Quero é poder exercer mandatos e fazer viagens à Europa. Meu objetivo é minha satisfação imediata, porque não acredito mais em nada. Tudo é uma completa droga. Mas enquanto não acaba, a coisa é essa mesma, ir deitando o verbo para frente, pegando uma erva grossa e umas boas comissões no estrangeiro enquanto seu lobo não vem. Eu sou o homem público 1953.

E a segunda falou:

— Eu não. Eu sou filho legítimo. Orgulho-me do meu passado. Minha mãe, a Livre Iniciativa, é melhor dos negócios de quatrocentos anos. Só o lucro imediato me preocupa. Meu leme é o sinal de somar. Minhas únicas preocupações são mulher bonita, apartamento de luxo e automóvel Cadillac. Desprezo aqueles que como tu perdem a vida a arengar possibilidades de precária solução. Eu sou o pragmata. Tenho horror a intelectuais, e só os recebo em minha casa porque hoje em dia eles constituem uma moda para as mulheres. As mulheres gostam de se sentir inteligentes, de viver umas poucas de ilusão nos braços desses neuróticos que se acham os poetas e artistas. Chego mesmo a lhes facilitar o dinheiro, a pagar-lhes dívidas só por isso. No dia que deixarem de cumprir essa função de entreter as mulheres que me entretêm, ponho-os na rua. Tenho horror a tudo que não luz como ouro. Deem-me uma guerra e eu darei em troca dez anos de festas fabulosas regados aos melhores champanha e uísque. Eu sou o homem de negócios 1953.

E a terceira falou:

— Eu sou o artista 1953. Tenho horror a vocês ambos, mas vos confesso que já não posso viver sem vossos favores. Houve tempo em que mesmo os tiranos me prestigiavam porque precisavam de mim para imortalizá-los. Mas hoje, dentro do imediatismo presente, dentro do atual sentimento de efêmero, ninguém pensa mais em imortalidade. Se reajo, me perseguem. Por isso resolvi me abandonar também. Bolas, a gente vive só uma vez. Por que vou ser eu o único a me amolar, quando todo mundo fica aí enchendo a burra, bebendo e comendo bem e pegando ótimas mulheres? Agora eu sou abstrato. Quando me dá vontade pratico um pouco de pederastia. Estou começando a gostar dessa ambivalência. Meu assunto principal é a falta de assunto. Falo bastante de mim mesmo, porque, se não falo, me esquecem. Cultivo a casa de vocês porque só nela encontro o esquecimento de que necessito para dessedentar minha neurose. E o tenho um verdadeiro amigo hoje em dia: o psicanalista. Adoro a Psicanálise. Gosto também de ambientes boêmios, filmes de gângsteres e mulheres taradas. Dói-me ter de aguentar a vossa burrice, mas preciso de vossos favores. Sou, de todos, o mais abjeto, mas isso já não mais me desgosta. Que tal se formos conversar num prostíbulo, entre mulheres bêbadas? Enquanto vocês se divertem, eu fico a um canto sentado escrevendo um poema em elipse, ou uma epopeia sem nenhum sentido. Eu adoro vocês...

Não separem, hem, Rosa?

Última Hora, Rio de Janeiro, 17 de novembro de 1952

OS LIVROS VÃO, É CLARO, PELO BARCO
(DE UMA CARTA DO POETA CASAIS MONTEIRO)

De meu amigo o poeta Casais Monteiro acabo de receber uma meia arroba de poesia moderna portuguesa: um embrulho grande que me fez largar tudo e deixar-me estar, virando página, virando página.

Estive recém com Casais, em Lisboa, e o excelente lírico de *Sempre e sem fim*, que aliás não é "alfacinha", é do Porto, deu uma rodada comigo pela Alfama, terminando tudo por umas aguardentes portuguesas na Toca da Rata, sob a pérgola plantada de parreiras. Foi lá que falamos de poesia e do mundo, ambos meio gagos, ele mais feio que eu, mas em compensação maior poeta.

Entre os muitos poetas mandados juntamente com umas poucas esplêndidas revistas planetárias — *Unicórnio, Bicórnio, Árvore* e *Cadernos de Poesias* —, Casais mandou-se a si próprio: o poema longo "Europa", a plaquete *Canto da nossa agonia* (*A manhã tem aves e mulheres lindas...*) e o livro mais recente *Simples canções da terra*. E a verdade é que o poeta continua em grande forma. Ouçam só:

> *Um fruto maduro...*
> *ai se ele apodrece*
> *por esperar demais!*
>
> *Ai se a árvore morre*
> *ai se a terra seca*
> *— homem, não espere...*
>
> *Ai se a vida passa*
> *sobre os nossos corpos,*
> *e tudo se acaba*
>
> *sem que a nossa mão*
> *se tenha apoderado*
> *do fruto que espera!*

É bom saber que, sob o sombrio manto de falta de fantasia, a poesia nova portuguesa continua viva e lutando por seu lugar ao sol. O poeta Mário Cesariny de Vasconcelos declara peremptoriamente:

Estou muito zangado
tudo isso cheira a trapo e a hervanária
tudo isso cheira a hera para estátuas líricas e eu
        nasci em perfeitas condições de trabalho
que fazer? que fazer?
a oxidação seria um escândalo gigante
um braço de cristal servindo de sirene
às aves trôpegas de tanta música grátis.

E num trecho adiante:

Arrumaram-se à luz de um candieiro
        a recorrer esmolas.
Mas quem passa, passa. Nem sempre há dinheiro.
É assim mesmo!... — Bolas!

Não fazem pena. Não fazem coisa alguma.
        Estão ali,
Ela tem a boca cheia de espuma
        e ele, cego, sorri.

E são outros poetas, alguns filosofando irônicos, alguns morrendo de amor, alguns como Miguel Torga, falando a seu irmão Federico García Lorca:

Garcia Lorca, irmão:
Sou eu ainda, sonha...
Venho porque este humano coração
Não tem força que ponha
Silêncio onde se deve gratidão.

Venho e virei enquanto houver poesia
Vida e povo na Ibéria.
Venho e virei à tua romaria

Oferecer-te a miséria
Duma oração lusíada e sombria.

Penetrado de mistério, Eugênio de Andrade sussurra:

Acorda-me
um rumor de ave
Talvez seja a tarde
a querer voar.

E um excelente poeta novo, Maria da Encarnação Batista, de volta da aventura do invisível, nos diz estas ternuras:

Erguem auroras teus olhos
desprevenidos de incensos

na audácia dos teus passos
ruas largas e claras

nos teus abraços e fugas
(ai sonhando entendimento)

abrem asas novos longes

onde o dia colherá
a semente de teus dedos

Obrigado Casais Monteiro. Tem volta. Mandarei, como tu, pelo barco.

Última Hora, Rio de Janeiro, 21 de novembro de 1952

IP, CONSELHO OU INSTITUTO?

Creio ter sido em casa de Fernando Sabino, há tempos, que, discorrendo a conversa sobre o amor entraram os presentes em considerações fenomenológicas do maior interesse a propósito desse caso patológico que é o homem apaixonado. Foi, de início, estudado o tipo sob todos os ângulos e, como os circunstantes falavam com conhecimento de causa — e quanto! —, chegou-se a várias conclusões sobre as quais não me estenderei demais porque o assunto é maior que o retângulo a que tenho direito neste canto de página.

Que o homem apaixonado é um doente, disso não nos restou dúvida. Doente mesmo no duro, como um portador do mal de Hansen ou da moléstia de Basedow. Seu cérebro, como sob a ação de um vírus qualquer letal, começa a funcionar de um modo completamente diferente. Ele se torna, para princípio de conversa, mais policial que um agente da antiga Gestapo, achando o ser amado, quando fora do seu campo de ação visual (e também dentro dele, por vezes), capaz de qualquer traição. Para o homem apaixonado, a mulher amada torna-se o centro do mundo e da atenção geral. Todos os homens dão em cima dela por princípio. Se ela olha para algum outro varão na rua, está dando bola. Se não olha é porque tem medo de olhar, não ama o bastante para enfrentar sem pejo o olhar do sexo oposto, não tem confiança em si mesma, é fraca, venal, uma completa... nem é bom dizer! Para o homem apaixonado, enfim, a mulher amada é, na fase da paixão, uma mistura de Bernadette e Lucrécia Borgia. Ela não chega, surge. Não sai, desaparece. Sua realidade é a mais irreal, pois que se tem saudade dela em sua presença e por vezes se aspira a que ela morra para que se tenha paz — e não há paz — longe dela. A mulher amada é o paradoxo vivo, o fogo que arde sem se ver, a ferida que dói e não se sente, o descontentamento descontente de que falou Camões com grande conhecimento de causa, pois o Camões foi um amar sem conta.

A partir de uma diagnose bastante completa do assunto, começou-se a pensar o que se poderia fazer em benefício do homem apaixonado, esse *"bateau ivre"*[1] despenhado na torrente, esse sonâmbulo vagando no cosmos, essa nota extrema acima da pauta da emoção humana. Ficou de início deliberado que ele deveria ter uma qualquer marca distintiva, talvez um sapato, um sapato de

---

1 Referência ao poema "Le Bateau ivre" ["O barco bêbado"], de Arthur Rimbaud, escrito em 1871.

cada cor, ou uma gravata que acendesse feito a dos mágicos, ou umas pernas de pau, enfim, uma característica que o tornasse distinto do resto dos míseros mortais entre os quais se vê na contingência de viver e a quem tem de dar bom-dia.

Acabou-se por optar por uma bengalinha, como a dos cegos, só que de cor diferente — pois um dos grandes riscos que o apaixonado corre é o do tráfego, em meio ao qual transita como se fosse transparente. Assim é que sempre haveria alguma alma caridosa que, ao ver um homem apaixonado com a sua bengalinha querendo atravessar a avenida Presidente Vargas, o impediria de fazê-lo, sustendo-o até fechar o sinal ou dando-lhe o braço para ajudá-lo a chegar vivo ao outro lado.

Mas ficou verificado que a bengalinha se prestaria a grandes contrafações por parte de inúmeros vigaristas que, sabedores de suas vantagens, procurariam obtê-las por meios ilícitos. Assim é que ficou tentativamente criada uma nova autarquia, o Instituto dos Apaixonados, a cujos sócios seria fornecida uma carteirinha. Com uma tal carteirinha, teriam eles prioridade em qualquer telefone e direito de "espetar" em bares: proteção especial da polícia em caso de briga por causa da mulher amada e uma série de outras prerrogativas, como entrada grátis nos cinemas mais escuros da cidade, o privilégio de expulsar pessoas de bancos de parques etc.

Mas qual o Dasp[2] para caracterizar o verdadeiramente apaixonado? Que teste para habilitar uma junta de psicólogos a diagnosticar a terrível disfunção? Não haveria, aí também, a possibilidade de novas imposturas? Mas, depois de algumas novas ponderações, verificou-se que bastaria apenas um funcionário capaz, postado ao guichê de recuperação para destrinchar o caso. Ele examinaria rapidamente o fundo do olho do paciente para ver se ele estava ou não com o chamado "olho de peixe" — ligeiramente vidrado. Depois lhe tomaria o pulso e se tudo isso desse certo ele ainda faria um último teste: definitivo. Ele perguntaria ao homem apaixonado: "O sr. se considera realmente apaixonado?". Ao que o dito lhe tomaria as mãos, o olharia ternamente nos olhos e lhe diria assim, mais ou menos:

— Ah, o senhor quer saber que dia é? São cinco horas e meia. Ela se chama Maria...

E cairá para trás, duro e babando.

Última Hora, Rio de Janeiro, 25 de novembro de 1952

2   Ver nota em "A Bahia em branco e preto", p. 58.

COM UNESCO OU SEM UNESCO — É... É... É... É... EU BRINCO!

(*"Allegro con Brio"*)

Meu amigo e poeta augusto Augusto Frederico Schmidt é uma pessoa engraçada. Em artigo sobre a crise da Organização das Nações Unidas para a Educação, a Ciência e a Cultura (Unesco), publicado ontem em *O Correio da Manhã*, com o pudovkiniano título de "Tempestade sobre a Unesco", procede ele a uma explicação do temperamento desse importantíssimo organismo internacional com uma leviandade que em absoluto não rima com homem de tão provectos anos, negócios e poemas.

De início explica ele:

> Embora reconhecendo as altas finalidades do grêmio internacional (faltou o "recreativo?") presidido pelo sr. Torres Budet, não me comovo demais ao pensar em seu destino: não considero perda irreparável para a humanidade que, à força de desentendimentos quaisquer, atuais ou futuros, a Unesco se veja na contingência de encerrar suas excelentes atividades.

Trata-se, evidentemente, de uma contradição em termos. Se as atividades da Unesco são "excelentes atividades" (como de fato o são), o seu encerramento não deveria ser tratado pelo poeta de modo tão cardinalício. Mas o poeta, colocado muito acima, muitíssimo acima, muitíssimo acimíssima da humanidade (com "h" minúsculo) a quem essa atividade efetivamente beneficia, como provarei adiante, movimenta o seu rolo compressor contra a organização com uma serenidade grega, com a sua coroa de louros, sua túnica inconsútil e seu cacho de uvas. Diz assim:

> Serei talvez melancólico, mas o fato não representaria a destruição de algo fundamental para a defesa do espírito humano, tão gravemente ameaçado nesta hora. O objetivo da Unesco — numa definição ampla, geral e de certo modo arbitrário — é a salvaguarda e ilustração do mundo espiritual, mundo a que estão adstritas as atividades artísticas, científicas e as manifestações da inteligência em seus vários domínios. A Unesco visaria a tornar-se um centro de irradiação do *homem* em seu mais nobre sentido transmitindo de país a país, de continente a continente, o que há de perene na frágil criatura feita à imagem e semelhança de

Deus: seria pois, como sua mãe, a onu (Organização das Nações Unidas), uma tentativa do após-guerra à restauração e conservação da paz mundial.

Depois de todas essas belas considerações, o poeta de *Canto da noite* sai-me com esta: "Ora, a tarefa de fundar o reino da *paz* sobre o nosso planeta exige uma veemência e mesmo certo espírito guerreiro, certa tomada de posição, um ardor enfim que não reconheço nem chego a perceber na Unesco. Num momento em que se joga e decide o destino da cultura, qual a contribuição desse grêmio para preservá-la?".

E então, colocando na frase aquela vaga ironia schmidtiana que faz a delícia de seus amigos mais íntimos, o poeta de *Navio perdido, Pássaro cego*, da Cia. Orquima, de Produtos Químicos, confessa que realmente seria injusto negar o sucesso de algumas das altas iniciativas da Unesco: grandes concertos, espetáculos teatrais — principalmente em Paris, onde aliás, com ou sem Unesco, sempre se registra "deslumbrante atividade" no gênero… "em que a intelligentsia capricha em suas difíceis filigranas…".

É aí que sobrevém o poema. Incapaz de dar forma prosaica ao mal-estar que a organização lhe causa, o idealizador de Luciana, Josefina e Dulce perpetra poesia abaixo, para a qual chamo a atenção dos leitores, pois que se trata da única conhecida do poeta de *Estrela solitária* com qualquer conteúdo social:

Continuarei sem Unesco
E como eu continuarão todos os humildes intelectuais
Que neste mundo procuram uma solução para a cultura e para a elevação da alma
humana.
Eis por que se a agremiação perecer
Eu ficarei um tanto melancólico
Mas não aflito, jamais excessivamente triste.
Se eu fosse o mandarim do romance famoso
Não apertaria o botão para que o amor do meu caro Paulo Carneiro desaparecesse.
Mas não vou além
Não me comovo, não me aflijo.
Porque há na Unesco uma espécie de frio
Um frio qualquer não polar que vem da Unesco
Algo de indefinido.

A meu amigo o poeta Schmidt eu direi: o frio da Unesco não é polar mesmo não. Vem de outras regiões mais próximas. E lhe direi outra coisa: "eu conheço a Unesco", com permissão para esse primeiro grifo meu. Já funcionei algum tempo com a sua papelada. Em setembro último fui honrado com uma representação junto à sua Conferência Internacional dos Artistas, de Veneza. Ali estava, inclusive, o poeta Stephen Spender, que chega hoje aqui e com quem sempre será fácil deslindar a incerteza em que meu amigo o poeta Schmidt se encontra quando diz: "se não me engano, o poeta Stephen Spender... exprimiu um ponto de vista semelhante ao meu — justamente baseado sobre este frio que envolve a Unesco".

A meu amigo o poeta Schmidt eu direi uma terceira e última coisa: talvez os altos interesses que ele hoje em dia representa o impeçam de dar uma espiada nas realizações práticas da Unesco, além dos grandes concertos e espetáculos teatrais de que tão nesciamente fala. Mas ele deveria, em boa ética, tê-lo feito antes de lavar as mãos sobre julgamento da útil organização. Porque elas são muitas, e várias dentre elas representam diretamente os interesses dos artistas e escritores — classe à qual ele pertence, como grande poeta que é. No campo educacional, missões de seis técnicos cada já foram mandadas para as Filipinas, Tailândia, Afeganistão, Bolívia, Birmânia e Índia para combater o analfabetismo e prestigiar o respeito pelos direitos humanos que a incultura oblitera nos seres. Seu programa de criação de centros de cultura, com especialistas em educação básica, já fora iniciada com a criação do Centro de Pátzcuaro, no México; novos se seguiram no Sudeste Asiático, na América Latina, na África Equatorial, no Extremo Oriente e no Oriente Médio. Esse projeto foi unanimemente aprovado na 6ª Conferência Geral, tomaria doze anos para se completar e custaria 20 milhões de dólares (talvez o preço de uma bombinha de hidrogênio...). Publicações em educação básica já vinham sendo distribuídas fartamente, e a luta pela adoção universal de educação gratuita e obrigatória já estava em franco início, a materializar o artigo 26 da Declaração Universal dos Direitos do Homem. A educação dos trabalhadores industriais constituía outra preocupação magna da Unesco e a batalha pelo barateamento do livro já estava totalmente traçada, com excelentes elementos práticos de concretização. As atividades da Unesco atingiam ainda o campo das ciências naturais e sociais, das atividades culturais, de intercâmbio através de bolsas (perto de seiscentas dadas desde 1947), dos meios de comunicação, da reabilitação de povos em áreas devastadas e países subdesenvolvidos (250 mil dólares foram levantados em 1949 para esse feito; em maio de 1951, 43 681 alunos estavam matriculados em 114 escolas no Líbano, na Síria, na Jordânia e na Faixa de Gaza) e da assistência técnica (20 milhões de dólares, com a participação de 2,3 milhões de dólares da Unesco). Nesse programa, o Brasil estava sendo beneficiado como um dos 22 Estados-membros participantes do acordo.

Diante de tudo isso, o poeta suspira e fala no frio da Unesco, fala que ficará melancólico mas não aflito com o seu encerramento, fala que sempre que saía da sede da Unesco em Paris se sentia grato pela acolhida que lhe dava nosso amigo comum Paulo Carneiro, delegado do Brasil, junto à organização, mas que não tinha a sensação de se encontrar no foyer da inteligência, da cultura, do espírito livre do mundo.

Pudera! O poeta diz que, para fundar o *reino da paz*, é preciso um certo espírito guerreiro que a Unesco não tem — pobre Unesco... No entanto eu a vi em Veneza lutando pelos direitos do artista, pela possibilidade dos escritores jovens e sem recursos publicarem seus livros, por uma organização internacional de artistas (que foi, naturalmente, boicotada), por uma série de medidas as mais avançadas em todos os setores das atividades culturais. Tudo isso — esse espírito progressista e associativo — causa ao poeta frio e mal-estar. Ele prefere se deixar mascando o seu charuto, na melancolia dos seus provectos anos, negócios e poemas, acima das vãs agitações de uma pobre organizaçãozinha cuja única preocupação é a melhoria dessa coisa incerta, inquietante e no fundo desprezível que se chama povo.

Última Hora, Rio de Janeiro, 26 de novembro de 1952

MISÉRIA ORGÂNICA

A miséria que vai por este país, fruto, como disse o poeta, de uma longa esperança desejada, mas que não chega nunca em toda a vida, assume às vezes aspectos profundamente patéticos. Nós estamos, afinal de contas, mais ou menos habituados a ver gente sem ter o que comer, e o interior do país revela, a par de outros índices patológicos, uma terrível praga em estado endêmico, uma praga que deu o nome a um dos quatro cavaleiros do Apocalipse e que soletra F-O-M-E. E não sou eu quem o diz. O professor Josué de Castro já o revelou antes: os paus de arara são uma testemunha viva do flagelo a assolar as nossas populações rurais. Ainda anteontem, vindo de São Paulo pela rodovia Presidente Dutra — e aí está para testemunhá-lo meu amigo e historiador o deputado Afonso Arinos, que me deu carona —, deparei com alguns paus de arara apinhados de imigrantes, alguns dos quais dormindo em redes colocadas sob a viatura.

E isso não é nada, se se for verificar mesmo no duro o estado de carência em que vive a maioria da nossa população menos privilegiada, o pessoal dos subúrbios e morros, o indivíduo fica com vontade de bancar o mártir e queimar em praça pública. Coalhada de mendigos a cidade está. Adianta dar esmola? A pessoa dá porque há sempre um níquel no bolso sem ter o que fazer — mas dizer que o comissário Padilha, porquanto bem-intencionado, vai resolver o problema do tráfego urbano, aí a exigir uma lei federal [sic].

Eu conheço, Deus me tenha, a miséria que vai por esse Brasil afora. Conheço-a nos morros cariocas, nas habitações coletivas da Bahia, nos mocambos do Recife (melhorado, segundo me consta), nas cidades pequenas de pelo menos seis estados da Federação, na vida ao longo do Amazonas ("lingoamazonas", como se diria na Itália) — por aí tudo. Miséria negra, sórdida, inimaginável, alentada progressivamente pelo problema da prostituição das mulheres, pobres, a mergulhar na miséria mais torpe esse contingente acima de todos importante — o das mulheres — capaz de parir brasileiros saudáveis para povoar a pátria.

Não me lembro onde foi que eu vi — creio que nos Estados Unidos — uma estatística que avaliava o custo para uma nacionalidade, mesmo tratando-se de um ser com um mínimo de capacidade produtiva da vida de uma vítima qualquer da mortalidade infantil, que no caso particular do Brasil atinge cifras bárbaras. Creio até que foi essa mesma tábua estatística que revelava essa coisa espantosa: com os gastos gerais da última guerra, cada ser humano poderia ter uma casa e um automóvel.

Mas, enfim, falando de coisas mais alegres, o fato é que nós, homens de gravata, já não damos muito mais pelota à gente que morre de fome crônica, espetáculo mais ou menos cotidiano para quem conhece o interior e mesmo certos setores da capital. Agora, que um leão esteja tuberculoso, isso é coisa que clama aos céus. E a notícia foi dada para o pouco número de brasileiros alfabetizados, através de mais de um jornal diário.

Trata-se, leitor, do rei dos animais — um dos seres mais fortes da criação. Por aí se pode avaliar a virulência dos nossos bacilos de Koch. Pois o leão, contaminado, está lá num circo no Rio Grande do Sul a expectorar os pulmões, incapaz de rugir, tomando aureomicina ou lá que diabo seja e em vias de ser mandado para sanatório, um leão completamente avacalhado, coberto de moscas, a servir de chacota a seus tradicionais inimigos. Os macacos, que com certeza chegam-se à sua jaula, cospem-lhe em cima, dizem-lhe nomes, espicaçam-no com varas pontiagudas e riem-se às gargalhadas de sua impotente miséria no tradicional espírito de porco dos macacos.

Última Hora, Rio de Janeiro, 27 de novembro de 1952

O LADO HUMANO

Foi Otto Lara Resende, amigo meu muito caro, quem, há coisa de uns oito anos atrás, provocou-me um escrito, a "Carta contra os escritores mineiros", subintitulada "Por muito amar", que deu pano para mangas.[1] A "Carta" foi feita após a leitura de uma página de prosa desse mineiro doce, inteligente e meio alucinado — uma beleza de página, por sinal... — mas tão formal em sua angústia íntima, em sua falta de caminho, tão debruçada sobre o lado mais escuro da vida, tão ausente de revolta, que eu resolvi mandar para a cabeça. Escrevi o negócio, mostrei a alguns amigos mineiros daqui da capital — Rodrigo M. F. de Andrade, Carlos Drummond, Aníbal Machado —, pois não queria ferir inutilmente essa querida gente de Minas, e diante do acordo geral de que a "Carta" devia ser publicada, publiquei.

Muita gente de lá se zangou. Houve fila feita nos jornais de Belo Horizonte para me espinafrar. Fernando Sabino depôs a meu favor. Meu cupincha Fritz Teixeira de Sales me assentou a marreta, eu respondi, acabou tudo eu querendo cada vez mais bem a eles todos. O fato é que eu, em minha carta, denunciava nos escritores mineiros em geral — salvo algumas exceções mencionadas na "Carta" — um certo fechamento diante da vida, um certo dom para a angústia e a sombra, uma recusa às coisas feias, loucas, desordenadas do cotidiano ao sol. Concitava-os a saírem um pouco da montanha e virem se banhar nos mares da costa, conclamava-os a amarem mais com um despudor melhor, e se desgovernarem um pouco nesses insondáveis pélagos da paixão humana.

Não sei se fiz bem, não sei se fiz mal. Amar eles amam, um grande amor lá ao jeito deles. São bons como pão da terra, generosos na amizade, inteligentes como não há outro povo no Brasil, excelentes escritores — só que tudo debaixo da maior moita e dentro de uma certa malícia velhaca, bem mineira. Enfim, a "Carta" foi escrita, saiu publicada e essa é a coisa.

Venho hoje aqui retirar publicamente os termos da "Carta" com relação a meu amigo Otto Lara Resende. Acabei de ler seu livro de contos, *O lado humano*, e me penitencio de não ter enxergado então nesse bicho do mato de São João del-Rei esse lado humano, demasiado humano, que umedece, sob um

[1] O texto foi publicado em *O Jornal*, em 5 de novembro de 1944.

estilo sem ipsilones, tão belas páginas de prosa. Que ninguém deixe de ler esse pequeno livro de contos, nove ao todo, alguns cruéis, sórdidos mesmo — mas dessa crença tão da vida humana. Bravos, Pajé.

Última Hora, Rio de Janeiro, 28 de novembro de 1952

CARTA A ARACY DE ALMEIDA

Minha Araca, esse mundo está perdido. A gente vê coisas que, francamente, não via nos tempos em que a avenida Rio Branco tinha aquele renque de árvores, feito mulher com pelinho debaixo do braço. E as coisas que se diz, Araca minha! A gente pensa que só o povo e nós conhecemos e criamos gíria, vocês, gente de rádio, nós, escritores cariocas, mas a verdade, Araca, é que estamos enganados. Profundamente enganados. Você precisava ver os verbos que a grã-finada conjuga em certas circunstâncias. Foi-se o tempo em que esse negócio de falar gíria era privilégio de malandro, em que a gente de "bem" hesitava em dizer a palavra *chato*, em que os pais arregalavam os olhos diante dos "termos" dos filhos, em que ninguém era "amante", em que não se pronunciava a palavra *coxa* na frente de menores, referindo-se às formas "acima do joelho" ou "a parte superior da perna". Gíria então...

Você, minha Araca, cupincha do meu peito, voz da minha alma, você que tem fama de falar muita gíria, ficaria boquiaberta se assistisse a um jogo de pife-pafe entre senhoras grã-finas. Outro dia me foi transmitido um que me deixou a pensar se a grã-finagem não está realmente se democratizando. Eram várias senhoras, desocupadas como só as grã-finas sabem ser, em torno à mesa redonda do tédio e da ambição perfumadas, jacquesfathizadas,[1] todas com aquele traço comum da casta — cabelos impecáveis, cinturas finas, maquilagens perfeitas, falando alto, desembaraçadas de gesto, pronúncias estrangeiras escorreitas, educadas em colégios de freiras, as casadas, com *nurses*[2] inglesas para os filhos, frequentes passeios a Paris etc. — e eis que começa o carteado. Pois bem, Araca: aquelas moças, a que só faltaria pôr numa redoma de cristal, tão elegantes e lindas, de repente transformaram-se num bando de harpias alucinadas.

Suas unhas polidas como que se alongaram em forma de garras. Seus olhos deitavam chispas do mais cruel fulgor e suas línguas, feitas bicúspides como a das hidras, vibravam num linguajar de fazer corar as pedras. O cigarro fumando sozinho no canto da boca, as faces distorcidas nos mais estranhos ríctus, o madamismo todo lembrava uma assembleia de feiticeiras:

---

1 Referente a Jacques Fath, um dos mais importantes estilistas franceses do pós-Segunda Grande Guerra.
2 Em inglês, "governantas".

— Você vai?

— Eu? Tá louca! Trepei no coqueiro e de lá não saio.

— Eu, minha filha, tou coberta. Credo, sai, azar!

Três pancadinhas na madeira.

— Calma, minha gente, que eu estou abafada. Puxa! Por pouco... Estou por uma broca...

— Também assim não é possível, com essa chata atrás de minha cadeira, bancando o peru de balancim!

E mais três pancadinhas, várias figas e alguns palavrões.

E o carteado comendo ágil, entre o fosforescer de diamantes e esmaltes.

— Você tá dando conforto aos perus, hem, neguinha?

— Puxa, se aquela carta não tivesse vindo me pedir desculpas, não sei, não...

— Eu bem que notei quando você tremeu na carta.

— Foi mesmo. Deixa até eu bater na madeira.

... Pois é, Araca...

Última Hora, Rio de Janeiro, 1º de dezembro de 1952

FORAM-SE TODAS AS POMBAS DESPERTADAS

A matança de inocentes é uma barbaria que se tem repetido na história não só com uma dolorosa frequência, como sob aspectos os mais desumanos. Do famoso episódio bíblico de Herodes até os não menos notórios de Mussolini na Abissínia, Hitler na Polônia e na França e ambos na guerra da Espanha (a monstruosidade de Guernica tão dramaticamente pintada por Picasso), esse horrível fenômeno da crueldade dos tiranos reaparece no ciclo das gerações semelhantes. Pogrom de judeus, linchamentos de negros, morticínio oficial de índios, violação de mulheres, massacres religiosos, degola de crianças — a humanidade já assistiu a praticamente tudo, no que diz respeito a assassínios em massa.

Uma das práticas estabelecidas pelo gênero humano, ao longo de milhares de séculos, é que o homem precisa matar para comer: necessidade, de resto, afirmada pela natureza em todo o reino animal e mesmo entre alguns espécimes do reino vegetal — o que só vem confirmar a tese materialista das origens do homem, do mesmo passo que a sua grandeza animal entre brutos animais, que o faz erguer-se, tocar e precisar aperfeiçoar tudo em que tocava: a terra, a pedra, a mulher, os símbolos, e desesperadamente a si mesmo, a ponto de atingir a extrema soberba de julgar-se Deus ou alcançar a perfeita humildade de um Francisco de Assis.

De fato, o homem tem matado para comer. As proteínas animais são indispensáveis à sua nutrição, até que ele também vá alimentar com suas próprias proteínas esse elemento voraz de carne humana que se chama terra. O homem caça, pesca e cria animais para comer, e não há nada a fazer contra isso. O idealismo vegetariano nunca chegou nem de longe a pretender resolver o problema. Fora dessa necessidade vital, o homem tem matado animais por divertimento, prática que considero condenável por princípio, mesmo nas touradas onde ele o faz em defesa própria, embora de modo pouco esportivo com relação ao touro. Casos tem havido em que a necessidade de matar animais impõe-se, por representarem estes um perigo real para uma comunidade qualquer, como assisti em Manaus, em 1942, quando o então governador ordenou uma limpa geral de jacarés a infestarem as localidades ribeirinhas da capital amazonense. Havia, então, um começo de pânico entre as populações locais, e não foram poucos os casos de morte ou estropiamento que ditaram ao governador a justa medida.

Mas o caso que li ontem é de estarrecer, porque cria uma palavra possivelmente inexistente nos dicionários, um novo tipo de matança de inocente até então desconhecido: o columbicídio. O caso deu-se em São Paulo e é um pouco índice do estado de subserviência em que estão caindo entre nós as autoridades menores com relação aos seus superiores hierárquicos — o que se chama mais vulgarmente de puxa-saquismo.

Eu sempre tive pombos como animais absolutamente inocentes e pacíficos, conceitualmente, e por tradição. É usual dizer-se: "É manso como uma pomba". A paz, estado e sentimento em constante luta em nosso mundo, tem como símbolo uma pomba. Para os católicos, o Espírito Santo, uma das três pessoas da Santíssima Trindade, encontra na doce e inofensiva ave a sua representação carismática. Se eu me desse o trabalho de ir à Enciclopédia Britânica no verbete correspondente a pombo, decerto encontraria muitas outras coisas para dizer sobre o benfazejo columbiforme. E, que eu saiba, é costume de muitos séculos, sobretudo na Europa, prestigiar os pombos, porque eles parecem envolver os lugares onde vivem: beirais de casas, nichos e cornijas de catedrais, praças como São Marcos, em Veneza (onde constituem também alto rendimento turístico de uma real pureza e tranquilidade).

No entanto, sai-se o país com mais esta. Cerca de cem pombos e sessenta ninhos, com ovos e filhotes dentro, foram destruídos "por ordem superior", segundo diz a notícia, na estação Presidente Roosevelt, da progressista capital bandeirante, porque um deles cometeu a imprudência de praticar um ato fisiológico incoercível, em pombos como em homens, sobre a ilustre figura do senhor Lucas Garcez, governador do mesmo estado, quando esperava este o senhor Etelvino Lins, governador de Pernambuco.

A notícia diz também que o fato causou mal-estar entre os presentes, havendo alguns aberto seus guarda-chuvas para proteger outras ilustres personalidades do séquito do governador. Imaginem só um pombo "fazer isso" em cima de um governador, na presença de outro! Tss... tss... tss... Se fosse sobre um de nós não tinha a maior importância, como não o tem na praça São Marcos de Veneza, onde os pombos sujam sobre a humanidade com a sua perfeita aquiescência, e da municipalidade, que tem, de resto, uma verba destinada à sua alimentação e consequente defecação. Homens como Wagner, Byron, Nietzsche e muitos outros devem ter sido frequentemente homenageados por pombos, sobretudo o primeiro que era useiro e vezeiro em ficar brilhando num dos cafés desse belo entre todos os logradouros públicos. Eu próprio tive o meu modesto batismozinho a que não dei a menor importância. Isso para não falar em Carpaccio, Tintoretto, Ticiano, e outros grandes gênios do Renascimento.

Mas sobre o senhor Lucas Garcez são outros quinhentos cruzeiros. Ah, não. Houve mesa-redonda da administração para saber como seria possível tirar aquela nódoa não apenas dos ombros do governador de São Paulo, mas da própria direção. E foi decretada a matança dos pombos, a destruição de seus ninhos com ovos e filhotes e tudo o mais que se relacionasse à palavra.

O senhor Lucas Garcez, de quem não creio tenha partido a ordem, deve estar por estas horas com um certo frio na alma. Não voarão mais pombos na estação de Presidente Roosevelt, para alegria da criança e tranquilidade da paisagem. Não, nunca mais voarão pombos no interior da estação paulista. Nunca mais, nunca mais, nunca mais.

Última Hora, Rio de Janeiro, 3 de dezembro de 1952

O ABECEDÁRIO DA MORTE

A revista *Manchete* dá no número presentemente à venda uma impressionante reportagem de José Leal, "Por que não me ufano do meu Brasil", que todos devem ler. Para muita gente a coisa não é novidade, de vez que fala dos terríveis males que assolam este pobre e grande país — lugar-comum batido, razão de mal-estar na conversa, dar de ombros geral do tipo: "Pois é... mas vamos falar de outra coisa porque a gente não pode fazer nada mesmo...". Mas, para muitos que não conhecem a extensão desses males, a reportagem pode servir de base a um início de consciência e espírito público. Eu peço permissão à *Manchete* e a esse combativo confrade para pilhar o necessário à sua dolorosa narrativa no sentido de dar-lhe uma divulgação mais ampla. E aqui vai.

a) O Brasil possui 1 leito para cada 583 habitantes;

b) Para cada 10 mil pessoas temos apenas 1 enfermeira;

c) O câncer está matando 20 mil brasileiros por ano;

d) Mas o Serviço Nacional do Câncer dispõe de 100 leitos apenas;

e) 25 milhões de brasileiros são portadores de sífilis;

f) Em Natal a mortalidade infantil sobe a 403 crianças em cada 1000;

g) 20% da população escolar de Alagoas e Sergipe tem esquistossomose;

h) 90% da população baiana está atacada de ancilostomíase (opilação);

i) Há 740 mil pessoas com tracoma no Brasil;

j) O Brasil possui 60 mil cegos (e um número muito maior de pessoas que não querem ver, ajunto eu);

k) 50 mil leprosos é a cota brasileira da horrível moléstia;

l) De 100 mil homens de uma geração, nos Estados Unidos, 60 mil chegam aos 65 anos; no Rio de Janeiro, apenas 32 mil;

m) O Brasil possui apenas 1047 estabelecimentos hospitalares;

n) No índice de mortalidade geral, há 300 a 500 mortos de tuberculose para cada 100 mil habitantes; José Leal chama-a "a doença mais iminentemente verde-amarela";

o) 40 mil doentes mentais estão internados em estabelecimentos que mal os podem compor; mais de 60 mil transitam por aí à espera de internação;

p) No Brasil não existem pavilhões próprios para toxicômanos;

q) Apesar dos esforços do Serviço Nacional de Malária, 1048 municípios ainda registram a enfermidade;

r) Somente em Goiânia, Belém e São Luís, morrem 10 parturientes em cada 1000 nascimentos; em Teresina, mais de 25;

s) Em Nova York morrem apenas 0,6 parturientes em 1000; 10 vezes menos do que no Distrito Federal;

t) No Rio de Janeiro, 20% das gestantes matriculadas nos dispensários pré-natais têm reações positivas de sífilis; entre os escolares, 25%; entre as prostitutas, 90%;

u) Somente 22442 leprosos estão internados, num total de 50000;

v) Dos 740 mil tracomatosos, somente um terço pode ser assistido;

w) A tuberculose é a principal causa da morte em 7 capitais brasileiras: Rio de Janeiro, Belém, Salvador, Vitória, Niterói, Porto Alegre e Belo Horizonte; vêm em segundo lugar São Luís, Florianópolis, Cuiabá, Teresina, Fortaleza, Natal, João Pessoa e Maceió;

x) 4600 brasileiros moram em municípios sem médico residente e cerca de 16 milhões em municípios com um médico apenas para 7500 indivíduos;

y) Isso sem falar das verminoses, da peste e sobretudo da FOME que impera no interior do país.

...

PS: Esses dados foram colhidos por José Leal, nas mais recentes estatísticas oficiais.

Última Hora, Rio de Janeiro, 5 de dezembro de 1952

O SACO E O CHIQUE (I)

Eu me gabo de ter sido, no plano das novas gerações, o intérprete e divulgador máximo de duas teorias do conhecimento de caráter especificamente brasileiro, para não dizer carioca: a nova gnomonia, do músico e poeta Jayme Ovalle, amigo meu muito querido, e a Teoria do Saco e do Chique, cujos fundamentos aprendi com a família Esquerdo[1] e a que dei nova dimensão. Que me seja revelado o tom pouco modesto destas linhas, mas afinal de contas trata-se de método de conhecimento de maior alcance nacional.

Sobre a gnomonia falarei em outra ocasião. Como é sabido, já teve ela o seu Pedro Vaz Caminha, no poeta Manuel Bandeira, uma das melhores entre as suas "crônicas da Província do Brasil".[2] É verdade que no trato com gentes mais moças, ante as necessidades outras do tempo, também a gnomonia adquiriu traços novos que não sei se seu criador e seu primeiro cronista conhecem ainda. Mas tudo isso é matéria a debater com eles antes de voltar a escrever sobre as já famosas classificações dos "dantas", "parás", "mozarlescos", "kernianos" e "onézimos". A Teoria do Saco e do Chique, ao contrário, por intuitiva, creio que só muito dificilmente poderá sofrer novas modificações. Ela foi dada ao público pela primeira vez pelo poeta Paulo Mendes Campos, a quem eu a transmiti devidamente um dia no Juca's Bar e que bolou de saída a sua sutileza simples e a sua importância como sistema psicológico de conhecimento instantâneo.

A Teoria do Saco e do Chique classifica, como o nome diz, o Universo e tudo o que ele contém — deuses, elementos, astros, gentes, coisas e bichos em duas categorias: "sacos" e "chiques". Tais categorias não importam numa definição de qualidade, embora todo mundo prefira ser "chique" a ser "saco". Mas isso é pura verdade, porque a Vida, esse fabuloso elemento, o mais rico, dramático e fundamental, é "saca", enquanto a Morte, com todo o seu lado sombrio e negativo, é "chiquíssima". Assim é que temos, numa tentativa de definição: 1) as coisas ou gentes "chiques", ou seja, aquelas em que existe uma pureza congênita, um substrato qualquer de eternidade, uma harmonia misteriosa e calma, mesmo no seio da paixão; 2) as coisas ou gentes "sacas", isto é, aquelas fundamentalmente

---

1   Referência à família de Lila Maria Esquerdo e Bôscoli, com quem Vinicius de Moraes se casou em 1951.

2   Referência ao livro *Crônicas da província do Brasil* (1936), de Manuel Bandeira, em que há uma crônica chamada "A nova gnomonia".

comprometidas com a sua condição, as que não são portadoras desse nódulo fundamental de pureza, as que são agentes de reações contraditórias e que refletem o ambiente de um modo excessivamente personalista. Mas nada disso constitui uma definição perfeita, porque a coisa é indefinível por princípio. Para começar, é "saquíssimo" definir coisas. É preciso senti-las — e as pessoas que "sentem" as coisas dão em geral excelentes classificadores, melhores que as pessoas que "conhecem" as coisas. É inútil dizer que a pessoa que classifica pode ser tanto "saca" como "chique", porque se ela tiver esse elemento de intuição do mundo à sua volta, a primeira coisa que fará é classificar-se a si mesma, e com a maior justeza. Daí em diante poderá classificar tudo o mais.

No caso da Teoria do Saco e do Chique, nada melhor que os exemplos para ajudar a intuir da própria teoria. Para começar do geral para o particular, podemos dizer de saída que Deus, enquanto conceito abstrato, Deus — origem — (e nesse caso particular tanto a Matéria como a Natureza) é "chique". Mas as materializações de Deus são "sacas", a não ser no caso de Jesus Cristo, que este é "chiquíssimo", embora tenha tido uns poucos gestos "sacos" que estudaremos mais tarde. Jeová é muito "saco". Os deuses gregos são em geral "sacos", sobretudo Júpiter, embora haja uns poucos "chiques". Dos quatro elementos, a terra é "saca", a água é "chique", o ar é muito "chique" e o fogo, que é aparentemente "saco", é "chiquíssimo". A estratosfera é "chique" e a atmosfera é "saca". Mas preocupações com a estratosfera são "sacas" por princípio. Dos planetas, o mais "saco" é Saturno e o mais "chique", Vênus, embora Vênus possa ficar muito "saca" quando usada literariamente por poetas "sacos". A Lua, que muita gente pode achar "saca", é um satélite até muito "chique". Mas o luar é "saco", embora possa ser "chiquíssimo" em determinadas paisagens. Luar de Paquetá é positivamente muito mais "saco" do que luar da Ilha do Governador, sendo que, em Governador, o luar é mais "chique" em Cocotá do que na Freguesia, por exemplo, ou no Galeão. Por um curioso paradoxo da teoria, o luar é menos "saco" em Copacabana do que na avenida Niemeyer; o luar mais "chique" que eu já vi foi na Espanha, ao atravessar de trem uma de suas desidratadas paisagens.

Aqui ficam os primeiros elementos cósmicos da teoria, para uma prática inicial do leitor quando não tiver nada melhor que fazer. Não ter nada melhor que fazer, por falar nisso, é muito "saco", leitor. Porque tem isto: há muita coisa aparentemente "chique" que vai ver é de um "saquismo" a toda prova. Querer ser "chique", por exemplo, é "saco". E até amanhã, como diz muito "sacamente" minha amiga Lica Batista.

Última Hora, Rio de Janeiro, 8 de dezembro de 1952

O SACO E O CHIQUE (II)

Conforme vimos ontem, a Teoria do Saco e do Chique é um método de conhecimento que classifica tudo o que há no Universo em duas categorias: o "saco" e o "chique", como o nome indica. A sua grande vantagem é que, uma vez bolada em sua singela sutileza, a teoria transmite uma fórmula quase mágica de conhecimento instantâneo da coisa julgada. Quando se diz que uma coisa é "saca", adquire ela imediatamente uma carga de elementos imponderáveis que, sem defini-la, misteriosamente a caracterizam e situam dentro da vida e do mundo. Quando se diz que uma pessoa é "chique", sabe-se exatamente se se pode contar com ela, e até que ponto, e como, e quando.

Já havendo aspeado suficientemente as duas palavras, o melhor é acabar com as aspas, que são coisas sacas. Aspas, reticências e grifos são sinais sacos; travessões, dois-pontos e vírgulas são chiques.

A Bíblia, esse livro básico, é um grande manancial de exemplos para a Teoria do Saco e do Chique. O episódio do Gênese, por exemplo, é chiquíssimo, sobretudo ao fazer Deus a extração sem dor da mulher da costela do homem. A coisa começa a ficar saca com a expulsão de Adão e Eva do Paraíso, depois do pecado original, que por sinal é muito chique. A participação da serpente é saquíssima e a cólera do Senhor mais saca ainda, especialmente quando pratica o primeiro ato policial de que há notícia ao colocar o Arcanjo montando guarda à porta do Éden.

Muito chique é o episódio de Noé, apanhado por seus filhos bêbado e na sua vinha. E chique também Abrão, que só cai num certo saquíssimo quando o Senhor o investe de maiores responsabilidades e lhe muda o nome para Abraão. Mas mais chique ainda é Jacó tapeando seu pai Isaac, que precisava palpar os filhos para conhecê-los, ao se enrolar em peles de carneiros e cabras para passar por cabeludo.

O episódio mais saco do Antigo Testamento é positivamente o de Jonas. Tudo nele é de uma saquice a toda prova. Ser engolido por uma baleia e ficar morando nas suas entranhas, ó Deus, quão saco! Mas isso não é nada: ser vomitado depois pelo dito cetáceo é o auge do saquismo.

Jó, aparentemente saco, é muito chique. Chique porque nada mais saco que o orgulho e a riqueza — embora possa haver homens ricos que não sejam sacos. Chique é também a cólera de Isaías. Já Jeremias não é chique. Há um elemento qualquer saco nas suas lamentações.

Há, de um modo geral, mais coisas sacas do que chiques, por isso que a Vida é muito saca. Aliás a própria Bíblia o adverte, quando diz no livro de Jonas, 3,8: "Mas os homens e os animais estavam cobertos de sacos...". Por aí se vê como é antiga a teoria, e como a Bíblia a aplica bem, ao colocar o termo no mais saco dos seus escritos.

Mudando da Bíblia a Emily Post, nada mais saco do que fórmulas de protocolo e os excessos de cortesia. Andar na rua do lado direito da mulher que se acompanha é saquíssimo; mas não fazê-lo por saber que a coisa é saca é coisa mais saca ainda. O medo de ser saco é de uma saquice completa. Mandar cartões de festas de Natal, costume muito saco, pode muito bem denunciar o saquismo da pessoa que se recusa a ele sem naturalidade, por achá-lo saco.

Gente que diz: "Agora, que já conhece o caminho da casa, volte sempre..."; "Recomende-me à patroa..."; "Como vão aqueles encantos?" (referindo-se aos filhos do interlocutor); "O prazer foi todo meu..."; "Vá pela sombra, ouviu..."; "Muito juízo, hein..."; "Sonhe comigo e não caia da cama..." — tudo saco, saquíssimo, quase sacopã. Ditados, que são coisas sacas, só ficam chiques quando ditos por gente do povo ou pela avozinha da pessoa: e assim mesmo não pode ser qualquer avozinha, não, que as há bastante sacas: embora dos membros da família o mais saco de todos seja a mãe. Mais saco do que mãe é chamá-la de progenitora: "Recomendações à senhora sua progenitora...", é saquíssimo. Aliás, a expressão "senhora sua mãe" já é bastante saca. Cidadãos que apresentam a própria mulher nos seguintes termos: "Você conhece minha senhora?" cometem, sem saber, uma saquice considerável. Essas coisas só podem ser ditas pelo povo, que, este, é a própria expressão do chiquismo humano.

Arte moderna, que é uma coisa saca a não ser quando praticada sem esse espírito, oferece uns bons exemplos de saco e chique. Chiques são Braque, Matisse, Utrillo, Modigliani, Miró, Lautrec, Mondrian, Kollowitz, Picasso, que é saco, produz uma arte chique, com períodos de um certo saquismo. Leger é saco, como sacos são Rouault, Kandinski, Marie Laurencin. Arte primitiva e popular, que são muito chiques, ficam sacas quando passam a decorar ambiente de grã-finos.

Amanhã terminarei, com exemplos de outras gentes, antes que esse negócio de chique e saco comece a encher, com perdão do trocadilho (que é sempre saco) e da vulgaridade (que é um saquismo sem perdão).

Última Hora, Rio de Janeiro, 9 de dezembro de 1952

O SACO E O CHIQUE (III E ÚLTIMO)

Não há nada mais chique que o amor à pátria. Aliás, o amor é um sentimento essencialmente chique, se não der para ficar muito sublime demais, como o amor materno ou o amor gênero mulher-inspiração. Mas tanto amor à pátria é chique como o patriotismo é saco. Amor febril no peito varonil pelo céu de anil do nosso Brasil é de um saquismo a toda prova. Mas o amor à terra nativa, esse que fez o poeta Rupert Brooke pedir humildemente, num admirável soneto, que lhe fosse dado morrer num pequeno torrão de terra inglesa — esse é um sentimento ultrachique. Sentimentos verde-amarelistas, grandiloquentes, ufanistas, acimadetudistas — são irremediavelmente sacos.

O Brasil, quando se está vivendo nele — coisa curiosa... — é saco. No entanto, visto do estrangeiro, fica chiquíssimo. Quase todas as nossas qualidades negativas resultam chiques. O Rio, que é uma cidade saca, fica maravilhosa de chiquismo depois de uns seis meses de Paris, que por sinal também é saca. São Paulo, talvez a cidade mais saca do Brasil — ganhando de Belo Horizonte por um corpo e Porto Alegre por dois —, fica meio chique vista de cidades sacas como Berlim ou Amsterdam. De resto no Brasil o Norte é mais chique do que o Sul, em que pese aos sulistas, entre os quais me coloco. O que o Sul — Sul esticando um pouquinho — tem de muito chique é Minas Gerais, positivamente o estado mais chique do Brasil. Mas Minas não tem a cidade mais chique da nação, que é Olinda. Minas tem cidades muito chiques como Ouro Preto e Sabará (esta mais do que aquela), mas ambas perdem para Olinda. Fortaleza é também chique, e Salvador, embora saca, possui elementos chiquíssimos.

Se me perguntassem quais as criaturas de ficção mais chiques que jamais existiram, eu diria: Don Quixote e Carlitos. São ambos a quintessência do chiquíssimo. Personagens saca é, por exemplo, Fausto, embora Goethe, que pode parecer saco, seja bastante chique. O poeta Rimbaud, que é portador de filões muito chiques, é o saco, como o prova o "O barco bêbado" e o "Soneto das vogais"; mas tem poesias do maior chiquismo, como os poemas iniciais e as *Iluminações*. Bem mais chique era Verlaine, como ser humano e como poeta; como bem mais chique era Mallarmé, tão simples em seus hermetismos. Saco, de uma sacaria atroz, era Valéry —esse, sim. Esse é positivamente o autor mais saco da moderna literatura, com licença de Aldous Huxley e François Mauriac.

O poeta Spender, que recém nos visitou, tem elementos bastante chiques em sua ingenuidade bem-intencionada. Mas seu contraparte, o poeta T.S. Eliot — valha-nos Nossa Senhora dos Sacos! Não quero entrar no mérito da questão no Brasil, embora nada haja de essencialmente pejorativo em ser saco (alguns dos artistas que mais admiro, como Shakespeare, Beethoven, Michelangelo, Tolstói, Picasso são sacos). Mas direi que para mim a linha atacante de poetas brasileiros chiques é constituída de: Manuel Bandeira, João Cabral de Melo Neto, Paulo Mendes Campos, Emílio Moura e Mário Quintana. Deixo Henriqueta Lisboa de fora porque não seria chique colocá-la num time de futebol. Porque chique, ah, isso ela é. Dos prosadores brasileiros, para mim os mais chiques são Graciliano Ramos, Rodrigo M. F. de Andrade (dois dos seres mais chiques do mundo) e Rubem Braga.

Meu filho Pedro é chiquíssimo, absurdamente chique. Chique é também moringa de barro, sobretudo com capinha de crochê, samba antigo de Ismael Silva (por falar em samba, aí está Aracy de Almeida, chiquíssima), sopa de "letrinha", quadro de Pancetti, cerâmica baiana, desenho de Carlos Leão (ser também absolutamente chique), romanceiro popular, o México, a atriz Vivian Leigh, moleque de rua, arquitetura de Lucio Costa (o limite do chiquismo como pessoa humana), cinema soviético (sobretudo o feito por Dovjenko), meu primo Prudente de Moraes Neto, o fundo do mar, aguardente portuguesa, a forma de haicai tal como usada pelo poeta Bashô, pinico, jazz negro de Nova Orleans (e a sua figura mais chique: de resto, uma das mais chiques jamais existentes, Louis Armstrong), pintura japonesa, remédios caseiros, o cineasta Alberto Cavalcanti, crendices populares, velório no interior, loja de ferragens, cartaz de circo, poesia de Nâzim Hikmet, namoro no portão, soldado de rua, marcha de rancho, o dia de quarta-feira, a igrejinha de Nossa Senhora do Ó, em Sabará, os contos de Katherine Mansfield, o caju, certas ruas de Botafogo, marinheiro em terra, a China, a estrela Polar, a cidade de Assis, horta de legumes, anedota instantânea sobre bicho (o coelhinho para a coelhinha: "Vai ser bom, não foi?"; o burrinho para a zebra: "Por que é que você não tira esse pijaminha?"), *Alice no País das Maravilhas*, Einstein, sambinha noturno de obra em construção e, sobretudo, o sentimento de amizade, quando genuíno e harmonioso.

E aí tens, chiquíssimo ou saquismo, leitor, os fundamentos da Teoria do Saco e do Chique, com que te podes, quem sabe, divertir com os amigos, nesta cidade tão vazia de divertimentos. E agora, deixa-me em paz, porque depois de tanto saco e chique eu estou a ponto de abrir o vapor e sair por aí, piiii! chique-chique-saco-saco-chique-chique — saco-saco.

Última Hora, Rio de Janeiro, 10 de dezembro de 1952

CARTA AOS SENHORES CONGRESSISTAS SOBRE O FESTIVAL DE CINEMA DE 1954 (I)

Agora que o presidente da República[1] enviou mensagem ao Congresso Nacional dispondo sobre a abertura de um crédito especial de 10 milhões de cruzeiros para o I Festival Internacional de Cinema do Brasil, de 1954, a realizar-se em São Paulo, como homenagem à grande capital bandeirante pelo IV Centenário, julgo boa a hora para prestar aos senhores congressistas — aos senhores deputados, preliminarmente — uma série de explicações sobre a utilidade de um certame do gênero no Brasil, que poderá parecer a muitos um luxo inútil numa época de compressão de despesas e crise econômica geral. Faço-o não só porque fui, com o sr. Jorge Guinle, o primeiro a levantar a lebre, de volta do Festival de Punta del Este, em princípio do ano, como na qualidade de secretário-geral da Comissão Preparatória do dito Festival.

Que a ideia me pareceu muito interessante, prova-o o esforço absolutamente gratuito em que me tenho aplicado desde maio último. Como sou um homem às claras, julgo absolutamente desnecessário esconder de quem quer que seja, sobretudo de meus confrades de imprensa, todas as *demarches*[2] que antecederam o gesto do Executivo, e que, salvo melhor juízo do Congresso, permitirão que se realize em tempo hábil um certame que interessa ao Brasil sob todos os aspectos, o cultural, o publicitário, o turístico e o popular.

A ideia de ser o I Festival feito em São Paulo nasceu de uma reunião que tive com a Comissão Cultural do IV Centenário, em curta viagem àquela capital, em abril deste ano. A ideia tinha sido aventada anteriormente, e a grande comemoração paulista, assim como a existência de uma máquina administrativa já montada e em funcionamento, como a autarquia do IV Centenário, parecia justificar plenamente a escolha de São Paulo como local de realização do I Festival. O fato é que a organização de um Festival de Cinema, sobretudo de um primeiro, é coisa bastante complexa, e essa complexidade só fez aumentar depois da experiência de quatro festivais na Europa, a que fui mandado pelo Itamaraty no sentido de estudar-lhes a organização. Trouxe dessa viagem um relatório bastante completo do Festival de Veneza — aquele que, do ponto de vista da organização, mais nos interessa —,

1 Referência a Getúlio Vargas.

2 Em francês, "passos".

completado pelos aspectos dos demais festivais capazes de complementar a mostra italiana. E a verdade é que os poderes federais compreenderam sem qualquer jacobinismo o real interesse da realização do primeiro certame em São Paulo. O Rio terá, naturalmente, festividades correlatas, com o comparecimento dos artistas, e outras iniciativas a justificarem a aplicação da verba federal; mas é de justiça que a parte administrativa, o grosso das exibições, seja feita em São Paulo, que entrará também com gaita alta para o certame. Essa dinheirama, que poderá parecer exagerada aos senhores congressistas e a muita gente comendo o pão que o diabo amassou, que nada tem por aí, tem uma aplicação absolutamente estrita, de acordo com um cálculo aproximado que fiz com o sr. Jorge Guinle. A verdade é que poderemos receber do melhor, em matéria de grandes artistas e grandes personalidades do mundo do cinema e da imprensa internacional, mas teremos de pagar sua vinda, sua estada e seu regresso. Mesmo dentro das possibilidades de convênios e acordos com companhias de navegação ou aviação, hotéis etc., essa despesa por si só consumirá quase que o total compreendido pela verba federal, isto é, 10 mil contos. Para que tenhamos internacionalmente um grande reflexo da primeira mostra brasileira, precisaremos tratar do nosso hóspede à vela de libra. A experiência me mostrou que artistas e jornalistas são tremendas primas-donas quando hóspedes de cinema, ficando um de olho no outro para ver se esse está num quarto melhor do que aquele, se fulano está sendo tratado a crepe suzette enquanto beltrano a marmelada com queijo prato, e assim por diante. Tudo isso se reflete na publicidade do país no estrangeiro, de que o festival passa a ser por alguns dias um grande centro de irradiação.

Por outro lado, bem organizado e precedido de uma publicidade inteligente, a capacidade de uma recuperação de um Festival de Cinema pode ser considerada total — e se não houver lucro, também não haverá perdas: podendo-se nesse caso computar como lucro uma série de coisas: esse reflexo internacional, as iniciativas culturais levadas a efeito, os contatos estabelecidos entre a cinematografia nacional e as estrangeiras, a possibilidade de articular coproduções, a mostra de aspectos da vida e da cultura brasileira a homens inteligentes, produtores, diretores, jornalistas, o interesse do público que paga em ver pessoalmente seus heróis da tela etc.

Não fosse por tudo isso, e não me teria metido na história. Digo-o com as veras d'alma. Para mim só tem sido trabalho extra. Mas a coisa está marchando bem e vale a pena. Podemos fazer um bom festival, e um bom festival só pode redundar em prestígio para o país e em lucro para o cinema brasileiro. Mas para isso é preciso que se o faça bom de fato, dentro de normas nacionais e democráticas, não só de modo que o primeiro não acabe sendo o único, como para que, posteriormente, o Rio e outras capitais brasileiras possam também gozar de privilégio tão justamente atribuído desta vez a São Paulo, em seu IV Centenário.

Última Hora, Rio de Janeiro, 17 de dezembro de 1952

CARTA AOS SENHORES CONGRESSISTAS SOBRE O FESTIVAL DE CINEMA DE 1954 (II E ÚLTIMO)

Os Festivais de Cinema constituem uma formidável fonte de atração turística e popular: foi o que me provou a experiência de cinco certames este ano: Punta del Este, Cannes, Berlim, Locarno e Veneza. É verdade que os seus dirigentes nem sempre gostam de ver acentuado esse lado turístico, procurando dar às suas mostras um ar de certa gratuidade cultural, digamos que as verbas neles aplicadas só se justificam dentro da possibilidade de uma recuperação pelo menos igual ao custo. Mas como o cinema é a arte e a forma de diversão popular por excelência no nosso século, e astros e estrelas de cinema são, para quase todo mundo, heróis e muito constantes, a possibilidade de vê-los em carne e osso cria um extraordinário interesse no povo, sem distinção de classe.

Que a nudez crua da verdade deve estar, no caso, o mais possível coberta pelo manto diáfano da fantasia é coisa que parece óbvia. Os interesses turísticos deverão realmente parecer, aos artistas, jornalistas e personalidades hóspedes de qualquer festival, os mais longínquos possíveis. Eu vi uma grande atriz americana largar um festival no meio só porque correu que havia interesses comerciais envolvidos no certame. O que os artistas gostam de saber é que continuam populares para a grande massa. Por isso a participação do povo num festival de cinema tem de ser grande. Exibições populares dos filmes exibidos nas sessões protocolares devem ser feitas, com a apresentação eventual dos artistas. Afinal de contas, o cinema é regulado pela opinião pública, e é a medida da aceitação popular que, em última análise, dita aos produtores os caminhos a seguir para o sucesso e a bilheteria — e portanto faz um artista. O lado social é inelutável, por isso que os artistas vivem, em seus países, em ambientes glamourizados, onde a superficialidade elegante predomina sobre tudo o mais, a não ser em raras exceções. O ideal é, pois, a busca de um equilíbrio harmonioso entre esses contrários, de modo a restituir ao povo um pouco do muito que ele paga, e dar um banho de champanha no resto da turma.

Um dos elementos mais positivos para fazer do festival brasileiro de cinema uma realização à altura é a sua publicidade nacional e internacional. E bem prévia. Já agora que a coisa começa efetivamente a marchar, seria o caso de pensar — uma vez aprovada pelo Congresso a iniciativa — na divulgação imediata do certame, feita nacionalmente através das autoridades federais e paulistas do Turismo e internacionalmente através das nossas missões diplomáticas e repartições consulares. Por este lado sei que a coisa seria feita, de vez que esta afeta ao Itamaraty, e no Itamaraty a um homem de espírito público do ministro Mário da Costa Guimarães, chefe da Divisão Cultural. Tenho a certeza também que a presença, na comissão preparatória, de personalidades da direção do IV Centenário de São Paulo, como os senhores Francisco Matarazzo Sobrinho, Almeida Salles, Roberto Meira e o poeta Guilherme de Almeida, é suficiente para articular, no setor paulista do festival, as medidas publicitárias capazes de lhe dar a maior divulgação possível. Por outro lado, ainda, espero que todos os meus confrades de imprensa, representados na comissão pelo presidente da ABI,[1] o sr. Herbert Moses e pelo sr. Joaquim Menezes, compreenderão a utilidade do festival, do ponto de vista do Brasil e do cinema brasileiro, e saberão colocar esses interesses acima de quaisquer questões pessoais que porventura tenham. De resto, coloco-me à sua inteira disposição, na qualidade de secretário-geral da dita comissão, para quaisquer informações ou esclarecimentos de que necessitem. O importante é, me parece, que se faça do festival uma celebração condigna, capaz de encher os olhos e o coração de nossos hóspedes, e cujo reflexo exterior só nos possa ser motivo de orgulho. Só assim vale a pena e, pelo meu lado, farei todos os esforços para que assim seja.

Última Hora, Rio de Janeiro, 19 de dezembro de 1952

---

1 Associação Brasileira de Imprensa.

UGH E IGH

Terminando o terremoto, Ugh chamou Igh para ver, da entrada da caverna, a nova paisagem que o terrível cataclismo tinha formado. A mulher veio, os longos braços balançando, a enorme cabeleira cheia de pó e lascas de rocha que o tremor arrancara às abóbadas de pedras. Deixaram-se os dois contemplando a extensão desértica, sobre que tombava ainda uma leve garoa de fogo.

— Ighuegh…

— Iguegh ghul — confirmou o homem.

Fazia realmente muito calor. A atmosfera parecia líquida e o casal respirava com dificuldade o ar sulfúrico que pesava sobre a planície. A talvez um quilômetro de distância, um megatério urrava desesperadamente, tentando arrancar-se a uma fenda recém-aberta na terra, de onde brotava óleo fervente. A mulher riu seu riso gutural, a mostrar os dentes pontiagudos, a baba a pingar grossa da língua áspera como pedra-pomes. O homem manifestou também sua alegria com um punhaço nas costas da mulher, que lhe trouxe um pedaço de sangue à boca:

— Ghurughuru glugh! — expectorou ela com ar beatífico.

— Ghul gugh.

Muito bom, magatério assado. Aquilo era comida para um mês pelo menos. O bicho perecia nas vascas, pelos horrendos urros que dava, e tudo indicava que dali não sairia, a se cozinhar em banho-maria de petróleo.

Não havia dúvida, a vida estava para eles. Às vezes — nem sempre — um terremotozinho vinha a calhar, pois em geral ficava um dinossauro ou outro pelo caminho; e a verdade é que Ugh tinha uma certa tendência ao descanso de espírito. Caceteava-se francamente de caminhar dias, meses a fio, atrás dos enormes bisontes, embora os caçasse com grande perícia, toureando-os até se cansarem e, a cada passo, golpeando-os com seu machado de sílex. Mas tratava-se de um bicho duro na queda, e uma vez contara mais de mil golpes até prostrar um.

A garoa de fogo cessara e a tarde rubra caminhava para um declínio rápido. A beleza do panorama era inenarrável, mas Ugh já agora não a via, preocupado em passar uma mão boba pelas pernas de Igh. Igh deixava-o fazer, fingindo que prestava atenção ao megatério. Mas a urgência de Ugh era intensa. Tomou Igh nos braços e deu-lhe, para início de conversa, um quebra-costela que a deixou com meio palmo de língua para fora.

340

— Ghe-ghe ghogh, Ogh... — bradou ela em tom carinhoso, a se queixar femininamente da violência do abraço.

— Ogh?

Ugh largou-a.

— Oh? Ghe-ghigh Ogh?

Ugh tinha os olhos fora das órbitas. Parecera-lhe ter ouvido o nome de Ogh, seu mais perigoso vizinho e mais cruel inimigo.

— Ogh? Ghe-ghe ghig Ogh? — repetiu passando a mão no machado de sílex preso à parede da caverna.

— Ugh!

— Ogh!

— Ugh!

— Ogh!

A mulher se queimou.

— Chegh Ogh!

Então era Ogh e que ele fosse se danar! Doido de ciúme Ugh ergueu o machado. Mas justo nesse momento a terra em combustão resolveu vomitar suas últimas vísceras. Tudo pôs-se a tremer violentamente por alguns instantes, enquanto se ouviam o ruído de tremenda explosão de gás e a queda ensurdecedora das avalanches.

De repente, no meio daquilo, um urro mais desesperado ainda do megatério. Ugh correu para fora, a ver o que se passava. Tudo deserto. O megatério lá se fora fenda abaixo, fiel ao seu destino de fóssil.

— Guiga-ga-ghuga!

Igh chegou a tapar os ouvidos, rubra até as orelhas.

Última Hora, Rio de Janeiro, 22 de dezembro de 1952

MERRY CHRISTMAS

Estaria eu sonhando ou seria resultado do gim-tônica antes do almoço? Não, não era possível... Já fazia muito tempo demais da ingestão da bebida e, além do mais, quem sou eu, primo, para ficar bêbado com apenas um gim-tônica... Mas o caso é que, ao entrar na Cinelândia (e seriam possivelmente as dezoito horas de domingo último), vi-me de repente em Los Angeles. Nossa Senhora de Los Angeles da Porciúncula, sem tirar nem pôr, cidade californiana em seu perímetro urbano um bairro chamado Hollywood.

Nos jardins da praça erguia-se uma monumental árvore de Natal, tal como é costume haver diante das grandes lojas americanas e em certos pontos estratégicos da cidade do cinema. E de um alto-falante saíam doces melodias natalinas, cantadas pela sacarinosa voz de Bing Crosby, enchendo a Cidade Maravilhosa, num dos pontos mais cariocas, de doces frases em inglês:

> *Silent night...*
> *Holly night...* [1]

No entanto, a cara das pessoas à minha volta parecia brasileira. Esfreguei os olhos uma, muitas vezes, mas não havia dúvida. A árvore lá estava brasilianquemente erguida, e a voz do "Bingo" cantava a plenos pulmões as melodias tão estrangeiras...

É. Era mesmo. Não se tratava de uma miragem. Eu estava em River of January no duro, e aliás isso me fazia lembrar que precisava dar um pulinho à Sears para comprar uns *Christmas cards* e uns *Christmas gifts* para os meus *little children*.[2] Segui-o às pressas por Wilshire Boulevard, quero dizer, a avenida Rio Branco (perdoem-me a confusão, mas ainda estou ligeiramente baralhado...) pensando em outros natais longínquos, num tempo de consoadas, missas, festinhas de igreja, rabanadas, e uma total falta de obrigação de mandar cartões de festas. Era um tempinho bem bom, bem brasileiro, sem Papais Noéis e presépios de papelão a fazer a publicidade gratuita da indústria de Natal para os grandes consórcios. Papai Noel

---

1 Em inglês: "Noite silenciosa/ Noite sagrada".

2 Expressões em inglês: uns cartões de Natal e uns presentes de Natal para minhas pequenas crianças.

era o pai da gente, com uma barba de algodão, às vezes à paisana mesmo, a gente fingia que ficava dormindo mas na realidade de olho na meia pendurada no pé da cama, aí ele entrava — que emoção! — e depois era aquela disparada escada abaixo para desembrulhar os presentes tão mais humildes... bonecas para as meninas, coisas de armar para os meninos, aparelhinhos de cozinhas, piões, arcos de rodar, bombons de chocolate eram uma delícia rara... depois um último furto de uma rabanada bem úmida com gostinho de canela e uma derradeira espiada no presépio armado a papelão e cola das páginas especiais do *Tico-Tico*...[3] e o sono leve entre brinquedos espalhados pela cama, a vontade de despertar bem rápido no dia seguinte e começar a brincar...

É. Cabou. Os presentes são *too big* para as meias de uso. Não tem mais vovó, não, para cantar que Nossa Senhora faz meias com fios feitos de luz. Agora tem mesmo é Santa Claus e Bing Crosby contracantando de mãos dadas a versão comercial do velho lied alemão:

> *My goods are good*
> *My goods are good*
> *Things and toys and canned food...*
> MERRY CHRISTMAS TO YOU ALL![4]

Última Hora, Rio de Janeiro, 23 de dezembro de 1952

---

3 A revista *Tico-Tico* foi uma publicação infantil que circulou entre 1905 e 1977.

4 Em inglês, "Minhas mercadorias são boas/ Minhas mercadorias são boas/ Coisas e brinquedos e comida enlatada/ Feliz Natal para todos!".

DIZ-QUE-DISCOS

Com esta nova seção, que oferece a *Flan* hoje aos seus leitores, pretendemos dar um panorama objetivo do mundo dos discos — um mundo que encobre grandes interesses comerciais com os sublimes véus da música. Confessamos, com perdão de nosso querido colega da página de ciência popular, que de certo modo invejamos sua situação, pois discos voadores não levam assinaturas, enquanto os discos musicais voam como papagaios — presos a uma linha no fim da qual há um compositor, um cantor e um selo. E embora todos estes queiram ter seus discos muito tocados, são muito não me toques.

Mas não há de ser nada. Acreditamos que uma crítica construtiva não poderá ofender a ninguém, aqui e ali. E estamos certos de que, com o grande progresso realizado no domínio das gravações no Brasil, teremos muito mais ocasião de elogiar que de criticar. Nosso legítimo entusiasmo pela boa música popular de todos os países nos manterá, é claro, vigilantes para que se dê ao tango o que é do tango e ao samba o que é do samba; para que não se confunda Bing Crosby com jazz; para que se dê uma chamadinha, uma vez por outra, em alguns dos nossos compositores a fim de que não enveredem definitivamente pelos caminhos do fado ou do bolero e se lembrem de que a música brasileira deve ter, em princípio, características brasileiras, e que pode ser moderna à vontade (como é o caso com a moderna arquitetura brasileira) sem nem por isso deixar de ser nossa.

Com os lançamentos progressivos em selo Sinter, de discos long-play (ou LP, como é mais fácil chamá-los) de autores e músicas brasileiros, acreditamos que esteja em vias de realização um grande trabalho de preservação da canção de câmera, da música semierudita e francamente folclórica e popular do Brasil, de que há um imenso cabedal em todo o país. Agora mesmo a voga nacional e internacional de "Mulé rendera", trazida por Caribé para o filme *O cangaceiro*, e que nos granjeou uma menção especial no festival de filme em Cannes, vem mais uma vez provar que o trabalho de seleção e preservação do bom material folclórico brasileiro, além de constituir evidência de espírito público, pode redundar num bom "galho" comercial.

Há, nesse particular, um milhão e meio de coisas a fazer. Aí estão dando sopa as obras da maestrina Chiquinha Gonzaga e de Pixinguinha; a imensa contribuição de Ismael Silva ao samba carioca; um fabuloso número de excelentes canções nordestinas, tais como as colheu Mário de Andrade para o Departamento de Cultura de São Paulo: in loco e cantadas por seus verdadeiros cultores, os cantadores populares de porta de tendinha ou de palhoça. Porque a verdade — perguntem se quiserem a Caribé — é que há dezenas de coisas tão boas ou melhores que "Mulé rendera": cantigas de capoeira, cocos, desafios, o diabo a quatro.

"Diz-que-discos", *Flan*, Rio de Janeiro, 17 a 23 de maio de 1953.

RETRATO DE JAYME OVALLE

Um dia, em Los Angeles, certa amiga me disse: "O homem que eu mais vontade tenho de conhecer no mundo chama-se Jayme Ovalle". Desde então, ouvi muitas vezes a mesma afirmação feita pelas pessoas mais díspares.

Realmente, as coisas que se contam sobre Jayme Ovalle são do puro domínio do fabuloso. Em Londres, onde estagiava na Delegacia do Tesouro, morava no bairro mais elegante da cidade numa casa mobiliada apenas com uma cama, um harmônico, um violão (instrumentos com que compunha) e umas poucas garrafas de uísque. Tinha por companheiro a um macaquinho comprado na travessia do Atlântico porque, dizia ele "era o único brasileirinho a bordo".

Da Inglaterra trouxe com ele vários volumes de poesia em inglês, um dos quais chamado *The Foolish Bird*, e uma irlandesa a que chamava Guinguinha, e que por sua vez o chamava de Tasma porque dele ouvira um dia, encantada, a palavra *fantasma*.

Quando residia no Palace Hotel apaixonou-se perdidamente por uma pombinha que se habituara a pousar-lhe no parapeito. Ovalle vinha direto da Alfândega para dar miolinho de pão à sua columbesca bem-amada. Um dia encontraram-no na avenida Rio Branco, na sua sempre empertigada atitude de embaixador aposentado, a chorar (coisa que faz com a maior naturalidade) por trás do monóculo que então usava "porque encontrara sua pombinha a traí-lo com um miserável pombo".

Fernando Sabino conta em seu livro de crônicas sobre Nova York, *A cidade vazia*, que uma vez Ovalle telefonou-lhe pedindo que fosse bem depressa ao seu escritório na Delegacia do Tesouro (situado num dos gigantescos edifícios de Rockefeller Center) porque ele tinha a impressão de que estava no céu. Fernando Sabino partiu de carreira para chegar e encontra Ovalle todo feliz, rodeado de uma nuvem — uma nuvem mesmo no duro, que encalhara no altíssimo edifício e que Ovalle deixara carinhosamente entrar pela janela.

Uma de suas peculiaridades é ser tio do poeta Augusto Frederico Schmidt, que o chama de tio Ioiô, como de resto, seus demais sobrinhos. Sua personalidade extraordinária exerceu influência em muita gente da melhor qualidade, e não é difícil encontrar traços ovallianos na poesia de Manuel Bandeira, por exemplo. Suas canções, como "Azulão", "Berimbau" (ambas com versos de

Bandeira) e "Três pontos de santo" são um prato dileto de nossas melhores cantoras de câmara, e foram grandemente popularizadas nos Estados Unidos pelo esplêndido álbum da intérprete brasileira Elsie Huston.

A NOVA GNOMONIA

De acordo com uma teoria do conhecimento de sua invenção (para maiores detalhes ver o capítulo "A nova gnomonia", nas *Crônicas da província do Brasil* de Manuel Bandeira), todos os seres, bichos e coisas existentes podem se classificar em cinco categorias: dantas, parás, mozarlescos, kernianos e onézimos. Cada categoria tem seu "anjo" ou protótipo, que também lhe deu o nome. Os dantas (do "anjo" Francisco Clementino de Santiago Dantas — angelitude aliás contestada por muita gente, que prefere como "anjo" a Pedro Dantas, pseudônimo de Prudente de Morais Neto) são os puros, desprendidos, os inocentes autênticos. Dantas são Cristo, são Francisco de Assis, a poesia de Manuel Bandeira, o elemento água. Já os parás, ou Exército do Pará (nome que vem, sem desdouro para o simpático estado, da ideia do homem da província que se larga para a capital disposto a vencer na vida a qualquer preço) são a atriz Betty Grable, matéria plástica, Academia de Letras, anel de grau, bolo de aniversário, café-society etc. Os mozarlescos, cujo "anjo" é o sr. Mozart Monteiro, são, segundo Ovalle, os seres que dizem coisas assim:

— Se o trem não atrasar, por certo chegará na hora...

Há, me parece, no conceito ovalliano, um senso de derramamento excessivo em tudo que o mozarlesco diz ou faz, aliado a uma espécie de atração irresistível do lugar-comum. Suicídio em Paquetá é mozarlesco. Mozarlescos são também o *Livro do bebê*, o ator Aldo Fabrizi, o livro *Coração*, de Edmundo de Amicis, serenata em Ouro Preto etc. Por vezes, o excesso de mozarlismo, uma coisa pode ficar "mozarlesca lacrimejante", como o livro *A cabana do pai Tomás* ou o grande ator português Villaret. Mas é aqui que — com licença do mestre — entra o meu pequeno cisma. Para mim mozarlesco é isso tudo o que se falou, mas é também, num sentido maior, tudo o que é primordialmente coração e vísceras. A Vida é para mim a Grande Mozarlesca. Mulher também é, em princípio, mozarlesca.

Os kernianos (do "anjo" Ari Kerner Veiga de Castro) são os impulsivos bem-dotados. Manuel Bandeira oferece em suas *Crônicas* o exemplo do amanuense que deu um pontapé numa mulher grávida, com o resultado de ela morrer e ele acabar tomando conta de toda a sua filharada. Há no cinema dois ótimos kernianos: os atores James Cagney e Kirk Douglas. Uísque é uma bebida kerniana, jazz é kerniano. A Espanha é kerniana. Já a Itália tende mais para o mozarlesco, o México para o dantas e os Estados Unidos para o pará.

Restam os onézimos, cujo "anjo", já falecido, é o sr. Onézimo Coelho. São as pessoas ou coisas que têm o dom de esfriar ambientes, de modificar o metabolismo próprio das situações, de deixar as pessoas mal à vontade. Padre, por exemplo, é onézimo. Já frade tende mais para o dantas. O ator Basil Rathborne é um grande onézimo, assim como a atriz Greer Garson. Há quem ache o sociólogo Gilberto Freyre um onézimo, mas Ovalle afirma que ele é um onézimo convertido ao paraísmo.

Assim é a gnomonia de Jayme Ovalle, e assim é o próprio Ovalle: ser fundamentalmente bom, justo e autêntico, embora haja quem o ache um extravagante, um fiteiro e mesmo um cabotino. Nada mais errado.

Flan, Rio de Janeiro, 17 a 23 de maio de 1953

O IMPOSSÍVEL ACONTECE COM JAYME OVALLE

Jayme Ovalle é inclassificável. Tudo que pretenda defini-lo, encerrando-o numa classificação sumária, ficará aquém da realidade complexíssima que tem, no registro civil, o nome de Jayme Ovalle. Pode-se dizer que é músico, que é poeta, que é católico, que é amigo. É isso com efeito, e é muito mais: é Jayme Ovalle, um homem humano que impregnou, com sua presença peculiaríssima, três gerações de homens igualmente humanos, desde Manuel Bandeira ao poeta, "dublê de repórter", que assina esta reportagem, Vinicius de Moraes. Por isso mesmo, a obra de Jayme Ovalle não se encontra relacionada em nenhuma bibliografia acadêmica, nem pode servir de ponto de partida para erigir-se-lhe uma estátua, uma instituição, de resto profundamente "onézima". Jayme Ovalle é gente, cem por cento gente, a que uma estupenda intuição poética acrescenta uma dimensão a mais.

O melhor que há a fazer, aqui, não é tentar definir, ainda que pelo método das indefinições, a personalidade de Ovalle. O leitor vai encontrá-lo na entrevista que segue, e tomará o pulso de homem. No mais, se quer ilustrar-se a respeito, leia a crônica que Vinicius de Moraes escreveu na página de Literatura, no segundo caderno do nosso número anterior.

DEUS E O COSMOS

Não foi propriamente uma entrevista, foi um corpo a corpo com o Mistério. Tomamos duas noites apenas, mas no fim de cada uma delas tanto Jayme Ovalle quanto eu estávamos exaustos. E aqui vão as perguntas e respostas, sem maiores comentários, a começar da grande e eterna indagação:

Pergunta — Que é Deus?

Resposta — Deus é o movimento. O movimento à imagem do desenrolar-se de uma missa. O movimento em liturgia. Deus é a grande força harmonizadora, o equilíbrio entre o Filho e o Espírito Santo, que são forças contrastantes. Deus é o fiel da balança.

Pergunta — O sacrifício de Cristo vale para todo o Cosmos, caso sejam outros planetas habitados?

Resposta — Os outros planetas não são habitados, só a Terra. Todo o resto é luxo, prodigalidade de Deus. É como um carpinteiro que para fazer um móvel deixa se espalhar uma quantidade de pó de serragem. No caso, pó luminoso de astros e estrelas. Deus é um esbanjado. Deus fez muito rascunho. O hipopótamo, por exemplo, é um rascunho de Deus.

Pergunta — Por que fez Deus mulheres feias?

Resposta — As normalmente feias Deus fez para casar com homens bonitos. Quanto às irremediavelmente feias, foram feitas por Deus para povoar as igrejas de madrugada, para usarem grandes rosários e serem beatas.

Pergunta — Qual a posição política do Demônio?

Resposta — É da natureza do Demônio mudar de política conforme os acontecimentos.

Pergunta — Como classifica o Demônio dentro da gnomonia?

Resposta — O Demônio é Dantas.

Pergunta — Como católico, como explica o incesto certo que houve entre Adão e Eva e sua progênie, sem o qual o mundo não poderia ser habitado?

Resposta — Não havia ainda a noção de incesto, como não há entre os bichos. A noção de incesto cresceu com o homem.

Pergunta — Aceita que os justos paguem pelos pecadores, pelo fato da existência do pecado original?

Resposta — Quanto mais justo, mais paga. Quem pagou mais que o Grande Justo, que se fez homem e foi crucificado?

Pergunta — O poeta Augusto Frederico Schmidt irá para o céu, inferno ou purgatório?

Resposta — Schmidt vai para o limbo, onde ficará levitando até que possa ser rebatizado no final dos tempos.

Pergunta — Qual a sua interpretação do número 666 do Apocalipse?

Resposta — É o exagero da trindade. A superfetação, o desdobramento da Santíssima Trindade.

Pergunta — Quais os arquitetos, músicos, poetas, pintores e romancistas brasileiros preferidos por Deus?

Resposta — Bom, arquiteto é o Niemeyer mesmo. Poeta, é o Bandeira. Pintor, é Portinari. Mas Deus anda meio zangado com Portinari, desde que ele fez aquela Ceia,[1] e agora anda indeciso entre ele e Di Cavalcanti. Agora, uma coisa eu sei — Deus não lê romance moderno brasileiro.

---

1 Até a data de publicação desta "reportagem", o pintor havia realizado, segundo informações colhidas no Projeto Portinari, quatro telas com o motivo da última Ceia. Assim, não é possível saber a qual delas Ovalle se refere.

Pergunta — E músico, Ovalle? Não será você mesmo o preferido de Deus?

Resposta — Não tenho muita certeza não, neguinho.

Pergunta — Se o papa ficasse louco, ainda assim os católicos lhe deveriam obediência diante do fato de sua infalibilidade?

Resposta — Claro. Se o papa ficasse louco, isso seria a plenitude de sua infalibilidade.

Pergunta — Agora me diga uma coisa importantíssima, Ovalle. Que é o ato criador?

Resposta — Puxa! Isso é muito importante. Deixe ver... O ato criador é qualquer coisa assim como um desastre. Tem o imprevisto de um choque. E é qualquer coisa extremamente ligada ao pecado. Pode acontecer de maneiras muito diferentes. Há vezes em que nós participamos dele, outras não...

Pergunta — Não, Ovalle. Eu quero é a coisa em si, o nó do assunto. O que é o ato criador?

Resposta — Espere aí... O ato criador... no fundo, é a revelação das coisas que não aconteceram, as que nós deixamos de viver por falta de oportunidade e sobretudo por covardia. É um ato absolutamente livre e espontâneo. Olhe aqui, é qualquer coisa assim como Adão ainda com a sua costela, na grande noite fechada que era o seu corpo. Já estava previsto que a costela deveria ser tirada por Deus para iluminar seu corpo, que antes era uma noite profunda e integral. É ao mesmo tempo o Só e o Coletivo. Pode-se mesmo dizer que, nesse sentido, o ato de criação é o mais puro socialismo.

Pergunta — A Poesia, Ovalle, que é a Poesia?

Resposta — É a coisa mais importante do mundo. Todo mundo nasce com ela, porque ela é a própria vida. Todo mundo é criado com o dom da poesia, e só deixa de ser poeta porque perde a inocência. Quanto mais um homem cresce carregando consigo a sua inocência, maior poeta ele é. No fundo, esse pessoal que se torna banqueiro, ou senador, ou presidente da República, só faz isso porque deixou de ser poeta, ou porque é poeta frustrado.

Pergunta — E o poeta? Que é o poeta?

Resposta — O poeta é o macho por excelência. Poesia só gosta de macho. Com a natureza efeminada, a Poesia só se diverte. Você acha que a Poesia poderia gostar nunca de um Paul Geraldy? Já Camões, puxa! A Poesia fica tarada. Agora, a Poesia aceita de vez em quando uns hermafroditas. Rilke, por exemplo, era hermafrodita.

Pergunta — E qual é, para você, a coisa mais fundamental da vida?

Resposta — Já está respondido, neguinho. A Poesia.

Pergunta — Onde vive a Música?

Resposta — Fora de nós. Nós somos os instrumentos. Quanto melhor o instrumento, melhor a música. Se formos um Stradivarius, a música toca em nós que é uma beleza! Mas tem muito instrumento ordinário por aí.

Pergunta — Que é que você acha de parto sem dor, Ovalle?

Resposta — Um roubo. Tira à mulher o prazer da dor de criar. É no fundo um ato de futilidade.

Pergunta — Que pensa você da energia atômica?

Resposta — Ah, vai ser ótimo para o futuro, porque vai melhorar muito as festas de São João, a que ninguém liga mais. Vão fazer uma porção de bombinhas atômicas de São João para as crianças brincarem e isso vai dar uma grande animação. (Ovalle repousou um pouco, olhando a noite, e ajuntou:)

— Quanta coisa Chaplin perdeu ficando velho...

Pergunta — O que é a loucura, Ovalle?

Resposta — A loucura é o vácuo entre a criação e a obra criada.

Pergunta — E o medo? Que é o medo?

Resposta — (Depois de pensar muito.) Não sei, neguinho. Acho que é um fenômeno puramente físico. Mas não sei, porque nunca tive.

Pergunta — E que acha você do suicídio e dos suicidas?

Resposta — É um ato de publicidade: a publicidade do desespero. Considero também ato fútil. Não é coragem. Não tenho pena dos suicidas. Agora, é preciso distinguir entre os suicidas autênticos e os falsos suicidas. Judas, por exemplo, foi um suicida autêntico.

Pergunta — Que é a noite, Ovalle?

Resposta — É a única coisa que a gente tem. Olha lá: lá está ela. É minha e sua. O dia não é de ninguém.

Pergunta — Que você acha da relação entre homem e mulher, Ovalle?

Resposta — Acho muito diferente, sabe disso? Completamente diferentes, como são diferentes! Deus fez o homem à sua imagem e semelhança. Mas não fez a mulher à imagem e semelhança do homem... Daí a gente chegar à conclusão de que a mulher é um corpo estranho. É feito a Terra e a Lua. A Lua foi arrancada à Terra num grande cataclismo, e no enorme buraco que a Lua deixou na Terra fez-se o Mar. No fundo, são seres inimigos inseparáveis. Pode existir respeito, admiração, mas amizade — nunca. A gente vê que eles são inimigos porque o ato sexual é aquela luta romana entre os dois.

Pergunta — Você, como católico, aceita o ato sexual independentemente do sentimento da procriação?

Resposta — Eu sou contra qualquer burocracia.

Pergunta — Deve um homem perdoar o adultério de sua mulher?

Resposta — Nunca, porque o adultério começa muito antes. Se o homem não o descobrir antes, é porque ele não presta mesmo para viver com mulher. Depois o homem é sempre culpado, e ninguém pode perdoar sua própria culpa.

Pergunta — Que acha de Freud e da psicanálise?

Resposta — Freud foi um louco genial, que descobriu as causas da própria loucura e acabou se curando. Seu erro foi ter generalizado sua própria loucura através da psicanálise, porque a loucura é uma coisa una, pessoal e intransferível.

Pergunta — Que é pederastia?

Resposta — A pederastia é o amor dos anjos. Os anjos gostam muito de se abraçar e se beijar, e, embora não tenham sexo, acabaram gostando e foi assim que nasceu a pederastia.

Pergunta — Quem é mais importante: a criança ou o homem?

Resposta — A criança é mais importante. Agora, o homem é mais importante do que a criança prodígio.

Pergunta — Os bichos entendem o homem?

Resposta — Entendem. Os bichos que vivem com os homens entendem perfeitamente.

O HOMEM, ANIMAL SOCIAL E ARTÍSTICO

Pergunta — Por que é infeliz o homem moderno, Ovalle?

Resposta — Ah, neguinho, aqui no Rio é muito difícil responder a essa pergunta. Esse negócio de homem moderno eu só poderia responder se eu vivesse em São Paulo.

Pergunta — Qual sua interpretação de Jânio Quadros?

Resposta — Para mim o culpado de tudo isso foi o Oswald de Andrade.

Pergunta — Haverá sempre pobres no mundo?

Resposta — Acho que sim… Porque senão quem vai dar esmola aos ricos?

Pergunta — E o que você acha de Rui Barbosa?

Resposta — Neguinho, há muito tempo eu encontrei um dia na rua o José dos Santos Leal e não sei por que virei para ele e disse: "Você já viu alguém mais burro que Rui Barbosa?".

Pergunta — E Villa-Lobos?

Resposta — Villa-Lobos é uma grande sensibilidade musical estragada pelas crianças das escolas públicas do Brasil.

Pergunta — E Portinari?

Resposta — É o irmão gêmeo de Villa-Lobos. Villa-Lobos e Portinari são o são Cosme e o são Damião da arte brasileira. O difícil é saber se Portinari é são Cosme ou são Damião, porque em qualquer caso Villa-Lobos é o outro.

Pergunta — Que impressão lhe causou o Discurso de Ouro Preto, do sr. Francisco Campos?

Resposta — Um bom assunto comprometido por um homem que não mudou.

Pergunta — Onde está a salvação para o Brasil?

Resposta — Está em se abrir para todo o mundo. Agora, o brasileiro não pode ficar rico porque o brasileiro não sabe enriquecer.

Pergunta — Que pensa da União Soviética?

Resposta — Para mim, como católico, é uma experiência ultrapassada. No fundo, neguinho, é como esse negócio de poesia de Milton. Bom mesmo é o *Paraíso perdido*. Esse mundo é o *Paraíso reconquistado*, não sei, não...

Pergunta — E o que pensa dos Estados Unidos?

Resposta — É a São Paulo do mundo.

Pergunta — Qual era o comportamento do anjo da guarda de Karl Marx?

Resposta — Bom, era um anjo muito boêmio, que saía muito, dormia nos albergues, conhecia bem a vida, as dificuldades e os problemas do seu tempo. Marx era conservador, agora, o anjo dele era muito revolucionário. Como era revolucionário! Sabe disso? Marx ficou revolucionário por causa do seu anjo da guarda.

Pergunta — Qual sua posição diante da raça negra e dos problemas da discriminação racial?

Resposta — No céu nunca teve disso. São Benedito vive muito bem no meio dos outros santinhos. Na terra como no céu...

Pergunta — Como pôr fim à angústia dos dias?

Resposta — Um padre-nosso e três ave-marias.

Pergunta — Que acha da *Invenção de Orfeu*, de Jorge de Lima?

Resposta — Minha impressão é a de que Jorge de Lima perdeu uma grande eleição.

Pergunta — E de Manuel Bandeira?

Resposta — A coisa mais importante com Paizinho (Ovalle o chama assim) é que ele nunca pode brincar. Suas saudades de menino ficaram vivas. Tudo o que o comum dos meninos gasta com brinquedos o Paizinho deu à sua poesia.

Pergunta — E Machado de Assis? Como o vê você, Ovalle?

Resposta — Machado de Assis era um grande míope. Agora, punha aquele pincenê de precisão e via tudo. Mas era um grande míope. Seus pensamentos são de míope.

Pergunta — Você não me poderia dizer mais nada sobre a poesia?

Resposta — Posso, com um poeminha que fiz. É assim:

Poesia é boa
quando não vem.
É como namorada
que olha da janela,
apaga a luz do quarto
e não vem.

O MISTÉRIO TOTAL

Pergunta — Neguinho, eu preciso fazer umas poucas perguntas que nunca foram respondidas. Você, naturalmente, responde se quiser. Primeira: o que é o câncer?

Resposta — É a tristeza das células. A tristeza é que dá câncer.

Pergunta — O que são os discos voadores?

Resposta — São remanescentes das legiões hitlerianas vagando no espaço.

Pergunta — Por que ficam os açougues acesos de madrugada?

Resposta — Porque a carne é muito valiosa.

Pergunta — O que é maior: a criatura ou a criação?

Resposta — A criatura é maior que a criação. Uma criação só é boa porque o seu criador é grande. A obra de Camões é grande porque é de Camões.

Pergunta — O que é um chato?

Resposta — Um chato é um sujeito que, para falar com você, pega você pelo paletó. É um sujeito que o abraça muito quando você está de roupa branca passadinha, vinda do tintureiro. Eu tive a revelação disso através de monsieur Epstein, esse jornalista francês que vive aqui. Um dia no Glória eu vi ele em pé dentro de um bonde completamente vazio, só para não amarrotar o terno branco. O chato é também um sujeito que entra pelos fundos e toma o elevador de serviço para dar um ar de grande intimidade. Agora, a gente não pode passar sem o chato. Existe a nostalgia do chato. O mundo sem chatos seria insuportável. Uma das provas de decadência do nosso mundo é que os chatos estão ficando muito difíceis. Eu acho que o chato é o verdadeiro psiquiatra. A gente faz verdadeiras curas com o chato. Depois de conversar com ele, puxa! não existe mais problema nenhum.

Pergunta — Que é o tango argentino?

Resposta — O tango não é argentino, nada. É brasileiro. Viveu na Argentina muito tempo, gostou muito de lá, mas agora voltou para o Brasil. É só escutar essas músicas novas...

Pergunta — Como tirar o homem de sua angústia de viver?

Resposta — Quando as pessoas trabalharem mais e ganharem menos.

Pergunta — Que é o dinheiro?

Resposta — Bom, dinheiro só existe mesmo a libra esterlina. Negócio de papel é para fazer jornal e para escrever. Depois, dinheiro só pode andar em saco. Você pode imaginar Judas segurando uma carteira? O dinheiro é um mal do mundo. Enquanto houver mundo, há dinheiro.

Pergunta — E a morte? Que é a morte, Ovalle?

Resposta — É a única coisa realmente nossa. A única coisa que não é social na criatura. É a única coisa individual, própria, que a gente alimenta desde que nasce. A morte é nossa filhinha querida. Todo o resto não nos pertence. Nosso nascimento, por exemplo, é de nossos pais. Morte é também o grande assunto entre os mortos. Os mortos gostam muito de saber como é que os outros morreram. Suicídio, por exemplo, é um assunto formidável. Morte de câncer já está ficando meio banal. Tuberculose, então, os mortos só dizem assim: "Ah, você morreu tuberculoso porque quis...".

A NOVA GNOMONIA

Pergunta — Agora, Ovalle, para terminar, me diga: qual a coisa mais Dantas do mundo?

Resposta — (Depois de muito pensar.) É a primeira Lua Nova quando .está bem pertinho de Vênus.

Pergunta — E a coisa mais Pará?

Resposta — Aliança de diamantes.

Pergunta — E a mais Kerniana?

Resposta — Pintinho saindo do ovo.

Pergunta — E a mais Mozarlesca?

Resposta — Dom Pedro II.

Pergunta — E a mais Onézima?

Resposta — Um árabe num elevador.

Desde então este repórter não consegue pensar em outra coisa.

Flan, Rio de Janeiro, 24 a 30 de maio de 1953

ERAM TERRÍVEIS OS CONCURSOS DE BELEZA

A mania começou com a popularização, através do cinema, desse extraordinário espécime que foi a mulher americana, na fabulosa década de 1920.

Realmente, antes do seu aparecimento no cenário internacional, nada existia que se parecesse com ela. Era capaz de fumar cigarros inteiros em baforadas rápidas, e podia dançar horas a fio, tremelicando os ombros e os quadris. Afirmava o seu direito a vários namorados ao mesmo tempo, com quem saía em lindos Fords de bigode. Seus vestidos ultramodernos, a princípio com as cinturas praticamente debaixo dos braços, eram ornados de fulgurantes *pailletés* de lantejoulas, ou bordados a fio de pérolas. Era a "miss", a representante mais avançada do eterno feminino. Arrumava os cabelos em espessas pastas, uma sempre pendente sobre o olho direito, ou frisava-se como um carneiro. Não existia o que não fizesse para encantar o sexo oposto: boquinhas, quando falava, olhos revirados, graciosos meneios de corpo, levando mesmo seus processos de sedução a ponto de puxar sobre a testa adoráveis vírgulas de cabelo, a que se dava o nome de "belezinha" ou "pega-rapaz", ou pintar no rosto um pequeno sinal redondo, o *grain-de-beauté*.[1] No Brasil chamavam-na "a melindrosa". Os "almofadinhas" taravam com o seu andar brejeiro, a mostrar pela primeira vez na história da civilização ocidental esse molejo de corpo que hoje constitui um dos grandes predicados da mulher brasileira.

Tempos despreocupados, esses, com uma guerra funcionando, mas não havia de ser nada. Os ianques iam à Europa, com o ator John Gilbert à frente, resolvendo tudo à base de granada de mão, ou o ator Richard Barthelmess decidia a parada no setor da aviação deixando cair a caixa de ferramentas bem em cima do teco-teco alemão — e lá se ia o aviador boche[2] numa espiral de fumaça a fazer uma última continência cavalheiresca ao seu insuplantável adversário.

Bons tempos, sim, com Mussolini ladrando na Itália a receita do fascismo internacional, mas que importância tinha… Nas telas, Dorothy Dalton exercia também a sua ditadura; nas letras grandes o poeta Ronald de Carvalho sutilizava coisas inteligentes em seu *Epigramas irônicos e sentimentais*; na imprensa, Seth

---

1   Expressão francesa: "grão de beleza".
2   Expressão depreciativa para designar o alemão.

e Raul celebravam a velhice de Lopes Trovão em caricaturas ternas; na Bahia o feminismo ia de vento em popa; no Rio o sr. Morales de Los Rios edificava o parque de diversões da Exposição do Centenário: um negócio danado de feio, de que o repórter, então menino, ainda se lembra com uma sensação de pesadelo.

Tempos bons, de ler *A Maçã*, revista "forte" do Conselheiro xx[3]... Tempos do grande terremoto do Chile, da inauguração da Rio-Petrópolis, de Zezé Leone...

A BELEZA SEM CARMIM

No ano de 1922 a srta. Zezé Leone vivia em Santos, posta em sossego. De repente, por iniciativa de *A Noite* e da *Revista da Semana* foi o grande concurso "Qual a mais bela mulher do Brasil?".

De saída Zezé Leone impôs-se como uma das mais fortes candidatas. Tratava-se de uma linda morena que às vezes arrumava os cabelos em franjinha, às vezes em belas ondas que lhe faziam sobressair o oval delicado. E todo mundo pôs-se a falar em Zezé Leone... Uma gracinha! Um verdadeiro cromo! Que queixinho mais lindo! E dizem ser tão prendada!

Houve discussões. Muitos achavam que a candidata de Santa Rita de Sapucaí tinha um tipo mais "mimoso". E que a gauchinha também era um "pedaço de mau caminho". E que Derotides, a baiana, talvez fosse a mais "melindrosa".

Mas o júri achou que Zezé Leone era mesmo o maior biju. Uma tânagra. Uma musmê adorável perdida entre sacas de café. E ela mandou para a cabeça.

A *Revista da Semana* não conversou. Declarou para quem quisesse ouvir: "A civilização ocidental atravessou fugidiamente a nevrose das feias".

E muito bem disse.

O povo brasileiro comemorou a mais bela de todos os modos. Cantava-se com entusiasmo a melodia, ouvida aos cantores ambulantes, em ritmo de foxtrote.

Zezé Leone
Tua beleza
Não tem carmim
Todo mundo diz assim:
— É natureza!

---

3   Pseudônimo de Humberto de Campos.

Essa foi a primeira. Viria logo outra depois, como se diz nas histórias de "Juca e Chico".

GALVESTON: O PRIMEIRO CONCURSO INTERNACIONAL DE BELEZA

Em 1929 a cidade americana de Galveston, situada no golfo do México, deveria tornar-se o centro de atração do mundo. O fato é que nela decidiu-se o primeiro grande concurso internacional de beleza, a que compareceram dezenas de países.

Por esse tempo, já a Europa se havia curvado ante o Brasil quando a Águia de Haia[4] tapou com seu eloquente verbo a boca aos vira-bostas internacionais. Pois bem: por pouco os Estados Unidos também não beijam o umbigo, quando a srta. Olga Bergamini de Sá, uma carioca de dezoito anos, nascida na rua do Catete, 92, deu as voltinhas de praxe diante do júri suarento. Pois fazia um calor de matar.

Nos dias que correm, os dezoito anos da srta. Olga Bergamini de Sá fariam dela uma balzaquiana aos olhos das novas gerações. Mas naquele tempo era o que se poderia chamar "uma pequena!", "uma joia sem jaça, lavrada pelo espírito criador em plenitude de harmonia" — eis como um cronista da época se referiu à linda água-marinha que enviamos ao mostruário de Galveston.

Olga Bergamini era candidata do Botafogo, no certame inicial interbairros. Passou para trás reconhecidas belezas como miss Paquetá, miss Flamengo, miss Rocha, miss Piedade, e toda a missada carioca que entrou no prélio. Num abrir e fechar de olhos era eleita miss Rio de Janeiro. Agora era só entrar no navio e achatar as arigós internacionais em Galveston.

E olhem que no Brasil a parada foi roxa, como podem ver pelo que dizem os cronistas sociais de então.

AH, OS CRONISTAS...

Miss Amazonas era "uma beleza grave... trazendo nos olhos profundos o reflexo ardente daquele mundo em que a gênese prossegue...".

Miss Pará "foi feita para os grandes salões alcatifados...".

Miss Maranhão tinha "a fronte erguida e serena, numa expressão de orgulho forte...".

---

4   Famoso cognome dado a Rui Barbosa pelo barão do Rio Branco, então ministro das Relações Exteriores, na época da II Conferência Internacional da Paz, em 1907, em Haia, na Holanda.

Miss Ceará trazia no semblante "a ingenuidade das crianças…".

Miss Paraíba, com perdão da palavra, tinha "na cútis esse dourado novo que parece o reflexo de uma áurea taça ritual…".

Miss Pernambuco possuía "horizontes sem fim no olhar…".

Miss Alagoas era "um caso sério — expressava a inquietação do sonho incontestável…".

Miss Sergipe "derramava uma sombra morena" sobre os que dela se acercavam…

Miss Bahia era ela toda "a graça nova daquele corpo", "a grande noite misteriosa daqueles olhos…".

Miss Espírito Santo era a "embaixatriz nereida", "dir-se-ia ter o corpo modelado pelas ondas atlânticas…".

Miss Fluminense, para seu governo, era "a pura simplicidade que se tivesse transfundido em beleza…".

Miss São Paulo "personificava a terra que se constrói pela audácia dinâmica de sua gente…".

Miss Paraná, a celebrada srta. Didi Caillet (que deliciava o tamoio com a prática contumaz da arte declamatória, à atual maneira do sr. Villaret — dizia ela pondo os olhos no céu: "Dindinha Lua… Dindinha Lua…"), possuía "uma expressão de plástica maravilhosa que a lâmpada do espírito ilumina…".

Miss Santa Catarina, ou melhor, sta. Catharina, como se escrevia ao tempo, era "uma flor inesperada que abriu da sementeira germânica em terras do Brasil…".

Miss Rio Grande do Sul tinha "no olhar a audácia heroica que para sempre marcou a alma de seus patrícios destemidos. O busto se lhe ergue em pompa, apoiando a cabeça senhoril…".

Miss Minas Gerais levava "no corpo esbelto músculos adolescentes a vibrar com ímpeto incontido…".

Mas está faltando uma, dirá o leitor que conhece a sua geografiazinha.

E sobram-lhe carradas de razão.

Foi a miss Piauí, coitada. Chegou depois. Se acabou de chorar, mas tudo em vão. O caso é que, ao desembarcar, já Olga Bergamini de Sá trazia atravessada a fita da vitória, onde se lia um glorioso "miss Brasil".

Aliás, muito merecido, se me permitem o aparte de um carioca.

O cronista Peregrino Júnior, esse então, se acabou. No artigo "A opinião de Páris (não confundir com a capital da França) sobre a escolha de miss Brasil", assim narra o que viu no dia inolvidável: "Da arquibancada repleta e palpitante, onde a mancha multicor das toaletes femininas era um claro sorriso de elegância, víamos apagar-se lá longe a tarde policrômica numa surpreendente cenografia tropical do crepúsculo…".

Vai daí o cronista descobre, em meio à multidão, Paris (pronuncia-se Páris), filho de Príamo e Hécuba, que lhe faz grandes confidências sobre os concursos de beleza. "Imagine (diz Páris) que eu estava muito tranquilo nas minhas propriedades rurais do monte Ida, com meus rebanhos e minha mulher, quando um belo dia me aparecem três senhoras: Hera, Atena e Afrodite, que disputavam entre si um prêmio de beleza…"

AH, OS POETAS…

Já o sr. Moacir Silva preferiu a arte de Dante e J. G. de Araújo Jorge para externar a emoção que lhe causaram as misses. Declara textualmente num poema, a que chamou "Poema de gloriosa intenção".

> *Meu formoso Brasil… Laboratório imenso da beleza,*
> *De todas as mulheres naturais… Assim também fecundo*
> *Em mulheres esplêndidas… Talvez as mais lindas do mundo!*

E depois de desafiar vários estados da Federação:

> *Mocinhas de Sergipe! Um poeta vosso disse, original:*
> *Gueixas do sertão e do Cotinguiba e do Rio Real…*

Indo terminar com a indefectível história das três raças tristes:

> *Flor cambiante do trevo racial de pétalas três cores…*

Em compensação o poeta do poema "Miss Palidez", dedicado "às melindrosas", vai mais diretamente ao assunto:

> *Se quiserdes as glórias alcançar*
> *Nos prélios da beleza*
> *Conquistando por certo o alto luar*
> *Que compete à Realeza*

Não deveis ser apenas confiantes
Na simples Natureza
Usai as Pílulas Vitalizantes
Após a Sobremesa.

EM GALVESTON: 40 À SOMBRA

Ninguém sabe por quê, o Senhor das Esferas orientou ventos quentíssimos para o golfo do México por ocasião da disputa do grande prêmio internacional de beleza. Fazia um calor de praça Saens Peña. Era tão grande, diz-se, que miss Romênia, srta. Magda Demetrescu, foi notada por vários comentaristas internacionais, inclusive o jornalista Nóbrega da Cunha, enviado especial de *O Cruzeiro*, trazendo um ar meio apoplético e alucinado, a agitar demais os braços e atirar beijos em furiosa profusão para os circunstantes.

— Esta pequena algum dia acabará no hospício! — sussurrou sentenciosamente um jornalista americano ao seu colega brasileiro.

Aliás, a pobre srta. Demestrescu andou de má sorte em Galveston. Parecia até algum "trabalho" de suas concorrentes. De saída, ao aparecer no tablado, a charanga local entrou com "God Save the King". Além do mais, estava fraquíssima, pois andava querendo emagrecer, e outra coisa não fizera senão chupar uvas e tomar sorvetes desde a Romênia.

Resultado: crise nervosa — insolação quase igual a morte prematura. A coisa andou por pouco. Os jornais locais andaram abafando a história. Mas, sem trocadilho, ela acabou transpirando...

Finalmente, dia 11 de junho, no City Auditorium de Galveston, houve o pronunciamento: 1º lugar — Miss Áustria, srta. Elizabeth Goldarbeiter; 2º lugar — Miss Massachusetts; 3º lugar — Miss Romênia, com insolação e tudo; 4º lugar — Miss Oregon; 5º lugar — Miss Tulsa; 6º lugar — Miss Cuba; 7º lugar — Miss Dalas. Em resumo: marmelada.

AFINAL, MISS UNIVERSO!

O ano é 1930. As cinturas e as saias baixaram de muito. O branco é o padrão da moda feminina, com sapatos brancos ou a duas cores e chapéus enterrados, com abas de palinha. As meias finas mais chiques são as "cor de carne".

Na Amazônia, o capitalista Ford tenta pegar nossa borracha, em vão. Revolução na Argentina. Voo de Costes de Paris a Nova York. Instalações de telefones na Ilha do Governador. Vários atropelamentos no Rio por imprudentes choferes de baratinhas.

A srta. Iolanda Pereira, uma jovem bela e gaúcha, não podia adivinhar o que a esperava esse ano. O caso é que, por iniciativa de *A Noite*, o Brasil seria a sede do primeiro concurso internacional de beleza na América do Sul.

O jornalista belga Maurice de Waleffe foi encarregado de divulgar na Europa o grande certame brasileiro, a ser julgado por um júri internacional.

As misses chegaram em profusão. O poeta Paschoal Carlos Magno e o teatrólogo Paulo Magalhães não cabiam para as encomendas. Houve festas fabulosas. A colônia portuguesa só faltou estourar de orgulho, ao ver desembarcar a srta. Fernanda Gonçalves, uma morena soberba, com uns fabulosos olhos em calda. Os gregos locais quase enlouqueceram quando miss Grécia, srta. Alice Diplarakus, lhes radiografou a bordo a seguinte mensagem: *"Fero heretismon hellados agapitous simpatriotas kesinkekinimeni efkaristo: Diplarakus"*.

E não era para menos!

O julgamento deu-se em 7 de setembro. Ainda hoje há quem fale do grande desfile, que começou na praça Mauá, com o tribuno Mauricio de Lacerda a deitar o verbo às massas, e acabou em Copacabana, numa fila de quilômetros e quilômetros de pessoas. E o júri não era de fazer graça. Dele faziam parte o conde Ernesto Pereira Carneiro, o jornalista Maurice de Waleffe, redator-chefe de *Paris-Midi* e *Le Journal*; Charles Arthur Powell, americano, diretor da UP do Brasil; os pintores Juan Canfolonieri, argentino, e Torquato Tarquinio, italiano; Pedro Bordallo Pinheiro e José Augusto Prestes, jornalista e amador de arte, portugueses, ambos comendadores da Ordem de Cristo; o cônsul brasileiro Mário Navarro da Costa; os professores de belas-artes Breno Treidler, alemão, e Petrus Verdier, francês, e finalmente o poeta espanhol Villaespesa.

O café, enquanto isso, andava a 19 mil réis por arroba, no tipo 7.

A srta. Yolanda Pereira vingou Olga Bergamini direitinho. Quando acabou o desfile era "miss Universo". E sem marmelada, porque, afinal de contas, eram só dois brasileiros no júri contra nove estrangeiros.

Dizer o que foi sua glória é praticamente impossível. *A Noite* presenteou-a com um cheque de cem contos e a firma Marcos Bulach com um pote de melado. O intendente Henrique Maggioli propôs que se desse a um jardim público carioca o seu nome. As concorrentes derrotadas homenagearam-na de todos os modos. Só quem não gostou foi a Diplarakus. Recusou-se a ir ao baile. Fez feio. Também, com um nome desses…

SIC TRANSIT GLORIA MUNDI[5]

Quem são elas hoje, elas que foram por alguns dias o centro de atração de todos os olhares do país e do mundo?

ZEZÉ LEONE

Muitas casaram-se e foram felizes.

Outras, ninguém sabe mais delas. Zezé Leone, por exemplo. Onde andará Zezé Leone? Voltou para Santos? Convolou em justas núpcias? É bem capaz de ter hoje, a seu lado, uma ninhada de Zezé Leonezinhas, todas com um pega-rapaz na testa. De qualquer modo, onde quer que esteja, que seja muito feliz, ela que encantou com a sua beleza a infância de um menino de nove anos. Sim, o repórter se lembra que tinha retratos seus por toda parte no quarto, e para ele a sua coroa de "a mais bela" foi uma verdadeira coroa de rainha.

DIDI CAILLET

E Didi Caillet, a celebrada miss Paraná do mesmo concurso?

Ah, Didi Caillet… Como sobressaía entre as demais competidoras! Além de bela, tinha todas as prendas que poderia desejar uma menina de família daquele tempo. Uma vez, quando as "misses" subiram para um vesperal no Tênis Clube, Didi Caillet foi muito solicitada para recitar. E como estivesse presente o ainda não imortal, mas já conhecido poeta e promotor público Adhemar Tavares, Didi Caillet resolveu dizer "Dindinha Lua". Uns gentis rapazes, para que Didi Caillet pudesse ser vista por todos, arrumaram umas tábuas sobre duas cadeiras. Didi Caillet começou:

> *Dindinha Lua…*
> *Dindinha Lua…*

E bumba!

Acudiram três cavalheiros, todos três chapéu na mão,[6] e Didi Caillet meio sem jeito recomeçou:

---

5   Célebre máxima latina que pode ser traduzida por "toda glória do mundo é passageira".

6   Citação de uma cantiga de roda, que se inicia com estes dois versos: "Teresinha de Jesus, de uma queda foi ao chão,/ Acudiram três cavalheiros, todos três, chapéu na mão".

Dindinha Lua…
Dindinha Lua…

E bumba.

Houve quem dissesse que "Dindinha Lua" estava dando peso. Infâmia, naturalmente, porque Didi Caillet subiu novamente para cima das tábuas, levantou as mãozinhas, pôs os olhos no céu…

E bumba.

Depois outras coisas aconteceram para Didi Caillet. De volta ao seu Paraná, casou-se com um dos mais ilustres membros da grande família ervateira do mate Leão. Deixou de vir ao Rio, dedicada ao mister de ser mãe, o que foi cinco vezes. Não há dois anos, a bela paranaense enviuvou. Consta que atualmente um magnata nortista, banqueiro e industrial de frigoríficos, sr. Gonçalves de Sá, lhe faz uma corte que não é mal recebida. Também viúvo, o sr. Gonçalves de Sá é pai de três filhos já criados. E, apesar dos seus cinquenta e muitos, parece ser homem de saúde e vitalidade. Ambos felizes nos primeiros casamentos, nada mais normal que uma reincidência. E que beleza, essa filharada toda! Oito!

Que sejam também muito felizes, e que inteirem essa conta para dez, são os mais sinceros votos do repórter que, menino, ouviu um dia, encantado, numa festa em Copacabana a bela miss Paraná recitar empezinha, sem cair nem nada.

Dindinha Lua…

LAURA SUAREZ

Mas o repórter não falou numa das mais belas, numa esplendidamente bela, que, ao tempo em que se escolhia a "miss Rio de Janeiro", no concurso de Iolanda Pereira, glorificava as praias ainda desertas de Ipanema com a sua soberba moreneza: Laura Suarez. Mas miss Ipanema não era apenas bonita. Sabia cantar, conhecia várias línguas e, passado o delírio do concurso, um dia o público carioca começou a aplaudi-la nas boates dos cassinos. Depois, sequiosa de consolidar sua carreira artística, Laura Suarez resolveu se arejar e ganhou mundo. E veio a paixão pelo teatro.

Esse excelente Silveira Sampaio fez o resto. Hoje, como importante elemento de uma companhia de primeira fila como é a de Os Artistas Unidos, sob a direção de Henriette Morineau, Laura Suarez deu recentemente provas sobejas do seu talento, substituindo, numa emergência, a própria Morineau no papel principal de um importante sucesso da última temporada: *A cegonha se diverte.*

MISS UNIVERSO

E miss Universo?

Sei que é muito feliz. Pouco depois de sua grande vitória, casou-se com o então capitão-aviador Homero Santos de Oliveira. Seu casamento marcou época. A cauda do seu vestido de noiva era tão longa que descia um lance de escada, numa cascata de cetim. Viajou com seu marido.

Sei também que continua sempre bela e que é uma perfeita mãe de família. E seus filhos devem ser esplêndidos porque, entre outras coisas, estão aos cuidados desse grande pediatra que é Marcelo Garcia, que vem cuidando há longos anos de meus próprios filhos. E pela beleza e saúde dos meus eu posso julgar dos do casal Santos de Oliveira.

E TUDO TERMINA NO MAR...

Quanto à linda portuguesa Fernanda Gonçalves, nunca mais soube dela. Vi-a pela última vez quando voltava da Europa, em companhia do escritor Oswald de Andrade. Ela estava no salão de leitura, sentada em nossa frente, e nós admirávamos embevecidos sua beleza pálida, talvez até um pouco pálida demais... Sim, positivamente pálida demais... Palidíssima... Também, não era para menos, com o mar que fazia. Porque a verdade é que ela, depois que voltou da amurada, para onde saíra numa corridinha aflita, tinha novamente duas lindas rosas nas faces.

Flan, Rio de Janeiro, 7 a 13 de junho de 1953

DIZ PORTINARI: O PINTOR DEVE PINTAR O QUE SENTE... MAS PRECISA SABER O QUE SENTE

No Museu de Arte Moderna, diante dos quadros expostos, fiquei pensando: "Qual será a sensação do curioso que, pela primeira vez, vê se agitar diante dele a pintura de Portinari?". E fiquei espiando algum tempo a cara das pessoas. Depois fui dar uma olhada no livro de impressões. "É fogo na roupa!", havia escrito em data de 30 de abril o visitante Oscar Augusto.

Aquele mundo de homens de rude catadura, músculos a nu, silentes no seu desespero; aquele mundo de mulheres pânicas, chorando cachos de lágrimas, os braços levantados para o alto; aquele mundo de brancos, roxos, azuis dolorosos, mundo de drama e revolta a chamar por um mundo melhor, eu o conhecia bem. Conheço-o desde os seus inícios. O homem por trás dele, um matuto chamado Candido Portinari, que seus amigos chamam Candinho, conseguiu, apesar de baixinho de estatura, elevar-se até ele através de uma arte que se faz cada dia mais consciente, e apiedada.

O processo desse crescimento foi, apesar do seu frequente desordenamento, de seus altos e baixos, de seus períodos personalistas e de seus períodos influenciados, um processo orgânico e lógico. A arte acompanhou o desenvolvimento do homem, como deve ser. E, coerente com os princípios que a ditavam, libertou-se da pressão do cavalete e buscou espaços maiores onde fixar temas maiores de uma humanidade maior.

Lá estavam cem quadros de muitas fases, feitos sobre matérias as mais diversas, dentro de muitos processos diferentes: têmpera e óleo sobre madeira, têmpera sobre papel e cartão, nanquim sobre papel, lápis sobre papel, ponta-seca, óleo sobre fibra — o diabo. Desde os *Boizinhos* da linda fase branca de 1938, até a série *Via sacra* e dos *Retirantes*, para terminar com os estudos a óleo para os grandes painéis da ONU, que já foram por sinal aprovados, conforme carta do sr. Wallace Harrison ao Itamaraty, cujo texto li em casa do pintor.

Portinari é hoje, ao lado de Villa-Lobos, Oscar Niemeyer, Lucio Costa e Alberto Cavalcanti, o nome de artista brasileiro de maior projeção internacional. Sua importância é incontestável, entre os grandes pintores modernos — e assim nada mais oportuno que ouvi-lo sobre os problemas da pintura em geral, tão rica em temas controversos. Foi nesse sentido que o repórter telefonou-lhe um domingo para saber se podia ser.

Podia. Maria, sua mulher, abriu-nos a porta com o mesmo sorriso de sempre, de velha amiga nossa. Portinari descansava no quarto e pediu-nos que entrássemos. Sim, porque o repórter, conhecendo o Candinho de longa data, sabendo como ele gosta de um papo e como muda de assunto sem aviso prévio, apareceu, por medida de precaução, de estenógrafa a tiracolo.

A BIENAL DE SÃO PAULO

Pergunta — Você vai mandar alguma coisa para a Bienal, Portinari? — começou este repórter.

Resposta — Não. Pode dizer que eu não vou mandar nada, não.

Pergunta — Pode-se saber por quê?

Resposta — É... é esse negócio mesmo...

E a coisa ficou por aí.

PINTURA E INFÂNCIA

Pergunta — A sua infância foi importante para a sua pintura, Candinho?

Resposta — Foi. A infância está sempre presente nas coisas que se faz.

Pergunta — Mas teve uma importância definitiva, como na poesia de Manuel Bandeira?

Resposta — Bom, não foi exatamente a mesma coisa. Mané foi criado numa grande cidade e não num arraial pobre, como eu fui. Brodowski era uma vila com uma rua só. Pra todo mundo eu era "o italianinho" que brincava no mesmo pé de igualdade com os pretinhos do lugar. A pobreza me marcou. Mas nunca cheguei a experimentar ódio ou rancor por ninguém por causa disso. Tinha antes um sentimento de solidariedade para com todos. Isso que politicamente se chama "ódio de classes" nunca existiu em mim.

Pergunta — Me diga uma coisa, Candinho: você desde menino brincava de pintar, mexia com tintas, essa coisa?

Resposta — Sempre. Desde que me entendo. Lembro-me de ficar pintando letras numa oficina de ferreiro que tinha lá. Lembro também que um dia pintei um quarto inteiro. É, eu gostava...

Portinari ficou se lembrando...

Pergunta — E Batatais, Candinho?

Resposta — Bom, Batatais é grande, né? Tem mais de cem anos. É gozado... outro dia meu pai me escreveu preocupado, dizendo que o pessoal de Brodowski estava amolado porque correu que eu tinha dito que era de Batatais, sabe como é, né? Mas a verdade é que não fiz nenhuma declaração nesse sentido.

O azul perfunctório dos olhos de Portinari chispa centelhas ternas quando ele fala de sua cidadezinha, como se o pequeno arruado fosse algo assim como um filho seu. E o repórter ficou lembrando de uma conferência sobre a poesia ouvida em Los Angeles, do poeta Williams, onde este dizia que para o poeta a verdadeira integração, a verdadeira grandeza e a verdadeira universalidade estão, mais que em espalhar raízes no mundo, em plantá-las no quintal de sua casa.

PINTURA DE CAVALETE E PINTURA MURAL

Pergunta — Falando de pintura, Candinho: o crítico inglês Herbert Read afirmou que a pintura de cavalete tende a desaparecer para dar lugar à pintura de mural. Que você acha disso?

Resposta — Ele tem razão. É claro que isso não significa o desaparecimento da pintura de cavalete. Haverá sempre quem a pratique. Mas, com o tempo, vai ficar cada vez menos importante. É uma questão de espaço: espaço dentro dos temas e por conseguinte dentro da própria pintura. É da natureza dos acontecimentos que seja assim. Agora, ninguém realmente intervém. Nada interfere diretamente. Pintura é pintura. O sujeito faz porque sabe fazer. Há um fator imponderável, também, mas a pessoa precisa estar de posse de seus instrumentos para que esse fator intervenha.

A QUESTÃO DAS ESCOLAS: ABSTRACIONISMO, CONCRETISMO ETC.

Pergunta — Que pensa você das modernas escolas de pintura atualmente em voga, Candinho?

Resposta — Esse negócio de escola sempre existiu, mas o que vale mesmo é a pintura. O pintor sabe pintar ou não sabe. Dar nome aos bois é secundário — o que é preciso é que eles sejam bois de verdade. Se o pintor é bom, ele é bom dentro de qualquer rótulo de escola. O resto é teoria. É feito essa gente que pinta "moderno" e deforma apenas porque não sabe pintar. Eu acho que o pintor só deve pintar o que sente, mas precisa saber pintar o que sente, senão o negócio não vai, não.

Depois juntou:

— A falta de respeito é ficar tomando partido por essa ou aquela escola antes de saber pintar. O que os pintores precisam antes de mais nada é de trabalhar. Mas alguns ficam, em vez, exercendo a função de críticos, discutindo, tomando partido, quando deviam era estar mesmo no duro aprendendo como é que se pinta uma banana.

E mudando subitamente de assunto:

— O artista é o mais desajustado dos seres dentro da nossa sociedade. Sua atividade está em geral limitada pela necessidade de ganhar a vida em bruto. Você vê por exemplo o caso de Rafael Alberti, um poeta fabuloso, mas que vive uma vida de saudade, sem poder ir a lugar nenhum, fazendo pequenos quadros de seus poemas — que ele mesmo copia à mão e faz decorações em torno, você sabia? — para vender e poder viver. Mas é um sujeito danado! Não se dobra. Um dia me disse: "Candido, vou te dar um castelo!". É formidável.

Pergunta — Você acha então, Candinho, que em qualquer escola um bom pintor será sempre um bom pintor?

Resposta — Bom, você sabe que na pintura como na poesia — aliás, em qualquer arte — o artista pode se desviar se não for bem orientado... A pintura abstrata sempre existiu como decoração, como ornamentação, mas para mim não constitui uma linguagem capaz de transmitir uma emoção própria. Fica limitada às pessoas capazes de teorizar em cima dela. Você pega um Goya: é diferente de um Rafael! Mas a arte em ambos tem um sentido comum, que é o sentimento em grande da pintura.

Portinari abriu os braços ampliando uma dimensão imaginária.

— Os pintores antigos — prosseguiu ele — são por exemplo geométricos. Em *O rapto de Europa*, Veronese parte de um círculo no centro da composição e suas figuras saem de um círculo. A coisa é bem-feita, a pintura é tão boa que não se percebe. Mas está lá.

Pergunta — E os antigos primitivos, Candinho?

Resposta — Mesma coisa. Você reparou como a decoração, no quadro dos antigos primitivos, é abstrata? Olhe: um dia me aconteceu uma coisa gozada em Siena, na Itália. Eu tinha justamente vindo de ter uma discussão sobre pintura em Paris, na qual cheguei mesmo a dar um pronunciamento. Pois bem: indo a Siena, fui ver a sala do Conselho. Espiei as pinturas e depois o guarda se ofereceu para me explicar. Aceitei para ver o que ele dizia. E ele me disse que dum lado era o Bom Governo e do outro era o Mau Governo. E era isso mesmo! Tudo isso dito com a compostura dos cavalinhos, com a atitude das figuras... Isso em 1300! Qual... nós somos umas bestas! Falamos em novidade... Hoje em dia, é gozado, adota-se ou nega-se uma escola de pintura com mais facilidade do que um time de futebol. Pintura não é futebol! O abstrato como arte decorativa está muito bem, né mesmo?

ARQUITETURA E PINTURA

Pergunta — Como considera você os problemas da integração da pintura na arquitetura moderna, Portinari? Aceita a funcionalidade nesse particular?

Resposta — Acho que devia existir. Aliás, há arquitetos modernos muito interessados no problema. Quando todos os problemas são encarados, a integração existe.

Pergunta — E essa ideia de pintar as grandes paredes externas dos edifícios, Candinho? Como vê você essa coisa?

Resposta — Não vou muito com a ideia, não. É o tal negócio da escala. É muito importante. O Gropius, esse arquiteto famoso, já disse que nós temos de lidar toda a vida com a escala. Você se lembra, ele dá mesmo o exemplo das duas formigas, que vistas ao natural não impressionam ninguém, mas projetadas numa escala muito maior podem chegar a apavorar, pois se transformam em monstros. Se as figuras pintadas na parede externa de um edifício são pequenas, desaparecem. Se são grandes, tiram a escala do edifício.

POESIA E PINTURA

Pergunta — Você acha a poesia fundamental para a pintura?

Resposta — Acho. Quando se atinge a poesia, atinge-se sempre o mais alto.

A PINTURA PRIMITIVISTA

Pergunta — Que pensa você do primitivismo e da nova voga dos pintores chamados primitivos?

Resposta — Não me interesso muito por esse negócio de primitivismo. Os primeiros que fizeram esse tipo de pintura, como o aduaneiro Rousseau, vá lá, eram naturais. Mas fazer disso escola...

OS GRANDES DA PINTURA ANTIGA E MODERNA —
MICHELANGELO E O BARROCO

Pergunta — Que pintores, a seu ver, Candinho, tocaram o cume de sua arte, como aconteceu com Shakespeare e Dante na poesia, Sófocles no teatro, Bach na música, Tolstói no romance, Chaplin no cinema, Cartier-Bresson na fotografia?

Resposta — Ah, a gente gosta de tantos… É difícil dizer. Mas pode pôr Michelangelo, Carpaccio, Tintoretto, os Bellini, Rembrandt, Goya…

Pergunta — Você aceita a tese de que Michelangelo é o pai do barroco?

Resposta — Bom, Michelangelo é colossal. A verdade é que o barroco em pintura começou com ele.

Pergunta — Você acha Michelangelo por vezes retórico em sua pintura — como por exemplo, no teto da Capela Sistina?

Resposta — Nada disso. Michelangelo é fundamentalmente plástico. Deforma para atingir o mais plástico ainda. Tudo nele é volume, consciência de volume. Tudo tem um sentido. As formas são amplas. Mas está ficando "bem" achar Michelangelo retórico, que é que você quer…

Pergunta — E Picasso, Matisse, Braque, Rouault, Villon?

Resposta — São os pintores que contam. Você vê Villon… Passou a vida fazendo águas-fortes em cima das coisas de Renoir para vender e ganhar dinheiro, e só há uns dois ou três anos é que foi compreendido. Esses aí são o pessoal que está fazendo a grande pintura do século.

Pergunta — E o trio mexicano Rivera-Siqueiros-Orozco?

Resposta — Acho muito bons.

Pergunta — Qual é para você, Candinho, a sua melhor obra?

Resposta — Bom… eu acho que é o *Tiradentes*.[1]

PINTURA E SOCIEDADE

Pergunta — Sua visão do mundo é otimista ou pessimista?

Resposta — É otimista. Mas não é esse otimismo besta, não. Eu acho que o mundo não pode continuar como é, e o homem tem de melhorar.

Pergunta — Como chegou você à sua atual posição política?

Resposta — Não pretendo entender de política. Minhas convicções, que são fundas, cheguei a elas por força da minha infância pobre, de minha vida de trabalho e luta, e porque sou um artista. Tenho pena dos que sofrem e gostaria de ajudar a remediar a injustiça social existente. Qualquer artista consciente sente o mesmo.

Pergunta — Qual sua explicação para uma maioria esmagadora de gran-

---

1 Referência ao painel (têmpera sobre tela) executado entre 1948 e 1949 para o saguão do Colégio Cataguases (MG), propriedade de Francisco Inácio Peixoto, projetado por Oscar Niemeyer. Hoje, o painel faz parte do acervo do Memorial da América Latina (SP).

des pintores homens contra uma minoria extrema, e no geral pouco expressiva, de pintores mulheres?

Resposta — É que o mundo não tem sido muito favorável às mulheres. Somente agora começam elas a fazer umas poucas conquistas. Você sabe, em poesia, em literatura em geral, as mulheres têm feito muito mais devido às condições diferentes de trabalho que as artes literárias requerem. Já em pintura, não. Depois, o lado econômico também interfere. No fundo, é a própria condição da mulher que a tem afastado da pintura, e não a pintura propriamente dita.

Depois, Portinari me deu um bom café e me levou para a sala, a ouvir um poema que Rafael Alberti fez para ele. Pôs o disco na vitrola, e logo em seguida a voz do poeta espanhol enchia as salas de ecos graves, celebrando a pintura e o pintor que, pequenino, ouvia de um canto prestando um doce ouvido às belas palavras de seu amigo distante...

Pintor, pintor
Trabalhando para a nova beleza
E a nova serenidade...

Flan, Rio de Janeiro, 28 de junho a 4 de julho de 1953

COISA QUE POUCA GENTE SABE

Que a grande cantora americana negra, Bessie Smith, também alcunhada de "a rainha do blues", sangrou até morrer depois de um acidente automobilístico, porque um hospital branco, para o qual foi transportada, recusou-se a recebê-la em virtude de sua cor... Que o trompete de Harry James poderia ser atirado no lixo, pois não faria nenhuma falta... Que o extraordinário trompetista e cantor americano Louis Armstrong quase morreu de medo quando de sua primeira visita à Suécia, ao ver uma multidão branca e loura precipitar-se para ele ao pôr pé em terra; Louis, esquecendo-se de que estava na Europa, pensou por um momento que vinham linchá-lo, mas acabou mesmo sendo carregado em triunfo... Que os discos em que a fabulosa Mama Yancey canta blues acompanhada por seu marido, o grande Jimmy Yancey, criador do estilo boogie-woogie para piano, só existem graças à esperteza dos gravadores, pois Mama Yancey só cantou porque não sabia que estava sendo gravada... Que a nossa Aracy de Almeida, antes de começar a cantar, afina as cordas vocais cantando três notas musicais duas ou três vezes com as seguintes palavras: "Na Lapa".

Que a primeira escola de samba foi fundada no Estácio de Sá pelo imortal sambista Ismael Silva... Que o nosso querido Antônio Maria compõe suas músicas (música e letra) conjuntamente, em perfeita integração, e de comum nas suas longas, lentas e boêmias viagens de automóvel pela cidade... Que Carmen Miranda, não importa quão gorda esteja, tem um processo batata para emagrecer: sair em turnê pelos Estados Unidos; Carmen fica sempre tão nervosa quando está trabalhando, apesar de sua fantástica presença de espírito e capacidade de improvisação, que perde em uma semana o que tomaria um mês para qualquer mortal à base de um coma-e-emagreça puxado...

"Diz-que-discos", *Flan*, Rio de Janeiro, 2 a 18 de julho de 1953

A GAROTA DORIS

A grande matéria-prima de Doris Monteiro é a espontaneidade. Trata-se de uma natureza simples e bastante gavroche, que — a não ser que eu me engane muitíssimo — nem o dinheiro nem a glória poderão afetar.

Aliás, com o verdadeiro artista é sempre assim. O artista que se deixa empolgar além dos limites pelo sucesso, não sei, não... Podem estar certos de que há qualquer coisa fundamentalmente errada nele e na sua arte. Com Doris Monteiro, acho muito difícil que isso aconteça, pois ela tem, para temperar essa ponta de vaidade, que é uma coisa muito humana naqueles que sobem depressa, essa reserva de pureza, esse cantinho de sol dentro dela, que lhe ilumina o olhar de uma luz mais natural.

Nosso conhecimento data de dias apenas, mas já somos bons amigos, e eu apostaria no escuro na garota Doris. Essa espontaneidade simples age também como um excelente corretivo na cantora que, apesar de "broto" e, portanto, sofrendo todas as influências do seu tempo, não se deixa empolgar em suas interpretações pelo "bopismo" dos de sua geração. Sua voz é moderna e suas modulações e pausas não deixam de obedecer, até certo ponto, a um certo espírito bop — mas Doris o faz sem exagero, com naturalidade, sem atentar contra o caráter fundamental da música popular brasileira. Por isso, me parece que ela terá por muito tempo o seu lugar de intérprete assegurado no rádio e no disco nacional.

Doris precisa, de resto, manter um grande critério seletivo na escolha de suas músicas, que é para não passar pelo que passou por muito tempo nossa querida e amiga Elizeth Cardoso, que, depois de "Canção de amor", teve de colocar seu lindo instrumento vocal a serviço de músicas medíocres, para poder ir levando. Hoje o reconhecimento de Elizeth já é um fato consumado, mas tivesse ela podido escolher seus números, e eu tenho certeza de que esse reconhecimento teria vindo antes.

A garota Doris tem tudo para vencer: mocidade, inteligência, encanto pessoal, a cabecinha no lugar, e essa malícia inocente com que faz "gato e sapato" das pessoas. Incumbe-lhe, no entanto, uma responsabilidade: não, não ir na conversa dos "taradinhos" da música popular brasileira, os maconheiros do ritmo, os falsos "populares", e os intérpretes sonambúlicos de uma música que cheira a éter, vazio e sofisticação.

"Diz-que-discos", *Flan*, Rio de Janeiro, 2 a 8 de agosto de 1953

NA CONTINENTAL

Numa dessas quartas-feiras Ti'Amélia me pediu para dar um pulinho à noite ao estúdio da Continental, onde ela ia gravar seus fabulosos chorinhos. Ti'Amélia, como deve lembrar o leitor,[1] é aquela senhora de Goiânia, sobre quem já escrevi, descoberta por Carmélia Alves, que dera para compor choros e valsas com o resultado de serem dos mais lindos que há no Brasil. Música de uma época cheia de sentimento, sentimento à base da timidez e do arroubo misturados, os chorinhos e valsas de Ti'Amélia são só poesia, serenata, bordões ao luar, cochichos: alegrias de amor, lágrimas de amor, juramentos de amor. Mas tudo muito cheio de truques como deve ser.

Lá estava, como sói acontecer, o Braguinha e logo depois chegaram os descobridores de Ti'Amélia e que têm sido para ela mais do que amigos: Carmélia e seu marido, o simpático Jimmy Lester. Ti'Amélia ficou passando um pouco a música, antes de ligado o microfone, até que fez a primeira gravação. Pouco mais tarde sobreveio Radamés Gnatalli, que Ti'Amélia andava tarada para conhecer, e os dois ficaram como só o Sol e a Terra, que giram sobre si mesmos e um à volta do outro. Ti'Amélia acabou de tocar coisas para Radamés, que por sua vez escreveu na pauta, ali mesmo à vista da gente, no peito e na raça, um chorinho inteiro de Ti'Amélia enquanto ela ia tocando (pauta que fiquei duvidando que ele pudesse ler, mas ele sentou ao piano e mandou). Em seguida, com respeito que se deve ao mestre, ouvimos o novo LP que ele acaba de fazer com a sua orquestra na Nacional, e que vai se chamar, se não me engano, *Joias da música brasileira* ou coisa desse gênero. São velhas e lindas melodias, como "Carinhoso", "Luar de Paquetá", "A casinha pequenina", "Rancho fundo" e algumas outras, em arranjos de Radamés. Estou certo de que o disco fará grande sucesso no estrangeiro.

Depois das gravações fomos com Ti'Amélia até o Clube da Chave, onde ela a pedido sentou ao piano e abafou os chavantes. Todo poder a Ti'Amélia.

"Diz-que-discos", *Flan*, Rio de Janeiro, 23 a 29 de agosto de 1953

---

1 Na *Flan* de 26 de julho a 1º de agosto de 1953, Vinicius de Moraes publicou o texto "Ti'Amélia". A crônica reaparece com o título "A bênção, Ti'Amélia" em *Samba falado: crônicas musicais*, organização de Miguel Jost, Sérgio Cohn e Simone Campos (Rio de Janeiro: Azougue Editorial, 2008).

FIGURA DE BENÉ

Um metro e oitenta de homem feito para gostar dos outros, figura de Bené Nunes, quanto mais se conhece, melhor fica. Vendo-o agir, fazer o MC, anfitrionar a toda uma sala dando a cada um o que é devido (e isso sem nunca deixar de ter um carinho extra para quem de fato mora em seu lado esquerdo), pode-se pensar que seja apenas um playboy, com talento para tocar piano. Mas a coisa vai mais longe. Toda aquela aparente extroversão encobre um tímido, um garotão doido por uma festinha, um apaixonado latente cujo maior sofrimento é pensar que está sempre dando muito mais que recebendo.

Por vezes eu o olho e o imagino um personagem de um século mais propício aos lazeres do amor e da arte do que o nosso: a era de Elisabeth, por exemplo, o tempo de Médicis ou o reinado de Luís XIV. Lógico que ele, quando o vejo assim, não está carregando o piano a tiracolo, e sim uma viola de gamba ou um alaúde, e não usa suas casimiras listradas, mas um gibão de veludo com espada à cinta e uma gola tarlatana — essa impressão é claro desfaz-se quando ele senta-se ao piano e capricha em acordes modernos. Mas não é essa sua verdadeira natureza. Figura de Bené Nunes é figura de menestrel, ou pelo menos figura de moço de casa de Botafogo romantizado, desde a infância, com tradições domésticas, saraus suaves, cantares antigos, melancolias de sala de visitas de pé-direito alto com vovôs e tias velhas crepitando a última cera de existências sem sobressaltos.

Pode ser que não tenha sido nada disso, mas nesse caso é que está tudo errado. Em casa dos Cattan, de quem é amigo do peito e onde é elemento indispensável, figura de Bené Nunes conserva, mesmo no meio das maiores agitações, trocadilhos e piadas, esse cavalheirismo sem mácula e essa doce tristeza que são, num homem, a medida de sua quantidade.

É inútil dizer que ele engole um piano e que não faz nenhum chiquê para tocar. Seu estilo pianístico, macio e reticente, pode servir de fundo permanente e não importa em que situação, porque está integrado nessa inaudível música em tom menor que se desprende do lado bom da vida e que só sabe escutar quem é capaz de ouvir e de entender estrelas.[1]

"Diz-que-discos", *Flan*, Rio de Janeiro, 30 de agosto a 6 de setembro de 1953

---

1 Referência a um soneto de Olavo Bilac cujo primeiro verso se inicia com a célebre sentença "Ora (direis), ouvir estrelas!".

OLHOS DOS ARTISTAS

O olho é o órgão da visão situado em órbita própria de forma mais ou menos globular, normalmente em número de dois, que se colocam na parte superior dos lábios do homem como de quase todos os animais. Isso, anatomicamente.

Há quem diga serem os olhos o espelho da alma, e um poder de coisas mais. De qualquer forma, sentido de importância é esse da vista, e em qualquer língua um emprego figurado com maiores possibilidades. Encontra-se o vocábulo dando nome a formas parentes em arquitetura, náutica, artes fotográficas, metalurgia, botânica, tudo.

Com ele construiu-se todo um sistema de dizer lugares-comuns deliciosos em que mais vale não pensar, tão inúmeros são. Não haverá, possivelmente, quem já não tenha dito frases como estas: "antes morrer que ficar cego"; e "em terra de cego quem tem um olho é rei"; ou "longe dos olhos, longe do coração"; frases óbvias, mas onde há, entretanto, um certo zelo pelo globo ocular da pessoa que fala e daquela a que se refere.

A MAGIA DA LUZ

Efetivamente, o pavor da treva sempre foi, no plano metafísico como no físico, o pesadelo maior dos homens. A "selva escura" que Dante encontrou no meio do caminho de sua vida, embora variando de ser para ser em profundidade e pretidão, segundo a dimensão de cada alma, revela um mesmo horror ontológico da treva. Por isso cantam os homens tão alto e tão puro quando celebram a luz. Milton, que cego na velhice teve a visão do Paraíso, ungiu-a com um de seus mais belos poemas. Francisco de Assis promoveu-lhe um hino até hoje insuperável em poesia. João Sebastião Bach a decompôs em pautas translúcidas onde inseriu instantes perfeitos de esclarecimento na sua música infinita. Não é em vão que os amorosos dirão de suas amadas serem "a luz" e "a menina dos seus olhos". Romeu, na inefável tragédia de Shakespeare, ao ver Julieta assomar à janela, exclama: "[…] Julieta é o sol; ergue-te belo astro e mata a lua invejosa, que sofre doente e empalidece de que te saibas mais linda do que ela…".

Da luz se poderia dizer também que é o espírito dos pintores. É nos olhos desses eleitos que ela se filtra e retifica para deixar, em toda a realidade de suas cores, um momento especial da criação pictórica do mundo. São olhos mágicos, que sabem dar às pálpebras que os servem a justa abertura, e às pupilas com que atentam a dilatação exata com que atingir a verdade da cor.

Porque na pintura a luz está na razão inversa da intensidade da luz ambiente. As cidades violentamente claras, como o Rio, devem fazer o desespero dos pintores. É quando entram em ação os olhos desses artistas, procurando sombras propícias, estabelecendo soluções de continuidade, semicerrando janelas e criando biombos inesperados para propiciar o nascimento das cores.

PORTINARI

O que verão, por exemplo, os olhos de um Portinari, olhos em que Waldo Frank sentiu a tensão propícia do gênio, em suas órbitas coloridas de um anil inocente? Que mundo de formas e cores não se transformará naquelas pupilas plásticas em novas formas e cores onde vão se enquadrar, em sua vertigem, os valores de uma composição pictórica? Como conseguir um tão delicado instrumento resistir a uma tal invasão da pintura? Imaginar o que Portinari tem visto e transfigurado nos seus olhos infatigáveis é coisa de fazer um homem qualquer fechar os seus, ofuscado de cor. Olhos de obcecado pela ânsia de ver, de possesso da sua mensagem, olhos de transtornado pelo desejo de se ultrapassar ainda e sempre, esse olhar nos faria mal e nós não desejaríamos vê-lo mais se não soubéssemos que ele também se repousa paternal sobre uma adorável cabeça loura de menino e frequentemente se adoça, paterno, sobre figuras que pertencem à vida mais que à arte, seus pais, sua mulher, seus irmãos, seus amigos que não se cansam de lhe ser fiéis.

E os olhos de um Bianco não nos dizem também de uma incessante busca, no mesmo sentido dos de Portinari, posto que serenamente?

Não nos falam eles de um trabalho permanente dentro de um permanente desejo de alcançar a sublimação pictórica dos que veem?

Esses olhos cuja honestidade artística a lente dos óculos não deforma, não sofrem, bem sentimos, das alucinações do olhar louco do mestre de Brodowski, mas perseguem a verdade com a mesma franqueza. Possuem uma visão calma e esférica, insatisfeita ainda, bem certo, mas sem os complexos da própria salutar insatisfação. Olhos para a frente, rijos sobre os problemas de sua arte, que não podemos prever aonde chegará, dentro de uma tão consciente vontade de vencer.

SANTA ROSA

Já o olhar de um Santa Rosa, olhar onde se liquefazem também as formas capitosas da vida, nos deixa mais naturais para a sua compreensão. Olhos brasileiros cento e cinquenta por cento, olhando a natureza e a arte com um gosto não sem gulodice, e onde as cores se resolvem com a felicidade dos dias claros, quando é bom sair à rua e perder-se na delícia das formas mutáveis, as do movimento cotidiano.

Na água desse olhar refletem-se aquarelas sensuais, e na lentidão desses olhos vivem óleos onde o langor é a postura. Olhos que contêm samba.

Rio Magazine, Rio de Janeiro, outubro-novembro de 1958

APRESENTAÇÃO DE GEORGES SADOUL

Somente um motivo muito grave, qual seja uma enfermidade súbita, impede-me de estar aqui para apresentar aos alunos da Faculdade Nacional de Filosofia, e a todos os presentes um homem que — se me permitem a comparação um tanto "bossa velha" — é como um Atlas moderno carregando nas costas o mundo do cinema. O símile pode parecer exagerado, mas para quem conhece a obra de historiador de Georges Sadoul — e estou certo de que muitos aqui presentes estão neste caso — sabe que, melhor ainda que o velho e atlético deus grego, Sadoul não se limita apenas a carregar nas costas o mundo do cinema: faz também com ele impressionantes malabarismos.

Eu já tive o prazer de ser recebido em sua casa de Paris, e posso afirmar que poucas vezes na minha vida comi um tão delicioso almoço entre tão impressionantes montanhas de livros, a revelarem, no manuseio, terra constantemente arada e cultivada. E essa casa não é apenas um extraordinário museu de cinema; o é também de arte. Pois o espírito de Georges Sadoul, nas suas peregrinações pelo mundo, atrás de contatos e informações úteis à monumental obra que está escrevendo — a sua história universal do cinema —, não se detém apenas nas curiosidades e valores históricos e agiográficos da cinematografia; tem, ao lado disso, uma grande sede dos elementos políticos, artísticos e folclóricos de cada país que ele, grande dialético, distribui, filtra e compara de modo a melhor estruturar a sua visão desse fenômeno no meio século que é a arte da imagem em movimento.

Essa cultura orgânica e múltipla afinou de tal modo a sensibilidade do crítico e do historiador que, ao fazer para o grande Joris Ivens o roteiro do seu adorável documentário sobre a relação amorosa entre Paris e o Sena — que eu tive a felicidade de na Europa ver três anos atrás —, Sadoul revela-se também um poeta de boa estirpe. E é a inter-relação de tantas qualidades positivas, dentro de um homem naturalmente voltado para o lado bom e generoso da vida, que produziu a imagem hoje eterna na tela grande da cultura do nosso século, desse francês adunco que agora ides ouvir nesta nobre sala, e que com a paciência humilde e infatigável do menor dos bichos adianta cada vez mais uma obra cujo volume e qualidade exigem o dorso dos elefantes; a desse francês simples e humano que veio ao Brasil para se informar sobre os fatos e feitos da nossa cinematografia e que daqui partirá para outros países para saber sempre mais e sempre melhor; e que depois, em sua casa da Île Saint-Louis, cachimbo aceso à boca, recomeçará a escrever, a escrever, a escrever uma obra que não tem fim.

Leitura, Rio de Janeiro, abril de 1960

ALÔ, VIZINHO!

Você desculpe, José Carlos de Oliveira, ou melhor, Carlinhos de Oliveira, ou melhor, Carlinhos, puro e simples, eu ter invadido a *sua* revista[1] e por duas semanas nem ter lhe dado sinal de vida. Você, que também chegou há pouco de Paris, sabe como é a roda-viva em que se entra. A minha foi de tal ordem que vim dar com os costados aqui na serra de Itatiaia, com uísque me saindo pelos ouvidos e um inchaço nas pernas que até me lembrou o falecido Raymundo Nogueira. "Besteira, poeta!", disse comigo. "Pra que se estourar já?" E aqui estou respirando o hálito fresco dos eucaliptos, tomando a minha metiocolina[2] e mandando brasa no *Underwood*.[3]

Em Paris nos vimos pouco, embora fôssemos ao mesmo bar. Eu já frequentava um certo grupo quando você chegou, e ao que parece você não engrenou muito bem com ele. Uma noite saiu uma discussão meio azeda entre você e a nova geração que por lá andava, você meio no "óleo", os meninos também, e houve uma certa troca de desprimores entre as partes. Não dei muita pelota ao sucedido, com a longa prática que tenho nos hospitais da Europa e de Ipanema; mas você depois ficou arredio. Na certa, chateado com você mesmo, como eu já fiquei tantas depois de cair nessa arapuca de *in vino veritas*.[4] Coisa que, aliás, também não tem importância, porque no dia seguinte começa tudo de novo.

Agora eu inicio uma seção na *nossa* revista. Sim, porque a estas alturas já estou achando que a revista é nossa, e o Adolpho Bloch a financia e preside apenas para que nós, e os demais companheiros, nos possamos reler narcisisticamente todas as sextas-feiras. Enfim: o que quero dizer é que gosto muito de você, acho você um senhor escritor e o fato de parecer a um aperto de mão de sua página me enche de alegria. Porque acho que tudo que você escreve tem bons fluidos.

Antônio Maria também acha. Ainda uma semana antes de sua morte, falamos de você. E com isso lá se foi o nosso Maria que, esse também, apesar

---

1 *Fatos e Fotos.*

2 Metiocolin, medicamento para proteger o fígado contra agentes tóxicos.

3 Uísque.

4 Célebre frase latina, atribuída ao filósofo Plínio, o Velho. A expressão completa é *In vino veritas, in aqua sanitas*, "no vinho está a verdade, na água está a saúde".

do seu relaxamento — e quem sabe por isso mesmo... —, era um cronista danado de bom: talvez aquele que, no momento, entre nós, mais desse a sensação de "vida" no que escrevia.

Porque a verdade, Carlinhos, é que eu já estou com a maior gastura de escritores que "escrevem bem", para quem a página em branco é um espelho veneziano e não aquele que tem escrito embaixo "bebam Caracu".[5] Você não; você é um escritor substantivo, ciente de que existe um aparelho digestivo subjacente à língua; e que a comida que menos enjoa é o "trivial variado" feito com amor. Porque, é evidente, ninguém pode viver só de pratos estupefacientes. Nem só de legumes cozidos na água e sal.

Não considere nada disso elogio. Não há mais tempo para essas coisas. O que eu não queria é que você, sendo meu do peito, estranhasse o vizinho que chega, o amigo que não se manifesta, que não acena com a mão e diz: "Alô, vizinho! Quando tiver tempo apareça para tomar uma uiscada...".

Mas isso na moita, sem que minha mulher nos ouça...

Fatos e Fotos, Rio de Janeiro, número não encontrado[6]

5 Referência a uma conhecida propaganda da cerveja preta.
6 Crônica publicada provavelmente em 1964, pois nela Vinicius refere-se à morte de Antônio Maria, ocorrida nesse mesmo ano.

SCLIAR NA RELEVO

Complementando a pequena exposição retrospectiva que fez há um ano na galeria Relevo, de quadros que vinham de 1939 a 1963,[1] o pintor Carlos Scliar reaparece, a partir de ontem, 29, na mesma galeria, com nova mostra de desenhos e pinturas recentes.[2] Na parte do desenho, são traços que Scliar fez de 1957 para cá. A seção de pintura é mais atual: é a sua fase nova de Cabo Frio, misturando marinhas e naturezas-mortas; estas com a recuperação de um novo elemento que o pintor não empregava desde seus tempos de Paris, no final da década de 1950: a colagem. E aproveitando o ensejo, a editora Cultrix, de São Paulo, que já lançou lindos álbuns de Aldemir [Martins], Carybé, Di [Cavalcanti], Portinari e Guignard, apresenta um delicioso trabalho intitulado *Morros e telhados de Ouro Preto*: um must de colecionador, como dizem os anglo-saxões; um item que ninguém que ame a velha cidade colonial de Aleijadinho pode deixar de ter. Eu, num pulo que fiz há dias a São Paulo, onde Scliar está também com uma exposição de pintura[3] (a segunda desde 1940), já segurei o meu.

O álbum é uma coisa, com Scliar, depois de mais de trinta anos de aplicação, em vias de entrar naquele período síntese que, para muitos pintores desenhistas, representa um fim de caminho, uma meta atingida. Dedicado a Guignard, de cujo saudoso carão apresenta excelente retrato, o álbum vai enfocando, quase como uma câmera, trechos de telhados integrados em trechos de paisagens, com uma mestria por assim dizer totalmente distensa, *relaxed*. Os graciosos balcões ouro-pretanos, com caprichosos gradis, suspendem-se às vezes sobre a renda dicotiledônia da paisagem quase abstrata, entre as montanhas que o artista projeta na distância em riscos leves e fugidios.

E não bastasse, apresenta uma introdução de Scliar onde realmente se manifesta o poeta que eu sempre senti no pintor gaúcho-carioca. Vale como uma poética da sua estética do desejo. Inclusive a disposição gráfica do texto, tirante ao verso, facilita ao leitor a captação desse elemento lírico, dessa nostalgia da poesia que existe, cada vez mais, na obra do nosso mais consciente pintor.

---

1 Referência à exposição *Carlos Scliar: 25 anos de pintura* (1963). A Galeria Relevo foi inaugurada em dezembro de 1961 pelo romeno Jean Boghici, colecionador, marchand e galerista, na avenida Nossa Senhora de Copacabana, 252, no Rio de Janeiro.

2 *Carlos Scliar: pinturas recentes.*

3 *Carlos Scliar: pinturas*, na Galeria Astreia, inaugurada em 1959 por Stefano Gheiman.

Veja estes exemplos:

A síntese deve vibrar em cada ponto
e transmitir a forma reorganizada
por leis subjetivas
que armam o desenho no espaço de que dispomos.

E a seguir:

Os claros são tão importantes quanto as linhas —
como na música o intervalo entre as notas.

E mais além, justificando o aparecimento do álbum:

Talvez não seja um levantamento do que procura o artista,
mas o editor sabia, ao me convidar,
o que busco e tento transmitir:
as verdades das coisas essenciais
e tantas vezes não percebidas
pela pressa dos que passam ou pela inércia do hábito.
São essas coisas simples que me parecem as
que sobrevivem a todas as circunstâncias.

Num meio artístico aloprado como o nosso, a coerência de Scliar como pintor é admirável. Seu caminho, com algumas raras paradas para respirar, tem sido sempre para frente e para o alto. E a coisa mais linda também nesse "poeta do objetivo" é que o sucesso e a prosperidade em nada afetaram o seu angelismo, em nada comprometeram a sua inata disciplina e frugalidade. Seus ternos são hoje de melhor pano e melhor corte, mas ele os veste com a mesma modéstia de menino que eu conheci em São Paulo, em casa de Oswald de Andrade, há 24 anos, e que até hoje chama de "guri" um poeta de sete anos mais velho do que ele, a quem ele de vez em quando ainda passa carões, com um ar de seminarista.

Fatos e Fotos, Rio de Janeiro, número não encontrado[4]

4   Crônica publicada provavelmente em 1964, ano da publicação de *Morros e telhados de Ouro Preto*, ao qual a crônica se refere como recém-editado.

MOTIN A BORDO

Viajando pelo *Augustus*, a caminho de Montevidéu: depois de dormir seis horas a fio, após o embarque, tão escornado estava, levanto-me no meio da noite com um ruído de música ao longe. Apesar da estrutura metálica da cabina, meu ouvido reconhece a desafinação tão querida da orquestra de bordo, pois colocaram-me ao lado do bar Belvedere, que funciona depois da meia-noite como boate. Conheço tudo deste navio, ele é praticamente meu. Se não me engano, esta é a décima viagem que nele faço, e sou tão conhecido dos seus *camarieri* como de qualquer garçom da Zona Sul. Dou uma lavada no rosto, tomo uma aspirina, para despertar-me, e resolvo ir até lá para encaçapar mais sono, na base do divino Rótulo Negro, que neste barco parece âmbar líquido e justifica plenamente a asserção de minha amiga Verinha Nascimento Silva de que, depois do terceiro, o Black Label fica com gosto de camélia.

Ao entrar, dou com C. R., uma senhora italiana simpaticíssima e elegantérrima, que tem propriedades em São Paulo e faz duas vezes por ano ponte marítima entre a Itália e o Brasil. Não tem um ano viajamos juntos no *Eugenio C.* Como está na cara, ela também não gosta de avião. O avião é antes de tudo um fraco. Um navio, não. Um navio é uma coisa sólida, posto que flutuante. Tem, de qualquer forma, a massa líquida subjacente que o sustenta. A gente pode, em último caso, tentar dar umas braçadas.

Ela estava com o segundo comissário e uma outra senhora, também italiana e que vive em Buenos Aires. Apresentações feitas, convidaram-me para sentar, e notei que entraram direito no assunto que minha chegada interrompera, e que parecia excitá-las de maneira extraordinária.

— Incrível! — dizia a minha amiga.

— Que animal! — retrucava a segunda, indignada.

— Não é ético comentar ninguém a bordo — falou o comissário. — Mas esse, francamente!

De súbito, minha amiga levou a mão à boca, como tomada de pânico, e entrou a sussurrar ao ouvido de seus companheiros:

— Olhem quem está aí... Olhem quem está aí...

Acompanhei seu olhar e dei, parado à soleira, com o que, muito eufemisticamente, se poderia chamar de uma genitália em forma de homem. Mirou ele em torno, meão e teso, todo empinadinho para a frente e a careca resplandecente do sol de bordo, deu duas ou três fungadas, como um miúra antes do ataque, e partiu em frente.

Deus sabe que a orquestra estava gozando de um justo intervalo e não se ouvia qualquer som de música no ar. Pois bem: como que por encanto, à entrada daquele personagem, todos os maridos, noivos e namorados de todas as idades levantaram-se como um só homem e entraram a dançar com suas damas, o que se poderia chamar de um arremedo de baile carnavalesco, cantarolando em altos brados "Cidade maravilhosa" e fazendo uma tremenda onda. Era, casualmente, segunda-feira do Carnaval passado.

O homem (*) parou, considerando com ar indignado aquela deslealdade, e, sem se dar por vencido, ao ver duas infelizes a um canto, que não tinham dado por sua presença, marchou para elas. Juro que não é exagero: a mais velha devia andar pelos setenta, fácil: uma americana descarnada e rica paca, a julgar pelos penduricalhos que portava. É sabido que a mulher anglo-saxônica, quando em viagem, e sobretudo depois da menopausa, não enjeita parada. Pois olhem: quando deram com ele, levantaram-se com uma agilidade insuspeitada, e foram saindo de fininho. Mas o nosso prezado postou-se diante delas, os braços escancarados.

— Para onde vão? — falou num inglês arrevesado, alto e bom som para quem quisesse ouvir.

— Ah, aonde nós vamos o senhor infelizmente não pode ir... — tentou safar-se a segunda (por aí uns sessenta). Nós vamos ao *bathroom* (banheiro).

— *It is a great honor to accompany such beautiful ladies to the bathroom* —[1] afirmou peremptoriamente o homenzinho.

E postando-se entre as duas, levantou-as praticamente do chão pelas axilas e as foi levando, coitadinhas, malgrado seus gentis protestos.

Também como que por encanto, todos os dançarinos voltaram esbaforidos aos seus lugares com um ar tão evidente de alívio que eu não pude deixar de rir.

— Sabe o que me disse esse *monstruo*? — falou-me minha amiga. — Pediu-me, nada mais nada menos, que quando eu voltasse para a Itália pelo *Eugenio C.* — coisa que caí na asneira de dizer-lhe antes de conhecer seus baixos instintos — que de mim só queria uma coisa: que lhe trouxesse do Brasil um *anillo magico* (anel mágico). Fiquei sem entender, e ele então me disse com um risinho cínico que entrasse em qualquer farmácia e pedisse um *anillo magico*. E que com isso eu teria assegurada a minha felicidade na viagem

---

1 Em inglês: "É uma honra acompanhar mulheres tão bonitas ao banheiro".

de volta. Foi minha amiga aqui quem decifrou a charada para mim. *Anillo magico*... Já se ouviu falar em tal ousadia!

Fui o último a sair da boate, e ao chegar à minha cabina dei com o (*) — humano entrando na dele. Ao ver-me, dirigiu-se a mim:

— Soube que o senhor é um famoso compositor brasileiro. Não me quer dar o prazer de tomar um último comigo, em minha cabina?

— Muito obrigado, senhor...

— Motin. Eduardo Motin, seu servidor.

— É que estou realmente muito cansado — disse-lhe com voz firme e meio de costas para a parede. — Um outro dia...

— *Entonces, hasta mañana...*

— É a mãe! é a mãe!... — respondi-lhe entre dentes, sacudindo a mão, com meu sorriso mais simpático.

O Pasquim, Rio de Janeiro, 10 a 17 de abril de 1970

DICA DE MULHER, RETRATO DE GESSE

Ela é índia, neta de índia *mesmo*, de Margarida das Salinas, e português usineiro de açúcar, de Santo Amaro da Purificação. Baiana até onde se pode ser, na cor havana, na graça mamolente do andar, na pretidão dos olhos, na paixão do olhar, onde parecem tremeluzir nos breus as luzes se afastantes do cais da rampa do Mercado. É amiga de Bethânia, irmã de Caetano, e de Glauber, minha mulher e minha amada. Faz teatro, faz dança e faz cinema: mas agora não faz nada, só faz me amar e proteger. É mulher de Capricórnio, intensa, apaixonada, fiel até a morte: filha de Iansã e última mulher de Xangô: última e definitiva. Amiga de Menininha, a mais pura ialorixá da Bahia depois da morte de Senhora, está também sob a proteção de Olga do Alaketo e Coice de Mula: o que fulmina de longe. Usa suas guias de conta da cor de sua orixá, vermelho-arroxeadas, e se veste conforme a proteção do seu santo do dia: segunda-feira, dia de Oxalá (por minha causa) e de Omolu: vermelho e preto; quarta, dia de Iansã: vermelho; quinta, dia de Oxóssi: verde; sexta, dia só de Oxalá: branco e com direito a três dias de liberdade quando se veste conforme se sente, ou para me proteger de olho-grande. Orienta também minha guia (cujo nome não me é ainda permitido dizer), sob a proteção de Xangô. Epa hey!

Ela é alta, bela, digna, leal, e tem olhos e dentes que iluminam a treva. Seu instinto de proteção se exerce nas menores coisas, mas nada a demove quando sente que tem razão. E o pior é que sempre tem. É uma mulher de caráter mas também de doçura, e em tudo o que faz põe uma graça baiana de dengues e dendês. Tem um chique tropical, perfeito, de cores e prata, que é o metal do seu signo, e só ela é capaz de enfrentar os espíritos dos mortos.

Sabe cozinhar um vatapá e uma carne de sol com pirão de leite, tem no amor uma indizível ancestralidade. Ama as rosas, é chegada a um raminho de arruda, e não desdenha um leve aroma de pinho silvestre.

Ela é minha mulher, minha amada e minha amiga: aquela em cujos braços certamente se apagarão meus dias: Gesse. E assinado embaixo: Deus. Com firma reconhecida!

O Pasquim, Rio de Janeiro, 18 a 25 de abril de 1970

DENNER[1]

Se há personagem que eu admiro neste país, ele se chama Denner. Somos amigos há muitos anos, e temos um elo comum fortíssimo que é essa divina Aracy de Almeida: que essa, sim, é divina mesmo. A minha querida Araca e Denner são como unha e carne, e esse fato nos aproximou ainda mais. Conheço-o desde que Zequinha Marques da Costa pôs minhas primeiras canções com Tom em circulação em São Paulo, na boate Cave, aí por 1956. O cantor era o saudoso Almir Ribeiro, um vozeirão, que, coitado, morreria bestamente afogado em Punta del Este, dois anos depois: convenhamos, uma morte quase tão devagar quanto a de atropelamento por bicicleta, como aconteceu com um cara que eu conheci.

Vira e mexe, nos encontrávamos pela noite, e eu constatava com prazer que Denner ia, à medida que o tempo passava, se depurando cada vez mais em espírito, inteligência e sobretudo elegância. Não existe ser mais chique e mais de acordo com o mundo que ele próprio se criou para fugir à mediocridade da rotina e do ambiente que o rodeia. Denner é um príncipe. O que está muito de acordo com o papel que vai representar.

Porque acontece que vamos fazer um filme juntos em que somos (com minha mulher Gesse de Moraes) os personagens principais: *Taurus 1.000*. A ideia é de um baianinho genialmente louco, que começou dirigindo teatro, depois foi assistente de Glauber e agora está partindo para um maravilhoso mundo de *féerie*[2] cinematográfico: Álvaro Guimarães, ou melhor, Alvinho, como o chamam os que lhe querem bem.

Não rias, leitor. Ator, eu o sou, e desde menino. Não havia peça de teatro, nas festividades do Colégio Santo Inácio, em que eu não representasse, e em papéis do maior destaque. Fui, ademais, destacado figurante — ao lado de Antônio Carlos Jobim, Kalma Murtinho, Gagá Paranhos e os queridos mortos Sérgio Porto e Raimundo Nogueira — numa infeliz tentativa de transpor para a tela o *Fantasminha Pluft*, de Maria Clara Machado. Fazíamos terríveis piratas, numa estranha taverna, e o cachê era uísque. Recentemente, o Canal 4 convidou-me para fazer um dono de botequim na novela *Véu de noiva*, o que

---

1 Título atribuído pelos organizadores.

2 Em francês: "fadas".

infelizmente não pôde ser devido aos meus compromissos, digamos... internacionais. Isso para grande sorte de meu amigo Walter Clark, pois eu pretendia *também* pedir a minha parte em uísque escocês.

Em *Taurus 1.000* eu farei o papel de um rei-poeta que acaba se marginalizando, e Denner o do vice-rei que, em complô com a rainha, interpretada por minha mulher Gesse, tenta me depor e fazer matar por um bando de jovens assassinos.

— Ah... — exclamou Denner — para fazer esses marginais eu tenho o fino. Deixa eu mostrar a vocês a minha "bofarada".

E, batendo palmas, fez seu mordomo ir buscar um envelope de fotografias que começou a distribuir entre os presentes. Bom, meus amigos, eu só posso dizer é que se Franco Zeffirelli tivesse visto os meninos de Denner tinha mudado todo o elenco de seu *Romeu e Julieta*. São todos jovens apolos, absolutamente lindos, de 1,80 metro para cima, com expressões inocentes de *baby killers*. Umas graças.

Denner usará no filme o que ele chama o seu entourage: mordomo, chofer, manicura, cabeleireiro, maquilador, além de sua "bofarada" e Fedra, sua cadela dinamarquesa: linda de morrer. Quererá, além disso, estar sempre ouvindo sua Tebaldi e sua Callas e respirando o incenso de um defumador que lhe chegou da Índia e que, segundo os entendidos, cheira levemente a (*). Vestirá roupas maravilhosas, e quer ser sempre carregado em liteira por quatro negros possantes, com os tórax besuntados de óleos aromáticos. Sairá do palácio em sua Cadillac branca, e desprezará profundamente tudo o que o rodeia.

Alvinho vibrou; Roberto Pires, o produtor, ficou louco; eu adorei; Aracy, sempre na dela, aprovava mudamente com os olhos. Acho que Denner será um vice-rei perfeito, cheio de langor e melancolia.

Ah... agora estou me lembrando... Então foi por isso que a minha boa Araca, quando íamos para São Paulo, ao pedir um sanduíche no carro-restaurante do trem, falou assim para a, com perdão da palavra, ferromoça:

— Olha aqui, minha filha, me dá só o sanduíche. Não precisa trazer nada daqueles entourages...

O Pasquim, Rio de Janeiro, 3 a 10 de maio de 1970

CARLOS LEÃO

Se o leitor é um curioso das artes plásticas — e no presente caso eu me permito incluir a arquitetura — e por uma questão de economia ou comodismo quer "ver" a Europa sem sair de sua poltrona, eu sugiro que vá bater um papo com Carlos Leão, pois ele sabe de tudo e também nunca arredou o pé daqui. E se o leitor ainda não sabe quem é Carlos Leão — ou Caloca, como o chamam os parentes e amigos — eu lhe digo: Carlos Leão é um dos arquitetos que, inspirados pela revolução arquitetônica desencadeada pelo grande Le Corbusier e sob a orientação paternal — eu diria melhor: irmão mais velho — do grande Lucio Costa, retomaram essa revolução em termos nacionais, dando partida ao que hoje se chama a moderna arquitetura brasileira — que nos duros tempos que correm, ao lado do Carnaval carioca, e com outro status, constitui nossa maior fonte de atração turística. Para encurtar: Brasília.

Trata-se da *belle équipe* que, integrada por Lucio, Oscar Niemeyer, Jorge Moreira, Affonso Reidy, Ernani Vasconcelos e o próprio Carlos Leão, assinou o edifício do Ministério da Educação: historicamente o primeiro monumento da nova arquitetura, e cuja vista fazia o assombro dos basbaques da época (eu era um deles) que bebiam e paqueravam ali pelas imediações da rua Araújo Porto Alegre, nos tempos do finado Café Vermelhinho. Eu, espicaçado por um mote que me lançara Pedro Nava, querido médico e amigo, dediquei-lhe todo um poema:

> *Massas geométricas*
> *Em pautas de música*
> *Plástica e silêncio*
> *Do espaço criado.*
> *Concha e cavalo-marinho.*
>
> *O mar vos deu em corola*
> *O céu vos imantou*
> *Mas a luz refez o equilíbrio.*[1]

---

1 Citação do poema "Azul e branco", publicado em *Poemas, sonetos e baladas* (1945).

E por aí ia, com o refrão "concha e cavalo-marinho" cantando entre os versos, em louvor dos belos azulejos de Portinari. Não importava que o carioca dissesse que a escultura de Lipchitz parecia um gigantesco arremesso de cocô que se houvesse grudado à fachada lateral esquerda do edifício; como tampouco importava que o acabamento não estivesse à altura do projeto. Fora uma iniciativa de grande coragem do ministro Gustavo Capanema, impulsionada por dois de seus (e meus) melhores amigos: seu então chefe de gabinete, o poeta Carlos Drummond de Andrade, e esse inesquecível desaparecido, Rodrigo Melo Franco de Andrade, que dirigia o Serviço do Patrimônio Histórico e Artístico Nacional.

Os arquitetos responderam à altura, com um projeto de total arrojo plástico e desenvolvido a partir de uma ideia inicial de Le Corbusier, que a essas alturas já fora chamado, a conselho de Lucio Costa, e que, motivado pelo entusiasmo dos jovens arquitetos, andou paralelamente traçando planos para remodelar o Rio, cuja angústia urbana soube prever profeticamente. Le Corbusier sonhou criar em toda a orla marítima uma harmoniosa colmeia branca (e suspensa!) de edifícios sobre pilotis e de gabarito uniforme, serpenteando ao longo dos morros, cuja vista cobriria apenas em cota baixa.

Carlos Leão, leitor, é um desses homens. E não contente com isso é também, a meu ver, o mais prodigioso desenhista que o Brasil já deu, pela leveza de mão e pureza de traço, só encontráveis em pouquíssimos artistas: um Degas, um Pascin, um Picasso, um Matisse. Houve época em que fomos (ele continua) casados com duas irmãs que são, cada uma a seu modo, mulheres admiráveis. A dele, Ruth, tinha a pachorra de ir desenterrá-lo aos sábados das montanhas de fichas de chope que se acumulavam nos bares da antiga Galeria Cruzeiro, onde bebíamos depois do meio expediente do Instituto dos Bancários, de que éramos funcionários exemplares, se bem que muito independentes com relação a bebidas alcoólicas. Juntávamo-nos sempre ele, o engenheiro Juca Chaves (que fez, depois, o famoso Juca's Bar, só para ter onde beber com os amigos), o desvairado psiquiatra Francisco de Sá Pires, ou melhor, Chico Pires, e este vosso perfilista. No final da tarde, precisávamos afastar as pilhas de fichas que se amontoavam diante de nós, de maneira a poder enxergar uns a cara dos outros, e quadrialogar. Aí chegava Ruth, que era nesse tempo a coisa mais próxima de Greta Garbo que eu já vi, e só dizia assim: "Vamos, Caloca…", com uma voz cheia de firme doçura. E o homem suspirava e ia mesmo. E nós compreendíamos, porque Ruth era (e é) tudo o que se pode desejar para o nosso melhor amigo.

Moramos juntos várias vezes, em nossa amizade e contraparentesco, e juro que já o vi atravessar noites inúmeras a desenhar como um possesso, numa espécie de fúria criativa que o levava até a madrugada. Desenhando e jogando na cesta. Desenhando e jogando na cesta. No dia seguinte Ruth vinha e, com mãos amantes, desamassava os desenhos e os guardava numa pasta. O leitor se recorda da história do menino a quem a professora, num teste de classe, perguntou o que lhe fazia lembrar um lenço branco, e o safadinho respondeu: "Mulher nua!"? Pois estão falando com ele, Carlos Leão. Tamanho amor pela figura feminina nunca houve, nem creio que vá nunca haver. Carlos Leão desenha quase que exclusivamente nus de mulher, todos de grande pureza: pois, realmente, que há de mais puro na natureza que um corpo de mulher? Se eu tivesse que definir seu desenho, diria que é a pureza do sexo. No dia em que a estreiteza dos censores der lugar a uma compreensão maior, de sua parte, do problema da liberdade de criação artística, Carlos Leão poderia publicar uma obra erótica que contaria entre as mais belas já feitas em qualquer parte do mundo.

É curioso: seu desenho original, fortemente influenciado pelo expressionismo alemão, sobretudo pelo desenho de Grosz, implicava aguda crítica à sociedade burguesa capitalista, com seus frequentadores de pensões de mulheres cevados como porcos e surpreendidos em toda sua bestialidade. Carlos Leão enchia sempre esses ambientes de um mobiliário requintado, pois é também um grande conhecedor da matéria. Como é, ademais, um floricultor e horticultor de mão cheia. A casa velha que comprou e reformou em Niterói, no morro do Cavalão, a cavaleiro do Saco de São Francisco, foi das coisas mais belas e confortáveis que já vi, para morar. Pois Carlos Leão é sobretudo um arquiteto "para se morar". Nela se enfurnou anos a fio, e foi lá que, numa noite, ao ler a lenda de Orfeu num velho tratado francês de mitologia (enquanto, paralelamente, me chegavam os ecos de um batuque no morro), baixou-me a ideia do meu *Orfeu da Conceição*, cujo primeiro ato escrevi de um só fôlego, nessa mesma madrugada.

Eu não sou pago para fazer a publicidade de ninguém, mas a de Carlos Leão eu faria até de graça, fácil. Brevemente ele estará com uma exposição, na Galeria Décor, de desenhos admiráveis, a traço alguns, alguns de aguada, e uns novos, feitos com guache branca sobre fundo negro: maravilhosos. Quem não for ver vai acabar tendo a mãe na vida e comer toda a (*) que existe no planeta.

O Pasquim, Rio de Janeiro, 28 de maio a 3 de junho de 1970

CLEMENTINO FRAGA FILHO, O PROFETA DO FÍGADO

Se o fígado existe, Clementino Fraga Filho é seu profeta.

O fígado, como todos sabem (ou deveriam saber), é uma avantajada glândula de cor vermelho-escura, que se situa sob o diafragma, na parte inferior das costelas do lado direito. Já Clementino é um elegante quarentão de ótima pinta, cor branca, casado, pai de três filhos varões, e se situa à rua Frederico Eyer, no bairro da Gávea: de onde eu nunca deveria ter saído.

O fígado, quando não está tumefato, pesa em média entre 1,5 e dois quilos, e tem como principal função produzir e secretar bile: um líquido amarelo-ouro (lindo!), que se armazena e concentra na vesícula biliar, e ao desaguar no duodeno torna-se responsável por mil e uma transformações químicas que se processam no organismo. Quanto a Clementino, eu diria que, assim a olho, deve pesar entre 75 e oitenta quilos, e tem como função específica diagnosticar e tentar curar os males que afligem o seu semelhante, além de formar discípulos, como catedrático de clínica médica da Faculdade Nacional de Medicina e titular da Primeira Clínica Médica, da dita faculdade, que tem como sede a Santa Casa de Misericórdia, onde transmite, na prática, seus conhecimentos a médicos-assistentes e bolsistas.

Ninguém sabe quando, onde e como nasceu o fígado. Clementino, não: nasceu na Bahia, em Salvador, de onde veio menino mas que nunca traiu em seu coração. É filho de um pai ilustre, o grande Clementino Fraga, membro da Academia Brasileira de Letras e unanimemente considerado um dos maiores terapeutas do Brasil de todos os tempos. Dele herdou Clementino a vocação que igualmente exerce como um verdadeiro sacerdócio. Fraga Neto, o primogênito, optou por Direito, o que mostra de saída a inteligência e liberdade com que Clementino soube educar os filhos: estão ouvindo bem, pais cretinos, que exigem que os filhos sejam o seu videoteipe?

Foi através dele, como médico e amigo, que eu aprendi a conhecer meu fígado, ao qual, apesar de continuar a maltratar (e tratar simultaneamente), quero um bem enorme, porque, como já disse uma vez, fígado, como mãe, só se tem um(a). A ele se deve todo o conjunto de transformações químicas e físico-químicas, necessárias ao equilíbrio e bem-estar do corpo e da mente. Ele metaboliza as proteínas, os carboidratos, as gorduras, os minerais, as vitaminas e as águas do organismo. Tem, além disso, funções antitóxicas e hormonais e circulatórias da maior relevância. Salve, fígado!

Quando eu falo aqui de fígado, isso não quer dizer que seja a única especialidade de Clementino Fraga Filho. A verdade é que ele está por dentro de todo o complexo fisiológico, como grande clínico geral e diagnosticista que é. Todo mundo conhece Baden Powell, que é também seu cliente. Pois muito bem: Clementino, segundo contou-me Baden, diagnosticou-lhe uma pancreatite só no tirar um papo com ele. Mas voltando ao que eu dizia: o fato é que, dentro de sua especialidade (que é ter todas), eu consigo detectar uma ternura especial pela glândula hepática — não sei se porque alguns de seus maiores amigos, como Caymmi e eu, são homens chegados ao copo: sem com isso dizer que temos o chamado "álcool compulsivo". É que, como seres figadais que somos, o álcool nos dá o embalo certo para nos comunicarmos. Caymmi é um cliente mais recalcitrante que eu. Mas, quando as coisas começam a apertar, corre para Clementino. Como fazem, de resto, Augustinho Rodrigues, Djanira, José Paulo Moreira da Fonseca e até Rubem Braga, esse inimigo da classe. Para não ir mais longe: Tarso de Castro, sua última conquista, já foi visto tomando o seu chazinho nas reuniões da diretoria deste etílico órgão (pré-cirrótico) de imprensa.

Segundo contou-me sua mulher Zazá, admirável companheira de sua vida, Clementino, aos seis anos, já receitava pelo telefone. Aos quatro, seu pai transferiu-se com a família da Bahia para o Rio, onde Clementino (como eu próprio) fez o Colégio Santo Inácio, para ingressar depois em medicina. Teve uma infância normal de menino burguês, ali pelo Flamengo e depois em Botafogo, e lembra-se com encantamento dos saraus noturnos em que o velho Clementino Fraga batia uma caixa legal com grandes *causeurs* como Humberto de Campos e Medeiros Albuquerque, clientes e amigos íntimos seus. Disso lhe terá restado, certamente, o gosto pela literatura e sobretudo a poesia, de que está sempre a par. A casa de seu pai vivia cheia de grandes nomes da época, e o adolescente Clementino tinha livre acesso a Miguel Couto e Carlos Chagas. Sua irmã Maria Olívia, querida amiga minha, já devia por essa ocasião ser uma graça, a julgar pela bela mulher que conheci em Paris, na década de 1950.

Clementino Fraga Filho dividiu sua vida profissional em dois setores vocacionais estanques: o exercício da clínica e o magistério médico, que considera profundamente interligados, nesse sentido em que o primeiro dá ao segundo sua verdadeira dimensão, além de o complementar financeiramente, por isso que o professorado é tão mal pago. Considera o trato com o doente fundamental para um professor de medicina. É o que o humaniza e lhe dá essa dose de humanidade sem a qual nenhum ensino é válido, porque, verdade seja dita, ninguém sabe tudo sobre nada.

Quando da renúncia do então reitor da Universidade Federal [do Rio de Janeiro], Moniz de Aragão, esteve metido numa fria de que só se saiu bem graças à inata doçura de trato unida à capacidade de decisão que tem, sempre que necessário. Foram os dias difíceis da agitação estudantil, e Clementino, que havia assumido a reitoria por decisão do colegiado, se houve com tanta compreensão, sem desprestígio para a sua investidura, que não há estudante, por mais subversivo, que não preze sua atuação como reitor. "Minha vocação é ser médico. Fui reitor por acidente."

Eu considero, depois de morar seis anos em Paris, o médico francês um verdadeiro lixo. Há quem diga que são o fino na pesquisa, e essa coisa e tal. Mas o trato com o doente no receituário, eu os acho uma bosta. Em 1953, começaram a sair umas perebas nos meus braços, e eu vivia indisposto, com a cabeça pesada e o vago simpático a mil. A verdade é que estava caneando além dos limites e entrando nos molhos e queijos curados que dava gosto ver. Começava de manhã com *pernod* ou champanha, para cortar a onda da véspera, e depois de comer, com muito vinho — era sempre aquele(s) *mirabelle*, *poire* ou *framboise*.[1] Na saída do trabalho, entrava firme no uísque até as coisas melhorarem. Minha turma era tão da pesada que vários já abotoaram devidamente o paletó. Foi quando, a conselho de um amigo, fui ver um clínico famosíssimo, o dr. Laennec, filho também de outro médico tão famoso que existe até um transatlântico com o nome dele. Ele me tomou a pressão, me fez botar a língua de fora, me baixou as pálpebras inferiores, palpou (mal) meu fígado e depois de me cobrar 10 mil francos antigos, sem dizer abacate, deu-me uma receita e só então falou assim: *"Monsieur, vous avez une pré-cirrhose"*;[2] querendo dizer com isso que eu estava prestes. Quando apresentei a receita na farmácia, deram-me de volta mil pozinhos e umas ampolas enormes com um líquido vermelho dentro, cujas ampolas, sempre eu tinha que serrar, às refeições, cortava o dedo. Uma pobreza. Só sei dizer que estamos aí, vamos levando, meu fígado e eu, graças à resistência desse órgão heroico, aliada à mestria profissional de Clementino Fraga Filho.

Outro dia, depois de um esplêndido bate-papo, Clementino, a propósito do fígado, chegou a algumas conclusões que me pareceram do maior interesse, e às quais voltarei, oportunamente, pois estou empolgado pelo assunto. Como

---

1 Em francês, "ameixa", "pera" e "framboesa".

2 Em francês, o médico disse: "O senhor tem uma pré-cirrose".

tenho um compromisso com Neruda de publicarmos juntos, nas duas línguas do continente, duas odes ao fígado (esse será o título do livro, e a de Neruda já está pronta),[3] estou colhendo uma data cada vez maior de informações sobre esse Laocoonte do organismo. Estou convencido de que o coração já foi suficientemente sobrestimado pelos poetas do romantismo e pelo charlatanismo intrínseco do dr. Barnard.[4] Chegou a hora do fígado. E como muito sabiamente disse Paulo Garcez, que fotografou Clementino para este perfil: "Coração é comida de cachorro, mas é com fígado que se faz foie gras!".

O Pasquim, Rio de Janeiro, 4 a 10 de junho de 1970

3   Tal livro não chegou a existir. Pablo Neruda morreu em setembro de 1973. Vinicius, no ano seguinte, publicou *História natural de Pablo Neruda: A elegia que vem de longe*, série de poemas em homenagem ao amigo. No livro não consta nenhuma ode ou outro poema em torno do tema, o fígado. Mas Neruda, de fato, chegou a escreveu uma "Oda al hígado".

4   Referência a Christian Neethling Barnard, médico da África do Sul, famoso por realizar o primeiro transplante de coração em humanos, em dezembro de 1967. A imprensa abordava incansavelmente o pioneirismo desse e de outros transplantes realizados pelo dr. Barnard, assim como sua vida pessoal e seus casos amorosos.

COMUNICACIÓN? ESTOY HARTO! I WANT TO BE ALONE [1]

Eu resolvi que não quero mais me comunicar com ninguém, a não ser minha baiana e meu cachorro, pelo menos até que os cantores e cantoras parem de berrar; as moças parem de dizer com ar de donas da vida: sem-essa-bicho!, eu tou-na-minha…, qual-é-a tua?; os estudantes parem de me perguntar se eu me sinto realizado; os portadores de gravata parem de me dizer que se eu cortasse o cabelo ficava mais jovem; os maus bebedores parem de chatear e os bêbados medíocres de curtir a fossa alheia; o Esquadrão da Morte pare de matar; as mulheres parem de se exibir por obrigação; Caetano pare de viver na Europa e volte logo pra Bahia; as pessoas parem de querer ser originais; os intelectuais parem de fazer gênero; os cronistas sociais parem de citar sempre os mesmos nomes, ninguém aguenta mais aquele eterno videoteipe em circuito fechado, parece a Arca de Noé, parece o *Entre quatro paredes*, de Sartre, parece *O anjo exterminador*, de Buñuel, parece o Flag, do Zé Hugo Celidônio. Assim vai ser impossível montar a grande tragicomédia brasileira, por excesso de personagens principais. Todo mundo quer ser personagem principal, ninguém topa mais ser comparsa. E, no entanto, quase que só tem. *Yo, cuanto a mi, no quiero más comunicarme, assez de comunication, enough communication, se me frega la communicazione;*[2] e podem traduzir para o alemão, o russo, o grego, o turco, o hebreu, o árabe, o chinês, o japonês, que são línguas e povos incomunicantes, e até mesmo o esperanto, que tem tentado tanto conseguir a comunicação universal, mas que esperança! De agora em diante só me comunicarei em latim, quando não houver padre por perto, ou em sânscrito, ou em anglo--saxão, ou em etrusco, ou em corção, ou na língua do *P*. Nãparrão meperrê aparrapoporrôrripirrinhemperrem maiparrais. La vraie vie est absente.[3] Abaixo Marcuse, morra McLuhan! Ciclamato neles! *La danseuse n'est pas une femme qui danse parce qu'elle n'est pas une femme et elle ne danse pas.*[4] Eu quero é muito Mallarmé, muito Valéry, muito T.S. Eliot, muito Ezra Pound, muito

---

1   Em espanhol, "Comunicação? Estou farto!" e em inglês, "Quero ficar sozinho".

2   Em espanhol, francês, inglês e italiano, "Quanto a mim, não quero mais me comunicar, chega de comunicação, basta de comunicação, e que me importa a comunicação".

3   Em francês, "A verdadeira vida é ausente".

4   Em francês, "A dançarina não é uma mulher que dança porque ela não é uma mulher e ela não dança". Provável citação livre de um trecho de "Ballets", publicado em *Divagations* (1897), de Stéphane Mallarmé.

Jorge Luis Borges, muito João Cabral, muito Alberto de Campos e Décio Pignatari, muito Mário Pedrosa, muita Lygia Clark, muito Butor, muito Resnais, muito Hindemith, muito Mingus e Coltrane, muito poema-objeto, muita elipse, muito anfiguri, muito candomblé, muito barato: pelo menos até que o Sílvio Santos entre em estafa neurótica e saia soprando plumas pelo vale do Anhangabaú, e alguém ouse dizer que tango é bárbaro e bolero é lindo. *I want to be alone. Comunicación? Estoy harto!* Não quero saber de informação, nem de calamidade demográfica, nem de poluição do ar, nem de nada. O ar da Gávea é puro oxigênio. Comprarei um walkie-talkie para fazer música incomunicante com o Tom, cada um em sua casa. E instalarei um telefone de criança na minha, daqueles feitos com tampa de caixa de pó de arroz e barbante, para falar o estrito necessário com as domésticas e os fornecedores. Não aguento mais tanta comunicação na base do pronome na primeira pessoa. Amem-me ou deixem-me. Meus únicos mentores, doravante (viram?), vão ser o Zé Fernandes e o Fradinho baixinho. Voltarei a chamar disco de chapa e dizer que mulher boa é da pontinha. Tragam-me meu Proust e uma lata de caviar. Daniel Defoe, meu velho, depressa… uma ilha! uma ilha!

O Pasquim, Rio de Janeiro, 27 de agosto a 2 de setembro de 1970

FILHO DE ROBIN HOOD

NARRAÇÃO

Eu gosto de televisão. Eu gosto porque tem filme de bangue-bangue. Eu gosto muito de filme de bangue-bangue. A coisa que eu gosto mais é quando o bandido vem de lá e o mocinho vem de cá naquela rua que tem e aí eles param e ficam olhando um pro outro de olhinho apertado e puxam o revólver ao mesmo tempo e atiram e o mocinho é mais ligeiro e o bandido cai duro no chão. Eu tenho um revólver mas é de mentira. O Tarso é que trouxe ele pra mim dia de meus anos. Eu gosto muito do Tarso. Diz que ele é um bicha mas eu não acredito porque um dia eu vi ele beijando uma moça muito bonita. Eu gosto de moça bonita.

Eu também gosto de filme de gorila e filme que tem índio e filme que tem pirata. Mas a coisa que eu gosto mais de tudo é filme que tem leão na África e a moça fica presa na caverna e o leão vem chegando. Ontem eu vi um filme de duelo e ele era muito bonito. Eu gostei porque o mocinho puxa a espada e sai cada duelo de a gente ficar pulando na cama. Outro dia eu fiquei nervoso e tive que tomar água com açúcar. O Sérgio Cabral sempre me traz bala, quando vem lá em casa. Diz que ele é bicha mas eu não acredito porque ele olha muito pras moças todas nuas que tem numa revista que tem na minha casa, chamada *Playboy*. O Sérgio fica olhando o tempo todo com aquele olho botocudo que ele tem. Eu também fico. Quando eu confesso eu digo pro padre e ele sempre pede que eu conte a história outra vez.

Imagina que nesse filme que eu vi de duelo o mocinho é filho de Robin, aquele que solta flecha e usa um gorrinho. O filho dele também solta flecha e usa um gorrinho igual do pai e dá um bruto beijo na moça. No começo assim, o filho e um outro homem que não é filho de ninguém montam no cavalo e saem correndo um pra cima do outro com um pau comprido na mão e todos vestidos de lata, e aí o mocinho vara com a lança dele a lata do outro e o homem fica no chão todo espetado e mexendo as pernas feito siri na água fervendo. Aí a moça dá um lenço pro filho do Robin porque eu acho que ele estava resfriado, porque depois ele devolve o lenço, mas que porcaria, e sai uma briga danada com a moça. Depois tem cada briga, puxa, e os soldados ficam assim maltratando a gente pobre e carregando os porcos deles, e aí cai tudo varado pelas flechas do filho do Robin, que vem chegando com sua turma e salvando os pobres. O Paulo Francis também é muito bonzinho, outro dia ele me deu uma moeda de dez cruzeiros e falou que era pra eu ir ao cinema, puxa que bacana. Diz que ele é bicha mas eu não acredito, porque outro dia ele estava falando cada coisa mais difícil que eu não entendia nada. Bicha deve ser o Maciel, que usa cabelo comprido feito mulher. Mas ele também é muito bonzinho e sempre que me encontra me dá um cigarrinho assim todo pequetitinho pra eu fumar. Eu fico tonto-tonto.

O filho de Robin é muito bom e eu gosto dele. O rei é que é um homem mau que convida os outros pra comer cada leitão deste tamanho no palácio dele e depois manda jogar flecha em todo mundo. Eu não entendi por que é que ele faz aquilo, mas parece que era por causa de um troço chamado Magna Carta, que todos queriam escrever uns pros outros. No final quem escreve a carta mesmo é o rei. Quem é muito mau também é o Jaguar, que disse que ia trazer um medalhão do Sig pra mim e se esqueceu. Ele outro dia também beliscou o meu piu-piu. Se ele fizer isso de novo eu juro que vou contar pro Tarso, ele vai ver só uma coisa.

Tem um padre no filme do filho do Robin que dava com um cacete na cabeça dos soldados. Eu gostei do padre, ele era engraçado. Quem também é engraçado é o Henfil, eu gosto muito do fradinho baixinho porque ele solta bufa na cara do frade compridinho. Diz que o Henfil é bicha mas eu não acredito, mas não sei por que não. Quem eu acho que é bicha é o Millôr porque ele fica falando que já deu 5 mil e se ele tivesse mesmo dado ele não ia andar todo arrumadinho feito anda porque ele não ia nem ter tempo. Eu já bati mais de mil e não conto vantagem, taí, pronto! Quem eu acho que também bate muito é o Paulinho Garcez, porque diz quem bate muito fica com a cara pálida de fraqueza feito ele tem. O Fortuna eu não acho que é bicha não, porque ele não fala nada e bicha fala muito feito Millôr.

Eu gostei muito do filme do filho do Robin porque os pobres saem ganhando e o filho de Robin casa com a moça que parece com a Tânia Caldas. Eu aconselho o filme pra todos os meninos porque ele é bonito à beça. Eu também achei a moça bonita, só que ela tem o peito chato. Eu gosto mais de moça que tem o peito bem alto. A moça solta uma porção de pombas no filme e depois dá um risinho. Eu não entendi por que é que ela dá aquele risinho. Só se foi por causa de uma pomba que cai varada por uma flecha. Lá em casa tem um livro de um cara chamado Rocha Pombo. Eu gosto muito do Ziraldo porque ele faz uma porção de desenhos pra mim bem de safadeza. Diz que ele é bicha mas eu não acredito, porque ele é mineiro e eu tenho um coleguinha chamado Otto Lara Resende que também é mineiro e não é bicha. É tricha. Quem eu também gosto muito é da Martinha Alencar. Outro dia ela foi na minha casa e pôs eu no colo. O Flávio Rangel também queria mas é que não sou bobo.[1]

O Pasquim, Rio de Janeiro, 16 a 22 de setembro de 1970

---

1 Ao fim desta crônica, abaixo do nome do autor em caixa-alta, registra-se "(4º ano primário)", como troça, em referência ao segmento do ensino.

BAHIA PARA PRINCIPIANTES

Mesmo quem nunca tenha ouvido falar neles — o que é muito difícil de admitir —, se o amigo chegar "na Bahia", como eles dizem, ao ouvir os nomes de Jorge Amado, Carybé e Mário Cravo, por favor não perguntem em que time jogam, ou qualquer coisa do gênero: faça um ar interessado e bem por dentro. Pergunte logo de saída, em voz cantada, e tratando-os familiarmente pelo primeiro nome, como se faz com os deuses do Olimpo (no caso de Mário Cravo é diferente, porque o sobrenome funciona como prenome):

— Por onde anda Jorge?

Ou:

— Carybé está na Bahia?

Ou ainda:

— Não vejo Mário Cravo há *mucho* tempo. Por onde anda esse menino?

Se você disser *mucho*, ganha logo diploma de baiano honorário. A familiaridade com essas três figuras da santíssima trindade da Bahia é indispensável, porque elas funcionam como um abre-te-sésamo para qualquer curtição ou problema com que o amigo tenha a haver, seja um caso de polícia, seja o ingresso no mais difícil dos terreiros de candomblé. São nomes mágicos.

E comece logo a falar meio baiano, dizendo tudo bem cantado, sem muita pressa, em tom bem pausado e sempre na terceira pessoa. Nada da mistura pronominal que se faz aqui no Rio. Na Bahia um cara nunca dirá à sua bem-amada, como entre nós (e isso se tiver muito peito): Eu te amo. É "eu lhe amo" mesmo no duro — e nesse particular os escritores baianos levam uma vantagem considerável sobre os demais, no que toca à uniformização do tratamento pronominal. E se o amigo conseguir falar colocando as palavras no céu da boca, aí então conseguirá se misturar muito melhor ao elemento nativo, porque todo baiano que se preza parece cultivar vegetações adenoides, e tem uma empostação meio nasal ao dar seu plá.

Outra coisa: não grite. O berro não tem vez na Bahia. Mesmo que o amigo se veja na contingência de ter de espinafrar alguém, faça-o com doçura, em diapasão normal, até o momento em que se veja obrigado a dar-lhe um murro. Feito o quê, corra para o seu hotel e tranque-se no quarto porque está arriscado a cair tantas vezes quantas se levantou, e sair com a mandíbula deslocada e meia dúzia de dentes a menos. Briga com baiano só em recinto fechado, ou a mais de cinco metros de distância: e assim mesmo com um pau de fogo na mão. Senão, o amigo está arriscado a ver o céu de cabeça pra baixo quando menos espera. Agora, nesta minha última estada, vi lutar mestre Gato (gato mesmo!), considerado um dos três grandes da capoeira do momento, e um tocador de berimbau fora de série. Mestre Gato fez uma exibição com seu filho caçula, um crioulinho lindo de, por aí, uns dez anos. Nunca vi coisa mais retada. Eu botava aquele garoto, fácil, pra brigar com qualquer desses falsos valentes cariocas que tiram onda de quebrar boate.

O amigo deve, também, ter como prática tomar dois mexafórios [sic] no café da manhã, pelo menos até seu organismo habituar-se com o banho de dendê, camarão seco, gengibre, pimenta-malagueta e demais condimentos da culinária (maravilhosa!) desse povo básico e orgânico; ou então que carregue seu penico privado por onde vá. Três dias de acarajés, abarás, efós, vatapás, carurus, xinxins — tudo muito apimentado — funcionam para os delicados intestinos do sulista como um verdadeiro purgativo. O amigo verá também — se tiver coragem de seguir a experiência até o fim — que ao final desses três dias suas fezes começarão a adquirir uma bela cor amarela, tirante a Van Gogh, e suas papilas gustativas começarão a desejar, desde cedo, a hora de repetir os pratos que antes o desarranjaram. E aí o amigo está perdido. A Bahia entrou no seu sangue, e se ele for homem mesmo, que trate de arrumar uma baiana. E, aqui entre nós, que Oxalá o proteja.

O Pasquim, Rio de Janeiro, 30 de setembro a 6 de outubro de 1970

CRONOLOGIA

1913 Nasce Vinicius de Moraes, em 19 de outubro, no bairro da Gávea, Rio de Janeiro, filho de Lydia Cruz de Moraes e Clodoaldo Pereira da Silva Moraes.

1916 A família muda-se para Botafogo, e Vinicius passa a residir com os avós paternos.

1922 Seus pais e os irmãos transferem-se para a Ilha do Governador, onde Vinicius constantemente passa suas férias.

1924 Inicia o curso secundário no Colégio Santo Inácio, em Botafogo.

1928 Compõe, com Haroldo e Paulo Tapajós, respectivamente, os foxes "Loura ou morena" e "Canção da noite", gravados pelos Irmãos Tapajós em 1932.

1929 Bacharela-se em letras, no Santo Inácio. Sua família muda-se para a casa contígua àquela onde nasceu o poeta, na rua Lopes Quintas.

1930 Entra para a Faculdade de Direito da rua do Catete.

1933 Forma-se em direito e termina o Curso de Oficial de Reserva. Estimulado por Otávio de Faria, publica seu primeiro livro, *O caminho para a distância,* na Schmidt Editora.

1935 Publica *Forma e exegese,* com o qual ganha o Prêmio Felipe d'Oliveira.

1936 Publica, em separata, o poema *Ariana, a mulher.*

1938 Publica *Novos poemas.* É agraciado com a bolsa do Conselho Britânico para estudar língua e literatura inglesas na Universidade de Oxford (Magdalen College), para onde parte em agosto do mesmo ano. Trabalha como assistente do programa brasileiro da BBC.

1939 Casa-se, por procuração, com Beatriz Azevedo de Mello. Regressa da Inglaterra em fins do mesmo ano, devido à eclosão da Segunda Grande Guerra.

1940 Nasce sua primeira filha, Susana. Passa longa temporada em São Paulo.

1941 Começa a escrever críticas de cinema para o jornal *A Manhã* e colabora no "Suplemento Literário".

1942 Nasce seu filho, Pedro. Faz uma extensa viagem ao Nordeste do Brasil acompanhando o escritor americano Waldo Frank.

1943 Publica *Cinco elegias.* Ingressa, por concurso, na carreira diplomática.

1944 Dirige o "Suplemento Literário" d'*O Jornal.*

1946 Parte para Los Angeles, como vice-cônsul, em seu primeiro posto diplomático. Publica *Poemas, sonetos e baladas* (372 exemplares, com ilustrações de Carlos Leão).

1947 Estuda cinema com Orson Welles e Gregg Toland. Lança, com Alex Viany, a revista *Filme*.

1949 Publica *Pátria minha* (tiragem de cinquenta exemplares, em prensa manual, por João Cabral de Melo Neto, em Barcelona).

1950 Morre seu pai. Retorna ao Brasil.

1951 Casa-se com Lila Bôscoli. Colabora no jornal *Última Hora* como cronista diário e, posteriormente, como crítico de cinema.

1953 Nasce sua filha Georgiana. Colabora no tabloide semanário *Flan*, de *Última Hora*. Edição francesa das *Cinq élégies*, nas edições Seghers. Escreve crônicas diárias para o jornal *A Vanguarda*. Segue para Paris como segundo-secretário da embaixada brasileira.

1954 Publica *Antologia poética*. A revista *Anhembi* edita sua peça *Orfeu da Conceição*, premiada no concurso de teatro do IV Centenário da cidade de São Paulo.

1955 Compõe, em Paris, uma série de canções de câmara com o maestro Claudio Santoro. Trabalha, para o produtor Sasha Gordine, no roteiro do filme *Orfeu negro*.

1956 Volta ao Brasil em gozo de licença-prêmio. Nasce sua terceira filha, Luciana. Colabora no quinzenário *Para Todos*. Trabalha na produção do filme *Orfeu negro*. Conhece Antonio Carlos Jobim e convida-o para fazer a música de *Orfeu da Conceição*, musical que estreia no Theatro Municipal do Rio de Janeiro. Retorna, no fim do ano, a seu posto diplomático em Paris.

1957 É transferido da embaixada em Paris para a delegação do Brasil junto à Unesco. No fim do ano é removido para Montevidéu, regressando, em trânsito, ao Brasil. Publica *Livro de sonetos*.

1958 Parte para Montevidéu. Casa-se com Maria Lúcia Proença. Sai o LP *Canção do amor demais*, de Elizeth Cardoso, com músicas suas em parceria com Tom Jobim.

1959 Publica *Novos poemas II*. *Orfeu negro* ganha a Palma de Ouro do Festival de Cannes e o Oscar de Melhor Filme Estrangeiro.

1960 Retorna à Secretaria do Estado das Relações Exteriores. Segunda edição (revista e aumentada) de *Antologia poética*. Edição popular da peça *Orfeu da Conceição*. É lançado *Recette de femme et autres poèmes*, tradução de Jean-Georges Rueff, pelas edições Seghers.

1961 Começa a compor com Carlos Lyra e Pixinguinha. É publicada *Orfeu negro*, com tradução italiana de P. A. Jannini, pela Nuova Academia Editrice.

1962 Começa a compor com Baden Powell. Compõe, com Carlos Lyra, as canções do musical *Pobre menina rica*. Em agosto, faz show com Tom Jobim e João Gilberto na boate Au Bon Gourmet. Na mesma boate, apresenta o espetáculo *Pobre menina rica*, com Carlos Lyra e Nara Leão. Compõe com Ary Barroso. Publica *Para viver um grande amor*, livro de crônicas e poemas. Grava, como cantor, disco com a atriz e cantora Odete Lara.

1963 Começa a compor com Edu Lobo. Casa-se com Nelita Abreu Rocha e parte para um posto em Paris, na delegação do Brasil junto à Unesco.

1964 Regressa de Paris e colabora com crônicas semanais para a revista *Fatos e Fotos*, assinando, paralelamente, crônicas sobre música popular para o *Diário Carioca*. Começa a compor com Francis Hime. Faz show (transformado em LP) com Dorival Caymmi e o Quarteto em Cy na boate carioca Zum Zum.

1965 Publica a peça *Cordélia e o peregrino*, em edição do Serviço de Documentação do Ministério da Educação e Cultura. Ganha o primeiro e o segundo lugares do I Festival de Música Popular Brasileira da TV Excelsior de São Paulo, com "Arrastão" (parceria com Edu Lobo) e "Valsa do amor que não vem" (parceria com Baden Powell). Trabalha com o diretor Leon Hirszman no roteiro do filme *Garota de Ipanema*. Volta à apresentação com Caymmi, na boate Zum Zum.

1966 São feitos documentários sobre o poeta pelas televisões americana, alemã, italiana e francesa, os dois últimos realizados pelos diretores Gianni Amico e Pierre Kast. Publica *Para uma menina com uma flor*. Faz parte do júri do Festival de Cannes.

1967 Publica a segunda edição (aumentada) do *Livro de sonetos*. Estreia o filme *Garota de Ipanema*.

1968 Falece sua mãe, em 25 de fevereiro. Publica *Obra poética*, organizada por Afrânio Coutinho, pela Companhia Aguilar Editora.

1969 É exonerado do Itamaraty. Casa-se com Cristina Gurjão.

1970 Casa-se com Gesse Gessy. Nasce sua filha Maria Gurjão. Início de sua parceria com Toquinho.

1971 Muda-se para a Bahia. Viaja para a Itália.

1972 Retorna à Itália com Toquinho, onde gravam o LP *Per vivere un grande amore*.

1975 Excursiona pela Europa. Grava, com Toquinho, dois discos na Itália.

1976 Casa-se com Marta Rodrigues Santamaria.

1977 Grava LP em Paris, com Toquinho. Show com Tom, Toquinho e Miúcha, no Canecão.

1978 Excursiona pela Europa com Toquinho. Casa-se com Gilda de Queirós Mattoso.

1980 Morre, na manhã de 9 de julho, em sua casa, na Gávea.

ÍNDICE ALFABÉTICO POR VEÍCULO DE PUBLICAÇÃO

Diário Carioca
Vestiu uma camisa listada e saiu por aí…, 216
Ménilmontant, 221
Zé Carioca, 227

Diretrizes
Luta de classe?, 70
Passageiros e choferes, 72
De quem é a culpa, 74
De maneira que…, 75
O cheiro do Leblon, 76
Ainda Leblon, 78
A cidade… ela mesma, 79
Centros e comitês, 81
No Tabuleiro da Baiana, 83
De como viajar em ônibus (I), 85
Restaurantes populares, 87
É proibido se… matar, 89
Carta a um motorista, 91
Reservas do Exército Motorizado (I), 92
Reservas do Exército Motorizado (II), 93
Ipanema e Leblon: a postos!, 95
Os gráficos, 97
O Vermelhinho, 99
Viagem de bonde, 101
A grande convenção, 103
Ao cronista anônimo da cidade, 105
Tempo de amar, 107
Honra ao mérito!, 109
A morte do Etelvino, 111
O senhor calvo e os cabeleireiros, 113
A voz de Prestes, 115
Menores abandonados (I), 117
Menores abandonados (II), 119
Miserê e os mercadinhos, 120
Neruda, 122
Formiga progressista, 124
Discurso, 126
S.O.S., 129
Osório, o Gigante, 131
Pelas vítimas do *Bahia!*, 133
Neruda e a Bahia, 134
Disso e daquilo, 136
Ressurreição de François Villon, 138
A bomba atômica, 140

A FEB no Recife, 142
Prestes, 144
Gert Malmgren, 145
De crianças e de lixo, 147
Piedade para o amor, 149
Um abraço a Graciliano, 151
Com a FEB na Itália, 153
O Regimento Sampaio, 155
Carta a um católico, 157
Miséria das árvores e dos animais, 159
A Semana Antituberculose, 162
Da solidariedade humana, 164
A greve, 166
Da cidade para o cinema, 168
Quando desceram as trevas, de Fritz Lang, 170
O arco-íris, de Mark Donskoi, 172
A primeira exibição de filmes franceses, 174
O arco-íris, 176
Café para dois, 178
Ainda *Café para dois*, 180
Cinema e romance, 181
Jean Delannoy, 182
Czarina, 183
Um punhado de bravos (I), 185
Um punhado de bravos (II), 187
Um punhado de bravos (III), 189
Um punhado de bravos (IV), 191
O que matou por amor, 193
Goupi Mains Rouges, 194
Máscara oriental, 196
Esposa de dois maridos, 197
Cinema e teatro, 198
A ferro e fogo, 200
A morte de uma ilusão, 202
Cinema de varanda, 204
As aventuras de Mark Twain, 205
Jacques Feyder, no Pathé, 206
O túmulo vazio, 208
Feira de bairro, 210
Turbilhão de melodias, 212
O teatro e a juventude, 214

Fatos e Fotos
Alô, vizinho!, 383
Scliar na Relevo, 385

Flan

Diz-que-discos, 344
Retrato de Jayme Ovalle, 346
O impossível acontece com Jayme Ovalle, 349
Eram terríveis os concursos de beleza, 357
Diz Portinari: o pintor deve pintar o que sente…
    mas precisa saber o que sente, 367
Coisa que pouca gente sabe, 374
A garota Doris, 375
Na Continental, 376
Figura de Bené, 377

O Jornal

João Alphonsus, 50
Carta ao subúrbio, 52
O eterno retorno, 54
Homenagem a Segall, 56
A Bahia em branco e preto, 58
Bruno Giorgi, 60

Leitura

Carta aos ingleses, 34
Poesia e música em Verlaine, 37
"*Do not say good-bye*", 64
Suvorof, de Pudovkin, 68
Apresentação de Georges Sadoul, 381

A Manhã

Os tempos de Lillian Gish e Norma Shearer,
    coisas velhas da cena muda: ontem e hoje, 31
Ouro do céu — James Stewart metido
    em complicações pelos amores
    de Paulette Goddard, 33

O Pasquim

Motin a bordo, 387
Dica de mulher, retrato de Gesse, 390
Denner, 391
Carlos Leão, 393
Clementino Fraga Filho, o profeta do fígado, 396
Comunicación? Estoy harto!
    I want to be alone, 400
Filho de Robin Hood, 402
Bahia para principiantes, 405

Rio Magazine

Olhos dos artistas, 378

Sombra

Guaches, 40
Pileque em Piccadilly, 43

Poços de Caldas, 47
A mulher e a sombra, 62

Última Hora

A coisa marcha, 230
Bilhete a Danton Jobim, 232
A ave-do-paraíso, 234
O terceiro homem (I), 236
O terceiro homem (II), 238
O terceiro homem (III), 240
Chegou o verão, 241
Reapresentações, 242
A poltrona 47, 244
Cinema italiano, 246
Três segredos, 247
Orgulho e ódio, 249
Um conde em sinuca, 250
Essa mamata precisa acabar, senhores
    congressistas! (I), 251
Essa mamata precisa acabar, senhores
    congressistas! (II), 253
Sensualidade, 255
Calúnia, 257
Os amores de Carolina, 259
Trio, 260
Deus necessita dos homens, 262
É um abacaxi, mas…, 264
Zero à esquerda, 265
Estrada 301, 267
Samba e mulher bonita sobrando em Punta
    del Este, 269
Cuidado com *Cuidado com o amor*, 272
O pirata da Jamaica, 273
"Eu sou o pirata da perna de pau…
    pau… pau…", 274
Uma vez por semana, 276
Como se faz um filme (I), 277
Como se faz um filme (II), 281
Como se faz um filme (VI), 341
Crônica de Minas: a procissão de Sexta-Feira
    Santa em Ouro Preto, 288
Uma menininha com um olho verde,
    outro azul, 292
O *Areião* brasileiro maior foi o maior
    "abacaxi" do festival, 295
A bênção, Velho, 298
Contorcionismos, 300
O elefante de patins, 302
Dora Vasconcelos, 305
As três sombras, 307
Os livros vão, é claro, pelo barco, 309
IP, conselho ou instituto?, 312

Com Unesco ou sem Unesco — é… é… é… é…
  eu brinco!, 314
Miséria orgânica, 318
O lado humano, 320
Carta a Aracy de Almeida, 322
Foram-se todas as pombas despertadas, 324
O abecedário da morte, 327
O saco e o chique (I), 329

O saco e o chique (II), 331
O saco e o chique (III e último), 333
Carta aos senhores congressistas sobre o
  Festival de Cinema de 1954 (I), 335
Carta aos senhores congressistas sobre o
  Festival de Cinema de 1954 (II e último), 338
Ugh e Igh, 340
Merry Christmas, 342

ESTA OBRA FOI COMPOSTA
PELA SPRESS EM FAIRFIELD
E IMPRESSA EM OFSETE
PELA GRÁFICA BARTIRA SOBRE
PAPEL PÓLEN SOFT DA
SUZANO S.A. PARA A
EDITORA SCHWARCZ
EM NOVEMBRO DE 2022

A marca FSC® é a garantia de que a madeira utilizada na fabricação do papel deste livro provém de florestas que foram gerenciadas de maneira ambientalmente correta, socialmente justa e economicamente viável, além de outras fontes de origem controlada.